«Wissen Sie, welches Pferd getötet wurde?» fragte ich so leise zurück, daß sich Fred vorbeugen mußte, um mich verstehen zu können.

«Ich habe nur gehört, daß es ein außergewöhnlich teures Pferd war, das heute an jemanden von den Bladstones aus Camden verkauft werden sollte», antwortete Fred.

JODY JAFFE

Tödlicher Parcours

Roman

Deutsch
von
Jobst-Christian Rojahn

WUNDERLICH
TASCHENBUCH

Für die Shepard-Jungen Charlie,
Ben und Sam.
Und zum Gedenken an Arthur Isaac,
den letzten Bombenschützen.

Veröffentlicht im Rowohlt Taschenbuch Verlag GmbH,
Reinbek bei Hamburg, Juni 1998

Die Originalausgabe erschien 1995 bei Ballantine Books,
Random House, Inc., New York, unter dem Titel
«Horse of a Different Killer»

Lektorat Heiner Höfener
Umschlaggestaltung Barbara Hanke
(Foto: International Stock/BAVARIA)

Gesamtherstellung Clausen & Bosse, Leck
Printed in Germany
ISBN 3 499 26078 6

PROLOG

Möglicherweise schien draußen der Mond, aber genau ließ sich das nicht sagen. Es war, als ob die Erde schwitzte, so feucht war die Luft. Nicht einmal der kleinste Lichtsplitter vermochte die dichte Nebeldecke zu durchbohren.

Rob Stone sah durch die Stalltür hinaus. Er konnte kaum erkennen, wo die Erde aufhörte und der Himmel anfing. Das lachsfarbene Polohemd klebte ihm an der nassen, heißen Haut. Er zog es von sich weg und blies in dem Versuch, sich Kühlung zu verschaffen, Luft zwischen seine Brust und das vollgesogene Baumwollgewebe. Aber in den dampfenden Nächten Carolinas gab es kein dauerhaftes Mittel gegen die feuchte Hitze.

Die Quecksilbersäule war seit fast zwei Wochen nicht mehr unter zweiunddreißig Grad Celsius gesunken. Die Pferde schwitzten so sehr, daß es aussah, als wären sie dick mit Vaseline eingeschmiert worden. Stone ließ die Ventilatoren nicht gern die ganze Nacht laufen. Schon ein Fünkchen hätte genügt, den Stall in Brand zu setzen. Andererseits führte eine derart anhaltende Hitze leicht zu Koliken. Und bei einer schlimmen Kolik (das, was für den Menschen ganz normale Bauchschmerzen waren) konnten sich die Eingeweide eines Pferdes zu einer Brezel verschlingen, bis sie schließlich wie Wasserschläuche platzten.

Dieses Risiko wollte Stone nicht eingehen. Am folgenden Tag mußte alles tipptopp sein. Er ging also den Gang entlang, schaltete über allen Boxen die Ventilatoren ein und ließ sie mit höchster Geschwindigkeit laufen. Als er sich Ruskies Box näherte, legte das Pferd die Ohren an und versuchte auf ihn loszugehen.

«Du bescheuertes Mistvieh», sagte Stone. «Wenn du nicht eine Viertelmillion Dollar wert wärst, würde ich dich nach Camden zurückprügeln.»

Ruskie war das wertvollste Pferd im Stall. Und das hinterhältigste. Der Hengst trat, biß, stieg hoch und ging auf Menschen los. Aber springen konnte er wie ein Hase. Er hob die Vorderbeine bis an die Ohren und galoppierte so mühelos über einen Parcours mit ein Meter zwanzig hohen Hindernissen hinweg, als lägen die Stangen auf dem Boden.

Ruskie war so schön, daß bei den Turnieren alle pferdenärrischen Mädchen ihre Mütter zu seiner Box zerrten, um ihn zu streicheln. Selbst die Aufforderung, nicht so nah an ihn heranzugehen, oder der warnende Hinweis, daß er sie beißen würde, sobald er sie sähe, nützten nichts – sie standen da und starrten ihn an. Ein so herrliches Tier war Ruskie.

Das lag zum Teil an seiner Größe. Er war riesig und so muskulös wie ein olympischer Läufer. Mit einem Stockmaß von ein Meter achtundsiebzig war Ruskie größer als alle anderen Pferde, die bei den A-Turnieren an den Start gingen. Stone konnte Ruskie nicht über die Schulter schauen, obwohl er selber eins sechsundsiebzig maß.

Ruskie hatte eine perlweiße, durchgehende Blesse. Der Rest seines Fells war von tiefem Braun – so dunkel und glänzend, daß es aussah wie heißer Schokoladenguß.

Stone hatte Ruskie vor drei Jahren auf der Trainingsbahn von Camden in South Carolina entdeckt. Das Pferd war zwar bei ein paar Rennen unter die ersten drei gekommen, letztlich aber doch nicht so schnell gewesen, daß die Trainer Lust gehabt hätten, sich mit seiner Hinterhältigkeit herumzuärgern. Stone hatte den Riesengaul für ganze zweitausend Dollar gekriegt und gewußt, daß ihm da etwas ganz Besonderes in die Hände gefallen war. Im vergangenen Jahr hatte Ruskie bei den beiden größten und wichtigsten Turnieren des Landes – bei der National Horse Show und beim Washington International – den Titel des Green Conformation Hunter Champion errungen. Und im laufenden Jahr war sein Punktevorsprung bei der Pferd-des-Jahres-Wertung schon so groß, daß ihm kein anderes Pferd mehr den Rang streitig machen konnte.

Für den morgigen Tag zehn Uhr hatte sich Lucy Bladstone, die Frau von L. M. Bladstone, Chef von Bladstone Foods, Tobacco & Textiles, mit ihrem Trainer Wally Hempstead angesagt. Mrs. Bladstone wollte Ruskie noch ein letztes Mal unter die Lupe nehmen, bevor sie den Scheck ausstellte. Einen Scheck über 250000 Dollar.

Ruskie brauchte nur zweierlei zum Abschluß des Geschäfts beizutragen: Er mußte das tun, was er von Natur aus tat, nämlich hervorragend springen. Und er mußte durch die tierärztliche Untersuchung kommen.

Stone knipste das Licht aus und trat in die nächtliche Suppe hinaus. Hinter sich konnte er vierundzwanzig Ventilatoren summen hören, die alle auf Hochtouren liefen. Er ging bis zum Ende des Stallgebäudes, dann um die Ecke und stieg schnell zu seiner Wohnung hinauf. Er zog sich aus, duschte kurz und zog dann einen Calvin-Klein-Schlafanzug mit blauweißen Streifen und scharfen Bügelfalten in Ärmeln und Hosenbeinen an. Daraufhin öffnete er seinen Kleiderschrank und sah einen Stapel säuberlich zusammengelegter Polohemden durch. Er zog das aquamarinblaue mit dem magentaroten Polopferdemblem heraus – das Hemd, das seine gebräunte Haut noch brauner und seine blauen Augen noch blauer erscheinen ließ. Daneben legte er ein Paar frischgewaschene Jeans, in deren Beine genau wie bei seinem Schlafanzug scharfe Falten hineingebügelt worden waren. Morgen mußte er einfach fabelhaft aussehen, noch besser als sonst. Er wollte, daß Wally Hempstead klar wurde, was er sich entgehen ließ.

Stone stellte seine Klimaanlage auf superkühl, ging ins Bett und schlief sofort ein. Normalerweise hatte er einen so leichten Schlaf, daß er augenblicklich hörte, wenn es im Stall Probleme gab. Wenn sich ein Pferd in seiner Box festlegte, dann hörte Stone, wie es bei dem Versuch, auf die Beine zu kommen, gegen die Wände trat. Noch bevor sich das Pferd hochrappeln konnte, war er schon im Stall und half ihm.

Die Klimaanlage und die Ventilatoren jedoch ließen Stone in dieser Nacht nichts anderes hören als ein lautes Surren.

EINS

«Aufgepaßt, der Schuhverkäufer kommt», sagte Jeff Fox und versuchte dabei das ihm Unmögliche – ein Flüstern. Sein Schreibtisch steht neben dem meinen. Angeblich teilen wir uns einen PC, aber er beansprucht ihn ausschließlich für sich, was er mit dem Hinweis rechtfertigt, als Fernsehkritiker tagaus, tagein Artikel produzieren zu müssen. Das bedeutet, daß ich mir immer irgendwo in der Redaktion einen freien Computer suchen muß, was mir aber nichts ausmacht. Jeff spricht so laut, daß ich mir jedesmal, wenn er telefoniert, das ganze Gespräch einschließlich aller Kommas mit anhören muß. Vor einer Viertelstunde hörte ich ihn zu einer Anruferin sagen: «Nein, gnädige Frau, ich kenne die sexuellen Neigungen von Mr. Rogers nicht. Nein, gnädige Frau, ich weiß auch nicht, wo Sie etwas darüber in Erfahrung bringen können. Aber herzlichen Dank für Ihren Anruf.»

Höflichkeit gegenüber dem Leser ist das Hauptanliegen unseres neuen Chefredakteurs Fred Richards, auch als «Schuhverkäufer» bekannt. Das ist so ungefähr alles, was er an Grips und Integrität mitbringt. Es war Jeff gewesen, der Richards' Spitznamen entdeckt hatte – die anderen Redakteure der Kette, zu der auch unsere Zeitung, *The Charlotte Commercial Appeal*, gehört, nannten ihn so. Jeff hatte sich mal bei unserem Schwesterblatt, den *Miami Morning News*, einem kleinen, zusammengestoppelten Revolverblatt, das Berichte über verurteilte Kindesmörder mit Titeln wie «Rübe ab!» versieht, um einen Job bemüht. Mitten beim Abschlußgespräch hatte sich der Chefredakteur mit der Frage an ihn gewandt: «Na, wie arbeitet sich's denn so beim Schuhverkäufer?» Jeff hatte den Job zwar nicht bekommen, unser Laden dafür aber einen großartigen Spitznamen für Richards.

Fred Richards ist fixiert auf das, was er die «Zufriedenheit des Kunden» nennt. Was er in Wirklichkeit meint, das ist vor allem die Zufriedenheit des Inserenten. In den vier Monaten, in denen er nun beim *Appeal* das Sagen hat, haben wir bereits unseren besten Kolumnisten verloren. Richards hatte ihm einen seiner Artikel, eine wahnsinnig komische Geschichte über Gebrauchtwagenhändler, mit der Begründung gestrichen, sie strotze nur so von Stereotypen. «Wir würden ja auch keine Stories über Schwarze und Wassermelonen oder über Geld und Juden bringen», hatte Richards argumentiert. Larry, der Kolumnist, hatte Richards klarzumachen versucht, daß Gebrauchtwagenhändler weder eine religiöse Gruppierung noch eine Rasse seien, obwohl es vielleicht ganz danach aussehe. Aber Richards war hart geblieben. Larry hatte seinen Artikel zerknüllt, ihn Richards ins Gesicht geschmissen, war aus dem Haus gestürzt und gleich hinein in einen Job bei der *Los Angeles Post*. Heute ist er in diesem unserem Lande die Nummer eins unter den Schreibern komischer Kolumnen.

Richards' auf die Zufriedenheit des Kunden ausgerichtetes Sinnen und Trachten bezieht aber durchaus die Leser mit ein, und zwar alle bis zum allerletzten. Wenn sich ein Reporter dabei erwischen läßt, daß er sich einem Leser gegenüber unflätig äußert, wird er sofort zum Chef zitiert und ins Gebet genommen. Und dann hat er (Richards bedrohlich dicht neben sich) die beleidigte Person anzurufen. Egal, wie beleidigend sich diese ihm gegenüber verhalten hat, der Reporter muß zu Kreuze kriechen und um Vergebung bitten wie ein katholisches Schulmädchen, das mit der Hand an einer Stelle ertappt worden ist, an der sie nichts zu suchen hat. Bis der Boß endlich zu verstehen gibt, daß es genug sei.

«Uh, oh, Nattie», sagte Jeff und versuchte noch angestrengter zu flüstern, was aber immer noch lauter war, als ein normaler Mensch spricht. «Er steuert direkt auf dich zu und hat diesen entschlossenen Männerblick im Auge. Du mußt ja jemandem voll auf alle Zehen getreten sein.»

Wahrscheinlich hatte Jeff recht. Es ist unglaublich, wie viele Leute täglich bei der Zeitung anrufen. Einsame Menschen, die nichts Besseres zu tun haben, als Reportern solche Fragen zu stellen wie die nach den sexuellen Neigungen von Mr. Rogers. Und mich trifft das noch ärger als alle anderen. Da ich über Mode schreibe, umfaßt mein Gebiet auch die universale, alles entscheidende Frage: Wie sehe ich aus? Dauernd rufen mich Leute an und wollen wissen, was sie anziehen sollen. Ich bin dann immer versucht zu sagen, sie sollten sich doch mal mit etwas Wichtigem wie dem Hunger auf der Welt oder den politischen Ambitionen Arnold Schwarzeneggers befassen. Statt dessen versichere ich ihnen, daß ihr weißes Chiffonkleid von 1974 geradezu ideal ist für die Gartenhochzeit ihrer Großnichte.

Die Menschen wollen gar nicht die Wahrheit wissen, sondern nur Munition geliefert bekommen. «Also, die Moderedakteurin des *Commercial Appeal* hat gesagt, daß ich dieses Kleid anziehen kann.» Ich bin zwar eigentlich nur Reporterin, aber die Leser haben das Bedürfnis, meine Autorität dadurch zu vergrößern, daß sie mir den Status der Redakteurin zuerkennen. Sie würden mich auf der Stelle zur Hausmeisterin degradieren, wenn sie wüßten, wie ich mich anziehe. Ich habe die Übersicht verloren und weiß nicht mehr, wie oft mich Richards schon darauf hingewiesen hat, daß ich in unpassender Kleidung zur Arbeit erscheine, also in Minis, Jeans und uralten Klamotten. Bei uns hier im Süden ist eigentlich alles außer Khaki, Oxford und den so treffend Add-a-Beads genannten Halsketten unpassend.

Heute bin ich allerdings mal fast vorschriftsmäßig gekleidet. Eine ruhig geblümte Bluse, dazu ein geschmackvoller, knielanger roter Rock. Lediglich meine blauen wildledernen Halbschuhe und die limonengrünen Socken passen nicht ganz ins Bild, aber sie sind ja auch unter dem Tisch versteckt. Weshalb marschiert also Richards auf meinen Schreibtisch los, als hätte ich Miss Chitlin, der Queen von Rocky Mount, geraten, oben ohne zum Sonntagsgottesdienst zu gehen? Was konnte er von mir wollen, wenn er ein solches Gesicht machte?

«Nattie», sagte Fred, «Sie verstehen doch was von Pferden?»

Mehr, als er hoffentlich je erfahren würde, dachte ich. Manchmal ließ ich für eine Stunde meine Arbeit ruhen, um mein Pferd zu bewegen.

«Ein bißchen», antwortete ich. «Was gibt's denn, Fred?»

Er zog einen Stuhl heran, legte seine Hand darauf und ließ erst dann seinen großen Hintern niedersinken. Ich fragte mich, ob er wohl Hämorrhoiden hatte.

«Außerhalb von Charlotte, in der Nähe von Waxham, gibt es eine Farm», sagte Fred. «Offenbar stehen dort ein paar recht teure Springpferde. Ich meine ziemlich teure. Sechsstellig. Wie jemand soviel für einen Gaul ausgeben kann, übersteigt mein Fassungsvermögen. Wie auch immer, da ist in der vergangenen Nacht was ganz Fürchterliches passiert. In einer der Boxen haben sie einen toten Mann gefunden. Der hatte 'ne blutige Brechstange in der Hand und allem Anschein nach ein Pferd attackiert. Das war schon halb tot, als sie es fanden. Gebrochene Beine, alles blutverschmiert. Jede Hilfe kam wohl zu spät. Deshalb mußten sie es ...»

Fred hob den Zeigefinger an die Stirn, richtete den Daumen auf, als spanne er einen Revolver, und sagte: «Peng.»

«Das alles ist auf der February Farm passiert. Schon mal was von der gehört?»

February Farm. Mein Herz hämmerte gegen die Rippen, und ich muß noch blasser geworden sein, als ich es so schon bin, also ganz schön käsig. Wo ich doch eine hellhäutige Jüdin mit roten Haaren bin, deren Haut in der Sonne sofort verbrennt und Blasen bekommt! Ich hatte mein Pferd auf der February Farm stehen.

«Alles in Ordnung, Nattie? Ist Ihnen nicht gut?» fragte Fred.

«Wissen Sie, welches Pferd getötet wurde?» fragte ich so leise zurück, daß sich Fred vorbeugen mußte, um mich verstehen zu können.

«Ich habe nur gehört, daß es ein außergewöhnlich teures Pferd war, das heute an jemanden von den Bladstones aus Camden verkauft werden sollte», antwortete Fred.

Puhhh! Mein Pferd war ein vergleichsweise billiges und stand nicht zum Verkauf. Trotzdem, da war in meinem Stall ein Pferd angegriffen worden, und ich hatte die Nacht durchgeschlafen, ohne daß es mir kalt den Rücken hinuntergelaufen war? Üblicherweise kriege ich mit, wenn im Stall etwas nicht stimmt. Obwohl es schon peinlich oft zu falschem Alarm gekommen ist und ich mitten in der Nacht rausgerast bin, nur um dort einen Stall voller Pferde vorzufinden, die verschlafen dreinblickten und durch die plötzliche Störung ganz verschreckt waren. Ich bin jemand, der sich dauernd Sorgen macht, und es fällt mir schwer zu erkennen, wo die Grenze zwischen eingebildeter und echter Besorgnis verläuft. Trotzdem war ich öfter im Recht als im Unrecht. Wie zum Beispiel damals, als ein hübsches schwarzes Fohlen mit seinem Halfter an einem Nagel hängengeblieben war. Es war drei Uhr morgens, und ich wußte einfach nicht, ob ich die Besitzerin anrufen sollte. Schließlich tat ich's dann doch, und sie wollte mir anfangs nicht glauben. Ich sagte ihr mit allem Nachdruck, daß ich mich diesmal nicht irre. Und ich hatte wirklich recht. Nur kam die Frau zu spät, das Fohlen hatte sich bereits erhängt.

Solche Sachen sind mir in meinem Leben immer wieder passiert. Ich habe das nie jemandem erzählt, nur der Großmutter meiner besten Freundin. Und das auch nur, weil sie zuerst auf dieses Thema zu sprechen gekommen war. Das ist fünfundzwanzig Jahre her. Ich war elf, sie schrubbte Möhren, um *zimes* für Rosch ha-Schana zu machen. «Rothaarige Juden und grünäugige Mulatten», sagte sie und sah mich so gerade an, als sehe sie in mich hinein, «die sind aus einem Holz geschnitzt. Ihr seid nicht an die Erde gefesselt wie wir. Ihr wißt Dinge. Gott hat euch was extra gegeben, weil er all das Böse, das er euren Vorfahren widerfahren ließ, wettmachen wollte.»

Ich hatte keine Ahnung, wovon sie sprach. Ich konnte nur erwidern: «Mach keinen gefüllten Kohl.» Da sah sie mich eine Sekunde lang komisch an und sagte dann: «Nattie, mein Schätzchen, was geschehen soll, das geschieht.»

Zwei Wochen später war sie gestorben, und das hätte niemand vorhersehen können, denn sie war kerngesund. Man fand sie mit dem Gesicht in einem Teller voll gedünstetem Kohl, die Finger einer Hand fest um ein Bällchen aus Gehacktem und Reis geschlossen. Ich wußte es, bevor mich meine beste Freundin davon unterrichtete.

Ich weiß auch nicht, warum ich diese Dinge weiß. Es ist einfach so. Der Guru meines Vaters meint, meine unmittelbare Beziehung zu Pferden rühre daher, daß ich karmamäßig mit allen Pferdeartigen verbunden sei. Offensichtlich war ich in einem früheren Leben Katharina die Große.

Was ich aber weiß, ist, daß es in der vergangenen Nacht zu heiß war, um überhaupt noch leben zu können – von karmagesteuerten Signalen eines Pferdes in Not konnte jedenfalls keine Rede sein. Ich hatte den Kopf aus dem Fenster gereckt und versucht, so viel Kühle in mich hineinzusaugen, wie ich kriegen konnte. Es war dunkel, feucht und so stickig gewesen, daß ich mich schon gefragt hatte, ob ich vielleicht umsonst bekommen würde, wofür mein Vater gerade fünfhundert Dollar hingeblättert hatte. Er hatte nämlich das Wochenende mit einer Erdgöttin aus Cincinnati namens

Celestial Wild-Wombmyn, geborene Shirley Moscowitz, verbracht. Diese hatte versprochen, das Kind meines Vaters von innen her zurückzuholen, indem sie ihn in einer indianischen Schwitzhütte wiedergebar. Sollte ihm wirklich nach einer indianischen Schwitzhütte zumute gewesen sein, hätte er genausogut auch mich besuchen können.

Ich hatte mein Bett an die gegenüberliegende Wand schieben müssen, um mit dem Kopf am offenen Fenster schlafen zu können. Das ist die einzige Möglichkeit, in meiner Wohnung Schlaf zu finden. Sie hat keine Klimaanlage. Das war mir ganz in Ordnung erschienen, als ich vor zweieinhalb Jahren meinen Wohnsitz nach North Carolina verlegt hatte. Ich war aus dem Norden das Staates New York gekommen, wo ich von September bis Juni gefroren hatte. Ich hatte keinen Schimmer, wie ein Sommer im Süden aussehen konnte.

Die Miete war billig – zweihundert Dollar. Mehr konnte und kann ich mir nicht leisten, weil mich der Unterhalt meines Pferdes dreihundertfünfzig Dollar kostet und ich noch ungefähr einhundertfünfundzwanzig Jahre lang Studiendarlehen zurückzahlen muß, die mein Vater auf meinen Namen aufgenommen und zurückzuzahlen vergessen hat. Außerdem zahle ich noch fünfzig Dollar monatlich für das Gnadenbrot meines ersten Pferdes – es verbringt nun schon mehr Jahre im Ruhestand, als es gearbeitet hat, und nähert sich schnell einem guinnessbuchverdächtigen Langlebigkeitsrekord. Es ist schon verrückt, wenn man mehr Miete für sein Pferd als für sich selbst bezahlt. Immerhin habe ich im Laufe der Jahre gelernt, mich ein wenig besser um mich selbst zu kümmern. Nur wenn es um Pferde geht, ist alles aus.

Ich war eines dieser pferdevernarrten Mädchen gewesen, aus denen eines Tages pferdevernarrte Frauen werden. Solange ich denken kann, habe ich Pferde im Kopf gehabt. Schon als ich noch klein war, dachte ich nur an sie, vom Aufstehen bis zum Zubettgehen – und dann auch noch im

Traum. Wenn ich das Bild eines Pferdes sah, küßte ich es zehnmal und wünschte mir dabei, bald ein eigenes zu haben.

Wenn mir meine Mutter Barbiepuppen schenkte, dann schnitt ich ihnen ihre flachsblonden Haare ab und machte aus ihnen Mannweiber mit kahlgeschorenem Kopf, oder ich nahm mir ihre Kleider vor und zog die Püppchen so an, daß sie wie Stadtstreicherinnen aussahen. «Ich will keine Puppen», sagte ich zu meiner Mutter. «Kauf mir ein Pferd.»

«Ein so kleines Scheißerchen und so große Träume», pflegte meine Mutter dann zu sagen. «Wo hast du die her? Von deinem Vater? Sag diesem nichtsnutzigen Ganoven, er soll lieber mal den Unterhalt zahlen, statt dir solche Flausen in den Kopf zu setzen. Ist dir jemand bekannt, der in einem Reihenhaus wohnt und ein Pferd hat? Was glaubst du, wer wir sind? Die Rockefellers?»

Sie kaufte mir aber Plastikpferdchen. Cremefarbene, golden schimmernde Palominos mit hochgebogenen Hälsen und schwarze Hengste, auf den kräftigen Hinterbeinen aufgerichtet und mit den Vorderbeinen nach imaginären Feinden schlagend. Ich spielte stundenlang mit meinen Plastikpferden.

Als mein Körper anfing, sich zu verändern, und meine Gedanken dem Verbotenen zustrebten, waren es Pferde, die mich dorthin brachten. Ich und die anderen pferdevernarrten Mädchen – es gab genug davon – spielten Hengst und Stute, manchmal mit unseren Plastikpferden, manchmal mit uns selbst. «Du bist die Stute, ich bin der Hengst», sagte eine von uns, und dann kletterten wir aufeinander und taten so, als paarten wir uns.

Black Beauty ist das erste Buch, an das ich mich erinnere, und ich las es fünfzehn- oder zwanzigmal, wobei ich bei jeder Seite, die ich umblätterte, betete, daß ich am Morgen meines nächsten Geburtstages aufwachen und hinter unserem Haus ein dickes graues Pferd wie Merrylegs finden würde. Das geschah aber nie, weshalb ich die Sache schließlich selbst in die

Hand nahm. Als ich zehn geworden war, eröffnete ich bei der Filiale Overbrook Park der Philadelphia Fidelity Savings Bank ein Sparkonto. Zehn Cent pro Woche. Als ich siebzehn wurde, hatte ich vierhundert Dollar zusammen. In dem Jahr kam ich aufs College, das heißt, ich wechselte zur University of Colorado, und kaufte mir dort von dem ersparten Geld ein Pferd. Homer. Sein voller Name war Homely Homer, weil er den größten Schädel im ganzen Stall hatte. Für mich war er der Schwarze Hengst, mein Freund Flicka, National Velvet. Ich mistete Ställe aus und bezahlte davon seinen Unterhalt. Ich schwänzte Seminare, um Homer reiten und striegeln zu können.

Dann schmiß ich das Studium. Ein Pferdefreak. Ich wohnte in einem Keller mit Lehmboden, Monatsmiete fünfundzwanzig Dollar. Mein Trinkwasser kam aus dem unteren Teil des Heißwasserspeichers, und wenn ich das Bad benutzen wollte, dann mußte ich raus und um das Haus rum zum Seiteneingang gehen. Homer stand derweil in einem geheizten Stall mit Selbsttränke und Warmwasserwaschanlage.

Ich backte in einem International House of Pancakes bei der zweiten Nachtschicht Pfannkuchen und kam wöchentlich auf hundertfünfzig Dollar. Das reichte kaum aus, um Homer und mich durchzubringen. Ich hatte nicht das Talent zur Berufsreiterin und nicht die richtigen Beziehungen, um die Tierärztliche Hochschule absolvieren zu können. Ein noch nicht angekränkelter Teil meines Hirns wußte, daß ich ein Leben brauchte, in dem Pferde keine Rolle spielten. Schließlich kannte ich meine Stärken – ich war eine begabte Wichtigtuerin und konnte alles aus jedem herausfragen, was stets damit endete, daß mir die Leute ihre ganze Lebensgeschichte erzählten. Und ich hatte schon immer gern geschrieben. Es war an der Zeit, das Studium abzuschließen, um an einen richtigen Job zu kommen.

Meine Eltern, die schon seit zehn Jahren außerhalb von

Gerichtssälen kein Wort mehr miteinander gewechselt hatten, entwickelten doch tatsächlich gemeinsam einen Plan. Sie wollten das Geld für meine Rückkehr in den Osten vorschießen. Mein Vater sagte, er würde sich um die Studiengebühren kümmern, während ich die Kohle zusammenkratzen mußte, um mit Homer durchs ganze Land bis nach Hause zu reiten.

Ich schaffte es auch. Alles verlief nach Plan. Ich schloß mein Studium der Publizistik erfolgreich ab und wurde bei der Zeitung, was ich heute bin – Modereporterin des *Charlotte Commercial Appeal.*

Ich hatte mich nie sonderlich um Kleidung gekümmert und verstand auch nicht viel davon, aber ich hätte auch über die Müllabfuhr geschrieben, um einen Job beim *Commercial Appeal* zu bekommen. Wenn man hier arbeitet, mag man das kaum glauben, aber für die Experten gehört der *Commercial Appeal* zu den Top Ten der amerikanischen Zeitungen. Dafür dürfte allerdings nicht so sehr die Qualität des Blattes ausschlaggebend sein, sondern eher die Tatsache, daß die anderen so schlecht sind.

Schon seit anderthalb Jahren liege ich den Redakteuren in den Ohren, mich von der Mode wegzuholen und in die Feature-Abteilung zu versetzen. Aber ich bekomme immer wieder nur «bald» oder «sobald es der Etat möglich macht» zu hören. Im Augenblick soll's mir jedoch recht sein. Ich bin kein Phantast, und meine jetzige Tätigkeit hat den Vorteil, daß ich mitten am hellichten Tag mal kurz abhauen und mein Pferd bewegen kann, ohne daß es meine Bosse mitkriegen. Die sitzen dauernd in ihren Konferenzen – Planungen, Entwürfe, Ermittlung der Bedürfnisse zukünftiger Leser. Aber das Beste an allem ist, daß mein Pferd, eine sanftmütige Fuchsstute namens Brenda Starr, in meinem Traumstall steht.

Die February Farm ist ein wahres Pferdeparadies. Die Boxen sind riesig, drei sechzig mal drei sechzig, mit einer knietiefen Einstreu frischer Sägespäne. Dort draußen gibt es kilometerlange Reitwege, die schönsten, die ich je geritten bin, eine Bahn von Olympiagröße und den Trainer Rob Stone, der bei Pferden Wunder wirkt, auch wenn er Menschen gegenüber gehemmt ist und seinen Reitern gegenüber sehr ausfällig werden kann. Während der ganzen zurückliegenden zweieinhalb Jahre hat er mich nur angebrüllt. Trotzdem verdanke ich es ihm, daß ich mich von vierten und fünften Plätzen bei lokalen, als B-Turniere eingestuften Springen zu dritten und gelegentlich sogar zu zweiten und ersten Plätzen bei den wichtigsten A-Turnieren der Südstaaten verbessern konnte. Was immer man über Rob sagen mag, von Pferden versteht er was. Er kann aus einem Zweitausend-Dollar-Klepper einen Star machen, der das Vielfache wert ist.

Wie ihm das ja auch bei Ruskie gelungen war. Es mußte das Pferd sein, von dem Fred gesprochen hatte. Ruskie war der schönste Gaul, den ich je gesehen hatte. Bei den Turnieren lief er unter dem Namen Russian Caviar. Mir war bekannt, daß Lucy Bladstone heute zum Stall hatte rausfahren wollen, um ihn zu kaufen. Ich wußte aber auch, daß Ruskie ohne seinen B&B-Cocktail keine einzige Runde mehr schaffte. Das sind Butazolidin und Banamin, zwei Schmerzmittel, die zusammengemixt und dann in den Hals oder in die Kruppe injiziert werden, damit ein überarbeitetes, überstrapaziertes Pferd fehlerfrei funktioniert. Und wenn das die Wehwehchen nicht heilt, dann werden ihm zehn oder zwanzig Kubikzentimeter Finadyne verpaßt, ein bislang noch nicht untersagtes Mittel, von dem Trainer behaupten, daß man damit praktisch auch einen Gaul springen lassen kann, der ein gebrochenes Bein hat.

Erst gestern hatte Rob Ruskies leichte Aluminiumeisen vom Schmied gegen stählerne auswechseln lassen, weil er hoffte, daß das Tier mit dem verstärkten Schutz seiner Hufe leichter durch die tierärztliche Ankaufuntersuchung kommen würde.

«Überlassen Sie mir diese Story, Fred», sagte ich. «Ich

kenne die Welt der Pferde. Und das Pferd, das getötet wurde. Ich verfüge über Quellen, die nicht einmal Henry zugänglich wären.»

Henry war Henry Goode, der Enthüllungsreporter des *Commercial Appeal* und King der allgemeinen Nachrichten. Während alle anderen pausenlos Artikel raushauen mußten, um ihr Soll zu erfüllen, durfte Henry in aller Muße an der Skandalgeschichte seiner Wahl arbeiten. Er hatte dem *Commercial Appeal* seinen ersten goldenen, den Dienst an der Öffentlichkeit honorierenden Pulitzer-Preis geholt, als er die Story von Jim und Tammy Bakker rausgebracht und die PTL gekippt hatte, eine millionenschwere christliche Fernsehkirche, zu deren Imperium auch ein Themenpark vor den Toren Charlottes gehörte.

«Da läuft nichts, Nattie», sagte Fred. «Das ist nun mal 'ne Geschichte für den Nachrichtenteil. Vielleicht können Sie einen Hintergrundartikel liefern, sagen wir eine Dreißig-Zentimeter-Randkolumne über das, was die Leute so zu Turnieren anziehen. Ich hab Henry die Sache schon erzählt, er ist ganz scharf auf diesen Ritt. Ha, schön gesagt, was? Warum berichten Sie ihm nicht mal, was Sie wissen, wenn sich eine Gelegenheit dazu ergeben sollte?»

«Hintergrundartikel? Du kannst mich mal!» murmelte ich unhörbar vor mich hin. Einmal mehr fiel die Feature-Abteilung hinten runter. Immer, wenn wir eine richtig saftige Story an der Angel hatten, schaffte es einer von den Nachrichtenleuten, sie für seine Abteilung an Land zu ziehen. Diesmal nicht! Ich lächelte Fred an und sagte: «Ich werd mal mit Henry reden.»

Das Komische war, daß Henry eine auffällige Ähnlichkeit mit Ruskie hatte. Er war groß, prachtvoll gebaut und, soviel ich gehört hatte, ein Mann, der niemals aufgab, wie es der arme Ruskie ja offenbar auch nicht getan hatte. Henry überragte alle. Er war eins neunzig groß oder noch größer. Sein

Gesicht war das vollendete Internatsschülergesicht – breite Wangenknochen, die sich gerade im richtigen Winkel nach außen und oben bogen, eine Nase, für die die Hälfte meiner Mitschülerinnen der 9. Klasse dem Dr. Diamond fünftausend Dollar gezahlt hatten, und Augen, so kristallklar und blau wie das Meer, auf welches das Sommerhaus hinausblickte, das seine Familie zweifellos irgendwo auf Cape Cod stehen hatte.

Henry war auf eine hochgradige, den ganz feinen Pinkeln eigene Weise gutaussehend.

«He, Henry», sagte ich, «wie ich höre, schreiben Sie jetzt auch über Pferde.»

Henry sah zu mir auf und lächelte. Ich habe ganz vergessen, sein Lächeln zu erwähnen. Vollkommenes Gebiß, natürlich, alle Zähne säuberlich aufgereiht wie Soldaten bei einer Parade. Und weißer als ein Kaubonbon mit Pfefferminzgeschmack.

«Nattie, ich wollte mich gerade mit Ihnen unterhalten. Ja, über Pferde. Erzählen Sie mir mal, was Sie über die February Farm wissen.»

ZWEI ■

Henry Goode war berühmt dafür, daß er Menschen dazu bringen konnte, ihr Innerstes nach außen zu kehren, bevor sie noch so richtig begriffen hatten, daß er ihnen, ritscheratsche, den Bauch aufgeschlitzt hatte. Er sprach auf eine ruhige, ermutigend nüchterne Art, die einen glauben ließ, man unterhalte sich mit dem alten, erfahrenen Hausarzt der Familie – und alles werde wieder gut, auch dann, wenn man unter inoperablem Gehirnkrebs litt. Die Leute gelangten unausweichlich an den Punkt, wo sie ihm die erstaunlichsten Dinge anvertrauten. So hatte er auch den Jugendfreund Jim

Bakkers zum Reden gebracht. Bevor es der Kerl richtig mitgekriegt hatte, war er schon ins Schwatzen gekommen und hatte von den Tagen erzählt, als Bakker noch Theologiestudent gewesen war. Und davon, daß Jim bei seinen Techtelmechteln mit Tammy nie Unterwäsche getragen hatte – das hatte ihm zu einem intensiveren Hochgefühl verholfen, wenn er sich an ihr schubberte. Henry hatte auch den Chef der First Carolina dazu gebracht, über Geschäfte seiner Bank mit südafrikanischen Firmen zu plaudern, die die Apartheid unterstützten. Als das in der Zeitung erschienen war, hatte der Bankchef öffentlich erklärt, er habe alle Verbindungen zu diesen Firmen gekappt, und in privatem Kreis geschworen, nie wieder mit einem Zeitungsreporter reden zu wollen.

Wo blieben denn aber nun die magischen Fähigkeiten Henrys? Fragte er mich schlicht und einfach nur aus? Vielleicht hatte ich ihn ein bißchen zuviel angeschaut und er war jetzt der Meinung, ich verzehrte mich geradezu danach, dem großen Henry Goode alles ausplaudern zu dürfen? Was er dabei nicht bedacht hatte, war folgendes: Ich mag zwar im Vergleich zu großen Blondinen mit herrlichen Körpern nur eine armselige Nudel sein, ja, meine Lebensgeschichte könnte den Titel tragen *Natalie Gold – auf der Suche nach der heidnischen Lichtgestalt*, aber ich weiß sehr genau, wo Schluß ist, wenn es darum geht, einem Mannsbild zuliebe törichte Dinge zu tun. Die Arbeit markiert die Grenze, und in den zwölf Jahren, die ich nun als Reporterin tätig bin, habe ich sie noch nicht ein einziges Mal überschritten.

Auf gar keinen Fall würde ich einen Hintergrundartikel über die neueste Reitermode schreiben, jedenfalls nicht, solange es nur zwanzig Minuten von meinem Schreibtisch entfernt einen blutigen Leichnam und ein totes 250 000-Dollar-Pferd gab. Unter allen Berichten von der February Farm würden zwei Verfassernamen stehen: Henry Goode *und* Natalie Gold.

«Unterhalten wir uns unterwegs darüber», sagte ich und ging Richtung Tür.

«Unterwegs wohin?» Henry war von seinem Stuhl aufgestanden und hatte mich ohne große Mühe eingeholt. Seine Beine waren gut dreißig Zentimeter länger als meine. Wenn ich neben ihm ging, fühlte ich mich wie ein Shetlandpony, das mit einem Jagdpferd Schritt zu halten versucht.

«February Farm», antwortete ich. «Wohin sonst? Da ich die Polizeistation von Waxham kenne, gehe ich jede Wette ein, daß der Tote noch im Stall liegt und ihm dort eine Menge Fliegen um den Kopf rumbrummen.»

Wir liefen auf der Rolltreppe vier Stockwerke nach unten in die Eingangshalle. Auf dem Weg abwärts sah ich meine Freundin Kathy Powell, die bekannte Musikkritikerin, nach oben fahren – als lächelnden, purpurroten Farbklecks. Sie wirkte so verschwommen, weil wir uns sehr schnell bewegten – Henry mit seinen Daddy-Longlegs-Beinen und ich getrieben von dem Wunsch, den Stall noch vor dem ärztlichen Leichenbeschauer zu erreichen. Und sie lächelte, weil wir erst gestern eine Liste aller netten Jungs in der Redaktion angefertigt hatten, wobei sich die Reihenfolge danach richtete, wie gut im Bett sie unserer Vorstellung nach waren. Henry hatte die höchste Punktzahl erhalten. «Ich hab ihn mal bei einer Party tanzen sehen», hatte Kathy zu berichten gewußt. «Da war er ganz anders. Die Band spielte Reggae, frühen Bob Marley, und er hatte Wendy – du weißt sicher noch, daß die beiden mal zusammen gegangen sind – fest an die Wand gedrückt, schlängelte sich zum Rhythmus der Musik hin und her, rein und raus. Ich dachte glatt, sie würde auf der Stelle kommen. Und wenn sie nicht, dann ich.»

Er kann also tanzen. Aber wie ich schon sagte, wo es um die Arbeit geht, überschreite ich die Grenzen zum trickreichen Ranschmeißen niemals. Ich kann Arbeit und Vergnügen sehr gut auseinanderhalten.

«Sehn Sie sich bloß mal diese Halle an», sagte ich zu Henry. «Hier könnte wirklich jeder durchgedrehte Christenmensch reinmarschiert kommen und einen umlegen.»

«Das halte ich nicht für sehr wahrscheinlich», erwiderte Henry.

Nach der Veröffentlichung der Bakker-Story waren derart viele Morddrohungen gekränkter Sektenleute eingegangen, die alle glaubten, Henry sei der Laufbursche Satans, daß die Zeitung ihn erst einmal aus der Stadt geschickt hatte. Mit Einwilligung des Verlegers war ein bewaffneter Wachmann engagiert worden. Das alles hatte aber nur eine Woche gedauert. Jetzt war man in der Lobby nicht mehr sicher. Jeder Verrückte konnte hereinkommen und tat es für gewöhnlich auch. Erst in der vergangenen Woche war bei uns in der Redaktion ein Mann erschienen, der Baupläne für ein Parkhaus bei sich hatte, in dem die Autos wie Kleidungsstücke in einer chemischen Reinigung hintereinander aufgehängt werden konnten. Wenn man sein Auto wiederhaben wollte, gab man dem Parkwächter seinen Schein, der drückte auf einen Knopf, und schon kam das Auto in seiner mit einem Zahlencode versehenen Box an einer Zahnradschiene herabgeschwebt. Der gute Mann war der Ansicht, dies sei das ideale Parkhaus für den *Commercial Appeal*, und der Schuhverkäufer/Chefredakteur Fred, der einem Angehörigen der Leserschaft gegenüber nicht unhöflich werden wollte, mußte sich eine geschlagene Stunde mit ihm unterhalten, bevor er ihn schließlich dem Wirtschaftsredakteur zuschieben konnte.

«Lassen Sie uns mit Ihrem Auto fahren», schlug ich Henry vor, denn sein Wagen mußte einfach besser sein als meiner, ein alter Golf Diesel ohne Klimaanlage. Wir gingen über den Parkplatz, eine pottflache Betongeschichte mit ausgebleichten gelben Linien. Ich folgte Henry zu seinem Auto, einem silbermetallicfarbenen Accord – natürlich funkelnagelneu. Ich fragte mich allerdings, wie er sich da reinquetschen wollte.

Er schloß erst meine Tür auf. Ich setzte mich auf eine Wasserpistole, und die verspritzte so viel Flüssigkeit, daß es aussah, als wäre mir ein kleines Malheur passiert.

«Tut mir leid», sagte Henry. «Ich predige Chet immer wieder, er soll seine Spielsachen nicht im Auto liegenlassen. Er ist erst acht, aber die Vorpubertät scheint früh eingesetzt zu haben, denn er beantwortet alle meine Bitten mit einem verächtlichen Feixen. Trotzdem ist er ein toller Junge. Wollen Sie mal ein Foto von ihm sehen?»

Bevor ich noch mit meinem bejahenden Kopfnicken fertig war, hatte Henry schon eine Brieftasche hervorgezogen und bei einem Bild aufklappen lassen, das zwei blonde Buben zeigte. Sie sahen aus wie Miniaturausgaben Henrys.

«Großartige Jungs», sagte ich – die Standardantwort auf Kinderbilder. Diesmal aber meinte ich es ehrlich. Es war zwar ein Klischee, aber Henry strahlte wie ein Honigkuchenpferd.

Ich hatte schon gehört, daß er ein teilweise alleinerziehender Vater und seinen beiden Söhnen mit Haut und Haaren verfallen war. Man erzählte sich, daß Henrys einstige Frau, die er während des Studiums (er Harvard, sie Radcliffe) kennengelernt hatte und die als Expertin für Arbeitsorganisation arbeitet, von der neuen Trucker-Gewerkschaft angeheuert worden war, um bei der alten in Newark aufzuräumen. Henry hatte sich geweigert mitzugehen, weil er nicht wollte, daß seine Kinder die Luft New Jerseys zu atmen bekamen – was wohl so ist, als rauchte man stündlich fünfzehn Schachteln Lucky Strike. Man einigte sich deshalb auf eine Teilung der elterlichen Fürsorgepflicht – Henry kümmerte sich während der Schulzeit um die Kinder, und seine jetzige Exfrau bekam sie im Sommer und in den Ferien, solange sie nicht in Newark blieb, sondern mit ihnen irgendwo hinfuhr.

Ich reichte Henry die orangefarbene Wasserpistole. Er

steckte sie in seine Brusttasche und ging dann um den Wagen herum zu seiner Tür. Trotz seiner beachtlichen Größe brachte er sich recht schnell auf dem Fahrersitz unter.

«Okay, jetzt sitzen wir also im Auto», sagte er. «Nun erzählen Sie mir mal was über die February Farm, und erklären Sie mir, wieso ein Pferd, das gar keine Rennen läuft, 250 000 Dollar wert sein kann.»

«Drücken Sie erst mal auf die Tube», gab ich zurück. «Die Polizei mag ja langsam sein, aber tot ist sie nicht. Fahren Sie die Providence Road runter, bis zur Bundesstraße 16, und auf der immer weiter, bis Sie keine Backsteinhäuser mehr sehen.»

Ich redete, während draußen Charlotte, die «Queen City of the Carolinas», an uns vorbeiglitt. Eine neue Ziegelsteinparzelle mit Azaleenkübeln nach der anderen. Wir kamen nur selten an Häusern vorbei, die älter waren als zwanzig oder dreißig Jahre. Alles, was alt oder historisch gewesen war, hatte man abgerissen, um Platz für Gebäude mit glitzernden Glasfassaden zu gewinnen, die Namen trugen wie Nations-Bank Towers (nach dem napoleonischen Chef dieser Megabank, Hugh McColl, auch Taj McColl genannt). Was Charlotte an architektonischem Glanz fehlte, das glich es durch einen herrlichen Baumbestand aus. Groß, anmutig, zu Halbbögen aufragend, sind die Bäume die Kronjuwelen dieser Stadt und der Stolz ihrer Bewohner. Als der Hurrikan «Hugo» zweihundertfünfzig Meilen landeinwärts gezogen und durch Charlotte hindurchgebraust war, hatte die Stadt die umgestürzten Bäume so heftig betrauert, als wäre ein ganzer Bus voller Kinder verunglückt und keines mit dem Leben davongekommen.

Die höchsten und majestätischsten Bäume stehen an den vielen Queens Roads. Es gibt ein ganzes Labyrinth von Straßen, die alle diesen Namen tragen. Sie durchziehen den Myers Park, eines der ältesten und feinsten Viertel der Stadt. Niemand hat je zu erklären vermocht, warum fünf oder sechs

Straßen den gleichen Namen haben. Ich kann mir nur vorstellen, daß sich in der Queens Road von alters her das Geld angesiedelt hat, weshalb die Stadtentwickler immer mehr Straßen Queens Road nannten, um reiche Leute anzulocken, die der Stadt etwas einbrachten. Weil es so viele Straßen gibt, die Queens Road heißen, kann man sich in diesem Dschungel leicht verlaufen, was so übel gar nicht ist, wenn man es nicht gerade sehr eilig hat. Dort stehen Weidenbäume, die so hoch sind wie Bürohäuser und deren oberste Äste sich zu einem Baldachin aus fiedrigem Grün verschränken, so daß man meinen könnte, man glitte durch einen Märchentunnel.

Während wir aus der Stadt hinausfuhren, erzählte ich Henry ein bißchen was von der Welt der Reitturniere und davon, daß 250 000 Dollar kein Geld für Leute sind, die zwei Millionen Dollar teure Wochenendsitze im Jagdland Virginia bar bezahlen können und deren Familiennamen – Dodge, Maytag, Johnson, Bladstone, Du Pont – in jedem amerikanischen Haus zu finden sind.

«Man muß es gesehen haben, um es glauben zu können», sagte ich. «Stellen Sie sich eine schnatternde Schar zehnjähriger kleiner Mädchen vor, die mit ihren extra für sie gefertigten Honda-Dreirädern über das Turniergelände fahren, während ihre Pferdepfleger die 100 000-Dollar-Ponies fertigmachen. Man hilft ihnen aufs Pferd, sie galoppieren über die Bahn und werden von ihren Müttern und Trainern angeschrien, wenn sie vor einem Hindernis den Absprung verpatzen, also zehn Zentimeter zu dicht ranreiten oder fünfzehn Zentimeter zu weit weg sind. Und wenn die Kleinen am Ende kein blaues Band bekommen, dann kriegen sie einen Wutanfall, und Daddy kauft ihnen ein neues, noch teureres Pferd. Das allerschlimmste aber ist ... kein Mensch lächelt. Da ist ein Sport, der Spaß machen soll, und niemand lächelt.»

«Wozu ihn also ausüben?» fragte Henry.

«Das frage ich mich auch immer wieder. Pferde geben mir

das Gefühl, im Gleichgewicht zu sein. Ich weiß, ich höre mich an wie mein Vater, der ein staatlich geprüfter New-Age-Spinner ist, aber es stimmt. Wenn ich eine Woche nicht mehr geritten bin, dann ist mir, als verlöre ich den Halt. ‹Angespannt› wäre eine höfliche Beschreibung meines Zustands, ‹zickig› eine zutreffende. Es gibt nichts Schöneres für mich, als mit meinem Pferd eine Bahn zu reiten, und alles stimmt. Aber wenn Rob bei Turnieren anfängt, mich anzubrüllen, dann, das muß ich zugeben, lächle ich auch nicht gerade viel.»

«Wer ist Rob?»

Wir waren in den weiß geschotterten Zufahrtsweg zur February Farm eingebogen, der von zwei gigantischen Ahornbäumen flankiert wurde.

«Das ist Rob», sagte ich und zeigte auf einen Mann in türkisfarbenem Polohemd und frisch gebügelten Jeans. Er saß zusammengekrümmt in einem marineblauen Regisseursstuhl, auf dessen Rückenlehne in jagdgrüner Farbe die Buchstaben FF aufgemalt waren, neben der Stalltür. Er hielt ein Papierhandtuch vor den Mund, hatte einen Eimer vor sich stehen, und seine Augen waren röter als der knallrot gestrichene Stall. Gerade als Henry dorthin blickte, wohin ich zeigte, übergab sich Rob in den Eimer – es war ein jagdgrüner Eimer mit marineblauem FF-Monogramm.

«Rob ist mein Trainer», sagte ich und sah in die entgegengesetzte Richtung. «Er leitet den Stall für Cameron Clarke.»

«Clarke wie Clarke-Crackers?» fragte Henry.

«Sie haben das Wesentliche der Sache schon recht gut kapiert», antwortete ich. Alle möglichen Automaten auf Gottes weiter Welt bieten Clarkes Crackers feil. Die Clarkes gehörten zum ältesten Geldadel von Charlotte, und ihr Name stand unter der Hälfte der Schätze des Kunstmuseums. Alle weiblichen Nachkommen hießen Maryclarke, Sarahclarke, Kimclarke oder einfach Clarke.

Henry hielt am Stall, neben einem Polizeiwagen. Einer der

beiden Beamten war draußen und tat so, als nähme er den Schauplatz genauer in Augenschein, aß in Wirklichkeit aber Maulbeeren von einem knorrigen Baum, der wie die arthritische, nach dem Himmel grapschende Hand eines Riesen aussah. Da Polizisten immer zu zweit auftreten, nahm ich an, daß der andere bei den Toten im Stall war.

Als Rob aufsah und mitbekam, was ich neben mir sitzen hatte, beförderte er den Eimer mit einem Tritt hinter seinen Stuhl und wischte sich mit – wie ich angesichts der Umstände zugeben muß – großer Anmut den Mund ab. Henry und ich stiegen aus. Rob richtete sich auf und sagte tatsächlich «Hallo» zu mir, sah dabei jedoch Henry an. In den zweieinhalb Jahren, die Rob jetzt mein Trainer war, hatten wir noch nicht ein einziges normales Gespräch geführt. Er hatte noch nie «Tag, Nattie, wie geht's denn so?» oder irgend etwas geäußert, was einer zivilisierten Plauderei nahegekommen wäre. Zumeist saß ich auf meinem Pferd und wärmte mich für eine Reitstunde auf, während er in die Bahn kam, jedem Wetter und selbst allem Matsch zum Trotz wie aus dem Ei gepellt aussah und murmelte: «Wie geht's?», womit er aber mein Pferd meinte. Ich setzte ihm daraufhin auseinander, daß das Tier entweder zu schnell oder zu langsam ginge, aber er unterbrach mich stets und sagte nur: «Traben Sie einfach mal los.» Dann kam zumeist das Springen, und wenn ich so richtig Scheiße gebaut hatte, stemmte er einen Arm in die Hüfte und schrie: «He, Schätzchen, Sie glauben wohl, Sie fahren einen Lastwagen!»

Im allgemeinen bin ich nicht auf die Zustimmung von Autoritätspersonen aus, eher im Gegenteil. Am Lob von Trainern aber war mir seit jeher ungeheuer viel gelegen. Sie ließen aus mir ein schwanzwedelndes, herrchenabschleckendes kleines Hündchen werden. Und das war heute nicht anders.

«He, Rob, das ist Henry Goode. Wir arbeiten zusammen beim *Commercial Appeal.*»

Rob lächelte. Selbst mit geröteten Augen und grünlicher Blässe sah er verdammt gut aus. Noch so ein Blondschopf mit herrlichem Körper! Rob war allerdings so säuberlich manikürt und frisiert, war so sorgfältig – und künstlich – zurechtgemacht, daß er eher aussah wie ein frisch gestutzter Zierstrauch.

Falls Henry mitbekam, daß er von Rob taxiert wurde, so ließ er sich das nicht anmerken.

«Mein Gott, Sie glauben ja gar nicht, was heute morgen hier passiert ist», sagte Rob. «Das war der schlimmste Tag meines Lebens, wo es doch eigentlich der schönste werden sollte. Zunächst einmal wachte ich auf und mußte ...»

Rob war für seine Verhältnisse geradezu geschwätzig. Er brauchte wohl keine Was-würde-ich-nicht-alles-für-einen-netten-Kerl-tun-Linie zu überschreiten. Dann wurde er aber wieder grün im Gesicht, und ich fragte mich, was wohl mehr Macht über den menschlichen Körper hatte – die Hormone oder die Eingeweide.

«Es war Wally», sagte Rob. «Ich fand ihn tot in Ruskies Box. Er hat versucht, Ruskie zu erschlagen.»

DREI ■

Ich ließ Henry bei Rob zurück. Teilweise Rob, teilweise mir zuliebe. Ohne Henry konnte ich an dem Polizisten vorbeikommen, der tatsächlich im Stall umhergeisterte.

Als ich in den Stall hineinging, hörte ich, wie der Beamte draußen – der Maulbeerenesser – zu Rob und Henry trat. «Was dagegen, wenn ich mir mal den Heuschober ansehe?» fragte er Rob.

«Mir wär's lieber, Sie täten das nicht», antwortete dieser. «Das Heu ist in Ballen aufgestapelt, und ich möchte nicht, daß da etwas in Unordnung gerät.»

«Hören Sie mal, guter Mann», sagte der Polizist, «ich kann auch mit einem Durchsuchungsbefehl wiederkommen und dann für echte Unordnung sorgen. Oder ich seh mir alles jetzt gleich an, und nichts gerät durcheinander. Ganz wie Sie wünschen.»

«Machen Sie, was Sie für richtig halten», sagte Rob. Mir entging das Knurrige in seiner Stimme nicht – es war derselbe Ton, den er immer anschlägt, wenn ich mein Pferd zum drittenmal vor einem Hindernis zurückreiße, weil ich Angst davor habe. «Da oben ist es wahnsinnig heiß. Aber wenn Sie darauf bestehen. Der Aufgang ist dort drüben, auf der linken Seite.»

Ich schlich an der Rückwand entlang bis zu Ruskies Box. Beide waren dort. Ruskie und Wally. Beide blutiger als eine Portion Gehacktes. Ich spürte, wie sich mein Magen zusammenkrampfte und wie mein Verstand jede Tätigkeit einstellte. Ich griff nach der Seitenwand und verlor das Bewußtsein. Es dauerte nur ein paar Sekunden, aber als ich wieder zu mir kam, sah ich, daß Henry neben mir stand.

«Netter Versuch, Gold», sagte er. «Das nächste Mal sagen Sie mir bitte, wohin Sie gehen. Rob hat mir ein paar interessante Dinge erzählt.»

«Das bezweifle ich nicht», gab ich zurück. «Ich bin sicher, daß er nur so darauf brennt, Ihnen später noch mehr zu erzählen, unter vier Augen.»

Henry lachte und legte mir eine Hand auf die Schulter. «Nein danke. Alles in Ordnung?»

«Mir ist ein bißchen schummrig, aber sehen wir uns lieber den Burschen da mal an, bevor der Bulle spitzkriegt, daß wir hier drin sind.»

Ich holte tief Luft und sammelte mich – genau so, wie ich es tue, wenn ich mit meinem Pferd ein hohes Hindernis angehe. «Wirf erst dein Herz hinüber und spring dann hinterher, um es wieder aufzufangen», hat mir mal ein Trainer gesagt. Genau das tat ich jetzt und beugte mich zu Wally hinab, um ihn mir etwas genauer anzusehen.

Er hatte am ganzen Körper Schwellungen und war grün und blau von den Tritten, mit denen ihm Ruskie die Scheiße aus dem Leib getreten hatte.

«Der hat einiges einstecken müssen», meinte Henry. «Ich wußte gar nicht, daß Pferde so gewalttätig sein können.»

«Sie haben Ruskie nicht gekannt», sagte ich. «Wally hat sich mit dem falschen Pferd eingelassen.»

Ich konnte die Tränen nicht mehr zurückhalten. Da lag Ruskie, das Gehirn quoll ihm aus dem Schädel, und seine schönen langen Beine waren gekrümmt, gebrochen und blutüberströmt. Wenn Wally nicht tot gewesen wäre, hätte ich ihm einen Schlag ins Gesicht versetzt.

«Sie weinen um ein Pferd?» fragte Henry.

«Ja, das tue ich. Was dagegen?» Ich wandte mich Wally zu. Er war an der Seitenwand der Box zu Boden gesackt, und sein Kopf hing in einer Weise zur Seite, wie man das nur bei Toten und bei Kleinkindern, die in ihrem Autositz schlafen, sehen kann. Sein Körper war mit Hufabdrücken übersät.

«He, was um alles in der Welt machen Sie denn hier drin? Ein Mann ist tot, da können wir nicht zulassen, daß alles durcheinandergeschmissen wird.»

Ich blickte auf und sah, daß der Mann von der Polizei auf mich herabstarrte. Er war ungefähr fünfunddreißig Jahre alt, hatte dunkles, gewelltes Haar und die dunkelolivfarbene Haut der Mittelmeeranwohner, also nicht gerade die für das Hinterland Carolinas typische Färbung.

«Oh, hallo», sagte ich und versuchte, mir den Anschein zu geben, als wäre ich nur mal eben zum Stall herausgekommen, um nach meinem Pferd zu sehen. «Mir gehört das Pferd in der Box da drüben. Die Fuchsstute mit der weißen Blesse.»

«Ihnen gehört was?» fragte der Beamte zurück.

«Dieses Pferd dort, da, es streckt gerade den Kopf aus der

Box. Es gehört mir. Ich wollte es meinem Freund hier zeigen, der als Kind geritten ist und jetzt daran denkt, wieder damit anzufangen. Dann erzählte mir Rob von dem armen Ruskie, und ich wollte nur mal sehen, was passiert ist. Können Sie glauben, daß jemand so grausam sein kann?»

«Sieht so aus, als hätte der Mann gekriegt, was er verdient hat. Sie kommen besser aus der Box raus, bevor der Leichenbeschauer auftaucht. Der hält sich für Quincy höchstselbst und mag's gar nicht, wenn in dem Beweismaterial rumgewühlt wird, auch dann nicht, wenn ein Pferd das Verbrechen begangen hat.»

Ich zog Henry aus der Box. «Na, ich hoffe, man holt Ruskie und den Toten bald hier raus. Wenn die noch ein Weilchen länger liegenbleiben, werden sie so stark riechen, daß man eine Gasmaske braucht. Also kommen Sie, Henry, schauen wir mal, ob Sie zu groß für Brenda sind.»

Ich öffnete die Tür zur Box meines Pferdes und bedeutete Henry, mir hineinzufolgen. Da er gesehen hatte, was Ruskie Wally angetan hatte, war er allerdings nicht allzu scharf darauf, die Box zu betreten.

«Nun mal los, ich lasse sogar die Kinder meiner Freunde auf ihr reiten. Sie tut Ihnen nichts, beschnuppert Sie höchstens.»

Brenda hob die Nüstern zu Henrys Gesicht und atmete schnaufend aus. So überprüfen Pferde Menschen, die ihnen fremd sind. Henry tätschelte Brendas Hals.

«Schau an, ein Naturtalent», sagte ich

«Wem gehört eigentlich Ruskie? Und braucht er oder sie so dringend Geld, daß er oder sie das Pferd umbringen lassen mußte?» fragte Henry. «Denn darum geht's doch, oder nicht? Um die Versicherungssumme, wenn ich das richtig sehe?»

Henry war auf dem laufenden. Das Töten von Pferden pflegte das schmutzige kleine Geheimnis der Turnierreiterkreise zu sein – bis zum 27. Juli 1994, als der amerikanische Justizminister gegen dreiundzwanzig der bekanntesten Vertreter dieser Industrie Anklage erheben ließ.

«Sie haben's erfaßt», sagte ich. «Es mag zwar ekelhaft sein, aber das Töten eines Pferdes verstößt nicht gegen das Gesetz. Es ist Sache der Versicherungsgesellschaft, einen Betrug nachzuweisen. Selbst wenn die Polizei rausfinden sollte, warum Wally mit einer Brechstange auf Ruskie losgegangen ist, wird sie das nicht allzusehr interessieren. Ich will Ihnen aber mal etwas verraten, was die Polizei allem Anschein nach noch nicht weiß: Ruskie hat Wally gar nicht umgebracht. Wally ist von jemandem ermordet worden, der wollte, daß es so aussähe, als wär's Ruskie gewesen.»

«Und woher wollen Sie das wissen?» fragte Henry.

«Schschsch», machte ich. «Sagen Sie jetzt nichts. Sehen Sie mal.»

Der Polizist ging – oder besser, schlenderte – den Gang entlang in Richtung Stalltür. Vor der Box meines Pferdes blieb er stehen und schaute herein.

«Es fängt schon zu riechen an», sagte er. «Ich warte lieber draußen auf den Medizinmann. Wenn Ihnen später noch irgendwas zu der Frage einfällt, warum der Bursche da auf dieses große Pferd eingedroschen haben könnte, dann rufen Sie mich an, ja? Mein Name ist Odom, Detective Tony Odom. Hier ist meine Nummer.»

Er schrieb sie auf die Rückseite des Pappschildchens einer chemischen Reinigung.

«Ich werde darüber nachdenken und Sie anrufen, falls mir irgend etwas einfällt», sagte ich.

«Aber tun Sie's wirklich, ja?» Er sah ein paar Sekunden länger als erforderlich zu mir herüber. Ich war es, der seinem Glotzen ein Ende machte.

«Selbstverständlich», sagte ich. «Passen Sie nur auf, daß Sie da draußen keinen Sonnenstich kriegen.»

Er drehte sich um und setzte sich wieder in Bewegung, blieb dann aber noch einmal stehen. Er zeigte auf Henrys Hemd und sagte: «He, Sie, haben Sie eigentlich die Genehmigung, eine verdeckte Waffe zu tragen?»

Henry wurde kurz blaß und schlug dann, sich an die Wasserpistole seines Sohnes erinnernd, auf die Brusttasche seines Hemdes. Odom lachte und ging nun endgültig fort.

Er blieb vor der Schiebetür an der Stirnseite des Stalls stehen. Zu beiden Seiten der Tür hingen Farbvergrößerungen in Rahmen mit spiegelfreiem Glas. Einige zeigten Melissa Mayfield, deren Vater so gut wie die Hälfte von ganz Charlotte gebaut hatte, bis seine Firma dann pleite gegangen war. Rob hatte das Mädchen von ihrem achten Lebensjahr an trainiert und aus der kleinen Ponyreiterin eine erfolgreiche Teilnehmerin an der National Horse Show gemacht. Sie war drei Jahre hintereinander in der Klasse der Junioren Hunterchampion geworden. Die meisten Fotos aber zeigten Ruskie – entweder übersprang er gerade Hindernisse, oder er trug das dreifarbige Band des Champions um den Hals.

Odom besah sich die Bilder, und ich fragte mich, ob er wohl den Reiter auf Ruskies Rücken erkannte. Es war Wally Hempstead.

Ich drehte mich zu Henry um. «Ich denke, wir sollten hier verschwinden, bevor der Detective neugieriger wird.»

«Ich glaube, dem ist das Pferd völlig Wurscht», sagte Henry. «Der hat lediglich versucht dahinterzukommen, wer ich bin und in welcher Beziehung ich zu Ihnen stehe. Ich glaube, er ist an Ihnen interessiert. Vielleicht möchte er gern rauskriegen, ob es wirklich stimmt, was man sich über die Yankeefrauen erzählt.»

«Und was erzählt man sich über sie?» wollte ich wissen.

«Ein andermal, fahren wir erst einmal zurück», erwiderte er. «Mir wird der Geruch hier drin allmählich auch etwas zu streng.»

Rob saß noch immer draußen vor dem Stall und war noch immer so grün im Gesicht, daß es sich mit seinem türkisfarbenen Hemd biß. Tony Odom hatte den Stall verlassen und war zum Auslauf gegangen. Er tätschelte dort Allie – mit vollem Namen All Dressed Up –, einen wunderschönen Schweißfuchswallach, der Gail, meiner besten Freundin, gehörte. Dabei ließ uns Odom aber nicht aus den Augen, als wir auf Henrys Auto zugingen.

Ich winkte ihm einen Abschiedsgruß zu, wobei mir ein bißchen unbehaglich zumute war. Ich hatte keinen BH an. Nicht, daß ich einen gebraucht hätte. Da gab's nicht viel, was hätte wackeln können, auch nicht bei gestrecktem Galopp. Aber ich fragte mich, ob Odom es sehen konnte und seinen Vorurteilen über Yankeefrauen ein weiteres hinzufügen würde.

Henry ging noch kurz bei Rob vorbei und legte ihm die Hand auf die Schulter. «Vielen Dank für Ihre Hilfe, Rob. Ich hoffe, es geht Ihnen inzwischen wieder besser. Sollte Ihnen noch etwas zu Wally einfallen oder dazu, wieso er das getan hat, dann rufen Sie mich doch beim *Appeal* an.»

Meine Fresse, der schmiß sich aber ran!

Wir stiegen in Henrys Honda, und er ließ die Klimaanlage auf vollen Touren laufen. Als wir den Zufahrtsweg hinunterfuhren, knirschte der Kies unter den Reifen.

«Jetzt mal raus mit der Sprache, Nattie», sagte Henry. «Der Polyp meint, das Pferd habe Wally getötet, Sie aber glauben, Wally sei ermordet worden. Wie kommen Sie darauf?»

«Das glaube ich nicht», antwortete ich, «sondern ich weiß es.»

«Also schön, und woher?»

«Lassen Sie uns zunächst mal eines klären», sagte ich. «Ich habe die Verbindungen, ich kenne die Pferdewelt. Arbeiten wir also bei dieser Story zusammen?»

«Klar doch, Sie können mir sagen, ob alle die Farben richtig aufeinander abgestimmt haben.» Henry lächelte, und deshalb wußte ich, daß es ein Scherz sein sollte. Ich lachte aber nicht darüber.

«Sie, ich habe bei dem Blatt, bei dem ich vorher war, über Atomenergie geschrieben, also hören Sie auf damit, ja?» sagte ich.

«Nattie Gold, die in der ganzen Redaktion wegen ihrer rasiermesserscharfen Zunge gefürchtet ist, kann Hiebe austeilen, aber nicht einstecken. Ist es so?»

«Okay, okay, ich gebe ja zu, daß ich bei diesem Thema sehr empfindlich bin. Es klingt platt, ich weiß, aber ich nehme den Journalismus nun mal ernst und ich will nicht, daß alle Leute meinen, ich hätte nix im Kopp, bloß weil ich über Mode schreibe.»

«Glauben Sie mir, Nattie, niemand hält Sie für blöd. Aber würden Sie mir jetzt bitte mal sagen, woher Sie wissen wollen, daß das da im Stall ein Mord ist?»

«Die Hufabdrücke. Sie sind falsch herum», sagte ich. «Sie zeigen nach unten, wie ein umgekehrtes U. Ein Pferd kann so gar nicht treten.»

Henry warf mir einen Was-soll-das-heißen-Blick zu.

«Halten Sie an und steigen Sie aus. Ich zeig's Ihnen», sagte ich.

Henry fuhr in die Einfahrt wildfremder Leute hinein, und wenn die uns hinter ihren Fenstern beobachtet hätten, hätten sie folgende Merkwürdigkeit zu sehen bekommen: Eine kleine Frau mit langem rotem Haar wandte einem blonden Riesen den Rücken zu und trat nach ihm.

«Stellen Sie sich vor, ich bin ein Pferd», sagte ich. Ich zog das Knie an und trat dann nach hinten gegen seinen Oberschenkel.

«Jetzt packen Sie meinen Fuß und sehen Sie sich die Schuhsohle an. Die Hacke ist oben. Wenn ich wirklich ein Pferd wäre, wäre das der Bogen des U. Alle Abdrücke auf Wallys Körper sind aber andersherum.»

«Interessant. Aber vielleicht hat das Pferd auf dem Kerl rumgetrampelt, als der am Boden lag», wandte Henry ein.

Henry hatte keinen blassen Dunst von Pferden, brauchte aber nur ganze zwei Sekunden, um sich vorstellen zu können, wo sich ein Körper befinden mußte, um zu dieser Art von Hufabdrücken zu kommen!

«Daran habe ich auch gedacht», sagte ich. «Aber als wir Wally fanden, saß er. Er könnte sich zur Seitenwand der Box geschoben und in dem Bemühen, Ruskie zu entkommen, aufgesetzt haben. Das wäre möglich, aber ich bezweifle es. Selbst wenn es so gewesen wäre, wären die Hufabdrücke immer noch falsch herum. Irgendwer, und zwar ein menschlicher Irgendwer, hat mit einem an irgendwas befestigten Hufeisen auf ihn eingeprügelt.»

«Wie können Sie da so sicher sein?» fragte Henry. «Läßt Ihnen der Geist von Ruskie aus dem Pferdehimmel Botschaften zukommen?»

Ich hatte Henry ein bißchen was über meine eigentümliche Beziehung zu Pferden erzählt und fing an, es zu bereuen. Er mußte das von meinem Gesicht abgelesen haben.

«Aber Nattie, ich mache doch nur Spaß. Es tut mir leid, wenn ich Sie gekränkt haben sollte. Bitte sagen Sie mir, woher Sie das wissen wollen.»

Der Mensch hatte Manieren und Feingefühl. Ihn könnte ich wohl meiner Mutter präsentieren.

«Ruskie trug nicht solche Hufeisen, wie sie Wally getroffen haben», sagte ich.

Henry sah mich halb überrascht, halb ehrfürchtig an. «Das ist ja absolut brillant, Nattie. Wie kommen Sie darauf?»

Ich mochte ihm nicht sagen, daß es das Glück gewollt hatte, daß ich am Vortag ausgerechnet zu der Zeit im Stall gewesen war, als der Schmied die Hufeisen ausgewechselt hatte. Es war mir nicht unlieb, wenn man mich für brillant hielt.

«Die Hufabdrücke auf Wallys Körper sind flach und weit. Wer immer ihn umgebracht hat, kennt sich aus und weiß, was die Pferde an den Hufen tragen. Was er aber nicht wußte, ist, daß Ruskie erst gestern neue Eisen bekommen hat. Neue aus Stahl, mindestens zweieinhalb Zentimeter schmaler als die Aluminiumteller, die vorher drauf waren.»

«Teller?»

«So nennen wir das manchmal. Vielleicht, weil sie so groß wie flache Teller sind. Es handelt sich um Hufeisen aus Aluminium. So gut wie alle Spitzenpferde kriegen sie, weil sie leichter sind.»

«Leichter? Was bedeutet das?» fragte Henry. «Und warum dann der Wechsel zu den schwereren Eisen?»

Ich erklärte ihm, was bei Turnieren vor sich ging. Ich erzählte ihm, daß Ruskie ein Hunter, ein Jagdpferd, war und bei Jagdspringen an den Start ging. Daß man ursprünglich bei den Springprüfungen getestet hatte, ob ein Pferd für das Feld, für die Reitjagd geeignet war.

«Sie wissen doch», sagte ich, «dieser angebliche Sport, bei dem Leute in roten Röcken hinter einer Meute kläffender Fuchshunde herjagen, die ihrem Namen Ehre machen und einen Fuchs jagen, der vor Angst ganz von Sinnen ist, weil er weiß, daß er schon bald in Stücke gerissen wird. Sprechen Sie im übrigen nie einfach nur von Hunden, das ist für Jagdreiter gleichbedeutend mit Analphabetentum. Haben Sie das alles nicht auf Ihrer Internatsschule gelernt, damals, als Sie noch mit den Miss-Porter-Girls gegangen sind?»

«Ich hab mich an die jungen Damen aus Madeira gehalten. Los, erzählen Sie schon weiter», sagte Henry.

Wir waren uns beide der Ironie dieser Unterhaltung durchaus bewußt – ich, eine Jüdin aus dem Reihenhaus-Philadelphia, erklärte ihm, dem Abkömmling einer uramerikanischen Familie aus dem Hügelland Connecticuts, die Fuchsjagd!

«Gut», sagte ich, «eines der Auswahlkriterien ist, wie weit so ein Pferd mit dem geringsten Kraftaufwand kommen kann. Dann kann es nämlich länger und weiter laufen. Je mehr ein Pferd die Vorderbeine durchbiegt – man spricht von hohen Gängen –, desto mehr geht die Energie auf und ab statt in die Länge und nach vorn. Das Pferd soll aber das sein, was man einen ‹Daisycutter› nennt, das heißt, sein Trab soll lang und raumgreifend sein, also nicht allzuviel von dem zeigen, was viele Leute fälschlicherweise als Knieaktion bezeichnen. Zu kompliziert?»

«Nein», sagte Henry. «Sprechen Sie weiter. Ich versuche, das alles auf Basketball zu übertragen.»

Ich erzählte ihm zum Schluß noch, was gute Läufer sind und wie man ein Pferd dazu machen kann – beispielsweise indem man das Gewicht seiner Hufeisen verringert. Je mehr Gewicht man einem Pferd an die Hufe hängt, desto höher hebt es sie.

«Und deshalb tragen alle Spitzenpferde und solche, die es sein möchten, leichtgewichtige Aluminiumeisen», sagte ich. «Das Problem ist, daß diese Eisen keinen guten Schutz vor Steinen oder auch nur zusammengebackenen Lehmklumpen bieten. Wenn man ein Pferd damit zu oft über den Parcours jagt, setzt man seine Gesundheit aufs Spiel. Rob hat Ruskie in diesem Jahr sehr häufig eingesetzt, weil er auf Punkte für den ‹Pferd des Jahres›-Wettbewerb aus war. Ruskies Beine fingen an den Dienst zu versagen, und es brauchte immer mehr Mittelchen, um ihn fit zu halten. Wie ich annehme, wählte Rob deshalb auch die schwereren Eisen, denn wahrscheinlich glaubte er, daß davon Bestehen oder Nichtbestehen der tierärztlichen Untersuchung abhängen könnte. Übrigens beschlägt man die Hinterhufe nie mit Aluminiumeisen. Das bringt nichts. Die Richter gehen nur danach, wie gerade die

Vordergliedmaßen sind. Auf den Hinterhufen hatte Ruskie also richtige Hufeisen, an deren hinteren Enden sich kleine Verstärkungen befanden.»

Hier konnte mir Henry nun nicht mehr folgen.

«Verstärkungen?» fragte er. «Ist das so etwas wie diese Spezialschuhe für kleinwüchsige Leute?»

«Nicht einmal lauwarm», antwortete ich. «Eher so etwas wie orthopädische Hilfen für Mädchen mit schlaksigen Beinen. Wenn bei einem Pferd die Hinterbeine bodeneng sind, also zu eng stehen, dann schlagen die Fesselköpfe gegeneinander, sobald es etwas anderes tut als still stehen. Um dieses Streichen zu verhindern, schweißt man hinten auf die Außenseiten der Eisen kleine Metallstücke von ein paar Zentimeter Länge. Das Pferd drückt die Beine dann so weit nach außen, daß es sich nicht mehr dauernd selbst schlägt. Sie können mir glauben, daß diese Veränderungen am Eisen deutlich erkennbare Abdrücke hinterlassen. Das sieht dann eher wie ein kursives *U* aus. Und solche habe ich bei Wally nirgendwo entdekken können. Aaaalso, deshalb weiß ich, daß die Hufabdrücke auf Wallys Körper nichts mit Ruskie zu tun haben.»

«Ausgezeichnet», sagte Henry. «Ich will auch nie, nie wieder Scherze über Ihre Modeschreiberei machen. Versprochen!»

VIER ■

Ethos. Schwierige Sache für die Journalisten der Printmedien. Betonung auf *Print*. Die Leute bei Hörfunk und Fernsehen zerbrechen sich, soweit ich weiß, darüber den Kopf nicht allzusehr.

Alle Zeitungsreporter und Redakteure, die ich kenne, lassen sich nur allzugern über das Was-Wenn der journalistischen Ethik aus – sie tun das noch lieber, als über ihren Chef zu klagen. Fragen wie: Wann sind bei Verfolgung einer Story Täuschungsmanöver hinnehmbar? Vor Jahren brachte die *Chicago Sun-Times* mal eine heiße Geschichte über Schmiergeldaffären, in die Aufsichtsbeamte der Baubehörde verwickelt waren. Ein paar Reporter hatten damals eine Bar aufgemacht, um festzustellen, wem und wieviel für die Schanklizenz gezahlt werden mußte. Kein Mensch ahnte, daß die Betreiber der Bar Reporter waren, bis dann das Blatt die Sache an die große Glocke hängte. Das löste in der Zeitungsbranche eine heftige Kontroverse aus: War die Lüge ethisch zu rechtfertigen? Das Fazit lautete nein – in den verschiedensten Abstufungen.

Jede Zeitung hat ihre eigenen Richtlinien. Da Fred Richards die fixe Idee hat, man dürfe dem Leser in gar keiner Weise zu nahe treten, gelten bei uns strenge Regeln: Wir müssen uns, wenn wir an einer Geschichte arbeiten, immer sofort als Reporter des *Appeal* zu erkennen geben.

Ich hatte es im Falle des Polizisten mit dieser Regel nicht allzu genau genommen, wenn nicht sogar eindeutig gegen sie verstoßen. Auf der Fahrt zurück in die Stadt diskutierten nun Henry und ich die Frage, ob wir Detective Odom anrufen und ihm sagen sollten, warum wir wirklich dort draußen gewesen waren, oder nicht.

Henry war ein braver Junge, der sich immer an die Spielregeln hielt. Er wollte Odom informieren, sobald wir in der Redaktion angekommen waren.

«Ich wette, Sie parken Ihr Auto immer genau zwischen den gelben Linien», sagte ich.

«Das tue ich. Und ich wette, daß Sie sich genau auf die Linie stellen und zwei Plätze belegen oder, noch schlimmer, daß Sie direkt vor dem Haupteingang auf dem Bürgersteig parken.»

«Okay, ich geb's zu. Ich hol kein Lineal raus und stelle sicher, daß der Abstand zu den gelben Linien auf beiden Seiten genau fünfzehn Zentimeter beträgt. Und manchmal, ja, wenn ich es sehr eilig habe, dann halte ich auch direkt vor der Tür – zum Beispiel, wenn ich nur reinlaufen und eine Schachtel Tampax besorgen muß.»

Ich sah, daß Henry rot wurde. Es ist komisch, wie die Männer bei Menstruationsgerede sofort verstummen. «Also», fuhr ich fort, «wenn dieser Möchtegern-Quincy gut ist, dann kommt er auch so dahinter. Warten wir einen Tag und sehen wir zu, was wir ausgraben können, und dann können Sie Odom anrufen. Abgemacht?»

«Ich werde darüber nachdenken. Ich laß Sie's wissen, wenn wir wieder in der Stadt sind.»

Henry war ein Wiederkäuer, das stand fest. Bei dieser Story würde es keine schnellen Schachzüge und Entscheidungen geben. Aber ich konnte damit leben. Wie oft bekommt eine Modejournalistin schon mal die Gelegenheit, einen Mörder zu überführen?

«Beantworten Sie mir noch eine Frage», sagte Henry. «Wozu die Gewalttätigkeit? Wenn man ein Pferd tötet, um an die Versicherungssumme zu kommen, dann sollte doch wohl, denke ich, alles so aussehen, als handelte es sich um einen natürlichen Tod. Vier gebrochene Beine sind aber nicht natürlich.»

Diese Frage hatte auch mich beschäftigt und war einer der Gründe dafür gewesen, warum ich zu Ruskie in die Box wollte. Unglückseligerweise war dann Odom dazwischengekommen, bevor ich noch das blutige Stroh hatte absuchen können.

«Ich wette, irgend jemand wird in der Box ein elektrisches Kabel mit zwei Polklemmen finden», sagte ich. «Es ist grausig, aber es funktioniert. Man macht aus dem Pferd einen riesigen Glühfaden. Die eine Klemme kommt ans Ohr, die andere an den Hintern. Wenn man dann den Stecker in die Dose steckt, fließt so viel Saft durch den Gaul, daß ihm die Eingeweide gegrillt werden. Es fällt tot um, und der Tierarzt gibt als Todesursache Kolik an. Für den Fall, daß das Pferd nicht gegen Koliken versichert ist, zerschmettert ihm der Killer noch ein Bein oder auch zwei, damit es so aussieht, als hätte es in der Box wild um sich geschlagen und sich dabei ein Bein gebrochen.»

«Sind Pferde so dumm?» wollte Henry wissen.

«Nicht eigentlich dumm», antwortete ich. «Es ist eher so, daß sie keinen Zugang zu unseren Verhaltensweisen haben. Pferde sollen ja eigentlich draußen im Freien leben. Sie sind Grasfresser. Was sagen ihnen schon vier Wände? Wenn sich ein Pferd zu dicht an der Wand hinlegt, kann es sich, wie man sagt, festlegen. Es hat dann nicht genug Platz, um wieder auf die Beine zu kommen, gerät in Panik und fängt an, um sich zu schlagen. Für Tiere dieser Größe sind Pferde erstaunlich zart. Die Knochen ihrer Beine können schon durch die Stöße beim Laufen brechen. Und auch ein bloßes Bauchweh kann den Tod zur Folge haben.»

«Jetzt versteh ich, warum die Leute sie versichern», meinte Henry.

«Ich verstehe es nicht. Selbst wenn ich es mir leisten könnte, was nicht der Fall ist, würde ich's nicht tun. Versicherungsvertreter gehen mir mächtig auf den Keks. Sie verkaufen Wahnvorstellungen, und ich mache mir schon genug Sorgen, ohne daß mir so ein Kerl im abgetragenen Anzug vorbetet, was alles schiefgehen kann.»

«Das heißt aber wirklich den Kopf in den Sand stecken», sagte Henry. «Können Sie sich Ersatz leisten, wenn Ihrem Pferd was zustößt?»

«Ihm wird nichts zustoßen», sagte ich in barscherem Ton, als erforderlich gewesen wäre.

Henry verstummte daraufhin, und ich besah mir die Landschaft, die rechts und links der Bundesstraße 16 vorbeisauste. Ich hatte Hunger und wollte ihn bitten, kurz am Circle K zu halten, damit ich mir eine Schachtel Chee-tos kaufen konnte. Dann scheute ich mich aber, seine innere Diskussion darüber, ob wir's dem Detective sagen sollten oder nicht, zu unterbrechen. Hinzu kam, daß ich mich von meinem Vater hatte einfangen und beschwatzen lassen, seine neueste, alle Wehwehchen heilende Wunderkur, die Fit-fürs-Leben-Diät, auszuprobieren, die darin besteht, vor dem Mittag nichts außer Obst zu sich zu nehmen. Die Anhänger dieser Diät, eine asketische Schar von Vegetariern, die nur ungekochte Pflanzenprodukte verzehren, gehen davon aus, daß der menschliche Körper bis zum Mittag im «Eliminationsprozeß» verharrt und in dieser Zeit nichts ohne die schlimmsten Folgen – von Blähungen bis Krebs – zu verdauen vermag. Obst zählt nicht, weil es schnurstracks durch einen hindurchgeht.

Wir waren halbwegs nach Charlotte hineingelangt und hatten den Beginn der Einkaufspassagen fast erreicht, als der Temperaturanzeiger von Henrys neuem Honda in das rote Feld sprang und die Motorhaube wie ein Druckkochtopf zu rattern anfing. Henry stoppte am Straßenrand. Vorne am Wagen zischte Dampf aus jeder sich bietenden Ritze.

«Scheiße», sagte Henry. «Ich laufe zur Tankstelle zurück und rufe den Automobilklub an.»

Im Auto war es heißer als draußen. Ich stieg deshalb aus und briet unter der Sonne Carolinas, bis Henry zurückkehrte. Zusammen warteten wir dann auf den Abschleppdienst und erzählten uns unsere Lebensgeschichten.

Als wir endlich mit dem rehydrierten Honda den Parkplatz erreichten, wußte ich genug von Henry, um Leitfäden zu den Themen «Internat», «Tennis» und «Segelunterricht» schreiben zu können. Und er, nehme ich an, wußte jetzt genug von mir, um in der Lage zu sein, einen Woody-Allen-Film zu verstehen. Außerdem konnte ich zu diesem Zeitpunkt meinen Magen – der lauter knurrte als ein quengeliger Achtjähriger – nicht mehr unter Kontrolle halten, genausowenig wie meine Zunge.

«Was ist nun?» fragte ich. «Ein Tag Grabungsarbeit, bevor wir Detective Dingsda anrufen?»

«Ich denke noch darüber nach», antwortete Henry.

Heiliger Strohsack, ich hatte die Tiefe seines Grübelns wirklich unterschätzt – der Kerl mußte in seinem letzten Leben eine Kuh gewesen sein. Ich rollte die Augen und murrte.

«Sind Sie immer so ungeduldig?» erkundigte sich Henry. «Beruhigen Sie sich. Wir wollen einen für beide Seiten akzeptablen Plan erarbeiten. Also, ich neige dazu, ihn sofort anzurufen, aber wenn Ihnen das so wichtig ist, dann lasse ich Ihnen eben etwas Zeit. Einen Tag.»

Ja! Ich wäre am liebsten hochgesprungen und hätte ihm einen Kuß gegeben, aber ich unterließ es.

FÜNF

Wer immer den Redaktionsbereich des *Charlotte Commercial Appeal* gebaut hat, muß Sinn für Humor gehabt haben. Er oder sie hat ihn so entworfen, daß alle Innenwände der Büros aus Glas sind. Man kann folglich immer sehen, wer gerade bei wem ist, und wenn man das Lippenlesen einigermaßen beherrscht, kann man den jeweiligen Unterhaltungen durchaus folgen. Aber selbst wenn man des Lippenlesens unkundig ist, bekommt man das Wesentliche eines Gesprächs meistens doch mit – man muß einfach nur darauf achten, wer beim Gespräch öfter die Stirn runzelt.

Wir marschierten in Freds Eckbüro hinein, hinter dessen Glaswänden eine Menge gerunzelter Stirnen auf uns warteten. Fred hatte seine Augenbrauen fast bis zum Gehtnichtmehr zusammengezogen. Neben ihm saß die für Features, für Sonderbeiträge zuständige Redakteurin, also meine Chefin

Candace Fitzgerald. Sie ist ein Roboter, den man angeheuert hatte, nachdem es ihm gelungen war, beim betriebspsychologischen Teil des Examens praktisch keinen einzigen, den Gefühlshaushalt betreffenden Punkt zu erzielen. Sie trug eines ihrer Power-Outfits, das ihre persönliche Einkäuferin für sie ausgewählt und besorgt hatte – ein Energiekostüm mit Megaschulterpolstern und in siegesgewissem Rot, akzentuiert durch ein aggressiv gelbes Band um den Hals, das sie noch mehr wie einen überzüchteten Dobermann aussehen ließ.

Neben ihr saß Henrys Chef, der Lokalredakteur Ken Grant. Er war, was den Umgang mit Wörtern anging, ein Genie, begegnete aber Frauen mit einer solchen Herablassung, daß die älteren Mitarbeiterinnen der Redaktion mal eine Petition unterschrieben hatten, in der er aufgefordert wurde, an einem Sensibilitätstraining teilzunehmen. Wahrscheinlich war er vor dreißig Jahren ein toller Hecht gewesen (oder bildete sich das ein), als er für ABC aus Vietnam berichtet und dafür einen Emmy bekommen hatte. Aber als er schließlich beim *Commercial Appeal* gelandet war, da hatte er schon zu jenen halbkahlen Mannsbildern gehört, die jedes ihrer letzten grauen Haare zigmal um ihre Platte winden. Man füge dem ein Gesicht hinzu, das von Erdanziehung und Alkohol nach unten gezogen wird, und man erhält nicht unbedingt das im Umkreis von Meilen attraktivste Antlitz. Er mußte sich immerhin für sehr junge, nicht über eins sechzig große Frauen eine gewisse Ausstrahlung bewahrt haben, denn er arbeitete sich systematisch durch alle kleinen weiblichen Redaktionskids und Praktikantinnen hindurch, die die Volljährigkeit erreicht hatten. Und von denen gab es eine ganze Menge. Selbst nur eins zweiundsechzig groß, heuerte Ken nie jemanden an, zu dem er aufblicken mußte.

Das Trio hatte gesehen, wie wir die Redaktion betraten, und uns mit wilden Gesten aufgefordert, in Freds Glasbüro zu kommen.

«Sehen Candace und Fred nicht süß aus, wenn sie so beieinanderhocken?» flüsterte ich Henry zu, als wir durch Freds Glastür traten. «Sie könnten sich paaren und ordentliche kleine Mannschaftskameraden großziehen.»

Henry lächelte, und ich tat desgleichen. Für diese Besprechung der gänzlich falsche Gesichtsausdruck.

«Setzt euch, ihr beiden», bellte Fred. «Mich hat gerade der Leichenbeschauer angerufen, und der ist so wild wie ein Schwarm aufgescheuchter Fliegen. Ich meine Bienen. Oder sind's Hornissen? Ist ja auch egal, Sie wissen schon, was ich meine. Was heißt das, Sie haben in dem Stall rumgestöbert, in dem ein Mann umgebracht worden ist? Und sich dabei nicht als *Appeal*-Reporter ausgewiesen? Sie kennen doch wohl die Regeln!»

Freds Gesicht nahm eine unschöne puterrote Färbung an.

Da Henry schon einen Pulitzer-Preis gewonnen hat, hat er in dieser Runde mehr Gewicht als ich. Deshalb schwieg ich zur Abwechslung mal. Das war auch die richtige Entscheidung. Henry gehörte nicht zu denen, die zuließen, daß ihre Gefühle mit ihnen durchgingen. Seine Stimme war so ruhig und selbstsicher wie immer.

«Als wir zu dem Stall hinausfuhren, glaubte ich, an der Story sei nicht viel dran ... vielleicht gerade gut für eine Notiz auf der Carolina-Seite, Spalte Verbrechen», sagte Henry. «Deshalb haben wir uns nicht ausgewiesen und ...»

Am Ende der Unterredung gratulierte mir Fred zu meinen analytischen Fähigkeiten, hatte ihm Henry doch auch meine Hufeisen-Mordtheorie vorgetragen.

«Hier», sagte Fred und reichte Henry einen knallroten Ich-komm-drauf-zurück-Zettel. «Das ist die Nummer des Leichenbeschauers. Rufen Sie ihn an, und erklären Sie ihm die Sache. Und Sie, Nattie, rufen den Detective an, der zugegen war, als Sie da rumgekrochen sind. Wir wollen niemanden in Rage bringen. Der Kreis ist ein Absatzgebiet von zentraler

Bedeutung. Wir können es uns nicht leisten, auch nur einen Leser zu verlieren.»

Candaces Marmorgesicht verzog sich zu einem nur Fred zugedachten Lächeln. Mir zischte sie zu: «Wir sehen uns später in meinem Büro.» Ken sagte nichts – er war damit beschäftigt, die Schar der neuen, draußen durch die Redaktionsräume laufenden Sommerpraktikantinnen zu beäugen.

Henry und ich gingen und hängten uns ans Telefon.

Ich kramte in meiner Handtasche und fand den Reinigungszettel mit Odoms Nummer. Er hob bereits nach dem ersten Klingelzeichen ab.

«Tag, hier ist Nattie Gold, Sie wissen schon, die Frau, die heute vormittag im Stall war.»

«Oh», sagte er, «Sie meinen die Reporterin Natalie Gold, die mit dem Reporter Henry Goode auf der February Farm war?» Seine Stimme klang nicht ganz normal, aber ich konnte nicht sagen, was daran unnormal war. Spielte er nur oder war er sauer?

«Tut mir leid», sagte ich. «Ich wollte Sie morgen anrufen und Ihnen sagen, wer ich bin. Wie haben Sie's erfahren?»

«Ihr Bild ist doch jeden Sonntag in der Zeitung zu sehen ... obwohl ich Sie mir größer vorgestellt habe. Was glauben Sie, was wir hier sind? Schwachköpfe?»

Ich habe in der Sonntagsausgabe eine Kolumne, über der stets ein paßbildgroßes Foto meiner lächelnden Visage prangt. Und ich werde immer wiedererkannt, wenn ich ausgehe – meistens einkaufen. Ich habe mal ein Kleid in einer Kabine anprobiert und stand gerade mit zerrissener Strumpfhose und fünf Pfund Übergewicht da, als die Verkäuferin den Vorhang aufriß und flötete: «Sind Sie nicht die Moderedakteurin vom *Appeal*?»

«Modereporterin», hatte ich bemerkt und so gewinnend gelächelt, wie ich nur konnte.

Normalerweise erkennen mich immer nur Frauen.

«Sie sind mir nicht gerade wie jemand vorgekommen, der den Modeteil liest», sagte ich zu Odom. «Was soll das heißen, Sie haben gedacht, ich sei größer? Wie wollen Sie das von einem Paßbild ablesen?»

«Sie haben einen großen Kopf», antwortete er.

Es verschlägt mir eigentlich nicht so schnell die Sprache – aber großer Kopf? Ich schwieg eine Weile, ordnete meine Gedanken. Das geriet alles ein bißchen zu persönlich.

«Also hören Sie, es tut mir leid, ich hätte mich sofort ausweisen sollen. Wie ich schon sagte, hatte ich die Absicht, Sie anzurufen und Sie zu informieren. Da ich Sie gerade an der Strippe habe, möchte ich Ihnen noch etwas anderes mitteilen. Ich glaube nicht, daß Ruskie Wally getötet hat, denn die Hufabdrücke zeigen in alle möglichen Richtungen, nur nicht in die richtige. Außerdem trug Ruskie gar nicht die Art von Hufeisen, mit deren Abdrücken Wallys Körper übersät ist. Da hat jemand alles so gedreht, daß es aussieht, als hätte das Pferd Wally zertrampelt. Ich glaube, er ist ermordet worden.»

«Ich weiß», sagte Odom. «Einen Augenblick, ich muß das mal leiser stellen.»

Ich vernahm im Hintergrund laut schmetternde Opernmusik. Madame Butterflys Schlußarie, wenn ich mich nicht irrte. Dann hörte ich Stiefel durch den Raum stapfen, und es wurde ihr der Hahn abgedreht, noch bevor sie sich das Messer in das wehe Herz stoßen konnte. Frauen können so töricht sein – warum hatte sie nur auf diesen Fiesling gehört?

«Oper?» fragte ich. «Bei der Kripo in der Provinz?»

«Meine Mama kommt aus Italien», bemerkte er.

«Oh, das erklärt alles», sagte ich. Dieser Bursche war sicher höchst ungewöhnlich, aber ich hatte im Augenblick keine Meinung, mich mit ihm über seine Überspanntheiten zu unterhalten. Ich wußte, daß mich Candace bald in ihr Büro zerren und mir wegen Überschreitung meiner Kompetenzen die Leviten lesen würde.

«Sie wissen, daß Wally ermordet worden ist?» fragte ich.

«Ja, Schätzchen, so ist es», antwortete er. «Und da wir gerade unsere Seelen voreinander bloßlegen, will ich Ihnen noch etwas verraten. Dieser Rob Stone, der heute morgen solche Probleme mit seinem Magen hatte, ja? Der wird heute nachmittag noch weitaus größere Probleme kriegen. Er ist nämlich hier bei uns, weil er unter Mordverdacht steht. Wir haben eine von diesen Stangen gefunden, über die die Pferde rüber müssen, ein Stück davon, blau und grün wie alles andere auf der February Farm auch. Nur war an dieser auch noch ein blutiges Hufeisen festgenagelt. Wir fanden sie im Heuschober und gleich daneben ein Paar blutige Turnschuhe, Größe zweiundvierzig. Stones Schuhgröße.»

«Rob? Nein, auf gar keinen Fall», sagte ich. Das war eine Möglichkeit, die ich gar nicht erst in Betracht gezogen hatte. Rob kann sehr unangenehm sein, ja, und meistens geht er einem gehörig auf den Geist. Aber ein Mörder?

«Tja», meinte Odom, «wenn Sie meine Ansicht hören wollen, dann sieht Mr. Stone besser zu, daß er einen verdammt guten Anwalt kriegt, denn ich gehe jede Wette ein, daß dieser Prügel, wenn er aus dem Labor zurückkommt, von oben bis unten mit seinen Fingerabdrücken bedeckt ist. Das bedeutet vorsätzlichen Mord. Und in North Carolina bedeutet das ein Wiedersehen mit deinem Schöpfer.»

SECHS

Sobald ich das Gespräch mit Odom beendet hatte (was nicht so leicht war, weil er sich unbedingt über Krawattenbreiten und Giorgio Armani unterhalten wollte), rief ich den Stall an. Gail war am Apparat. Sie arbeitete für Rob – sie mistete Ställe aus, machte das Sattelzeug sauber, sattelte die Pferde, ritt gelegentlich, wenn er sie ließ. Sie klagte dauernd darüber, was für ein Kotzbrocken Rob sei – und das war er auch.

Er bestieg nie ein Pferd, wenn es nicht so gut aussah, daß man damit in den Vorführring hätte reiten können. Das Fell hatte zu glänzen, und die Hufe mußten mit Pflegemittel auf Hochglanz poliert sein. Sein Sattel mußte makellos rein gehalten werden, die Gebisse hatten sauber zu schimmern, die Zügel mit gerade so viel Wasser abgewaschen zu sein, daß sie ihm nicht durch die Hände rutschten. Die Satteldecken mußten jedesmal gewaschen werden, wenn sie den Rücken eines Pferdes berührt hatten. Die Wassereimer mußten täglich gesäubert, die Boxen morgens, mittags und abends ausgemistet werden. Ein liegengebliebener Haufen Pferdeäpfel konnte seinen äußersten Zorn erregen, und wenn er sah, daß sich ein Pferd nach dem Bad wälzte, war es ganz aus.

«Hallo, Nattie, ich hab schon gehört, daß du da warst», sagte Gail. «Du wirst nicht glauben, was hier los ist. Sie haben überall dieses gelbe Absperrband gezogen. Ich kann nicht einmal zum Gang rein, um dort aufzuwischen. Aber das ist wahrscheinlich nicht so schlimm, weil ja Rob nicht da ist, mich also auch nicht anpfeifen kann. Der alte Clarke wandert rum und schaut ganz beunruhigt drein. Ihm ist an einem weiteren Skandal ganz und gar nicht gelegen. Er würde mir den Kopf abreißen, wenn er wüßte, daß ich mit dir telefoniere. Du weißt ja, wie sehr er den *Appeal* nach dieser Geschichte mit Lally haßt.»

Natürlich wußte ich das. Als er erfahren hatte, daß ich Reporterin bin, hätte ich fast mein Pferd aus dem Stall nehmen müssen. Rob war es schließlich gelungen, den alten Kauz zu beruhigen. Er überzeugte ihn davon, daß ich keine Bedrohung darstelle, denn schließlich berichte ich ja nur über Parties und Mode. Clarke gibt noch immer dem *Appeal* die Schuld daran, daß seine Familie, wie er es sieht, in Ungnade gefallen ist. Es ist eigentlich die Südstaatenversion der alten Erschießt-den-Boten-Geschichte. Vor ungefähr fünf Jahren war Lally, seine älteste Tochter, mit veruntreuten vier Millionen Käsecracker-Dollar durchgebrannt. Daddy hatte die Polizei auf sie gehetzt, und die fand sie Monate später als Go-go-Tänzerin in einer Bar an der Bundesstraße 17, oben in Teterboro, New Jersey. Das war lange bevor der Schuhverkäufer seine leserorientierte Herrschaft beim *Appeal* angetreten hatte. Das Blatt brachte unter der Überschrift «Der Familienkrieg der Clarkes» eine Artikelserie, in welcher Lally berichtete, sie sei mit dem Geld abgehauen, um sich an ihrem Vater zu rächen, der sie als Kind sexuell mißbraucht habe. Sie behauptete, diese Erinnerungen seien ganz frisch, und da kämen auch noch schlimmere wieder hoch, solche, bei denen es unter anderem um rituelle Feiern zu Ehren Satans gehe. Die Zeitung brachte das ganz groß raus, auf der ersten Seite und am Sonntag, an dem sich die Auflagenhöhe auf eine halbe Million verdoppelt. Und dann hatte auch noch Geraldo Rivera Lallys Schicksal zu einer Sendung mit dem Titel *Dämonische Väter* verarbeitet.

Daddy Clarke hatte alles abgestritten, und Lally widerrief schließlich öffentlich, nachdem der Papa den Vorwurf der Veruntreuung fallengelassen hatte. Aber danach verkroch sich die Familie Clarke in fast schon klösterlicher Abgeschiedenheit, und ich warte immer noch darauf, daß einer von ihnen mal wieder bei den Parties der gehobenen Gesellschaft in Erscheinung tritt, über die ich nach dem Willen meiner Chefin berichten muß.

«Gail, du glaubst doch nicht etwa, daß es Rob getan hat, oder?»

«Mag sein. Möglich ist's schon», sagte Gail. «Du weißt so gut wie ich, daß Ruskie niemals das Okay des Tierarztes bekommen hätte. Wußtest du, daß das Pferd zur Hälfte Wally gehört hat? Er und Rob haben Ruskie gekauft, als sie noch ein Paar waren. Rob hatte also ganz bestimmt ein gutes Motiv, ihn umzubringen. Vielleicht wollte er die Versicherungssumme nicht mit Wally teilen. Vielleicht ist Rob nie darüber weggekommen, daß Wally ihm den Laufpaß gegeben hat. Du weißt ja, daß die Trennung Robs Herz in tausend Stücke zerbrach. Ich sage nicht, daß Rob jemals richtig normal gewesen wäre, aber er wurde noch übler, nachdem Wally bei ihm ausgezogen war.»

Meine hochgezogene linke Schulter war gegen den Telefonhörer gepreßt und dieser gegen mein Ohr. Meine Finger flogen über die Tastatur, hielten, klickediklack, jedes einzelne Wort Gails fest.

«Selbst wenn er's getan hat, ich meine, Wally umgebracht, sage ich: Na und? Schöne Entsorgung häßlichen Schrotts. Ist mir doch egal, ob Wally der beste Trainer von ganz South Carolina war, denn vor allem war er ein Dreckskerl. Du hast ja gesehen, wie er bei den Turnieren immer auf die Pferde eingedroschen hat, und das ist noch gar nichts, wenn man daran denkt, wie er zu Hause mit ihnen umgesprungen ist. Und auch zu Rob war er echt fies, als er schon mit seinen neuen Freunden rumspazierte, obwohl er noch mit Rob zusammenlebte. Dann ließ er Rob ganz fallen und nicht mehr zurück als einen Stapel Rechnungen und einen Jack Russell Terrier, der nur gekochtes Lammfleisch frißt und sich weigert, sein Geschäft wie ein ganz normaler Hund im Freien zu erledigen. Und wegen wem hat er ihn verlassen? Wegen Lucy Bladstone, ausgerechnet wegen der!»

«Ja, ja, vielleicht ist sie ja tatsächlich ein Mann», sagte ich, und wir lachten. Lucy Bladstone hatte Schultern, mit denen sie einen Eisenbahnzug zum Stehen bringen könnte. In Reiterkreisen erzählt man sich den Witz, der gute L. M. Bladstone sei, als sie *es* schließlich machten, zwischen Lucys Beinen auf eine große Überraschung gestoßen, zu diesem Zeitpunkt jedoch schon viel zu betrunken oder in Liebe entbrannt gewesen. Immerhin habe er sie/ihn dann nach Trinidad in Colorado geschickt, um die Sache richten zu lassen.

«Ich weiß nicht, Gail, ich kann oder will einfach nicht glauben, daß Rob Wally umgebracht hat. Wenn aus keinem anderen Grund, dann würde er so etwas schon deshalb nicht tun, weil er sich so ungern die Klamotten schmutzig macht.»

Rob ist der reinlichste Mensch, den ich je kennengelernt habe. Er kann über eine knietief mit Matsch bedeckte Bahn gehen und absolut fleckenlos auf der anderen Seite ankommen. Ich dagegen fahre nur zum Stall raus, und meine Kleider haben schon Schmutzflecken, bevor ich noch aus dem Auto gestiegen bin.

«He, übrigens», sagte ich, «ich hab dich gestern gesucht, weil ich mit dir ins Gelände raus wollte, aber es endete damit, daß ich im Ring geritten bin und Rob mich angeschnauzt hat. Ich hatte gedacht, wir könnten hinterher ins La Paz gehen. Ich habe bei dir angerufen, aber du warst nicht da.»

«Tut mir leid, ich hab mir den Tag freigenommen», sagte Gail. «Ich war irgendwie deprimiert, weil sich Allie beim Handwechsel wieder so schweinisch aufgeführt hat. Wenn Rob ihn reitet, geht er absolut einwandfrei. Aber bei mir? Ich sitze auf und ... oha, ich muß Schluß machen. Der Alte kommt, und ich möchte nicht, daß er mich telefonieren sieht. Ruf mich heute abend an, okay? Es gibt noch mehr zu berichten. Ich hab auch ein Buch für deine Mutter gekauft, weißt du, um ihr ein bißchen Beistand zu leisten. Ruf an, ich erzähl dir davon.»

Als wir uns vor zweieinhalb Jahren kennenlernten, waren Gail und ich sofort ein Herz und eine Seele. Ich war gerade dabei, Brenda, die eben erst aus dem Norden des Bundesstaates New York eingetroffen war, aus dem Pferdetransporter zu holen. Ich war so besorgt wie eine junge Mutter und fürchtete, fünfzehn Stunden im Lastwagen könnten traumatisierend gewirkt haben und eine Kolik auslösen.

«Holt dem Mädchen mal ein Mineralwasser, sonst fällt sie uns noch in Ohnmacht», hörte ich hinter mir jemanden sagen. Ich drehte mich um und sah eine hochgewachsene Frau, die an der Stalltür stand. Ihr Haar reichte ihr halb über den Rücken hinab, und es konnte gut sein, daß man sie vor zwanzig Jahren und zwanzig Pfunden weniger mit Joni Mitchell verwechselt hatte.

«Willkommen im Shangri-la», sagte sie. «Sie müssen die neue Boxenmieterin sein, und das ist Brenda Starr. Bringen Sie sie rein, wir stellen sie neben den einäugigen schwarzen Hengst.»

«Was?» sagte ich.

«Ein Scherz, nur ein Scherz. Einäugiger schwarzer Hengst, schwarzhaariger Mann mit Augenklappe, Brenda Starr als die große Geheimnisvolle ... kapiert?»

Noch vor Ablauf einer Woche waren wir Busenfreundinnen geworden.

Wir reiten zusammen, wir gehen ein paarmal in der Woche zusammen essen, kaufen uns bei T. J. Maxx billige Fummel und telefonieren wenigstens einmal am Tag miteinander. Vor allem aber verbindet uns unsere Leidenschaft für Pferde.

Das Problem ist, daß Gail sonst nicht sehr viel mehr im Leben hat, und ich mache mir Sorgen um sie. Sie kann stundenlang über Allie und seine Handwechsel reden, als wäre von lebensentscheidender Bedeutung, ob ein Pferd beim Handgalopp mit dem inneren Hinterbein anspringt. Zu Gails Unglück ist es das aber. Ich könnte das eher verstehen, wenn sie mit Allie an Springen teilnähme oder ihn verkaufen wollte. Ein Pferd, das keinen fliegenden Wechsel beherrscht, das heißt bei einem Richtungswechsel auf der Bahn in der Schwebephase sein führendes Vorderbein nicht wechseln kann, ist für den A-Turnierzirkus nicht zu gebrauchen, auch wenn es seine Beine über einem Hindernis noch so hochziehen kann. Wenn es auf der falschen Hand um die Bahn galoppiert, das heißt, wenn der äußere Huf zuerst auf dem Boden aufkommt und das Pferd nicht automatisch die Hand wechselt, muß es der Reiter in den Schritt durchparieren und dann auf der richtigen Hand wieder angaloppieren lassen. Bis das geschafft ist, kann man sich alle Hoffnungen auf einen Preis aus dem Kopf schlagen.

Allies Handwechsel sind für Gail zu einer wahren Obsession geworden. Ich liebe sie wie eine Schwester, und sie ist, weiß Gott, immer für mich dagewesen, wenn ich sie gebraucht habe, aber zugleich ist sie mir eine lebende Bestätigung dafür, daß meine Entscheidung, mein Leben nicht ausschließlich den Pferden zu widmen, richtig war. Im Laufe der Jahre ist mir aufgefallen, daß Leute, die sich ihren Lebensunterhalt mit Pferden verdienen, entweder von Anfang an oder am Ende derartig sonderbar sind, daß sie nur noch mit großen, schweigsamen Lebewesen auskommen können, die keine frechen Antworten geben.

«Ich werde dich nicht später anrufen», sagte ich zu Gail, «weil ich nämlich heute abend zum Reiten rauskomme und wir uns dann sehen. Was für ein Buch?»

«*Wir sterben nicht* ... ich muß aufhören.» Sie hängte ein.

Meine Augen füllten sich mit Tränen. «O ja, wenn es doch nur so wäre», murmelte ich vor mich hin. Mein Stiefvater David war vor sechs Monaten gestorben, und der Gedanke an ihn tat immer noch weh. Ich hatte ihm so nahegestanden wie eine richtige Tochter ihrem richtigen Vater. Es war Gail gewesen, die mir die schreckliche Nachricht überbracht hatte. Rob hatte mir gerade eine Reitstunde gegeben, als sie zu ihm hinging und ihm etwas ins Ohr flüsterte. «Nattie», hatte er daraufhin gesagt, «ich übernehme Brenda. Gail muß Ihnen etwas sagen.»

Ich weinte mich in ihren Armen aus. Sie brachte mich nach Hause, stellte mich unter die Dusche, zog mich an, packte meine Reisetaschen und fuhr mich nach Greensboro, wo meine Mutter und David wohnten. Sie blieb eine ganze Woche bei mir, verwendete eine ihrer zwei Wochen Jahresurlaub dazu, das Haus meiner Mutter für die Gäste der Trauerfeier herzurichten und bei den Vorbereitungen für die Beerdigung zu helfen. Die meiste Zeit aber blieb sie an meiner Seite.

Das ist echte Freundschaft.

Ich wischte mir die Augen, holte tief Luft und ging durch die Redaktion zu Henrys Schreibtisch. Sein Kopf war zu seiner linken Schulter geneigt, mit der er den Telefonhörer gegen sein Ohr drückte. Seine Finger flogen über die Tastatur – er machte Notizen. Ich besah mir die grünen Buchstaben auf dem schwarzen Monitor und konnte die Namen von Rob und Wally, einige Zahlen sowie mehrfach das Wort *Kokain* lesen. Kurze Zeit später legte Henry auf.

«Das war der Leichenbeschauer», sagte er. «Das mit Rob wissen Sie sicher schon. Sie hatten recht mit dem Kabel und den Klemmen, sie haben das alles unter dem Pferd gefunden.»

«War Mr. Quincy, oder wie immer er heißt, noch wütend, weil wir im Stall waren?» fragte ich.

«Er hat sich wieder beruhigt. Er erzählte mir, daß seine Mutter mal PTL-Anhängerin gewesen sei und allmonatlich praktisch ihre gesamte Rente an Bakkers Kirche überwiesen habe. Er, Odom, habe ihr immer wieder gesagt, daß der Bakker ein Halunke sei und daß ein Geistlicher keinen Rolls-Royce fahren sollte, und sei der Wagen noch so alt. Aber seine Mutter habe weiter ihre Schecks hingeschickt. Dann aber sei die Kirche baden gegangen, und jetzt habe seine Mutter Geld zum Leben. Er hat sich also geradezu bei mir bedankt.»

«War er so dankbar, daß er Ihnen auch etwas über Wally und darüber erzählt hat, warum die Bullen so sicher sind, daß es Rob gewesen ist, der ihn umgebracht hat?»

«Ja, war er», antwortete Henry. «Robs Fingerabdrücke waren auf einer blutverschmierten Holzstange, die sie im Heuschober gefunden haben, gleich neben …»

«Lassen Sie mich raten», sagte ich. «Neben einem Paar Turnschuhe, auf denen verkrustetes Blut von Wally ist. Und es sind Robs Turnschuhe, stimmt's?»

«Ja», sagte Henry. «Ich hoffe nur, Rob hat das Geld für einen guten Anwalt.»

«Komisch, genau das hat Odom auch gesagt.»

Odom hatte bezüglich der Fingerabdrücke recht gehabt – könnte er auch im Falle Robs recht haben? Rob hatte ein Motiv, genaugenommen eine ganze Reihe von Motiven, aber kein Alibi. Er hatte Henry erzählt, er habe in der vorangegangenen Nacht nichts Ungewöhnliches gehört und im Stall sei alles in Ordnung gewesen, bis er dann in Ruskies Box den toten Wally gefunden habe. Ich wußte wohl, warum Odom so sicher war, daß es Rob getan hatte. Und doch sträubte sich irgend etwas in mir – nennen Sie's, wenn Sie das in den neunziger Jahren noch fertigbringen, weibliche Intuition. Ein Teil von mir flehte oder betete darum, daß es nicht Rob gewesen war, der Wally getötet hatte.

«Noch etwas», sagte Henry. «Es hat ganz den Anschein, daß Wally total kokainabhängig war. Sein Septum ist fast durchgefressen.»

«Tja», sagte ich, «er ist nicht der erste Drogenabhängige in der Welt der Sportreiterei und wird mit Sicherheit auch nicht der letzte sein. Es gibt Gerüchte, daß die Polizei von Camden Lucy Bladstone schon vier- oder fünfmal mit Koks erwischt hat. Die Stadt gehört jedoch den Bladstones, weshalb es kein großes Wunder ist, daß sie noch nie hoppgenommen worden ist.»

«Das alles klingt ja von Mal zu Mal interessanter», meinte Henry. Er ist der einzige Mensch, den ich kenne, der alle vier Silben des Wortes in-ter-es-sant deutlich ausspricht. «Ich glaube, wir sollten mal nach Camden fahren. Es ist jetzt kurz vor fünf, um sechs muß ich die Jungs einraffen. Was machen Sie morgen vormittag?»

«Ich fahre mit Ihnen nach Camden, vorausgesetzt, ich habe meine Sonntagskolumne fertig.»

In der Sportredaktion fand ich einen leeren Schreibtisch,

weit weg von Candaces spähendem Auge, und hämmerte ein fünfzig Zentimeter langes Empfehlungsschreiben für Schulterpolster, diese großen Ausgleicher, in die Maschine. «Wenn ich Implantate bekommen müßte, dann wären meine Schultern die einzig denkbare Stelle. Schulterpolster, dieses Geschenk des Herrgotts an alle Frauen mit ordentlichen Hüften …»

Um halb sieben war ich schon so gut wie raus aus der Tür, als mich Candace doch noch abfing.

«Zu mir ins Büro, auf der Stelle», sagte sie.

Ich folgte ihr hinein, und bevor ich mich noch hatte setzen können, spie sie schon Gift und Galle. Sie war ganz und gar nicht damit einverstanden, daß ich einen halben Tag damit zugebracht hatte, einen Mörder zu jagen.

«Sie wissen genausogut wie ich, daß wir hier hinten an Personalmangel leiden. Seit zwei Jahren ist keine freie Stelle mehr besetzt worden. Es bleiben mir also nur wenige Mitarbeiterinnen aus Fleisch und Blut, die die Feature-Seiten machen, und ich werde nicht zulassen, daß eine davon einer Story nachläuft, die dann irgendwo anders erscheint. Wenn Sie also die investigative Reporterin spielen möchten, dann bitte erst, wenn Sie Ihre Kolumne und alle Artikel, die Ihnen zugeteilt sind, fertig haben. Verstanden? Und wenn Sie mich jetzt entschuldigen wollen, ich muß noch Leserumfragen durchsehen.»

Was hatte es für einen Sinn, sich mit ihr zu streiten? Das würde mir nur ein Magengeschwür eintragen. Immerhin konnte ich mich im stillen über sie hermachen. Wenn man Candace eines Tages aufschnitt, würde man rote und grüne Drähte in ihr finden.

Um sechs Uhr fünfunddreißig war ich endlich aus der Tür und auf dem Weg zum Stall. Der Verkehr war der übliche Alptraum. Dank milder Winter und einer wirkungsvollen Zügelung der Gewerkschaften erlebte die Stadt Charlotte nun schon seit fünfzehn Jahren einen kontinuierlichen Aufschwung, und laufend waren neue Firmen zugezogen. IBM, Gold Bond, BMW – um nur ein paar der größeren zu nennen. Wie die anderen Boomstädte hatte auch Charlotte nur wenig getan, um die Verkehrsprobleme zu lösen. Die Bundesstraße 16, wie eh und je eine zweispurige Landstraße, verlief mitten durch das im Südosten der Stadt neu erschlossene Wohn- und Gewerbegebiet. Wenn man also zur Zeit des Feierabendverkehrs auf ihr fuhr, dann war das wie die Hölle von L. A., eine Stop-and-go-Fortbewegung Stoßstange an Stoßstange.

Zu einer Fahrt, die eigentlich nur zwanzig Minuten hätte dauern sollen, brauchte ich eine Stunde. Eine Stunde in einem Auto ohne Klimaanlage und ohne den kühlenden Fahrtwind von achtzig Stundenkilometern – und das während einer der schlimmsten Hitzewellen in der Geschichte North Carolinas! Vertane Zeit.

Als ich beim Stall ankam, war ich naßgeschwitzter als ein überstrapaziertes Pferd. Gail war auf dem Hof und fegte.

«Komm mal her, Nattie. Ich denke schon seit deinem Anruf über etwas nach.»

Sie zog mich den Gang entlang, einen makellosen teerschwarzen Streifen, auf dem nicht ein Hälmchen zu sehen war. Irgend jemand mußte für Rob Sicherheit geleistet oder Kaution gezahlt haben – oder was immer einen aus dem Knast rausholt.

Wie ich schon sagte, ich liebte Gail wie eine Schwester, wenn ich eine gehabt hätte, und sie war mir eine wunderbare Freundin, aber wenn sie einem etwas erzählte, dann fand sie einfach kein Ende. Jeden Abend, wenn sie mich anrief, um mir zu berichten, was Allie an diesem Tag alles angestellt hatte, brauchte sie eine halbe Stunde, bis sie endlich zur Sache kam. Und dann ging es meistens um so welterschütternde Vorfälle wie daß er gebockt, einen Fehler gemacht oder ganz süß den Kopf an ihr gerieben hatte.

Sie führte mich ins Büro, das dankenswerterweise eine Klimaanlage hatte. «Seit diese Wally-Ruskie-Geschichte angefangen hat, rumort es in mir rum», sagte sie. «Als ich nach unserem Telefongespräch ausgeritten bin, mußte ich die ganze Zeit darüber nachdenken. Du lieber Gott, du ahnst ja gar nicht, was Allie fertiggebracht hat! Drei fliegende Wechsel nach links, und das ohne zu bocken. Endlich! Daran arbeite ich doch erst seit drei Jahren. Und dann –»

«Gail», sagte ich, «das mit Allies Handwechseln ist großartig. Ich hoffe, daß du ihn jetzt, wo du das hingekriegt hast, endlich mal von der Farm runter- und zu einem Turnier mitnimmst. Aber hör mal, ich muß dir was sagen, was der alte Clarke nicht erfahren darf. Ich schreibe über den Mord. Deshalb erzähl mir, was es mit Ruskie und Wally auf sich hat, und überhaupt alles, was dir zu der Geschichte einfällt.»

«Na ja, ich habe so über Ruskie nachgedacht, und das hat mich dann irgendwie auf Yankee Doodle gebracht, das Pferd von Keith Rollings. Erinnerst du dich noch an ihn?»

«Wie könnte ich ihn je vergessen!» antwortete ich. «Ich bin im vergangenen Herbst dauernd gegen ihn angetreten. Und hab immer verloren. Sein Pferd ist eine Maschine.»

«Stimmt», sagte Gail. «War eine Maschine. Wann hast du ihn zum letzten Mal bei einem Turnier gesehen? Ich erinnerte mich plötzlich an eine ganzseitige Anzeige im *Chronicle*, mit einem Bild von Yankee Doodle. Es war in Tri-Color aufgenommen worden. Ich wußte das, weil man die Flaggen von Tri-Color im Hintergrund sehen konnte. Dort würde ich gern mal mit Allie hin, ich weiß, er würde über die Bahn gehen, sie ist genau das, was er mag ...»

«Gail, was für eine Anzeige war das?» fragte ich. «Eine Verkaufsanzeige?»

«Nee», antwortete sie. «Das war eine Traueranzeige, mit Yankee Doodles Geburts- und Todesdatum darunter. Er ist im März eingegangen, glaube ich. Er war fast zwanzig, nicht zu fassen, was? Ich kann mich an sein Alter erinnern, weil er in dem Jahr geboren wurde, in dem ich mein Kunststudium beendete.»

«Andauernd sterben Pferde, vor allem alte», bemerkte ich.

«Klar, weiß ich auch. Dann ist's mir wieder eingefallen», sagte Gail. «Gleich nach Allies zweitem Handwechsel. Vielleicht ist das die Antwort. Vielleicht sollte ich einfach an andere Dinge denken, damit ich nicht so nervös bin.»

«Was, Gail? Was ist dir wieder eingefallen?»

«Right of Way.»

«Right of Way?» fragte ich, «Wovon redest du?»

«Ach ja, richtig», rief sie aus, «du warst ja noch nicht hier. Es ist halt so, als wärst du schon immer hiergewesen. Also, Right of Way war Melissa Mayfields Pferd, sie ist mit ihm drei Jahre hintereinander bei der National Horse Show Hunterchampion der Junioren geworden. Right of Way war ein großgewachsener Schweißfuchs wie Allie. Als ich Allie hierherbrachte, brach Melissa in Tränen aus, weil er sie an Waysie – das war der Stallname von Right of Way – erinnerte. Sie heulte natürlich jedesmal los, wenn ein Fuchs in den Stall kam.»

«Weinte sie, weil ihr Pferd eingegangen war?» fragte ich.

«Bingo», sagte Gail. «Du hast's erfaßt. Das war vor ungefähr drei Jahren, kurz bevor du hergekommen bist. Wally lebte noch mit Rob zusammen, war sein Kotrainer. Waysie verendete ganz plötzlich und unvermutet, eine Woche vor der Eröffnung der Hallensaison. Niemand wußte zu sagen, was zum Teufel da geschehen war. Der Tierarzt meinte, es sei vielleicht eine Gehirnblutung gewesen. Das Komische ist, daß das Pferd sein ganzes Leben lang nicht einen einzigen Tag krank gewesen war. Nicht die Andeutung einer Kolik, keine Erkältung, nicht mal ein Lahmen. Gar nichts.»

«Das ist ja schrecklich», sagte ich.

«Ja, Melissa war noch lange danach ein Wrack. Aber da ist noch mehr», sagte Gail. «Jetzt kommt das, was mir wieder eingefallen ist. Ich kann dir mindestens vier weitere Pferde nennen, teure, phantastische Pferde, die in den vergangenen zwei oder drei Jahren eingegangen sind. Plötzlich gestorben, keine Erklärung. Alle von Wally trainiert.»

Das war nun wirklich mal interessant.

SIEBEN ■

Wenn man im Norden des Bundesstaates New York lebt, hat das durchaus etwas für sich. Es bleibt nämlich im Sommer länger hell. Dafür muß man allerdings sechs Monate später schwer büßen, wenn die Sonne schon Stunden bevor es Zeit zum Abendessen ist, wieder untergeht.

Wäre dies ein Abend dort oben gewesen, so hätte ich in aller Ruhe ausreiten können. Hier jedoch, im äußersten Süden North Carolinas, mußte ich mich beeilen. Ich bürstete Brenda kurz ab und kratzte ihre Hufe sauber. Ich leistete nicht gerade erstklassige Arbeit, und Rob hätte einen Tobsuchtsanfall bekommen, wenn er gesehen hätte, wie ich mein staubiges Pferd zum Aufsitzblock führte. Aber Rob war oben und hatte einen Schock. «Als er zurückkam», hatte Gail gesagt, «äußerte er sich nicht einmal zu den vielen Schmutzspuren, die die Polizei überall hinterlassen hatte.»

Ich versuchte, die Sonne auf dem Weg zum Horizont zu schlagen. Es ist schon nicht das Allerklügste, allein durchs Gelände zu reiten, aber in der Abenddämmerung ist es noch dümmer. Wenn irgend etwas passiert, sitzt man mit Bäumen und Eulen allein da. Aber Gail hatte noch zu tun, und eine andere Begleiterin war nicht zu finden. Um in einem Ring herumzureiten, war es viel zu heiß, und von dem allen einmal abgesehen, war Brenda ein recht vernünftiges Pferd. Sie war nicht übermäßig schreckhaft und noch nie mit mir durchgegangen.

«Wenn ich in einer Stunde nicht wieder da bin», rief ich Gail zu, «dann schick einen Suchtrupp los. Okay?»

Ich ritt tief in den Wald hinein, wo es dunkel und kühl war. Das letzte Licht des Tages schimmerte durch die Blätter, und es wehte eine leichte Brise. Immerhin war es auch hier heiß genug gewesen, um das Baumharz schmelzen zu lassen, und der ganze Wald roch stark danach. Ich holte tief Luft. Seit meiner Kindheit sehe ich Gerüche, und dieser sprang mir schnell und gerafft mit einem weiten grünen Salto rückwärts in die Nase.

Brenda streckte im Gehen ihren Hals, war losgelassen und ruhig. Ich beneidete sie um diese Ruhe, denn ich mußte anfangs immer wieder an Rob und Wally und alle diese toten Pferde denken. Aber das ist der Grund, weshalb ich reite: Bald schon paßte ich mich Brendas Rhythmus an, mein Körper bewegte sich mit dem ihren, und mein Kopf wurde langsam leer. Es ist, als drehte man einen Wasserhahn auf und alles flösse heraus – in diesem Falle Wally, Rob, Ruskie, Candace, Henry, Waysie, Yankee Doodle ... raus, weg, vergessen. Nur ich und mein Pferd im Paradies. Der Zauber hatte gewirkt.

Ich ritt immer weiter in das Grün hinein, sah durch Baumlücken hindurch immer wieder Stückchen des roten, purpurnen Sonnenuntergangs. Als sich die Färbung des Himmels schließlich zu einem dunklen Lila vertiefte, wendete ich Brenda und gab die Zügel hin, hielt diese nur noch an der Schnalle, welche die beiden Lederriemen miteinander verbindet. Ich ließ dem Pferd freien Lauf, denn es kennt diese Pfade weitaus besser als ich und bringt uns immer sicher nach Hause. Als wir losgeritten waren, war Brenda in gemächlichem Schritt gegangen – wie dieser Detective, der sich Opern anhörte, weil er eine Italienerin zur Mutter hatte. Der Ritt zurück war anders, glich eher dem Gang durch eine Großstadt – wachsam, schnell und bereit, mit allen zu streiten, die sich einem in den Weg stellen.

Es war schon fast dunkel, als wir zum Stall zurückkamen – ein samtiggrauer Himmel, mit gelb blinkenden Glühwürmchen betupft. Gail stand, den Rechen in der Hand und mit besorgtem Ausdruck im Gesicht, an der Stalltür.

«Hör mal, Nattie», sagte sie, «mach das nie wieder, ja? Ich war dicht davor, die Polizei anzurufen und nach dir suchen zu lassen. Ich hab's nur deshalb nicht getan, weil ich weiß, daß dein Pferd eher sterben würde als zulassen, daß dir was passiert.»

«Mach dir doch nicht dauernd solche Sorgen!» sagte ich. «Du bist ja noch schlimmer als meine Mutter. Da draußen passiert mir nichts. Nicht auf Brenda.»

«Ich hoffe, du behältst recht», sagte Gail. Sie harkte den Sand vor dem Stall nach, wo Brenda hindurchgegangen war. Erst rechte sie schräg nach links, dann darüber weg schräg nach rechts. In meinen Augen war das ein überaus müßiges Unterfangen, zumal es nur dazu führte, daß am Ende alles so aussah, als hätte eine Hühnerschar in langer Reihe den im Süden wieder populären *Line Dance* getanzt. Aber Gail harkte den Sandplatz nun mal jeden Abend so und verlängerte damit ihren langen und unterbezahlten Tag um weitere zwanzig Minuten. Als ich sie noch nicht gut genug kannte, um eine Therapie vorschlagen zu können, hatte ich sie mal gefragt, ob Rob wünsche, daß sie das so mache. Da hatte sie geantwortet: «Nix da, ich tue das nur für mich. Es vermittelt mir das Gefühl, etwas zustande gebracht zu haben.» Ein paar Tage später hatte ich ihr den Namen des Hirnklempners genannt, zu dem alle meine Freunde bei der Zeitung gehen.

«Soll ich dir was sagen», rief Gail, während sie nach rechts harkte. «Ich habe inzwischen Melissa Mayfield angerufen, sie ist während der Sommerferien zu Hause. Ich dachte mir, du würdest vielleicht ganz gern mal mit ihr über Wally und Waysie und das ganze Zeug für deine Story reden. Ich hab ihr vorgeschlagen, ins La Paz zu kommen. Ich habe sie immer während der Turniere gehütet, aber auch wenn ihre Eltern nach Europa oder Hawaii fuhren. In gewisser Weise haben Rob und ich sie großgezogen. Als ich anrief, war sie ganz aus dem Häuschen und meinte, sie wolle eher hinfahren und uns einen Tisch besorgen.»

Ich sprang von Brenda herunter, die vor Schweiß und Staub dreckig und verklebt aussah. «Gail, du mußt Gedanken gelesen haben. Ich hatte nämlich vor, dich zu bitten, mich mit Melissa bekannt zu machen. Das ist großartig. Warte, bis ich's Henry erzählt habe.»

«Henry? Ein neuer Freund? Was ist mit John? Ich wünschte, ich fände auch mal einen Typ, der so toll aussieht.»

Ich nahm meine Reitkappe ab, eine schwarze Samtblase aus Styropor, die verhindern sollte, daß ich im Falle eines Sturzes zu Gemüse wurde. Nachdem ich nun eine Stunde lang bei zweiunddreißig oder mehr Grad geritten war und mein Kopf in der Kappe gegart hatte, war ich genau das – ein Gemüse, eine Schüssel zerkochter Brokkoli.

«Ich sterbe, wenn diese Hitze nicht bald aufhört», sagte ich. «Henry ist der andere Zeitungsreporter, der an dieser Story arbeitet. Wir sind Kollegen, das ist alles. John und ich gehen nach wie vor zusammen aus, aber wer weiß, wie lange noch. Was sein Aussehen betrifft, hast du schon recht, deshalb hat er ja auch den Job als Nachrichtensprecher bei Channel 9 bekommen. Das Problem ist nur, daß sein Aussehen um einiges toller ist als seine Intelligenz. Und nicht zu vergessen: Er ist auch noch fast stumm. Das mit dem Aussehen ist so eine Sache, denn da stellt sich doch die Frage, was es nach der ersten Nacht überhaupt noch zählt. Man kann so einen Burschen schließlich nicht immer nur angucken. Am vergangenen Freitag hab ich's nicht mehr ausgehalten und zu ihm gesagt: ‹Sprich zu mir, ach, sprich doch zu mir! Über alles außer über Vertriebsgebiete und Müll. Sag mir, was du denkst.› Und weißt du, was er geantwortet hat? Ich wollte meinen Ohren nicht trauen. Er sagte, und das ohne jede Ironie: ‹What you see is what you get.›»

Gail reichte mir ein Stallhalfter für Brenda. «Immerhin kann man Freitag abends mit ihm ausgehen», sagte sie.

O Gott, wo waren meine Gedanken! Da redete ich pausenlos über John, meinen fünften oder sechsten Freund, seit ich meinen Wohnsitz nach Charlotte verlegt hatte, und dabei war es drei Jahre her, daß Gail zum letzten Mal einen Mann gehabt hatte. Und der hatte sie verlassen, nicht sie ihn.

«Tut mir leid, Gail. Ich hätte erst nachdenken, dann reden sollen. Du weißt, wie schwer mir das fällt. Aber wo wir gerade bei Männern sind, ich habe Jeff deine Nummer gegeben ... du erinnerst dich doch noch, ich habe dir von ihm erzählt. Ein Kollege von mir, Fernsehkritiker unserer Zeitung. Sieh mich nicht so an.»

Gail verzog das Gesicht, als hätte sie gerade eine tote Ratte entdeckt.

«Er ruft dich heute abend an», fuhr ich fort. «Er will dich zu sich nach Hause einladen, zu einem selbstzubereiteten Essen, sagt, er sei Julia mit 'nem Penis. Ein etwas unheimlicher Gedanke. Wie auch immer, er ruft dich an. Hör auf, das Gesicht zu verziehen, er ist ein großartiger Kerl, auch wenn er laut spricht und dauernd den Computer mit Beschlag belegt. Er ist ein kleiner Schwerenöter, aber du kannst ja mit ihm einfach das Ausgehen üben. Natürlich nur, solange deine Hormone nicht verrückt spielen und du nicht doch mehr willst als nur das Ausgehen üben. In dem Falle steht dir, möchte ich wetten, ein ordentlicher Ritt bevor. Jedenfalls ist er nach seinen Berichten in der Koje nicht zu stoppen. Du sagst also zu, wenn er dich anruft, denn ich will nicht wieder irgendwelche Stories von einem kranken Pferd hören oder daß du nicht gehen konntest, weil Allie was Komisches im Blick hatte. Ich bin es leid zuzusehen, wie du jeden Abend zu

Hause sitzt und wieder und wieder die alten Nummern des *Practical Horseman* durchliest.»

Jetzt verdrehte Gail die Augen. «Wie heißt dieses jiddische Wort? Fängt mit J an. *Jinto* oder *jessie* oder so? Also, hör auf, eine zu sein. Ich weiß selbst, was am besten für mich ist.»

«Du meinst *jenta*, auch Slangausdruck für ein schwatzhaftes Weib, das seine Nase in die Angelegenheiten anderer Leute steckt, du dumme Schickse», sagte ich und gab ihr mit meiner schweißnassen Hand einen Klaps auf den Arm. «Ich höre erst damit auf, wenn wir zu viert ausgehen, verstanden?»

«Ich gehe nur unter einer Bedingung hin», sagte Gail. «Und zwar nur, wenn du dein nächstes Pferd Jenta nennst.»

«Das käme in South Carolina sicher gut an, wo ich die Hälfte der Klubs nicht mehr betreten könnte. Aber es gefällt mir trotzdem, ein Pferd namens Jenta. Es geht doch nichts über ein bißchen Huhu-der-Jud-ist-da, um eine angeborene Camdener Kiefersperre zu knacken. Abgemacht.»

Ich führte Brenda zur Waschbox, und Gail folgte mir. Ich sagte: «Warum fährst du nicht schon zum Restaurant voraus? Ich brauche mindestens noch zwanzig Minuten, um den Dreck von Brenda und meinem Sattelzeug runterzukriegen.»

«Ist schon in Ordnung», sagte Gail. «Ich bleib noch da und sehe zu, daß alles abgeschlossen ist.»

Manchmal fragte ich mich, ob Gail mir traute, wenn ich allein im Stall war. Ich bin zwar nicht so ordentlich wie sie, aber ich kann den Laden sehr wohl in vorzeigbarem Zustand hinterlassen.

«Wie du willst», sagte ich. «Gib mir doch bitte mal die Flasche Vetrolin, ja? Brenda hat sich heute ein ordentliches Bad verdient.»

Ich weiß nicht, wer den Wasserzusatz mehr mag, Brenda oder ich – den Geruch, die Farbe, das Prickeln danach. Für mich ist alles daran einfach gleichbedeutend mit Pferden. Vetrolin sieht wie flüssiger Smaragd aus und verwandelt einen Eimer klares Wasser in eine milchige, pfefferminzgrüne Soße, die wie eine wild gewordene schwedische Sauna duftet.

«Ich wünschte, das Zeug wäre nicht so teuer», sagte ich und warf die leere Flasche in Richtung eines Abfalleimers, den ich aber um etliche Zentimeter verfehlte.

«Tja», sagte Gail, die die leere Flasche aufhob und in den Eimer fallen ließ, «du weißt ja, was Doc Loc darüber denkt. Er nennt es auf edel getrimmten Alkohol und meint, wir könnten die Pferde ebensogut mit dem weitaus billigeren Zeug aus dem Drogeriemarkt abwaschen.»

«Ja, und dann sieh dir mal an, wo Doc Loc heute ist», sagte ich.

Auf Gails Wangen erschienen kleine rote Flecken – sie selber nennt das Wutpusteln. «Er ist noch immer der beste Pferdearzt, den ich kenne», sagte sie mit so scharfer Stimme, daß man damit Hartkäse hätte aufschneiden können. «Man hat ihn erst reingelegt und dann abserviert. Als ob der Coggins-Test irgend etwas zu besagen hätte. Wann hast du schon mal von einem Pferd gehört, das an Sumpffieber erkrankt ist?»

Doc Loc war ein großartiger Mann, kein Zweifel. Unglaublich freundlich. Und er war geleimt worden. Gail vergötterte ihn. Sie hatte vor Jahren mal für ihn gearbeitet – sie war bei seinen Arztbesuchen mit ihm geritten, hatte die Pferde gehalten, ihm assistiert, wenn er Spritzen geben oder entwurmen mußte, und sie hatte sogar dabei geholfen, ein paar Pferde wieder zusammenzuflicken. Alle Welt hatte ihn konsultiert, bis ihm dann von den Bundesbehörden wegen Fälschung eines Coggins-Tests die Zulassung entzogen worden war.

Doktor Lockton – für seine Stammkundschaft Doc Loc – war berühmt für seine Ansichten über den Coggins-Test. Sobald er nur die kleinste Chance erhielt, erklärte er einem, was für eine unnütze Geldausgabe dieser Test sei. «Der ist nur dazu da, die Laboratorien reich zu machen», pflegte er zu sagen. «Und um dann gute Pferde wegen nichts und wieder nichts zu töten.» Beim Coggins-Test werden Blutproben auf eine nur bei Einhufern vorkommende infektiöse Anämie hin untersucht, die hierzulande besser unter dem Namen Sumpffieber bekannt ist. Diese Krankheit, die vor allem durch Mükken übertragen wird, ist für Pferde so tödlich wie Aids für den Menschen. Es gibt bisher noch keinen Impfstoff dagegen, aber Leroy Coggins, Tiermediziner an der Cornell University, hat einen Test entwickelt, mit dessen Hilfe sie nachweisbar ist. Man kann heute ein Pferd ohne Coggins-Test kaum noch in einen Transportanhänger verladen oder gar irgendwohin mitnehmen.

Gott verhüte, daß das Testergebnis positiv ausfällt! Selbst wenn ein Pferd noch nie in seinem Leben irgendwelche Symptome gezeigt hat, muß es sofort getötet oder mit einer fünf Zentimeter großen, für jeden Bundesstaat speziell festgelegten Zahl gebrandmarkt werden. Der Kaltbrand läßt das Fell des Pferdes an dieser Stelle auf Dauer weiß werden, so daß ein an Sumpffieber erkranktes Tier sofort zu erkennen ist. Außerdem muß es umgehend von allen anderen Pferden isoliert werden.

Ich hatte gehört, daß Doc Loc einem Pferd ein Coggins-Zeugnis ausgestellt hatte, bevor das Ergebnis der Laboruntersuchung vorlag – er war davon ausgegangen, daß das Ergebnis negativ ausfallen würde (was es auch tat), weil das Pferd all die Jahre zuvor nichts gehabt hatte. Der Besitzer hatte Doc Loc mit der Begründung um das Zertifikat gebeten, er müsse noch an einem weiteren Sichtungsturnier teilnehmen, um sich für Devon, ein großes Turnier in der Nähe von Philadelphia, zu qualifizieren. Doc Loc entsprach dem Wunsch und mußte dran glauben. Er verlor für fünf Jahre seine Zulassung als Veterinär. Wobei es das untersuchte Pferd nie bis nach Devon schaffte.

«Ich kann nicht behaupten, daß mir je ein Pferd mit Sumpffieber begegnet wäre», sagte ich. «Du hast recht, wenn du meinst, Doc Loc sei ein guter Tierarzt. Er wußte sofort, daß sich Brenda ihr Hufbein gebrochen hatte und ein paar Monate Ruhe brauchte. Die Tierärzte im Staat New York, zu denen ich Brenda gebracht hatte, hatten mir geraten, ihr Kühlpackungen auf die Beine zu tun und diese dann zu umwickeln, weil die Sehnen des Fesselträgers entzündet seien.»

Die roten Flecken auf Gails Wangen verschwanden wieder. Ich brachte Brenda in ihre Box und gab ihr ein Büschel Heu. Gail ging hinter mir her und klaubte die herabgefallenen Luzernenstengel auf.

«Und jetzt zum La Paz», sagte ich. «Ich mache mein Sattelzeug ein andermal sauber.»

Gail knipste das Licht aus, und wir gingen zu unseren Autos. Ich sah Robs Silhouette, von den Latten des Koppelzauns eingerahmt. Moon Pie, der Terrier, den Wally zurückgelassen hatte, sprang an ihm hoch und wollte gestreichelt werden. Rob stand mit dem Rücken zu uns, so daß ich nicht erkennen konnte, was er machte. Aber ich konnte ihn hören. Er weinte.

ACHT ■

Sind eigentlich die Leute heutzutage bei der Aufzucht ihres Nachwuchses nur noch auf lange Beine und schmale Hüften aus? Gibt's deshalb alle diese Frauen? Ich begegne ihnen ständig, erlebe, wie sie mich bei den Turnieren überragen. Beine wie Marmorsäulen, die Hüften nicht breiter als eine Weidengerte, nicht ein kleines bißchen überschüssiges Fett unter den hautengen Breeches – sie sehen aus wie griechische Göttinnen, deren Körper jeder Schwerkraft trotzen.

Auch Melissa Mayfield gehörte zu diesen vollkommenen

Wesen. Ich wußte das, bevor sie aufstand, um uns zu begrüßen, befanden sich ihre Augen doch da schon in Höhe der meinen.

Ihr Haar war so glatt und glänzend, als wäre es aus gelbem Glas. Sie trug es zurückgekämmt und hinten mit einem grob gerippten, grünlichblauen Seidenband zusammengebunden, das in der Farbe genau zu den Paspeln ihrer Bluse, den Leinenschuhen und der Umhängetasche aus Stroh paßte.

«Gail, wir haben uns ja eine Ewigkeit nicht mehr gesehen», rief Melissa, als sie aufsprang und ihre langen, schlanken Arme um meine Freundin schlang. Sie war einen Kopf größer als Gail, die wiederum einen Kopf größer war als ich.

«Ich kann gar nicht fassen, daß du jetzt schon auf dem College bist, Melissa», sagte Gail. «Es ist kaum vorstellbar, daß du keine Ponys mehr reitest. Sag meiner Freundin Nattie guten Tag, sie hat ihr Pferd auch auf der February Farm stehen. Es ist eine wunderschöne Fuchsstute, Abkömmling von Sir Thompson ... erinnerst du dich noch an diesen Hunterchampion und späteren Zuchthengst von Diana Dodge? Natties Stute sieht genauso aus wie er. Wenn Allie kein Wallach wäre ...»

Melissa streckte ihre Hand in meine Richtung aus. Ich bemerkte ihre Fingernägel, längliche Ovale in blassem Korallenrot und mit kleinen weißen Halbmonden unten am Ansatz. Sie hatte einen festen Händedruck, ihr Hauptfach war wohl Wirtschaftslehre.

«Guten Abend, Ma'am», sagte sie. Südstaatler haben die schrullige Angewohnheit, am Ende aller ihrer Äußerungen die Stimme zu heben. Feststellungen, rhetorische Teilstücke, vollständige Gedankengänge – hinter allem steht ein Fragezeichen, sobald man die Mason-Dixie-Linie nach Süden überschritten hat.

«Guten Abend», sagte ich. «Aber hören Sie auf, mich mit Ma'am anzureden. Da komme ich mir wie Ihre Großmutter vor.»

«Hör nicht auf Nattie», sagte Gail. «Sie stammt aus New Jersey.»

Als Journalistin liegt mir an Genauigkeit. «Eigentlich komme ich aus Philadelphia», sagte ich. «In New Jersey habe ich nur mein letztes High-School-Jahr verbracht.»

«Wie oder wo immer», meinte Gail, «du bleibst ein Nagel zu meinem Sarg. Laßt uns mal was essen.»

Wir besahen uns die Speisekarte, sechs kaschierte Seiten voller mexikanischer Gerichte. Ich kann mir den Unterschied zwischen Burrito und Enchilada nie merken, von allem anderen ganz zu schweigen. Meistens bitte ich die Bedienung, mir die Sachen zu erklären. Bei diesem Ober wäre das allerdings aussichtslos gewesen. Er war von Melissas Anblick so hingerissen, daß er kaum noch wußte, was Tacos sind. Man hätte meinen sollen, daß sich Melissa, mit solch göttlicher Schönheit begnadet, an das lebenslange Angeglotztwerden gewöhnt hatte. Dem war aber offensichtlich nicht so. Ihre Wangen röteten sich ganz leicht und bildeten, das muß ich schon sagen, einen vollendeten Kontrast zu dem grünlichen Blau ihrer Kleidung.

Ich bestellte eine gemischte Platte, was mir die notwendige Entscheidung erleichterte. Melissa nahm einen Salat, und Gail bestellte etwas, was sich Chimichanga nannte.

«Bitte ohne Tomaten, ja?» sagte Gail.

Gail ißt niemals irgend etwas Rotes. Keine Tomaten, keine Kirschen, keine Erdbeeren, keine Himbeeren, nicht einmal Äpfel. Sie meint, sie könne den Anblick von Rot auf ihrem Teller nicht ertragen. Ihre Schwester ißt nichts Blaues. Und ihre Mutter ißt kaum je etwas anderes als Grünes, vor allem die grünen Oliven vom Boden ihrer Martinis (extra dry, kein Vermouth). Soviel ich weiß, war Gail zunächst ihrer Mutter gefolgt, bis Doc Loc, selbst ein geretteter Trinker, sie einmal zu einem Treffen der Anonymen Alkoholiker mitgeschleift hatte. Aber wer bin ich, daß ich über ihre Eßgewohnheiten urteilen dürfte? Ich kann keine Schokolade, oder was immer sonst sich schleimig auf der Zunge anfühlt, ausstehen.

Wir plauderten, bis das Essen kam. Eine angenehme Unterhaltung, zumeist über Allie, dann aber auch darüber, was aus Melissas alten Reiterkameraden geworden war. Einige waren Profis geworden und ritten für diesen oder jenen Trainer. Der Rest aber war – wie Melissa – auf hochfeine Privatschulen gewechselt.

Während der ganzen Unterhaltung sagte Melissa über niemanden und nichts ein ungehaltenes oder unfreundliches Wort. Es wurde deutlich, daß sie zu jener Art von Mädchen gehörte, die mich auf der High-School bis zum Gehtnichtmehr eingeschüchtert hatten und die mich, um ehrlich zu sein, immer noch ein bißchen unsicher machen. Sie war so nett, wie sie hübsch war, und nach allem, was mir Gail von ihr erzählt hatte, auch sehr intelligent. Davon konnte ich zwar nicht allzuviel entdecken, aber die Frauen aus dem Süden können einen täuschen. Was man da sieht, ist keineswegs immer das, was man bekommt. Deshalb werden sie wohl eiserne Magnolien genannt.

Beim Nachtisch – Sopapillas in Weinsoße (für mich, nicht für Gail) und Vanilleeis – erzählte Gail Melissa, daß Wally tot in einer Box gefunden worden war, gleich neben einem Pferd, das er zu töten versucht hatte. Und derartiges war wohl vonnöten, um einen Blick auf das zu gestatten, was sich unter der honigsüßen Schale der Südstaatlerin verbarg.

«Ich denke, es gibt am Ende doch einen Gott», sagte Melissa. Man konnte sehen, wie ihre Kiefermuskeln arbeiteten, sich sehnig und angespannt auf ihrem glatten Gesicht abzeichneten.

Ich zog mein Notizbuch aus der Tasche und kramte nach einem Schreibgerät. «Ich weiß nicht, ob Gail das erwähnt hat», sagte ich, während ich einen Rollamatic mit feiner Spitze hervorangelte (die eignen sich am besten zum Notizenmachen, weil der Tintenfluß schnell und gleichmäßig ist), «aber ich schreibe über diesen ganzen Wally-Schlamassel. Haben Sie etwas dagegen, wenn ich Ihnen ein paar Fragen stelle?»

«Nein, Ma'am, ganz und gar nicht», antwortete sie. «Aber was ich nicht verstehe, ist, warum. Wally ist das Papier nicht wert, auf dem der Artikel gedruckt wird. Er war's als Lebender nicht wert und ist es garantiert auch nicht als Toter. Und übrigens, wieso interessieren Sie sich überhaupt für ihn? Schreiben Sie nicht über Mode?»

Das ist genau der Grund, warum ich bei diesem Thema so empfindlich reagiere. So geht's mir dauernd. Ich will über Geburtsfehler schreiben oder über die Krankheit der Woche, weil meine Redakteurin so scharf auf das Thema ist, und schon muß ich allen, die ich interviewen möchte, meine journalistische Befähigung nachweisen.

«Ich befasse mich nur halbtags mit Mode», erklärte ich, wie ich es schon tausendmal erklärt hatte. «Die andere Hälfte ist den allgemein interessierenden Themen gewidmet. Jetzt mal zu Wally. Warum so böse?»

«Er hat mein Pferd umgebracht», antwortete Melissa.

Meine Hand rutschte von der Tischkante ab, und ich hörte Gail nach Luft schnappen.

«Natürlich kann ich das nicht beweisen», fuhr Melissa fort, «aber Waysie ging eine Woche nach Daddys Bankrotterklärung ein. Und es war dann Waysies Versicherungssumme, die Daddys Firma gerettet hat.»

«Mein Gott, Melissa, woher weißt du das alles?» fragte Gail. «Und wieso erzählst du es uns?»

Ich hätte Gail am liebsten einen Tritt versetzt.

«Mutter hat es mir erzählt», sagte Melissa. «Mir ist egal, wer es weiß. Es ist mir auch egal, was aus ihm wird. Sein neues Liebchen kann ihn ja im Knast besuchen. Oh, das wußtest du noch gar nicht?» fragte Melissa und sah dabei Gail an, die ein erstauntes Gesicht machte. «Letzten Weihnachtsabend kam Daddy nach Hause und eröffnete Mutter, er gehe fort. Er sagte, er wolle zu seiner Sekretärin ziehen ... die war nur sieben Jahre älter als ich und schwanger. Dann schrieb er mir einen Brief, das heißt, er hatte ihn seiner ‹Sekretärin› diktiert, ihre Initialen standen nämlich drunter. Daddy meinte, ich müsse jetzt auf eine staatliche Schule wechseln, weil er, wie er es ausdrückte, die ‹exorbitanten Schulgebühren› von Hollins nicht mehr aufbringen könne. Er müsse jetzt schließlich dafür Sorge tragen, daß er auch für die College-Ausbildung seines neuen Sprößlings genug Geld übrigbehalte. Sie können schreiben, was Sie wollen, Nattie.»

Süßere Worte kann ein Journalist nicht zu hören bekommen. Meine Hand bewegte sich so schnell, daß ich bald einen Krampf bekam. Normalerweise nehme ich Interviews nicht auf, aber diesmal hätte ich gern ein Tonbandgerät dabeigehabt – für den Fall einer Aussage vor Gericht.

«Hat Ihr Vater zugegeben, daß er das Pferd hat töten lassen und daß Wally der Täter war?» fragte ich.

«Nicht mir gegenüber», antwortete Melissa. «Aber meiner Mutter hat er's gesagt. Es sei die einzige Möglichkeit gewesen, das Geschäft zu retten. Er hat es ihr auch nur gesagt, weil Wally dauernd anrief oder zu uns nach Hause kam und nach Daddy fragte. Schließlich bat Mutter ihn, uns nicht mehr zu belästigen. Ich war gerade da, als sie mit Wally sprach, und ich habe Wallys Lächeln gesehen. Dasselbe schiefe und gemeine Lächeln, das immer auf seinem Gesicht erschien, wenn er auf ein Pferd eindrosch, das sich schlecht benahm. Dann sagte er: ‹Teilen Sie Ihrem Mann mit, daß er morgen wegen Versicherungsbetrugs ins Gefängnis wandert, wenn ich bis heute abend keine fünfzigtausend Dollar zu sehen bekomme.› Daddy gab Mutter gegenüber die ganze Sache zu und machte ihr weis, es sei alles Wallys Idee gewesen. Wally habe ihm gesagt, er könne es so hinkriegen, daß niemand je dahinterkommen würde. Niemand außer ihm, Wally, natürlich, würde wissen, daß Waysie getötet worden sei.»

Erpressung, Mord, Betrug. Gail hatte recht gehabt, was Wally anbetraf – er war ein Dreckskerl gewesen. Und ich mußte Melissa zustimmen. Es gab am Ende wohl doch einen Gott.

«Die Polizei glaubt, Rob habe Wally umgebracht», sagte ich. «Sie haben ihn heute nachmittag festgenommen.»

Melissa wurde blaß, und Tränen stiegen ihr in die Augen. «O Gott», sagte sie, «der arme Rob. Noch aus dem Jenseits quält ihn Wally. Rob hat es nicht getan. Er ist gar nicht dazu in der Lage. Ich weiß, daß er manchmal sehr unangenehm sein kann, aber das doch nur, weil ihm die Pferde so sehr am Herzen liegen und er möchte, daß alles perfekt ist. Er würde niemals irgendeinen Menschen verletzen. Das müssen Sie mir glauben. Gail, erzähl ihr von Rob, sag ihr, was für ein anständiger Mensch er ist.»

«Ganz ruhig, Melissa. Ich glaube, Sie haben recht», sagte ich – in erster Linie, weil ich tatsächlich ihrer Ansicht war, dann aber auch, um sie zu beruhigen. Sie sah so aus, als wollte sie gleich losheulen. «Wissen Sie, wo Ihr Vater gestern abend war?»

«Ich habe keine Ahnung», sagte Melissa.

Wut vermag Traurigkeit schneller zu vertreiben, als ein Pferd durchgehen kann, und genau darauf baute ich. Bei der Erwähnung ihres Vaters verhärtete sich Melissa sofort wieder, und erneut stieg der Zorn in ihr hoch, der sich in den vergangenen drei Jahren angestaut hatte.

«Seit jenem Weihnachtsabend habe ich kein Wort mehr mit ihm gewechselt, und ich habe auch nicht die Absicht, es je wieder zu tun», sagte sie.

«Und Sie?» fragte ich weiter. «Was haben Sie gestern abend gemacht?»

«Nicht Wally umgebracht, wenn es das ist, was Sie meinen», antwortete Melissa. «Ich war mit Mutter bei Montaldo einkaufen. Sind die Leute aus New Jersey immer so direkt?»

«Philadelphia», sagte ich. «Ich stamme aus Philadelphia.» Die Rechnung kam, und ich griff danach. Wenn der *Appeal* dieses Essen nicht mehr springen lassen konnte, dann war es Zeit, zum *National Enquirer* zu wechseln.

Wir gingen zu unseren Autos. Melissa mußte noch vor der kleinen Indiskretion ihres Daddys Kasse gemacht haben, denn sie blieb vor einem großen schwarzen BMW mit dem Aufkleber «Waysie» stehen.

«Was immer ich tun kann, um Rob zu helfen, das werde ich tun», sagte sie. «Er ist ein großartiger Mensch ... wenn man ihn genauer kennt. Rufen Sie mich an, wenn Sie irgendwelche Fragen haben. Und seien es Fragen der New-Jersey-Art.»

«Philadelphia!» brüllte ich hinter ihr her, aber da war sie schon fort.

Auf der Heimfahrt dachte ich über Melissa nach. Seltsam, wie ihr Gesichtsausdruck sofort sanfter geworden war, wenn sie über Rob sprach. Ich glaube, Gail lag richtig mit ihrer Annahme, daß Melissa in ihr und Rob ein zweites Elternpaar sehe. Nach diesem Abend war ich bereit, zu wetten, daß Melissa es vorgezogen hätte, wenn Rob und Gail das erste gewesen wären.

Ich kam gegen halb zwölf nach Hause. Die Wohnung war noch heiß genug, um Halluzinationen darin zu bekommen, was ich vor zwanzig Jahren, als ich noch vergammelte Bananenschalen geraucht hatte, um mir zu einer leichten Dröhnung zu verhelfen, durchaus schön hätte finden können. Ich machte alle Fenster auf, kroch ins Bett und rief noch einmal Henry an. Zweimal hatte ich es schon vom La Paz aus versucht, aber beide Male hatte sein fünfjähriger Sohn abgehoben.

«Kann ich mal deinen Vater sprechen?» hatte ich gefragt.

«Nein», hatte Hank geantwortet und aufgelegt.

Ich hatte dann noch einmal angerufen und wieder Hank erwischt. «Wenn du auflegst», hatte ich ganz schnell gesagt, «schreibe ich einen Brief an den Weihnachtsmann und teile ihm mit, daß du in diesem Jahr nicht artig warst.»

«Ich glaube nicht an den Weihnachtsmann», hatte er geantwortet – und klick!

Ich beschloß, es noch einmal zu versuchen. Wenn das Kind jetzt um halb zwölf noch auf war, würde ich Henry ein Buch über die Aufzucht von Kindern schenken.

Henry hob ab. Halleluja! Ich erzählte ihm alles. Von Melissa, Waysie, Wally, Daddy Mayfield, Yankee Doodle, vier weiteren toten Pferden – die ganze tierische Geschichte. Ich war derart aufgeregt, daß ich so laut wie mein Schreibtischpartner beim *Appeal* gesprochen haben mußte, denn nach kurzer Zeit hämmerte Mrs. Flock von nebenan gegen die Wand. «Tut mir leid», rief ich und setzte mein Gespräch mit Henry im Flüsterton fort.

«Was sagen Sie dazu, Henry? Ist das nun eine große Sache oder nicht?»

«Es ist interessant», sagte Henry mit einer Stimme, die so ruhig und unaufgeregt war wie heute vormittag in Freds Büro. Da hatte es beruhigend gewirkt, jetzt dagegen war es aufreizend.

«Himmelherrgott, Henry, können Sie nicht auch mal ein bißchen enthusiastisch sein?» sagte ich. «Die Tochter des größten Förderers der Stadt Charlotte erzählt mir, ihr Daddy habe einen Versicherungsbetrug ... Mensch, vielleicht sogar einen Mord ... begangen, und für Sie ist das nicht mehr als *interessant*?»

«Es ist mehr als interessant, wenn es stimmt», gab Henry zurück. «Hat sie irgendwelche Beweise? Kann außer ihrer Mutter sonst noch jemand die Geschichte bestätigen? Und wieso erzählt sie's einer Reporterin und noch dazu erst jetzt, Jahre nachdem es passiert ist? Sie könnte doch schlicht eine vergrätzte Tochter sein, die versucht, ihrem Vater eins auszuwischen. Oder sie könnte emotional instabil sein. Oder sie könnte auftischen, was ihrer Meinung nach die Wahrheit ist. Es gibt da unendlich viele Möglichkeiten.»

«Könnte so sein, ist es aber nicht», erwiderte ich. «Ich habe sie gesehen, als sie über Wally sprach. Ein so tiefer Haß kann nur von etwas Großem ausgelöst werden. Er hat ihr Pferd umgebracht, und dieses Pferd war ihr Leben. Sie kann Waysies Namen noch immer nicht aussprechen, ohne daß ihr die Tränen kommen. Sie lebt nun schon fast drei Jahre mit diesem quälenden Wissen, hat's eisern für sich behalten, wahrscheinlich geglaubt, es sei ihre Aufgabe, die Familie zusammenzuhalten. Henry, was sie da erzählt, das ist nicht *ihre*, sondern es ist *die* Wahrheit. Das können Sie mir ausnahmsweise mal glauben. Ich weiß es so sicher, wie ich meinen Namen weiß.»

«Apropos Namen», sagte Henry. «Können wir ihren benutzen? Hat sie sich offiziell geäußert?»

«Darauf können Sie einen lassen.» Ich kannte die beim *Appeal* geltenden Regeln so gut wie Henry. Keine anonymen Quellen ohne die Genehmigung des Verlegers, was bedeutete, daß es keine anonymen Quellen gab. «Jedes einzelne Wort, das sie gesagt hat, dürfen wir zitieren, mit Name, Alter, Blutgruppe. Was immer uns beliebt. Wir sind da an was dran, Henry. Das mindeste ist, daß sich Melissas Vater eines Versicherungsbetrugs schuldig gemacht hat, im schlimmsten Fall eines Mordes. Wenn Sie also mal von Ihrem hohen Roß herunterkommen würden ...»

«Okay, okay, Sie haben ja recht», sagte Henry. «Ich war ein bißchen grob und zu skeptisch. Es ist halt schon eine Weile her, daß ich mit einem anderen Reporter zusammen an einer Story gearbeitet habe. Wirklich ein guter Anfang. Lassen Sie uns darüber nachdenken, was wir als nächstes tun müssen. Dann werde ich mal die Vergangenheit von Melissas Vater ...»

Ich hörte an seinem Ende der Leitung eine Stimme leise «Daddy!» rufen.

«Ich muß Schluß machen», sagte Henry. «Tut mir leid, wenn ich ein Spielverderber war. Sie haben echt gute Reporterarbeit geleistet. Wir treffen uns also morgen früh um halb zehn. Bei meinem Auto auf dem Parkplatz.»

NEUN

Wer die kleinen Landstraßen South Carolinas befährt und nach landschaftlichem Liebreiz Ausschau hält, der wird, wenn er nach Camden unterwegs ist, derlei nicht finden.

Was man findet, sind schmuddelige Kiefern, sandiges Tiefland, jede Menge elende, auf vier Steinblöcken ruhende Bruchbuden und ein zur Bojangles-Kette gehörender Hähnchengrill in jeder Stadt mit mehr als fünfzehntausend Einwohnern, von denen es jedoch nicht allzu viele gibt. In der Mehrzahl sind die Ortschaften kleine Ansammlungen von vergammelten Häusern, und mitten durch diese Dörfchen führen Eisenbahnschienen hindurch, die wie das knubbelige Rückgrat eines mageren Kindes wirken.

Irgendwo zwischen Lancaster (wo es einen Bojangles-Grill gibt) und Elgin (wo es nichts gibt außer einer Backsteinkirche der Baptisten und im Dezember das Katzenfischfest) fing Henry an, über den Süden zu dozieren.

«Das Vermächtnis der Armut», sagte er zur Erläuterung der sozialen Topographie South Carolinas, auch liebevoll «Palmetto State» genannt (ich frage mich, ob nach dem Palmbaum oder nach den tizianroten Schaben, die größer sind als mein Zeigefinger und in der Paarungszeit auch Menschen blindwütig attackieren).

Nach dem Studium hatte Henrys erster Job beim *Commercial Appeal* darin bestanden, aus ganz South Carolina zu berichten. Er war mit diesem Bundesstaat so vertraut, wie ich es leider Gottes mit der Seventh Avenue geworden war. Er wußte von Provinzskandalen zu berichten, von Tabakzuteilungen oder von Strom Thurmonds Kinderbräuten und der Creme der Politiker South Carolinas, während ich gescheit über die eklektische Exzentrizität Geoffrey Beenes oder die unstrukturierte Struktur Calvin Kleins daherreden konnte.

«Vor dem Bürgerkrieg war das eine sehr stratifizierte Gesellschaft», fuhr Henry fort. Kein Problem, zu erraten, was sein Hauptfach in Harvard gewesen war: Geschichte. «Sehr reiche Leute und sehr arme. Dann wurde der Süden vom Krieg verwüstet. Wo sollte das Geld herkommen, um am Ende der Welt malerische Dörfchen zu bauen und zu erhalten? Es gab dort keine dem Norden vergleichbare ökonomische Entwicklung. Die Reichen blieben in größeren Enklaven unter sich. In Orten wie Charleston, Beaufort oder sogar Camden.»

Die Altstadt von Camden ist sehr hübsch. Eine Fülle von stattlichen alten Häusern und schönen, gepflegten Gärten. Das ist darauf zurückzuführen, daß Camden zu Beginn des Jahrhunderts so eine Art Palm Beach war, das heißt ein Ort, wo viele reiche Yankees zusammen mit ihren Pferden überwinterten. Während es die meisten der großen, schicken Hotels nicht mehr gibt, kann man das von der Praxis der jahreszeitlich bedingten Wanderungsbewegung nicht sagen. Bis heute packt eine Menge betuchter Nordstaatler ihre Klamotten und Ställe zusammen und zieht nach Camden oder Southern Pines, wo die Leute dann bleiben, bis der Schnee wieder schmilzt.

Ich war schon oft in Camden gewesen – zu Turnieren oder

auf Tagestouren zu den Läden für Reitsportbedarf. Aber ich war die etwas über einhundert Kilometer immer mit Reiterfreunden zusammen gefahren, und wir hatten uns natürlich nicht über die wirtschaftlichen Schwierigkeiten der Region unterhalten. Ich fand Henrys Ausführungen faszinierend und seine Begeisterung ansteckend.

Allerdings war ich einigermaßen beunruhigt, als ich auf der Abkürzungsstrecke zwischen Heath Springs und Camden den Temperaturanzeiger von Henrys Auto wieder gefährlich nach oben wandern sah, denn das ist ein etwa fünfzig Kilometer langes Stück des Weges, wo es außer Sand und Kiefern nur ein paar verlassene Gehöfte und trostlose Kneipen gab. Wunderbarerweise glitt die Nadel dann wieder in den blauen Bereich zurück, und wir gelangten ohne weitere Probleme nach Camden.

Die Steeplechaser, Polospieler, Fuchsjäger und Springreiter sorgen dafür, daß die Pferde der zweitwichtigste Wirtschaftszweig der Stadt sind. Wenn man die DeKalb Street noch ein Stück weiter hinunterfährt und dann in die Seitenstraßen abbiegt, erhält man einen Hinweis darauf, welches der wichtigste ist. Die großen alten Häuser des Stadtkerns weichen hier Bretterbuden. Davor sitzen mittellose schwarze Männer und Frauen und versuchen, ein wenig von der kühlenden Brise abzubekommen. Arbeiter. Camden verfügt über wenigstens fünf große Textilfabriken. Du Pont. Hermitage. Kendall. Veratech. Sie produzieren alles, von Nylonfasern bis Gaze aus Polyester.

Ich machte mit Henry eine schnelle, reitsportlich orientierte Rundfahrt, die uns an den beiden Übungsbahnen der Stadt, an Springdale und am Camden Training Center, vorbeiführte und dann die Firetower Road hinunter. Das war die Straße der Turnierreiter, an der auch Lucy Bladstone wohnte. Ich hatte vor unserer Abfahrt vorgeschlagen, daß wir uns telefonisch anmeldeten.

«Es ist sehr viel leichter, den Hörer aufzulegen, als jemandem die Tür vor der Nase zuzuschlagen», hatte Henry erwidert. «Lassen Sie uns lieber an die Tür klopfen und sehen, was sie macht.»

«An die Tür von Lucy der Schrecklichen klopfen? Ich habe diese Frau noch nicht ein einziges Mal lächeln sehen, und Sie sollten mal hören, wie sie ihre Stallburschen und Trainer anbrüllt.»

«Ein Grund mehr, sie zu überraschen», meinte Henry.

«Na schön, Sie haben den Pulitzer gewonnen, nicht ich», sagte ich. «Dann mal los.»

ZEHN

Ich hatte das Haus der Bladstones noch nie gesehen. Was ich erwartet hatte, war ein Herrenhaus nach Art des Geldadels von Charlotte, das heißt eine kunstvolle, ein- oder zweigeschossige Vorbürgerkriegsgeschichte mit kannelierten weißen Säulen, einer geschwungenen, hufeisenförmigen Auffahrt und sanften Hügeln, die vom Landschaftsgärtner auf anmutige Weise gestaltet und mit riesigen Magnolien sowie beherrschenden Eichen bepflanzt worden waren. Was wir jetzt vor uns sahen, war alles andere als das. Hineingezwängt in ein dürres Wäldchen halbtoter Kiefern, stand da ein plumpes Ziegelsteinviereck ohne besonderen Reiz, aber mit einer Reihe vergammelter Fenster, die alle so aussahen, als hätten sie seit 1953, dem wahrscheinlichen Baujahr des Hauses, keinen frischen Anstrich mehr erhalten.

«Sind Sie sicher, daß sie hier wohnt?» fragte Henry.

«Das ist die Adresse, die im Telefonbuch steht», sagte ich. «Ich nehme an, das ist die Art, auf die sich die Reichen ihren Reichtum erhalten.»

Fünfzehn oder zwanzig Hunde liefen umher – und selbst

die entsprachen nicht meinen Erwartungen. Es waren alles Promenadenmischungen. Braune, schwarze, gelbe. Nichts, was einer offiziellen Edelrasse wie dem Jack Russell Terrier oder dem Welsh Corgi auch nur entfernt nahegekommen wäre. Ich blieb im Auto sitzen, weil ich Angst vor Hunden habe, vor allem vor großen knurrenden wie dem Schäferhundmischling, der vor meiner Autotür saß und die Zähne fletschte.

«Sie zuerst», sagte ich zu Henry.

«Das will bedacht sein», gab er zurück.

Während wir noch nachdachten, öffnete Lucy Bladstone die Haustür und spähte mit zusammengekniffenen Augen in unsere Richtung. Sie hatte ein ausladendes Dreieck aus schwarzem Kraushaar auf dem Kopf und eine spitze Nase. («Sieht aus, als könnte sie eine Dose damit aufmachen», sagte Gail jedesmal, wenn sie Lucy zu Gesicht bekam.) Um die Augen hatte sie sich dicke schwarze Striche gemalt, die sie noch mehr wie die böse Hexe aus dem Märchen aussehen ließen.

Im allgemeinen tragen reiche Männer an Stelle von Schmuckstücken schöne Frauen am Arm. In Lucys Fall wußte niemand zu sagen, was L. M. Bladstone, Erbe des größten Nahrungsmittel-, Tabak- und Textilkonzerns des Landes, in ihr sah. Vielleicht bewunderte er einzig und allein ihre Treffsicherheit. Sie konnte einem, wie es hieß, einen Apfel vom Kopf schießen – wenn man blöd oder besoffen genug war, sie zu lassen. Soviel ich gehört hatte, war L. M. beides. Man füge dem sein angeblich problematisches Verhältnis zu Ballermännern hinzu (er soll immer wieder mal zur unpassenden Zeit den Abzug drücken, nur um es «plopp» machen zu hören), und Lucy sah, wie ich mir vorstellen konnte, in seinen Augen recht gut aus.

«Ranger», schrie sie den schwarzen Knurrer an, «komm sofort her!»

Dann bedeutete sie uns mit einem Wink der Hand, wir sollten aussteigen.

Henry und ich bahnten uns einen Weg durch den Rest der Hunde, die mehr daran interessiert zu sein schienen, an unserem Schritt zu schnüffeln, als uns zu zerfleischen.

Lucy lächelte. Ich hatte die Haustür noch nicht erreicht, da sagte sie schon: «Sie kommen mir bekannt vor. Kennen wir uns?»

Ich brauchte eine Weile, um dahinterzukommen, was sie gesagt hatte, denn sie sprach so schnell, daß ich schon dachte, ich sei wieder im Norden.

«Irgendwie schon», antwortete ich schließlich. «Ich reite eine Fuchsstute namens Brenda Starr.»

«Eine gute Springerin? Eine Menge Chrom?»

«Chrom?» fragte Henry.

«Das bedeutet viel Weiß», erklärte ich ihm. «Lange weiße ‹Strümpfe›, große Blesse. Da haben Sie Brenda.»

«Hübsches Pferd», sagte Lucy. «Was kann ich für Sie tun? Haben Sie sich verfahren, oder suchen Sie die Farm von irgend jemand?»

«Ja, eigentlich Ihre», antwortete ich. «Ich bin vom *Charlotte Commercial Appeal* und heiße Natalie Gold. Und das ist Henry Goode, ebenfalls Reporter.»

«O Gott», sagte Lucy, «diese ganze Scheiße mit Wally und Ruskie. Darum geht's, nicht wahr? Verdammt und zugenäht, ich kann einfach nicht glauben, daß dieser Hurensohn hingegangen ist und sich hat tottrampeln lassen. Tja, wahrscheinlich ist das alles nicht zu vermeiden, eine Story in der Zeitung, Fernsehkameras, der ganze bescheuerte Trubel. Es ist zu heiß, um sich hier draußen zu unterhalten. Also kommen Sie rein, ich werde Dorothy sagen, daß sie uns einen Tee macht.»

Es stellte sich heraus, daß Lucy die Schreckliche eigentlich eher Lucy die Erträgliche war. Henry sah mich an, und wenn er ein anderer gewesen wäre, jemand, auf dessen Gesicht sich Gefühl hätte widerspiegeln können, dann hätte ich geschworen, daß er mir einen Na-das-soll-Lucy-die-Schreckliche-sein?-Blick zuwarf. Wir folgten Lucy zur Haustür hinein. Henry hätte tot sein müssen, um ihre Figur nicht zu bemerken. Lucy trug taubengraue Breeches aus Stretch, die an ihrem Körper klebten wie eine Schrumpffolie. Sie mochte ja die Schultern eines Fullback und das Gesicht von Margaret Hamilton haben, aber einen Hintern hatte sie wie eine dieser Herrenmagazindoppelseitenmiezen – zwei vollendete, melonenrunde Arschbacken, die auf einem Paar wohlgeformter Beine saßen.

«Die beißen alle nicht, ein paar könnten lediglich versuchen, Sie zu bumsen», sagte Lucy, und wir betraten ihr Wohnzimmer.

Ich weiß nicht, was überwältigender war – der Anblick oder der Geruch. In dem Raum befanden sich mindestens so viele Hunde wie draußen vor dem Haus, und sie hatten sich überall auf den Sofas und Sesseln breitgemacht.

«Alles Streuner», sagte Lucy. «Die Leute setzen sie einfach vor meinem Haus ab, weil sie schon wissen, daß ich sie hierbehalte. Bei heimatlosen Hunden werde ich jedesmal wieder schwach. L. M. kann sie nicht ausstehen, aber ich hab ihm gesagt, wenn er sie ins Tierheim bringen wolle, dann mal los. ‹Ihr Blut wird an deinen Händen kleben, nicht an meinen›, hab ich zu ihm gesagt. ‹Denn dir ist doch wohl bekannt, was mit neunzig Prozent dieser Hunde geschieht. Und selbst bei den Hunden, die sie behalten, weißt du ja, was …›»

Ich nickte zustimmend, da Lucy in der Unterhaltung nicht allzuviel Raum für andere ließ. Während ich nickte und mir weiter ihre Tirade über die Brutalität der Tierheime anhörte, betrachtete ich das Mobiliar. Mein Stiefvater war in dieser Branche tätig gewesen, und da ich viel Zeit mit ihm auf dem Möbelmarkt von High Point verbracht hatte, verstand ich ein bißchen was davon. Ich wußte, daß die Sachen in Lucys Haus erste Klasse waren – oder besser: gewesen waren. Wahrscheinlich Baker. Teuerste Tapeten und Bezüge aus den Musterbüchern mit dem dreifachen A und Sofarahmen, die drei Generationen überdauern würden, was für den Geldadel wichtig ist. Ich nehme an, daß man die Rahmen wieder hätte richten können, aber alles andere war Schrott. Jedesmal, wenn sich ein Hund bewegte, stiegen aus den Löchern in den Kissen Wolken von Federn hoch. An den Sofas waren die Nähte der schweren Seidenbehänge, die einmal – wie ich nur raten konnte – elfenbeinfarben gewesen waren, aufgerissen, und die Stoffstreifen lagen verschlungen auf dem Fußboden. Ein paar der Hunde hatten Stücke davon im Maul und veranstalteten ein Tauziehen damit. Was einmal eine goldene Kordeleinfassung an einem zu hart gepolsterten Sessel gewesen war, das war zu einem undeutlichen Band aus schmuddeligem Braun zerfranst.

Während ich mich umsah und versuchte, kein Erschrecken zu zeigen, kam eine schwarze Alte in weißer, gestärkter Hausmädchentracht herein. Sie bemerkte meinen Gesichtsausdruck und rollte die Augen – blaßgrüne Augen, so durchsichtig wie Glasmurmeln. Ich konnte meinen Blick nicht von ihnen wenden. Mir war, als schaute ich in etwas Geheimnisvolles, sehr Persönliches hinein, als hätte sie die Schublade mit ihrer Unterwäsche offengelassen – und das mit Absicht.

«Ich sag ihr wieder und wieder, sie soll sich endlich mal von diesen häßlichen, stinkenden, dreckigen Kötern trennen, aber sie hört ja auf keinen», brummte die Alte. «Die machen nicht mal ihr Geschäft draußen. Stelln Se sich das mal vor, ausgewachsene Hunde pinkeln und machen was weiß ich noch alles auf die Teppiche von Mr. Bladstones Großvater! Wenn ich hier was zu sagen hätt, ich würde ...»

«Achten Sie nicht auf Dorothy», unterbrach Lucy die Frau mitten im Satz. «Sie ist schon so lange bei uns, daß sie denkt, das Haus gehört ihr. Und außerdem hat sie ja L. M. großgezogen, weshalb sie meint, der gehört auch ihr. Dorothy, sei so lieb und mach uns einen Tee. Und bring auch was von dem Zitronen-Mohn-Stuten mit, den Sully gebacken hat. Er ist im Kühlschrank.»

Die alte Frau hörte auf ihrem Weg zurück in die Küche nicht auf, vor sich hin zu murren.

«Sully kennen Sie doch?» fragte mich Lucy. «Das hübsche kleine Mädchen, das die Pferde frisiert? Sie macht die schönsten Schweife, die ich kenne.»

Natürlich kannte ich Sully. Sie war die teuerste Pferdehaarstylistin weit und breit. Dreißig Dollar pro Mähne und zwanzig pro Schweif. Ich hatte sie einmal engagiert, und sie war eine ganz nette, für einen Pferdemenschen geradezu freundliche Person. Sie tratschte gern über alles und jeden; ob das Getratsche nun der Wahrheit entsprach oder nicht, war ihr egal.

Vor ein paar Monaten hatte sie mir mal erzählt, daß sie Gails Nachfolgerin bei Doc Loc gewesen war. Dann hatte sie sich endlos darüber ausgelassen, daß zwischen Doc Loc und Gail mehr gewesen war als nur Veterinärmedizinisches. Gail hielt das angesichts der Tatsache, daß Doc Loc mehr als dreißig Jahre älter war als sie, für wahnsinnig komisch.

«Glaub ja nichts von dem, was diese Frau daherredet», hatte Gail gesagt und so gelacht, daß sie einen Hustenanfall bekam und erklärte, sie werde die Zigaretten aufgeben. «Das ist ein Mutant. Sieh dir nur mal ihre Augen an, die sind von einem so hellen Blau, wie ich das noch bei keinem anderen Menschen gesehen habe. Ihr Vater muß ein sibirischer Huskie gewesen sein. Sie soll auch nachts den Mond anbellen.»

Gail hatte, was Sullys Augen anging, recht – sie waren heller als ein isländischer Sonnenuntergang.

Seit Sully mir ihre Rechnung präsentiert hatte, machte ich keinen Gebrauch mehr von ihren Diensten. Fünfundfünfzig Dollar für eine Pferdefrisur – dreimal soviel, wie ich für meine ausgebe! Aber ich begegnete ihr bei sämtlichen Turnieren, im Normalfall um vier Uhr morgens, wenn sie verschlafen dreinblickende Gäule unter einen Strahler zog und ihre Mähnen und Schweife zu kunstvollen Zöpfen einflocht.

Es braucht nur ein paar solcher Zöpfe, und schon ist aus einem alten Klepper ein elegant aussehendes Springpferd geworden. Im übrigen ist das Einflechten Bestandteil dieser ganzen rituellen Farce, bei der so getan wird, als nähmen alle diese über hunderttausend Dollar teuren Pferde an einer echten Reitjagd teil. Die Flechterei mag sinnvoll sein, wenn man durch den Wald galoppiert, denn dort können sich Mähne und Schweif leicht im Geäst verfangen. Aber auf einem Turnierplatz? Dort kommt man allenfalls beim Buschoxer in die Nähe von belaubten Zweigen. Der ist so eine stilisierte Nachahmung dessen, was die Pferde bei der Reitjagd im Gelände überspringen. Weil es ein unkompliziertes Hindernis ist, über das die Pferde problemlos hinweggehen, ist es auf den Bahnen mit acht Hindernissen im allgemeinen das erste – es sei denn, da war ein überkreativer Parcoursbauer am Werk, der es für amüsant hält, wenn man die Pferde mit schwierigen Hindernissen wie sehr weiten und hohen Oxern anfangen läßt.

Sully flocht Lucys Pferde praktisch jedesmal ein, wenn sie aus dem Stall traten. Bei allen Turnieren, an denen sie teilnahm – ob bei den großen oder den kleinen, den nicht anerkannten oder selbst denen, bei denen die anderen Gäule nicht einmal gestriegelt waren –, erschienen ihre Pferde aufs schönste frisiert und herausgeputzt. Was waren schon fünfzig Dollar pro Kopf und Schwanz für die Gattin des Mannes, der dafür Sorge trug, daß den Amerikanern weder die Hühnernudelsuppe noch die Mentholzigaretten jemals ausgingen?

«Bei uns erledigt Rob die Einflechterei», sagte ich. «Er ist der Ansicht, daß es niemand so gut kann wie er. Sie kennen ihn ja.»

«Wer wüßte nicht, was Rob von sich hält?» sagte Lucy. Sie

lachte, wobei sie die Augen zusammenkniff, so daß nur noch zwei schwarze Striche übrigblieben und es aussah, als hätten sich ihre Augenbrauen verdoppelt. «Es überrascht niemanden, daß er Wally umgebracht hat.»

«Mich schon», sagte ich. «Ich glaube nicht, daß er's war.»

«Ach, wirklich? Dann kannten Sie ihn nicht gut genug. Hier, setzen Sie sich doch», sagte Lucy und scheuchte ein paar der Hunde vom Sofa. Sie selbst quetschte sich in den zu hart gepolsterten Sessel, neben ein Tier namens Old Yeller.

«Ist das Mamis kleiner, süßer Liebling?» flötete sie den Hund in kindischem Ton an. «Wie, Mr. Muffski-Wuffski?»

Ich weiß auch nicht, was das mit den reichen Leuten und ihren Hunden ist. Da sind diese hochgezüchteten Haltungsbewahrer, die lieber sterben, als sich einen Gefühlsausbruch zu leisten. Gut. Aber sobald es um einen Hund geht, werden sie weich. Ich hatte das auf dem College bei meiner Stubengenossin erlebt. Sie war so kultiviert, kultivierter geht's gar nicht. Ihr Vater war Botschafter in Rumänien gewesen, ihre Mutter eine Zeitungserbin. Die küßten und umarmten sich nicht, sie schrien niemals oder wurden sonstwie laut. Als meine Kommilitonin heiratete, hielt ihr Vater eine lange, pedantische Tischrede, in der er den Namen seiner Tochter nicht ein einziges Mal erwähnte. Er ging auch mit keinem Wort darauf ein, wie sie als kleines Mädchen gewesen war, oder erzählte sonst irgend etwas Persönlicheres aus ihrer aller Leben, sondern sprach nur von dem Erbe, das es weiterzugeben heiße, und von dem Beitrag zum Wohle der Gemeinschaft, den die beiden leisten würden. Aber wehe, jemand wäre Sally Sue, ihrem Golden Retriever, zu nahe getreten – der hätte was erleben können! Mit ihrem Hund brabbelten sie rum wie die Kleinkinder.

«Also, wenn Wally nicht schon tot wäre, dann würde ich diesen Hurensohn eigenhändig umbringen, denn was der Ruskie angetan hat, das macht mich ganz rasend. Er wußte, daß ich dieses Pferd haben wollte. Aber er ist tot, da kann ich jetzt auch nichts mehr machen. Was wollen Sie sonst noch von mir wissen?» Lucy kraulte Old Yeller den Bauch, und sein eines Hinterbein zuckte vor und zurück wie ein Preßlufthammer.

Henry zog sein Notizbuch und ein Tonbandgerät hervor.

«Haben Sie was dagegen einzuwenden, wenn wir das benutzen?» fragte er.

«Sollte ich?» fragte Lucy zurück.

«Ich wüßte nicht, warum», antwortete Henry. «Schließlich dient es Ihrem Schutz ebenso wie dem unseren. Auf diese Weise können Sie sicher sein, daß wir exakt das aufzeichnen, was Sie sagen.» Lucy lächelte Henry an. «Na schön», sagte sie, «dann schießen Sie mal los.»

Und das tat er, genau zwischen die Lichter.

«Fangen wir mit den Angaben zur Person an», sagte er. «Wo sind Sie aufge...»

«Ich?» schnitt ihm Lucy das Wort ab. «Was hat das denn mit Robs Mord an Wally zu tun?»

«Nun ja», sagte Henry, «in Charlotte passieren eine Menge Morde, und nicht immer berichten wir ausführlich darüber. Was mich an Wally interessiert, das ist die Welt, in der er gelebt hat und in der er gestorben ist. Das ist ja eine Welt, die nur sehr wenige kennen, obwohl sie doch mitten in Carolina liegt. Alle, mit denen ich bisher gesprochen habe, sagten mir, Sie gehörten zu den wichtigsten Persönlichkeiten dieser speziellen Welt, der Welt der Reitturniere. Deshalb haben wir bei Ihnen zuerst angeklopft. Wir werden noch viele andere Leute interviewen, ihnen allen die gleichen Fragen stellen ...»

Als er mit seiner Schmuserei, dem sanften, ruhigen Auf-sie-Eingehen durch war, wirkte sie derart gelockert, daß es nicht überrascht hätte, wenn sie ihm, danach gefragt, auch noch die von ihr bevorzugten Stellungen verraten hätte. Aber

Henry hielt sich an die relevanten Fakten, und es sah ganz so aus, als täte Lucy, erst einmal in Gang gekommen, nichts lieber, als zu reden, vorzugsweise über sich selber. Ich dachte schon, sie würde nie wieder hochkommen, um Luft zu schnappen.

«Bayonne, schon mal davon gehört?» fing sie an. «Dort bin ich aufgewachsen.»

Bayonne? Ich war platt. Ich kannte Bayonne – eine üble Stadt im Norden Jerseys, eingezwängt zwischen Newark, Staten Island und Brooklyn. Die einzige Jagd, die man dort kennt, ist die auf sexy aussehende Girls. Und ich hatte angenommen, Lucy sei in L. M.s Welt groß geworden, als privilegiertes Kind einer Mutter, die sich verzweifelt abmüht, die wirkungsvollste und photogenste Krankheit zu finden, um Spendengelder für ihre Bekämpfung einzusammeln, während ihr Vater dafür sorgt, daß der Bedienstete den Lattenzaun um das Anwesen mit einer bestimmten Holzschutzfarbe streicht, solange diese noch nicht verboten ist.

Soviel zu Annahmen! Ich hatte mich getäuscht – nicht nur, was ihre Herkunft, sondern auch was sie selbst betraf. Das einzige, was Lucy mit den vornehmen Altamerikanern gemein hatte, war das Ach-was-ist-das-doch-für-ein-süßes-Wauwilein-Geplapper.

Wie sich herausstellte, waren Lucys Eltern die Bediensteten gewesen.

«Meine Mutter arbeitete bei HoJo am gebührenpflichtigen Jersey Highway, Mautstelle Ausfahrt 14B, Frühschicht. Vierunddreißig Jahre lang. Als sie ausschied, um hier in den Süden zu ziehen, schenkten sie ihr eine kleine goldene HoJo-Nadel. Es ist nicht zu fassen, aber sie trägt sie immer noch. Ich kaufe ihr Schmuck von Cartier, aber sie trägt nach wie vor die Anstecknadel von HoJo.

Mein Vater arbeitete beim Straßenbauamt, füllte im Sommer Schlaglöcher und streute im Winter Sand. Ich bekam ein

Stipendium für die Pädagogische Hochschule in Jersey City angeboten und nahm es, denn das letzte, was ich wollte, war, als Kollegin meiner Mutter zu enden und Straßenbenutzungsgebühren zu kassieren. Das vorletzte, was ich wollte, war, Lehrerin zu werden, aber ich dachte mir, es würde sich vielleicht irgendwann doch noch was anderes ergeben.»

Und das tat es dann auch. In der ersten Semesterwoche entdeckte Lucy ein Hinweisschild des hochschuleigenen Schießklubs. Schon als Kind hatte sie ihrem Bruder immer seine Spielzeugwaffen geklaut, weil ihre Mutter ihr nur Puppen kaufte.

«Ich war eine geborene Schützin», sagte Lucy. «Als ich zum ersten Mal mit einer richtigen Pistole schoß, traf ich auf Anhieb ins Schwarze.»

Sie gewann eine Meisterschaft nach der anderen und war schon bald die Königin der College-Schützen. Im Wintersemester des zweiten Studienjahres fuhren Lucy und drei ihrer Freundinnen nach Newark, um sich den Great Union Circus anzusehen.

«Der Ansager hieß Tiny Tim», sagte Lucy. «Erinnern Sie sich noch an den? So ein Vogel mit langem, strähnigem Haar, der auf der Ukulele spielte und ‹Tiptoe Through the Tulips› sang? So weit hatte er es gebracht, nachdem er in der TV-Show von Johnny Carson Miss Vicky geheiratet hatte. Wie auch immer, er kündigte die erste Nummer an. ‹Meine Damen und Herren, Miss Annie Oakley!› Das Licht wurde schummrig, und man hörte auf Platte Ethel Merman ‹Anything You Can Do› singen. Dann trat Annie ins Scheinwerferlicht und versuchte, Bierflaschen von einem Holzpferd runterzuschießen. Das Pferd hatte am Ende mehr Löcher als der West Side Highway.

Da meinte meine Freundin: ‹Mensch, Lucy, das kannst du doch besser, selbst noch im Schlaf!› Und wissen Sie was? Sie hatte recht. Mir war das Studium eh ein Graus. Schon bei dem Gedanken, eines Tages Lehrerin sein zu sollen, wurde mir übel. Also suchte ich nach der Zirkusvorstellung den Manager auf und bugsierte die arme kleine Annie aus ihrem Job. Ich ließ ein echtes Pferd holen und stellte zwei Flaschen drauf. Bevor der Gaul noch darüber nachdenken konnte, ob er nicht vielleicht lieber durchgehen sollte, hatte ich ihm schon die Flaschen vom Hintern gepustet. Die haben mich auf der Stelle angeheuert.»

Lucy war dann zweieinhalb Jahre mit dem Zirkus durch die Lande gezogen. Während der Zeit brachte ihr die Kunstreiterin der Truppe das Reiten bei – diese Frau nannte sich La Donna Mobilay, und auf den Zirkusplakaten stand der Zusatz: «Eine echte italienische Gräfin aus Venedig.» Es machte nichts, daß Venedig eine Insel ist, auf der wahrscheinlich nicht ein einziges Pferd herumläuft.

«Ihr richtiger Name war Alma Darnell», sagte Lucy. «Sie stammte aus Toxey, Alabama, und hatte noch nie einen Italiener gesehen. Sie bekam den Namen, als sie anfing, mit dem Zirkus umherzureisen, und er gefiel ihr besser als Alma. Deshalb nannten sie von da an alle so, La Donna. Sie hat mich mit L. M. bekannt gemacht. Im Oktober ist das fünfzehn Jahre her. Die gute alte La Donna.»

Lucy stand auf, und Old Yeller machte sich sofort wieder auf dem ganzen Sessel breit. Lucy ging zum Bücherregal und fand dort, eingeklemmt zwischen zwei Dick-Francis-Romanen, eine silbern gerahmte Vergrößerung.

«Das sind La Donna und ich», sagte sie.

Henry drehte das Bild so, daß ich es auch sehen konnte. Lucy mußte etwa fünfundzwanzig gewesen sein. Ihre Gesichtshaut war so glatt wie ein Stück faltenloses Pergamentpapier. Vor all den dann folgenden Jahren, in denen ihr ein Übermaß an Sonnenschein und Coke zugesetzt hatte, war sie durchaus hübsch gewesen. Sie trug das Haar zu langen Zöpfen geflochten und hatte einen Lederrock mit langen Fransen an, dazu passend Weste und Mokassins. Neben ihr stand eine streng dreinblickende Blondine mit feingeschnittenem Gesicht und Augen von arktischem Blau – sie hätte gut als Revuegirl Reklame für Hitlers Ariervolk machen können. Sie gab eine Studie in Schwarz ab (Bodysuit, Reitstiefel, Lederhandschuhe), ausgenommen lediglich ein wenig Silberglanz an ihren Hacken, an denen sie die längsten, schärfsten Rädchensporen trug, die ich je gesehen hatte.

«La Donna konnte jedes Pferd zu allem bringen», sagte Lucy.

Daran zweifelte ich nicht, erst recht nicht, wenn ich mir die gefährliche Peitsche in ihrer Hand, die an ihren Stiefeln befestigte Bewaffnung und den in ihr Gesicht geätzten Komm-mir-bloß-nicht-ins-Gehege-Ausdruck betrachtete.

Lucy schob Old Yeller in seine Ecke des Sessels zurück, setzte sich wieder und erzählte weiter, ohne von Henry oder mir dazu ermuntert worden zu sein. Sie hatte L. M. kennengelernt, als der Great Union Circus in Columbia, der zwanzig Minuten westlich von Camden gelegenen Hauptstadt South Carolinas, gastierte. L. M.s damalige Freundin, eine Springreiterin namens Ceezie Leads, hatte ihm Eintrittskarten zum Geburtstag geschenkt.

«Sie kennen doch Ceezie, oder nicht?» fragte mich Lucy.

Fast hätte ich zurückgefragt: «Sie meinen wohl Sleazie Leads?» Das war der Name, unter dem ich sie kannte. Sleazie die Üble. Die üble Leads. Sie war x-mal verurteilt und für die Turniere gesperrt worden, weil sie ihre Pferde mit Ace vollgestopft hatte, das heißt mit einem Tranquilizer, der auch den wildesten Gaul über den Parcours hüpfen läßt, als sei es sein einziges Bestreben, seinem Besitzer zu gefallen.

«Egal, sie besuchten also den Zirkus», fuhr Lucy fort, «und Ceezie hatte nur Augen für den großen Fuchs. Man erzähle mir was von ‹Daisycuttern›! Dieses Pferd schwebte geradezu durch die Arena.»

Offensichtlich war auch L. M. sprachlos vor Staunen gewesen. Allerdings eher über Lucy und ihre Kanonen. Nach der Vorstellung zerrte Ceezie L. M. auf der Suche nach La Donna hinter das große Zelt, weil sie der «Italienerin» unbedingt ihr Pferd abkaufen wollte. Und während die beiden Frauen noch handelseinig zu werden versuchten, kam Lucy dazu, und La Donna machte bekannt.

«L. M. rief mich noch am gleichen Abend an», sagte Lucy. «Und von da an zogen wir jeden Abend nach der Vorstellung zusammen los. Zum Essen, ins Kino, zu Schießübungen. Die folgenden sechs Monate ist er überall hingeflogen, wo ich gerade auftrat. Und dann heirateten wir. Romantisch, was?»

«Klingt wie Märchenzauber», sagte ich und fragte mich, was aus dem Zauber geworden sein mochte. Wahrscheinlich das, was meistens passiert, wenn die Leute erst einmal verheiratet sind – es ist aus und vorbei damit. In Lucys und L. M.s Fall schien es jedoch bald noch auser als aus gewesen zu sein, ein Schluß, der sich jedenfalls aufdrängte, wenn man an Lucys intime Beziehungen zu Wally und – nach allem, was mir Gail erzählt hatte – zu allen seinen Vorgängern dachte. Hatte L. M. wirklich so blind sein können? War ihm der zweikarätige Brillie an Wallys Ohr entgangen, den Lucy ihrem Trainer gekauft hatte? Oder stimmte es etwa, daß L. M. von Geburt an Säufer und sein IQ unauflöslich an den Bereich der zweistelligen Zahlen gebunden war?

«Was ist aus La Donna geworden?» fragte ich. Das hatte zwar nichts mit der Geschichte zu tun, aber dieser Blick in den Augen La Donnas hatte in mir den Wunsch erweckt, zu erfahren, wo sie sich aufhielt – um sicherzugehen, daß es nicht irgendwo in meiner Nähe war.

Lucy produzierte sich ganz eindeutig lieber vor männlichem Publikum. Während sie mir antwortete, lächelte sie Henry an.

«Ich hab sie mit einem Freund von L. M. zusammengebracht, mit einem von den Kleenex-Leuten», sagte Lucy. «Sie hat nicht lange gefackelt und ihn geheiratet, ist nach Wisconsin gezogen, und da friert sie sich jetzt den Arsch ab. Inzwischen reitet sie Jagdspringen, und ich treffe sie bei den Hallenturnieren.»

Lucy quasselte weiter, erzählte wieder von sich und L. M., von ihrer jungen Liebe, ihrer Hochzeitsreise, von ihren Sommern in Camden und ihren Wintern in Palm Beach. So, wie sie es erzählte, klang es, als wären die beiden in Höhe der Hüften zusammengewachsen und glücklich darüber. Endlich entdeckte ich in einem ihrer Sätze doch mal eine Lücke und lenkte sie zum Thema zurück.

«Wie lange war Wally Ihr Trainer?» fragte ich. «Und wie hat es angefangen?»

«Das sind jetzt schon ein paar Jahre», antwortete Lucy. «Ich hatte schon eine ganze Reihe von Trainern durchprobiert. Don, Jack, Stewart, Lyle, Joey, Johnny ... Sie kennen die ja alle. Aber mit Lady kam keiner von ihnen zurecht. Sie ging bockig über den Parcours, verfehlte die Absprünge, wechselte vor dem Hindernis die Hand. Da besaß ich eines der tollsten Pferde Amerikas und konnte es partout nicht über den Parcours kriegen.

Dann lief ich eines Tages in Wally rein. In Upperville. Sie wissen ja, bei dem Turnier regnet's immer. Tja, und Lady haßte den Schlamm. Wally und ich kamen bei Sallys Party miteinander ins Gespräch ... Sally Lymon kennen Sie doch, nicht wahr? Die Lymons aus Middleburg? Bill Hawkins ist für die geritten, bevor er sich was wegholte. Wie auch immer, Wally sagte, er wolle Lady im zweiten Jahr ungeritten übernehmen. Und lieber Gott, ja, das Pferd ist so gut gegangen wie nie zuvor. Lady gewann in ihrer Gruppe, und dann wechselte ich mit ihr ins Amateurlager und siegte in allen Klassen.»

Ich wußte, daß Henry von diesem ganzen Insidergerede

nicht viel mitbekommen hatte – vor allem nicht das mit Billy und daß er sich was weggeholt hatte. Das «was» war Aids. Aber ich mochte Lucy nicht unterbrechen und nahm mir deshalb vor, ihm das später, wenn wir wieder im Auto saßen, zu «übersetzen».

«Ich unterbreitete Wally ein Angebot, das er nicht gut ausschlagen konnte, und schon eine Woche später wechselte er zu meinem Stall», fuhr Lucy fort. «Er war ein phantastischer Trainer, das kann ich nicht leugnen. Aber was ich mir von diesem Verrückten in Charlotte alles gefallen lassen mußte! Das war schon schlimm. Rob rief fünfzigmal am Tag an, und wenn ich dranging, legte er auf. Ich sah sein Auto, einen kleinen schwarzen Camry ... nicht ein Schmutzfleck drauf ... draußen auf der Straße stehen, und er saß drin und starrte zum Stall hin. Wie gesagt, es war schlimm.»

Lucy begrub ihr Gesicht im Fell des gelben Hundes. «Hat Frauchen nicht recht, Mr. Muffski-Wuffski? Es war einfach ganz fürchterlich. Ich konnte oft hören, wie Robs Stimme aus dem Telefon kreischte. Wally hielt dann den Hörer weit von sich weg, bedeckte die Sprechmuschel mit der Hand und flüsterte: ‹Dieses Arschloch bringt mich noch ins Grab!› Wally wußte nicht, wie recht er damit haben sollte.»

Ich wollte nicht schon wieder meine «Rob ist unschuldig»-Platte auflegen. Als Reporterin soll ich ja auch objektiv sein – eine journalistische Farce durch und durch, vergleichbar der Farce der Springturniere, wo alle so tun, als wetteiferten die Pferde bei echten Reitjagden miteinander. Und außerdem: Was hatte es für einen Sinn? Lucy und mit ihr wahrscheinlich ganz Camden waren ja doch der Ansicht, die Polizei habe den Richtigen erwischt.

«Wann haben Sie Wally zum letzten Mal gesehen?» fragte ich.

«Vor ungefähr einer Woche», antwortete sie. «Er sagte irgendwas von Virginia und Antiquitäten kaufen, wollte sich aber gestern mit mir bei Rob treffen, um bei der tierärztlichen Untersuchung dabeizusein.»

Dorothy kam endlich mit einem Silberkrug zurück, in dem Eistee war.

«Du lieber Gott, Dorothy, warum hat das denn nun wieder so lange gedauert?» wollte Lucy wissen. «Und was ist mit dem Zitronen-Mohn-Stuten? Hab ich dir nicht gesagt, du sollst den auch mitbringen?»

«Den faß ich nie mehr an», sagte Dorothy. «Ich hab ihn aus dem Kühlschrank geholt, und da hat er mich fast umgebracht. Ein stechender Schmerz ging rauf in meinen Kopf und dann den Rücken runter. Nee, Ma'am, wenn Se den Stuten wollen, dann müssen Se ihn schon selber holen. In dem Stuten stecken Tränen, und ich hab genug davon in mir drin, das reicht für ein Leben.»

«Fang du nicht wieder mit diesem hinterwäldlerischen Voodoogefasel an, Dorothy, sondern geh und hol den Stuten. Mach die Augen zu, wenn's sein muß, oder zünde ein paar Kerzen an und sprich ein paar Gebete oder was immer. Nur bring endlich den verdammten Stuten rein. Und diesmal ein bißchen fixer!»

Dorothy verließ das Zimmer, wobei sie immerhin so laut vor sich hin redete, daß ich mindestens die Hälfte mitbekommen konnte. Irgendwas von einer Mrs. B., die doch an dem Stuten ersticken solle. Um mein Lächeln zu verbergen, nahm ich einen Schluck von dem Eistee, den sie uns eingeschenkt hatte. Er war so süß, daß es an den Zähnen weh tat, was mich nur daran erinnerte, daß ich mehr als dringend zum Zahnarzt mußte.

Lucy erzählte weiter von Wally und seinem Geschick im Umgang mit Pferden. Selbst wenn sie etwas Nettes über ihn sagte, klang ihre Stimme gereizt. Versuchte sie uns weiszumachen, daß nie etwas anderes zwischen ihnen gewesen war als Pferde und daß er das kaputtgemacht hatte, als er Ruskie totschlug? Oder war auch aus dieser Beziehung der Zauber gewichen?

Etwas ließ mich nicht los. Warum war Wally ausgerechnet während der springreiterlichen Hauptsaison in Virginia über Land gezogen und hatte sich Trödel angeschaut? Die meisten Profis warten das Ende der Hallensaison Mitte November ab und gönnen sich erst dann eine Pause. Upperville stand kurz bevor, und die Turniere, die diesem folgen, sind weder größer noch toller.

Ich fragte: «Jetzt, wo Wally nicht mehr da ist, mit wem wollen Sie da für Upperville und Deep Run trainieren?»

Lucy warf mir einen Das-wissen-Sie-nicht?-Blick zu, als hätte ich sie gerade gefragt, ob Rodney Jenkins, der berühmteste Reiter Amerikas, rothaarig sei. (Ist er – und das hat ihm fast soviel Ruhm eingetragen wie die Fähigkeit, mit einem Springpferd schneller über einen Parcours zu kommen als jeder andere.)

«Mit niemand», sagte sie barsch. «Dafür wollte ich ja diese Woche Ruskie kaufen.»

Ich spürte, wie sich die Härchen auf meinen Armen sträubten, und ich wußte, was kam. Ein weiteres totes Pferd.

«Lady ist vor drei Wochen eingegangen. Es war der Abend vor einem kleinen Vorbereitungsturnier auf Max Bonhams altem Landsitz. Ich hatte sie auf die Koppel rausgebracht, damit sie am nächsten Tag nicht zu aufgedreht war. Ein Gewitter sollte es in dieser Nacht eigentlich nicht geben, gab es aber doch. Und was für eins! Ich wachte mitten in der Nacht davon auf. Es krachte wie wahnsinnig. Ich wollte Lady reinholen, aber L. M. ließ mich nicht raus. Sagte, das sei zu gefährlich. Und das Telefon war tot, deshalb konnte ich weder Thomas – das ist mein Verwalter – noch Wally anrufen. Ich hörte, wie ein Blitz ins Haus einschlug. Ein paar Sekunden später hörte ich noch einen, ein bißchen weiter weg. Das muß der gewesen sein, der sie erwischt hat.»

Ich sah Lucy an. Ihre Augen waren feucht geworden, aber der Rest ihres Gesichts war hart, hart und zersprungen wie ein Stück geborstenes Sicherheitsglas. Ihr Mund war fest geschlossen, und ihr Kehlkopf ruckte auf und ab, als wollte sie die schon hochgestiegenen Tränen wieder herunterholen.

«Tut mir leid, Lucy», sagte ich. «Mir ist auch mal ein Pferd eingegangen, ein Hengst, und ich weine heute noch, wenn ich daran denke.»

«Ich werde schon drüber wegkommen», sagte Lucy, und damit war für sie das Thema Lady abgeschlossen. «Das wär's. Was kann ich Ihnen sonst noch erzählen?»

Just in diesem Augenblick betrat Dorothy erneut das Wohnzimmer und trug in weit von sich gestreckten Händen ein Tablett. Darauf lagen säuberlich geschnittene Scheiben des Zitronen-Mohn-Stutens. Ich nahm ein Stück. Er schmeckte vorzüglich, war sauer und süß zugleich, mit kleinen knusprigen Kügelchen darin.

«Noch etwas», sagte ich zwischen zwei Bissen. «Was haben Sie an dem Tag gemacht, an dem Wally starb? Haben Sie von ihm gehört, oder was war da?»

«Das habe ich Ihnen doch schon gesagt», antwortete sie. Diesmal sah sie nicht Henry an. Und sie lächelte auch nicht. «Er war in Virginia, in der Nähe von Middleburg. Nein, er hat nicht angerufen. Ich war mit L. M. im Sportschützen-Klub. Rufen Sie beim ‹Camden Rod and Gun› an, wenn Sie mir nicht glauben. Sonst noch was?»

«Ich glaube nicht», sagte ich. «Aber wir danken Ihnen.»

Henry packte das Tonbandgerät ein. Er gab ihr seine Karte und sagte: «Wenn Ihnen zu Wally und der Frage, wer seinen Tod gewollt haben könnte, noch etwas einfällt, rufen Sie mich doch bitte an.»

Lucy stieß ein lautes «Ha!» aus. Dann setzte sie hinzu: «Sie sind gut! Halb Camden wollte seinen Tod. Da können Sie alle fragen, die mal ein Pferd bei ihm gekauft haben.»

ELF

Henry hatte Hunger und wollte etwas Ordentliches essen. Deshalb brachte ich ihn zum Shrimp Boat auf der falschen Seite der Stadt. Ich bestellte gebratene Hähnchenmägen, und Henry sah mich an, als hätte ich den Verstand verloren.

«*Pipiks*, haben Sie noch nie jemanden *pipiks* essen sehen?» erkundigte ich mich.

Henry sah mich noch immer so an, als hätte ich eine überfahrene Beutelratte von der Straße aufgesammelt und in sie reingebissen. Mir wurde klar, daß ich ihm neben den Pferdelektionen auch noch Judenlektionen würde erteilen müssen.

«Hühnersuppe», sagte ich, «kann man ohne Mägen einfach nicht machen. Auf jiddisch heißen die *pipiks*. Meine Großmutter nannte sie so. Wenn sie einen Topf Hühnersuppe gekocht hatte, ging es immer darum, wer die meisten *pipiks* essen konnte. Als ich dann in den Süden kam und sah, in welchen Mengen es die hier unten gibt, konnte ich darüber fast dieses weiße Zeug vergessen, das man hierzulande Brot nennt. Versuchen Sie sie mal, sie sind köstlich.»

«Ich nehme eine Portion Garnelen», sagte Henry zu dem Mann hinter dem Tresen. Während des Mittagessens besprachen wir unser weiteres Vorgehen. Wir beschlossen, erst einmal bei Keith Rollings vorbeizuschauen, um zu erfahren, wie sein Pferd Yankee Doodle verendet war. Und auch, in welcher Beziehung er zu Wally gestanden hatte.

«Ich muß um sechs die Jungs abholen», sagte Henry. «Aber wenn wir rechtzeitig genug wieder in Charlotte sind, gehe ich vorher noch zum Gericht und schaue in den Registern nach, ob ich nicht irgendeine papierene Spur finden kann.»

«Ich höre mich mal bei meinen Springreiterfreunden um», sagte ich und biß herzhaft in einen fasrig-festen Hähnchenmagen. «Frage mal nach, was sie über Wally wissen und wem er in den vergangenen Monaten so richtig voll auf den Geist gegangen ist.»

Gebratene Hähnchenmägen schmecken gut und gehen einem glatt runter, aber dann dauert es nur ein paar Minuten, und man spürt die Attacke. Als wir zu Henrys Auto kamen, hätte ich gut einen Alka-Seltzer-Trunk brauchen können. Statt dessen unterdrückte ich einige Rülpser und murmelte leise mein personalisiertes TM-Mantra vor mich hin, ein Geschenk meines Vaters zu meinem 21. Geburtstag, von dem ich in den zurückliegenden fünfzehn Jahren immer nur bei schweren Verdauungsstörungen und in ähnlich unangenehmen Situationen Gebrauch gemacht hatte.

«Hallo, Nattie, sind Sie noch da?» Henry tippte mir auf die Schulter. «Wie kommen wir zu Rollings' Farm? Ich hab Sie das schon einmal gefragt, aber Sie haben nicht geantwortet.»

«Pardon», sagte ich. «Die Hähnchenmägen sind ein bißchen schwer. Fahren Sie einfach die DeKalb runter, halten Sie sich dann links und fahren Sie zu, bis Sie Holzzäune um viele Morgen eines Grüns vor sich haben, das ganz wie künstlicher Rasen aussieht.»

Ich wußte so genau, wo Keith zu Hause war, weil ich immer an seiner Farm vorbeikam, wenn ich zu den Turnieren nach Tri-Color fuhr, das ein paar Kilometer östlich von Camden liegt. Keith' Besitz grenzte an den der Du Ponts und war genauso riesengroß. Gewaltige Magnolienbäume, ausgedehnte Flächen hellgrünen Weidelands und ein Herrenhaus, für das Scarlett ihr Leben gegeben hätte – die er im übrigen geheiratet hatte. Ihr Mädchenname war Bryce Whitfield Hastings. Sie gehörte zur Aristokratie des Südens, entstammte zwei der ältesten Familien South Carolinas. Ich war ihr bisher zweimal begegnet, einmal vor ein paar Wochen bei einem Empfang mit Konzert, über den ich berichtet hatte, und das andere Mal bei einem Turnier. Sie war so vornehm, so anmutig, so gesittet, so freundlich lächelnd, so nett, daß mir nach unserem Gespräch war, als hätte ich an einem ganzen Tütchen Süßstoff herumgelutscht. Sie muß auch fünfzehnmal pro Absatz das Wort «entzückend» benutzt haben – in Wendungen wie «Ist es nicht …». Zu diesen kamen dann noch die «Mögen Sie nicht auch»-Sätze hinzu – was immer ihr dabei gerade vorschwebte.

Nach meiner Ansicht hatten die beiden einander verdient. Sie konnten alle paar Monate in ihrem großen Haus zusammenkommen und sich darüber unterhalten, wie lieb doch alles war. Ich bin sicher, daß das aus ihrer Sicht durchaus zutraf, denn schließlich verfügten die Rollings über Geld. Das Haus mußte mehr als dreißig Zimmer haben, wenn man nach seiner schieren Größe und der Vielzahl der Fenster ging. Ich konnte mir nicht vorstellen, was sie mit all den Räumen machten, denn in dem Haus wohnten ja nur Keith, Bryce Whit und ihre zweijährige Tochter.

«Also das», sagte Henry, als wir unter dem gewölbten Blätterdach stattlicher Eichen auf Keith' Haus zufuhren, «entspricht meinen Erwartungen schon weit eher. Wie hat er denn all das Geld gemacht?»

«Gemacht?» gab ich zurück. «Keith Rollings macht kein Geld. Er hat es. Ich wette, der hat in seinem ganzen Leben noch keinen Gehaltsscheck zu Gesicht bekommen. Rollings-Papier. Wenn Sie schon mal durch Brunswick, Georgia, gefahren sind, dann haben Sie das Geld seiner Familie gerochen. Die haben die Stadt so verpestet, daß von ihnen keiner mehr in diesem Bundesstaat wohnt. Keith' Job besteht darin, bei den A-Turnieren in der Amateurabteilung zu reiten. Oder ich sollte wohl besser sagen, in der Scheinamateur-Abteilung, denn genau das ist es … alles nur Schein. Er hat seinen eigenen Trainer, der ihm die Pferde beschafft, sie trainiert, sie täglich bewegt, damit sie in Schwung bleiben. Und bei den Turnieren hilft ihm dann sein Pferdepfleger in den Sattel, und Keith darf über die Parcours galoppieren und mit seinem

250000-Dollar-Pferd alle Klassen gewinnen, für die er gemeldet hat.»

«Eifersüchtig?»

«Aber wie! Und wütend», sagte ich. «Ich bin eine der wenigen Amateurreiterinnen, die sich ihren Lebensunterhalt mit Arbeit verdienen. Aber so ist das in der Welt der Turniere. Immerhin bin ich nicht so schlecht. Ich schaffe dritte Plätze, komme immer gleich nach Lucy und Keith.»

Henry betätigte den fuchsköpfigen Türklopfer. Keine Antwort. Ich spähte durch ein Seitenfensterchen hinein und sah ein paar schwere, dunkle Möbelstücke und goldgerahmte Porträts strengblickender alter Männer. Wir fuhren um das Haus herum zu den Ställen, wo das Holz so leuchtend weiß gestrichen war, daß mir die Augen weh taten.

Es gibt Südstaatler, die haben das Ergebnis des Bürgerkriegs noch immer nicht zur Kenntnis genommen, und Rollings gehörte ganz eindeutig zu ihnen. Gleich neben dem Eingang zu seinem Stall stand die Statue eines schwarzgesichtigen Jockeys, die wie der mit schwarzer Fettschminke eingeschmierte Al Jolson glänzte. Neben der Figur erstreckte sich eine lange Reihe von Blumenkästen mit knallroten Geranien. Nirgends in den Kästen eine verwelkte Blüte, nirgends im Gras ein Unkraut, nirgends ein Strohhälmchen, wo es nicht hingehörte.

Ich rief «Hallo!» Ein etwa fünfzigjähriger Schwarzer in grünem Overall kam um die Ecke. Er trug einen Eimer mit weißer Farbe in der einen und einen Pinsel in der anderen Hand. Er sagte, er heiße Lawrence und sei der Stallmeister.

Henry und ich stellten uns vor, sagten ihm, daß wir an einem Bericht über Wally arbeiteten, und fragten, ob wir mit Keith oder dessen Trainer Jack Thompson sprechen könnten.

«Das könnten Sie, wenn die beiden da wären», sagte er. «Ich bin sicher, die wüßten Ihnen einiges zu erzählen. Nichts Gutes. Aber sie sind in Ocala, sehen sich dort Pferde an. Kommen heute abend erst spät zurück. Sie sagen, Wally Hempstead ist tot? Na, Gott sei ihm gnädig. Ich möchte am Tag des Jüngsten Gerichts nicht in seiner Haut stecken. Das war schon ein häßlicher Weißer.»

«Der Ansicht sind viele», sagte ich. «Wie ich hörte, hat er auch Keith eine Weile trainiert, sogar Yankee Doodle für ihn gefunden. Stimmt das? Du lieber Gott, Keith muß ja total fertig gewesen sein, als das Pferd einging. Wie ist das denn eigentlich passiert?»

Lawrence stellte den Eimer hin, zog ein zerschlissenes Taschentuch hervor und wischte sich den Schweiß von der Stirn. «Da haben Sie recht», sagte er dann. «Der Tod des Pferdes hat Mr. Rollings schwer getroffen. Ich hab in meinem ganzen Leben noch keinen Mann so um ein Tier weinen sehen. Ich hab nämlich das Pferd in der Box gefunden, so kalt und steif wie ein überfahrenes Eichhörnchen. Aber rausfinden, was dran schuld war, das konnte ich auch nicht.»

«War Wally vorher irgendwo in der Nähe des Stalles gewesen?» fragte ich.

Lawrence schwieg und sah mich scharf an.

«Hörn Sie mal, Fräulein Reporterin», sagte er dann, «ich weiß, worauf Sie hinauswollen. Ich kann Ihnen diese Frage aber nicht beantworten, weder diese noch andere. Kommen Sie wieder her, und sprechen Sie mit Mr. Rollings oder Mr. Thompson. Das letzte, was ich haben möchte, ist, daß die meinen, ich hätte mich in ihre Angelegenheiten eingemischt. Jobs sind hier rar, jedenfalls solche, bei denen man nicht den ganzen Tag Baumwollstaub einatmen muß. Tut mir leid, aber so ist's nun mal. Ich wünschte, ich könnte Ihnen weiterhelfen, aber es ist mir leider nicht möglich.»

Er bückte sich, nahm den Farbeimer auf und wollte weggehen.

«Nein, warten Sie», sagte ich. «Nur eine Sekunde noch, bitte. Hören Sie, es braucht doch niemand zu erfahren, daß

Sie mit uns gesprochen haben. Rob Stone ist wegen Mordes an Wally festgenommen worden, und ich möchte nicht, daß er wegen etwas, was er gar nicht getan hat, im Gefängnis oder auf dem Stuhl landet.»

«Die Polizei hat Mr. Stone festgenommen?» sagte Lawrence. «Vielleicht sind die Bullen nicht so blöd, wie Sie denken. Die beiden Burschen sind öfter hergekommen und haben Mr. Rollings' Pferde vorgeführt. Sie haben sich dauernd gestritten, so schlimm, daß ich schon dachte, einer von ihnen würde dabei mal draufgehen. Nur hab ich immer geglaubt, es würde umgekehrt sein. Ich meine, daß Mr. Hempstead den Mord begehen würde. Ich hab mal gesehen, wie er mit einer Mistgabel auf Mr. Stone losgegangen ist, sie ihm an den Hals gesetzt hat und fast Blut geflossen wäre. Wie ich schon gesagt habe, das war ein verrückter Weißer. Und mehr kriegen Sie aus mir nicht raus.»

Ein Reporter kann nicht ewig weiterbohren. Ich dankte ihm für die Zeit, die er uns gewidmet hatte, und gab ihm meine Karte. «Wenn Sie meinen, daß es da noch etwas gibt, was ich wissen sollte, rufen Sie mich an, okay?»

«Ich hab alles gesagt, was es zu sagen gibt», antwortete Lawrence. «Jetzt muß ich aber los. Mr. Rollings will den Stall fertig gestrichen sehen, wenn er zurückkommt.»

Wir stiegen wieder ins Auto und fuhren ohne irgendwelche Pannen nach Charlotte zurück. Aber Henry war sichtlich erregt.

«Gütiger Himmel, Nattie, wie können Sie nur mit solchen Leuten verkehren. Statuen schwarzer Jockeys!»

Das hatte ich befürchtet. Er hatte ja recht. Das wußte er, und ich wußte es auch.

«Ich verteidige nichts», sagte ich, «aber ich muß sagen, daß von allen Ställen, in denen ich bisher gewesen bin, dieser hier die absolute Spitze ist. Rollings' Anschauungen sind ein Atavismus. Alles in allem haben Sie jedoch recht. Springreiten ist ein Sport für wohlhabende Weiße. Ich kann nicht behaupten, daß ich da sonderlich gut reinpasse, denn ich bin Jüdin und obendrein keine reiche. Als ich auf dem College mit der Springreiterei anfing, da war das alles sehr klein, sehr lokal, man ritt gegen Leute wie mich, die einfach nur Pferde mochten. Ich weiß auch nicht, was dann passiert ist, aber ich wollte wohl besser und immer besser werden, immer höher kommen, bis ich eines Tages tatsächlich gegen die Besten antrat. Manchmal glaube ich, daß ich mehr Spaß hatte, als ich noch ganz unten war.»

Nach kurzem Schweigen sagte ich: «Genug davon.» Die Hähnchenmägen meldeten sich zurück. «Zuviel der Philosophiererei macht mir Kopfschmerzen. Erzählen Sie mir lieber von Ihren Jungs.»

Henry war nur zu bereit, meinem Wunsch zu entsprechen. Er unterhielt mich auf dem ganzen Weg zurück nach Charlotte mit Chet- und Hank-Geschichten. Normalerweise höre ich mir solche Berichte über die lieben Kleinen nicht so besonders gern an, diesmal aber doch, denn es war eine Freude, Henry so angeregt zu sehen.

Wieder beim *Appeal* gelandet, hörte ich erst einmal den Anrufbeantworter ab. Ein paar Einzelhändler waren sauer auf mich, weil ich geschrieben hatte, nur magersüchtige Frauen könnten den letzten Schrei der laufenden Saison – Schärpen über dem Popo – tragen, ohne allzu breit zu wirken. Dann war da die Vorsitzende des Designer House Committee, Mrs. Harden Oakley III, der meine journalistischen Fähigkeiten nicht ausreichend erschienen. Ich hatte über ihren Preshow-Empfang berichtet, und sie war über meine Schilderung des kalten Büffets alles andere als glücklich. «Das waren keine Konservenbüchsen mit Kaviar, wie Sie geschrieben haben. Jeder weiß, daß man von Kaviardosen spricht. Rufen Sie mich bitte unverzüglich an, damit wir das richtigstellen können.»

Eine «Berichtigung» wegen des Kaviars? Fred, der Chefredakteur/Schuhverkäufer, würde mich wohl ebenfalls dazu auffordern. Immer, wenn man etwas Falsches geschrieben hatte, mußte man – in dreifacher Ausfertigung – erklären, wie es zu dem Irrtum gekommen war und wie man dafür Sorge tragen wollte, daß so etwas fürderhin nicht wieder passieren würde. Dann mußte man allen drei Verlagsspitzen ein Exemplar persönlich überbringen und die Sache noch einmal mit ihnen durchsprechen. Und am Ende des Berichtsjahres zählte der Redakteur, der für einen zuständig war, die «Berichtigungen» und zog einem für jede einzelne zehn Dollar vom erhöhten Wochenlohn wieder ab.

Ich gedachte, Mrs. Designer House die Dritte nicht allzu schnell anzurufen. Vielleicht stürzte sie sich ja inzwischen auf etwas anderes (beispielsweise auf den farblich nicht abgestimmten schottengemusterten Taft in der Glasveranda) und vergaß die Kaviardosen wieder.

Gail hatte drei Nachrichten hinterlassen, erzählte ekstatisch kreischend von Handwechseln, zu denen sie Allie hatte bewegen können. Dann war da die Managerin von Montaldo, die meinen Anruf beantwortete und mich wissen ließ, daß ihr Haus am Dienstag abend (also an dem Abend, an dem Wally ermordet worden war) wegen Inventur geschlossen gewesen sei. Melissa hatte also, was ihren Einkauf dort anbetraf, gelogen. Interessant. Gestern abend beim Essen hatte sie sehr überzeugend gewirkt. Ich bedankte mich im stillen bei meinem alten Redakteur, einem herrlich verrückten Kerl namens Stuart Rimowitz, der aus Empörung darüber, wie man beim *Appeal* mit den Reportern umsprang, weggegangen war – und außerdem, weil ihm die *L. A.Times* einen Job angeboten hatte, den er nicht ablehnen konnte. Wenn er eine Story redigierte, fragte er einen jedesmal, ob man trotz der Gewißheit, daß alles stimme, alle Fakten und Zitate wirklich doppelt überprüft habe. Und dann pflegte er mit seinem dicken

New Yorker Akzent zu sagen: «Immer dran denken: Wenn deine Ma dir sagt, daß sie dich liebt – überprüf's!»

Schließlich war da auch noch eine Nachricht von Rob. Kein Name, kein «Hallo», einfach nur: «Rufen Sie mich an.»

Was ich tat.

«Tag, Rob, Nattie hier», sagte ich. «Wie geht's Ihnen? Ich meine, sind Sie okay?»

«Sie sollten doch um drei Ihre Stute bewegen», sagte Rob. «Wenn Sie noch vorhaben, am Wochenende in Tri-Color an den Start zu gehen, dann seien Sie um halb sieben hier, oder Sie können sich einen neuen Trainer suchen.»

Er gab mir keine Gelegenheit, ihm zu erzählen, wo ich gewesen war, sondern legte auf. Wie ich Rob kannte, hätte ihn meine Erklärung auch nur noch wütender gemacht. Ich hatte angenommen, daß unsere Teilnahme an dem Turnier abgesagt worden war. Hatte gedacht, er hätte augenblicklich anderes im Kopf als die Frage, ob ich mein Pferd über einen Parcours mit Hindernissen, die einen Meter fünf hoch waren, kriegen würde oder nicht. Einmal mehr hatte ich falsch gelegen.

Es war jetzt halb vier. Ich beschloß, noch zwei Stunden Telefonarbeit zu leisten und dann zum Stall rauszufahren. Ich telefonierte also in ganz North und South Carolina herum, zapfte alle an, die ich vom Reiten her kannte. Pferdepfleger, Trainer, Hufschmiede, Turniermütter, Reiter, Reiterinnen, Tierärzte – wer immer in Frage kam, den/die rief ich an. Die meisten waren nur zu glücklich, über Wally reden zu können, und niemand wußte etwas Gutes über ihn zu sagen. Er hatte gelogen, betrogen und sich mit pharmazeutischen Mittelchen seinen Weg durch die Pferdewelt gebahnt. In einem waren sich jedoch alle einig: Wally war ein begnadeter Reiter gewesen.

«Er konnte ein Schulpferd so aussehen lassen, als wär's 'ne Million wert, aber wenn er mal die Geduld verlor, dann sah man besser zu, daß man möglichst schnell verschwand», sagte eine in Southern Pines wohnhafte Freundin von mir. Sie hatte bei den großen Turnieren die Pferde für ihn versorgt. «Ich hab mal gesehen, wie er auf der Übungsbahn von Devon einem Pferd so kräftig auf den Kopf schlug, daß es blutete. Der Mann von der Rennleitung hatte es offensichtlich nicht gesehen und es niemand gemeldet, denn keine zehn Minuten später kam er mit ebendiesem Pferd in die Bahn getrabt und legte einen ganz phantastischen Ritt hin. Am Ende wurde er Hunter-Champion. Das war Wally.»

Eine in Greensboro tätige Trainerin hatte Wally schon von frühester Jugend an gekannt. Sie war mit ihm zusammen in der Altersklasse der Junioren geritten und bei den großen Turnieren in Georgia, woher beide stammten, gegen ihn angetreten. Sie hatte Lark Lowery geheißen, bis sie einen Trainer mit Namen Donnie Starke geheiratet hatte, so daß sie nun Lark Starke hieß.

«Wally hatte ein so großes, gottgegebenes Talent», sagte Lark, «daß er ein zweiter George Morris hätte werden können. Aber Wallys Familie besaß nicht das Geld, das erforderlich gewesen wäre, um ihn wirklich zu unterstützen und zu den Hallenturnieren zu schicken. Der Vater war einfacher Polizist. Vielleicht war das der Grund ... aber was immer es auch war, Wally hatte mehr Gemeinheit in sich als alle anderen Leute, die ich vom Reitsport her kenne.»

Das wollte was heißen. Trainer sind nicht gerade für ihre Sanftmütigkeit berühmt. George Morris zum Beispiel, mit dem Lark Wally verglichen hatte, hatte Maßstäbe gesetzt – als Springreiter, aber auch als scharfzüngiger Trainer. Er hat ein Standardwerk über *Das Jagdreiten* veröffentlicht und schreibt allmonatlich eine Kolumne für den *Practical Horseman*, in der er Bilder von Reitern, die mit ihrem Pferd über ein Hindernis setzen, kritisch kommentiert. Er läßt sich keine Gelegenheit entgehen, auf die Extrapfunde am Hintern des oder der Betreffenden hinzuweisen. Er fährt auch im Land umher und hält Vorträge in Beratungszentren, auf die die

Leute ganz heiß sind und nach denen sie dann fünfzehn Pfund abspecken. Morris ist berühmt dafür, wie er über pummelige Reiterinnen herzieht und sich über sie lustig macht.

Als es auf halb sechs zuging, hatte ich wohl mit zehn Leuten gesprochen und weiteren zehn eine Nachricht hinterlassen. Das rote Lämpchen an meinem Apparat blinkerte, was bedeutete, daß Anrufe eingegangen waren, während ich gesprochen hatte. Wahrscheinlich war's Mrs. Oakley mit ihrem Kaviarproblem. Ich zögerte, das Band abzuhören, aber es konnte ja auch jemand von meinen Pferdeleuten sein.

Ein Trainer aus Hilton Head hatte zurückgerufen, ferner eine Amateurreiterin aus Tyron, die von Wally trainiert worden war. Ich hatte sie beim letzten Turnier in Tri-Color an der inneren Abgrenzung kennengelernt. Sie war in Tränen aufgelöst gewesen, und Wally hatte sie angeschrien. Nun setzte sie mir langatmig und gewunden auseinander, warum es ihr ganz unmöglich sei, sich mit mir über Wally zu unterhalten.

Ich sah Henry auf dem Weg zu mir. Er grinste breit und deutete auf einen Packen Papier in seiner Hand, weshalb ich abgelenkt war und mir die letzte Nachricht auf dem Band nicht sehr genau anhörte. Ich dachte, ich hätte falsch verstanden oder es wäre vielleicht mein Schreibtischpartner Jeff, der in sein Telefon brüllte. Aber ein Teil von mir hatte wohl doch richtig verstanden, denn erneut sträubten sich die Härchen auf meinen Armen.

Ich drückte den Wiedergabeknopf. «Vier tote Pferde. Könnten auch fünf sein. Steig aus oder stirb!»

Ich mußte nach Luft geschnappt oder so ausgesehen haben, als wäre mir ein Geist erschienen, denn ehe ich mich's versah, standen Henry und Jeff neben mir und wollten wissen, was los sei.

Meine Hand zitterte, als ich Henry den Telefonhörer übergab.

«Hören Sie sich das mal an», sagte ich.

Henry hielt die Muschel ans Ohr, ließ das Band zurücklaufen und drückte auf «Wiedergabe».

«Das ist mal eine schön verstellte Stimme», meinte er. «Ich kriege nicht raus, ob das ein Mann oder eine Frau ist. Sieht so aus, als wären wir da an was dran, was irgend jemanden sehr nervös macht. Jetzt müssen wir nur noch dahinterkommen, was und wen. Dann haben wir eine Wahnsinnsstory.»

«Großartig», sagte ich. «Da will jemand mich oder mein Pferd, aber wahrscheinlich uns beide umbringen, und alles, was Ihnen dazu einfällt, ist die Story.»

Jeff hatte das Wesentliche dessen, was da im Gange war, mitbekommen und legte mir die Hand auf die Schulter. Er sah Henry an und sagte: «Verduften Sie, Sie Komiker. Sehen Sie denn nicht, daß sie ganz durcheinander ist? Was haben Sie da in sich drin, Eiszapfen?»

Henry kriegte rote Backen. «Jeff, das geht nur Nattie und mich etwas an, wenn's recht ist.»

Jeff plusterte sich auf wie ein Gockelhahn, und ich hatte keine Ahnung, was als nächstes passieren würde. Beim *Appeal* herrschen zwischen den Abteilungen «Features» und «Nachrichten» solche Spannungen, daß ich schon dachte, Jeff würde Henry auf der Stelle verprügeln und dann den übel zugerichteten Kollegen als Siegtrophäe für «Features» reklamieren. Aber gnädigerweise klingelte in diesem Augenblick Jeffs Telefon.

«Was für ein Hitzkopf!» sagte Henry. «Sind hier hinten alle derart leicht erregbar?»

«Henry, so ganz unrecht hatte er nicht. Irgend jemand hat gerade mein Leben bedroht, Herrgott noch mal!»

«Schon gut, ich verstehe Sie ja. Aber vergessen Sie nicht, daß so etwas dauernd passiert. Die Leute fühlen sich durch die Anonymität des Telefons geschützt und sagen alles mögliche. Aber ich kann mir schon vorstellen, daß man beim ersten Mal Angst bekommt.»

«Wie auch immer, ich rufe die Polizei an. Ich möchte, daß jemand mit 'ner Kanone weiß, daß ein Spinner hinter mir her ist. Nur für den Fall, daß er oder sie sich durch die Anonymität eines dunklen Parkplatzes, über den ich spaziere, oder einer leeren Wohnung, in die ich reinmarschiere, geschützt fühlt.»

«Sie übertreiben, Nattie. Wenn Sie die Polizei anrufen, ist unsere Story geplatzt. Sie melden eine Morddrohung, und das geht über den Polizeifunk. Reporter hören den ständig mit, und es wird sie darauf aufmerksam machen, daß Sie an einer guten Story arbeiten. Sie rufen ihre Spezis bei der Polizei an, und noch vor morgen früh bringen WBTV, WSOC und sogar die *Waxham Gazette* etwas über Ihre Morddrohung, den Mord an Wally, Robs Festnahme, die Bladstones und so weiter. Alles, was wir danach schreiben, ist Schnee von gestern. Und im übrigen, was kann die Polizei schon tun? Ich meine, wenn Sie eine Reihe von Anrufen erhalten hätten, die ein Muster ergeben, okay, dann könnte es Sinn machen. Aber ein einziger?»

«Mir reicht ein einziger Anruf vollkommen», sagte ich.

Henry stand auf und wollte zu seinem Schreibtisch zurück. Er sagte: «Da arbeite ich nun schon so ungern mit einem anderen Reporter zusammen, und jetzt auch noch das. Ich weiß nicht, warum ich mich darauf eingelassen habe. ‹Allgemeines› und ‹Nachrichten›, die passen einfach nicht zusammen.»

«Sie haben sich darauf eingelassen, weil Sie nicht die Bohne von Pferden oder der Welt der Turniere wußten. Sie haben sich darauf eingelassen, weil Sie wußten, daß ich Quellen habe, von denen Sie nur träumen können. Sie haben sich darauf eingelassen, und ich bin ein so guter Reporter wie Sie, auch wenn ich bei Damenunterwäsche arbeite. So nennt ihr Trenchcoats doch unsere Abteilung, oder nicht?»

«Ich habe diese Bezeichnung noch nie benutzt», sagte Henry. «Ihr hier hinten scheint wirklich sehr emotional zu sein.»

Ich holte tief Luft. Ich war nicht gewillt, mich von ihm unterkriegen zu lassen, jedenfalls nicht mehr, als er es schon geschafft hatte. «Wie wäre es mit einem Kompromiß? Ich rufe nicht die Polizei oder 911 an oder vor was immer Sie Angst haben. Odom hat mir seine Privatnummer gegeben und mir gestern gesagt, daß heute sein freier Tag sei, ich ihn aber jederzeit anrufen könne. Wir tun das zusammen, Sie und ich, sagen ihm, was passiert ist, und bitten ihn, nicht über sein Funkgerät weiterzugeben oder sonstwie an die große Glocke zu hängen, daß ich eine Morddrohung erhalten habe. Okay?»

Henry nickte wie ein kleiner Junge, der einen Ringkampf verloren hat, und nahm von dem Telefon auf einem der Nachbartische den Hörer ab. Ich stellte mit meinem die Konferenzschaltung her.

«Hallihallo, das muß mein Glückstag sein. Gleich zwei unserer Topreporter rufen mich an! Wie ich höre, sind Sie in Camden gewesen und haben dort überall Erkundigungen eingezogen. Irgendwas Interessantes rausgefunden? Meine Freunde vom Büro des Sheriffs von Kershaw County sagen, Mrs. Bladstone könne einem die Ohren abquasseln. Ist das wahr?»

«Doch, die Richtung stimmt», sagte ich. «Ich glaube, ich habe ein Problem. Oder was eins werden könnte. Aber das ist inoffiziell. Ich meine, keine Polizeiberichte oder dergleichen.»

«Ich habe heute ganz offiziell frei. Sie klingen gar nicht so forsch wie sonst», sagte Odom. «Da muß ja wirklich was im Busch sein. Was ist los?»

Ich spielte ihm die Nachricht ab und hörte, wie er laut ausatmete, als sie zu Ende war.

«Verdammt, ich hasse das, wenn Leute, die nichts damit zu tun haben, ihre Nase in Polizeiangelegenheiten stecken. Was braucht's, damit ihr endlich damit aufhört, eine Kugel im

Kopf? Das war ein echter Toter, der da in der Box von dem Riesengaul. Wir sind hier nicht bei 'ner Fernsehshow.»

Odom hatte eine Menge Fragen, und ich schielte nach der Uhr. Ich konnte es immer noch schaffen, zum Stall rauszukommen und pünktlich bei Rob zu erscheinen, wenn ich in den nächsten fünf Minuten loszog.

«Hören Sie, Detective Odom, ich weiß Ihre Besorgnis wirklich zu schätzen, ja, ich bin glücklich, mal von jemandem bestätigt zu bekommen, daß dies mehr als eine Routineangelegenheit ist», sagte ich und funkelte Henry an. «Aber ich muß noch wo hin. Könnten wir uns wohl später weiterunterhalten?»

«Nennen Sie mich Tony», sagte er. «So nennen mich alle, außer Mama. Sie nennt mich Antonio. Sie haben also was Dringenderes vor, als herauszufinden, wer's auf Sie abgesehen hat? Das soll mir recht sein. Wann würde es Ihnen denn passen, diese Unterhaltung fortzusetzen?»

Ich zögerte, ihm mitzuteilen, wo ich hinmußte. Aber es hatte keinen Zweck, ihn anzulügen. «Ich weiß, es klingt platt, aber wenn ich nicht um sechs Uhr dreißig draußen beim Stall bin und auf meinem Pferd sitze, dann bringt Rob mich um. Nein, ich wollte nicht umbringen sagen, ich meine –»

«Ihr Pferdeleute seid verrückter als ein läufiger Junikäfer. Ich sag Ihnen was. Meine Behausung liegt nur fünf Kilometer von der February Farm entfernt. Ich komme einfach dort vorbei, und dann können wir weiterreden. Ist Ihnen halb acht recht?»

«Vollkommen», sagte ich. «Und vielen Dank.»

«Gern geschehn. Es ist mein Daseinszweck, der Öffentlichkeit zu dienen», meinte Tony und legte auf.

Henry machte ein mißmutiges Gesicht.

«Wir sehen uns morgen», sagte ich zu ihm, als ich meine Blöcke mit den Notizen zu Anrufen und Interviews zusammenraffte.

Jeff telefonierte noch, bellte was von Einschaltquoten in seinen Apparat. Ich legte kurz den Arm um seine Schulter und formte mit den Lippen ein «Danke».

«Zeigen Sie ihm bloß Ihre Notizen nicht», rief mir Henry nach. Ich drehte mich weder um, noch antwortete ich ihm. Aber ehe ich mich's versah, war er neben mir und sah noch mißmutiger aus.

«Ich sagte, Sie sollen ihm Ihre Notizen nicht zeigen, haben Sie mich nicht gehört?»

«Natürlich habe ich Sie gehört, die ganze verdammte Redaktion hat Sie gehört. Für was halten Sie mich, für einen Idioten? Ich weiß, daß kein Bulle meine Aufzeichnungen zu sehen kriegen darf. Wenn ich jetzt bitten dürfte, ich hab's eilig. Tschüs.»

Ich schob mich an ihm vorbei, wobei mir einfiel, daß ich ganz vergessen hatte, ihn zu fragen, warum er vorhin gelächelt und auf diesen Packen Papier gezeigt hatte. Es mußte etwas sein, worauf er am Nachmittag gestoßen war, als er beim Gericht und bei der Stadt die Register durchgesehen hatte. Ich war aber zu wütend und zu spät dran, um wieder umzudrehen. Es mußte warten.

ZWÖLF ■

Oxer. Ich hasse sie. Hohe, breite und weite Hindernisse, die wenig Raum für Irrtümer lassen. Ich weiß nicht, ob Rob nur sauer auf mich war oder der ganzen Welt zürnte, aber er hatte einen Parcours gebaut, zu dem die höchsten und gemeinsten Oxer gehörten, die ich je gesehen hatte.

«Okay, jetzt springen Sie los», sagte er, als er die letzte Stange auf eine Tripelbarre legte, die fast eins zwanzig hoch und doppelt so tief war. Mein erstes Auto, ein orangeroter

Volkswagen, war kleiner gewesen als dieses Hindernis. «Halten Sie das Tempo, und lassen Sie sie bei den Wendungen nicht sterben. Dort kommen Sie jedesmal aus dem Rhythmus. Und wenn Sie Ihr Pferd wieder vor einem Hindernis zurückreißen, dann können Sie's gleich in den Stall bringen, denn ich werde nicht hier rumstehen und mit ansehen, wie Sie es ruinieren.»

Wenn ich es mit der Angst zu tun bekomme, habe ich tatsächlich die schlechte Angewohnheit, mein Pferd vor einem Hindernis wegzureißen. Sobald ich das Gefühl habe, daß ich es in eine Position bringe, die zu nah dran oder zu weit davon weg ist. Der Ritt über einen Parcours mag ja einfach aussehen, aber einfach ist er nur, wenn die Reiterin gut ist. Verfügt sie über Begabung, dann kann sie die Distanz über den halben Platz hinweg abschätzen, das heißt, sie weiß, wie schnell oder langsam sie galoppieren muß, um ihr Pferd genau zu dem Punkt zu bringen, von dem aus es das Hindernis überspringen kann. Das ist gerade bei Oxern wichtig, denn wenn da der Absprung zu früh erfolgt, landet man aufgrund ihrer Tiefe leicht mittendrin. Ich habe Brenda schon über Hindernisse springen lassen, die so tief waren, daß sie förmlich durch die Luft paddeln mußte, um rüberzukommen. Viele Pferde hätten da nicht mitgemacht und wären schlicht stehengeblieben. Das sind die «Verweigerer». Brenda ist jedoch ein ehrliches Pferd und verweigert nie, ist vielmehr mutig genug, um dort abzuspringen, wo ich es will. Außerdem ist sie eine so athletische Springerin, daß sie auch mit verheerenden, auf Pilotenfehler zurückzuführenden Lagen fertig zu werden vermag.

Ich schluckte und drückte Brenda mit den Schenkeln. Sie ging im Galopp über die Bahn, und ich wußte, daß wir eine Sternstunde erwischt hatten. Sie segelte förmlich über die Hindernisse hinweg, und mir war, als flöge ich. Im Augenblick des Absprungs beugte ich mich weit vor und preßte meine Hände an ihren Hals. Meine Schenkel drückten leicht ihre Flanken, und ich konnte spüren, wie sie sich im Sprung streckte und das Hindernis überwand. Wieder und wieder, achtmal. Perfekte Sprünge. Selbst über die Tripelbarre beziehungsweise den orangeroten Volkswagen. Als wir den Parcours hinter uns hatten und ich Brenda im Schritt gehen ließ, atmete ich schwer und klopfte ihr den Hals. Rob lächelte.

«Ich weiß gar nicht, warum Sie das nicht auch bei einem Turnier so hinkriegen», sagte er. «Besser wird sie nie gehen. Bringen Sie sie in die Box. Und vergessen Sie nicht, ihr die Beine zu bandagieren.»

Rob strebte seiner Wohnung zu, und ich wollte gerade zum Stall zurückreiten, als Brenda so heftig scheute, daß ich fast aus dem Sattel geflogen wäre. Tony Odom war aus den Schatten auf der anderen Seite des Platzes getreten und kam auf uns zu.

«Tut mir leid», sagte er. «Wie kommt's eigentlich, daß ein Pferd keine Angst vor so hohen Hindernissen hat, aber Zustände kriegt, wenn jemand in der Nähe vorübergeht? Seltsam. Wie auch immer, bei Ihnen sieht das wirklich wie Poesie aus, wenn Sie mit dem kleinen Pferd da über diese riesigen Hindernisse setzen.»

Ich beugte mich vor und schlang die Arme um Brendas Hals. Ich atmete tief ein, versuchte, mich mit dem salzigen Schweißgeruch des Pferdes vollzusaugen. Ich schloß die Augen und sah ihn vor mir – einen rotbraunen Wirbel mit scharfen Rändern und einer dicken, goldenen Mitte. Ich hatte mich schon beim ersten Mal, als mein Vater mich in einen Stall mitnahm, in diesen Geruch verliebt.

«Das ist eben Brenda», sagte ich. «Sie paßt auf mich auf. In ihrem vorigen Leben muß sie meine Mutter gewesen sein. Ich mache im allgemeinen einen Haufen Fehler. Das heute war ein glücklicher Abend.»

«Ihre Mutter? Ich dachte immer, Tiere werden nicht wiedergeboren», meinte Tony.

«Was wissen Sie denn von Reinkarnation?»

«So ein bißchen. Ich hab auf dem College auch ein paar Vorlesungen über fernöstliche Religion gehört.»

Er lächelte, und mir fielen seine Augen auf – dunkelbraune, tiefliegende Augen.

«Und», setzte er hinzu, «ich weiß nicht, ob ich von einem glücklichen Abend sprechen würde, wenn mir jemand gesagt hätte, er wolle meinen Tod.»

In meiner Panik angesichts all der Oxer und dann in meiner Anwandlung von Glück nach dem erfolgreichen Ritt hatte ich den Anruf völlig vergessen.

«O Gott», sagte ich. «Zurück in die Wirklichkeit. Vielleicht hat Henry ja recht, und es ist nichts.»

«Vielleicht hat Henry aber auch unrecht, und wenn dem so ist, kann er Ihnen einen richtig schönen Nachruf schreiben. Ich will Sie nicht grundlos erschrecken, sondern nur dafür sorgen, daß Sie die Sache ernst nehmen. Ich möchte nämlich nicht wissen, wie Sie als Leiche aussehen. Okay?»

«Okay. Ich muß nur Brenda abwaschen und ihr die Beine bandagieren, dann stehe ich Ihnen voll und ganz zur Verfügung. Ich denke aber, ich sollte nicht hier darüber sprechen, nicht, wo Rob dort oben in seiner Wohnung sitzt.»

«Ist mir recht. Sprechen wir über was anderes.»

Er begleitete mich und Brenda zur Waschbox und fragte, wie das mit meiner Reiterei angefangen habe.

«Sie sehen aus, als ritten Sie schon Ihr ganzes Leben. Ihre Mutter muß eine Reiterin gewesen sein und Sie aufs Pferd gesetzt haben, noch bevor Sie laufen konnten, richtig?»

«Falsch», antwortete ich und erzählte ihm ein bißchen von meiner Kindheit, vor allem von den Plastikpferden, die mir meine Mutter gekauft hatte, und von dem Traum, ein echtes Pferd zu besitzen.

Er strich Brenda mit der Hand über den Hals. «Sie macht einen prächtigen Eindruck. Es freut mich, daß Ihre Träume wahr geworden sind.»

«Danke, mich auch», sagte ich. «Und wovon haben Sie als kleiner Junge geträumt? Von einer großen Kanone und einem glänzenden Abzeichen?»

«Kaum. Na ja, vielleicht ein paar Jahre lang. Mein Daddy war Sheriff, und ich dachte halt, das wär's, was ich auch werden wollte. Bis ich dann lesen lernte. Da sagte meine Mutter immer, sie schaffe es einfach nicht, meine Nase aus den Büchern rauszukriegen. Sobald ich lesen konnte, wollte ich der nächste William Faulkner werden. Ich habe alle seine Bücher zwei- oder dreimal gelesen.»

«Ich bewundere jeden, der es nur ein einziges Mal schafft, durch einen seiner Sätze durchzukommen.»

Tony lachte – ein langsames, unbeschwertes Lachen. «Um Mr. Faulkner gerecht zu werden, muß man nur das eigene Tempo zu verringern lernen, muß sich Zeit lassen. Er hält sich für einen bereit, jedes einzelne wunderschöne Wort. Ihr Yankees, ihr redet schnell, denkt schnell und lest sogar schnell.»

«Nun ja, jedenfalls kriegen wir einen vollständigen Gedanken raus, bevor die Sonne untergeht», erwiderte ich. «Apropos Sonnenuntergang, sie ist gerade dabei, und ich muß mich jetzt erst mal um Brenda kümmern.»

Ich steckte das Schlauchende in einen Wassereimer, spritzte Shampoo hinein und drehte den Hahn voll auf. Das Wasser kam explosionsartig aus dem Schlauch und schoß mir einen Schwall von Seifenbläschen ins Gesicht.

«Ahhhhh!» schrie ich. Ich konnte nur noch weißen Schaum sehen.

«Warten Sie, Nattie.» Tony legte mir die Hände auf die Schultern und drehte mich langsam zu sich um. Dann wischte er mir mit einer Sanftheit, wie ich sie noch nie bei einem Mann erlebt hatte, die Augen ab. Ich öffnete sie, und sein Gesicht war dem meinen sehr nahe.

«Nattie.» Ich drehte mich um und sah Gail in der Tür zur Box stehen.

«Na, und wie geht's uns denn heute abend, Gail?» erkundigte sich Tony.

Gail ignorierte ihn und funkelte mich an. «Nattie, Rob kriegt einen Tobsuchtsanfall, wenn er ihn hier sieht.»

«Ihr beide kennt euch?» fragte ich.

«Er ist an dem Tag nach Wallys Ermordung hier gewesen und hat mehr Fragen gestellt als du», antwortete Gail.

«Wir sind in fünf Minuten weg», sagte ich. «Ich rufe dich später am Abend an und erklär dir alles. Übrigens müssen wir die Planungen für Tri-Color abschließen. Ihr könntet doch eigentlich bei dem Turnier debütieren, du und Allie, jetzt, wo du den Handwechsel im Griff hast? Rob hat gesagt, es sei noch Platz im Transporter, und ich weiß, daß wir auf dem Turniergelände eine Extrabox zur Verfügung haben. Was meinst du, Gail? Dieses Turnier ist für die Enthüllung deines Meisterstücks so gut geeignet wie jedes andere.»

Ich streckte den Arm aus und wollte ihn in freundlicher Geste um Gails Schulter legen, aber sie wandte sich blitzschnell ab, und als sie sich dann wieder umdrehte, sah es aus, als hätte sie ihr Gesicht in kleine Lachen feuerroter Farbe getaucht. Es kam zu einem Wutpustel-Ausbruch, der mich an den Vesuv denken ließ.

«Ich nehme mit Allie an einem Turnier teil, wenn ich entsprechend vorbereitet bin», sagte sie. «Und nicht eine Sekunde eher. Also hör endlich auf, mich damit zu pesten.»

Dann stürzte sie aus der Waschbox.

«Junge, Junge, heute nacht muß Vollmond sein», sagte ich. «Erst Jeff, mein Schreibtischpartner, dann Henry, dann ich, jetzt Gail ... alle haben wir heute eine Mordswut gekriegt. Puh! Ich weiß überhaupt nicht, was los ist. So habe ich Gail noch nie erlebt.»

«Leichen machen jeden nervös», sagte Tony. «Oder Sie haben da eben in einem verseuchten Gebiet geschürft.»

«Geschürft? Was geschürft? Wovon reden Sie?»

«Was auch immer Gail zum Explodieren gebracht hat», antwortete Tony. «Teilnahme an einem Turnier, darum ging's doch zuletzt, oder nicht? Da muß etwas sein, was sie mehr aufregt als einen Jungstier die Kastration. Und außerdem habe ich den Eindruck, daß ihr meine Anwesenheit hier auch nicht übermäßig lieb ist. Verschwinden wir also, ehe sie mich auf die Hörner nimmt. Los, ich helfe Ihnen.»

Ich wusch Brenda den Rücken ab, und dann hielt Tony sie, während ich ihr die Beine bandagierte. Bevor wir gingen, klopfte ich an die Glastür des Büros und winkte Gail zum Abschied zu. Sie telefonierte und tat so, als sähe sie mich nicht.

«Wohin?» fragte ich. Alle Restaurants in Charlotte waren mehr als zwanzig Kilometer entfernt, und in Waxham, der nächstgelegenen kleinen Stadt, hatte zu dieser Tageszeit keines mehr geöffnet.

«Wie ich schon einmal gesagt habe, ich wohne nur fünf Kilometer von hier.»

«Ich weiß nicht, Tony, ich möchte da nichts durcheinanderbringen. Wer weiß, was in der Waschbox passiert wäre, wenn Gail nicht aufgetaucht wäre. Ich muß bei dieser Sache einen klaren Kopf behalten. Es ist eine große und wichtige Story, und sie könnte mir helfen, endlich aus dem Modeteil rauszukommen.»

«In der Waschbox ist gar nichts passiert, und es wird auch bei mir nichts passieren. Sie haben sich verwundbar gefühlt, weil Sie jemand mit dem Tod bedroht hat, und da ist es doch klar wie Kloßbrühe, daß Sie sich bei jemandem anlehnen wollen. Übers Anlehnen wird's nicht hinausgehen.»

Ich wußte nicht, was ich mir mehr wünschte – daß er die Wahrheit sagte oder daß er log. Eines aber wußte ich ganz sicher: Es war heiß, ich hatte Durst, und jemand wollte meinen Tod.

«Wenn man einem Vertreter des Gesetzes nicht mehr

trauen kann», sagte ich, «wem kann man dann noch trauen? Fahren Sie voran, ich folge Ihnen.»

Was hätte ich für eine Klimaanlage in meinem Auto gegeben! Ich konnte die Hitzewellen praktisch wogen sehen. Nur daß ich diesmal nicht so genau wußte, von wo die Hitze ausging – von der Nachtluft oder von mir. Um mich abzukühlen, hielt ich beim Fahren den Kopf so weit wie möglich aus dem Fenster. Tony bog in einen Sandweg ab, der durch ein Waldstück mit langnadeligen Kiefern führte. Ich streckte die Hand aus und ließ meine Finger an den federartigen Nadelspitzen entlanggleiten. Am Ende des Weges stand ein kleines weißes Holzhaus mit grünen Fensterläden, einem überdachten Vorbau und einer Holzschaukel.

«Wo sind Lassie und Timmy?» fragte ich, als ich aus dem Auto stieg.

«Von Lassie weiß ich nichts, aber einen Rin Tin Tin habe ich. Los, mein Junge, komm mal her und begrüß Miss Nattie Gold, erstklassige Reporterin des *Charlotte Commercial Appeal.*»

Ein altersschwacher deutscher Schäferhund kam um die Hausecke geschlurft. Er konnte kaum noch laufen, hinkte ganz fürchterlich. Aber sein Schwanz wedelte wie wild, als wäre das der letzte Teil seines Körpers, den er noch zur Befolgung seiner Befehle bringen konnte. Das Tier legte seinen Kopf an Tonys Bein.

«Braver Hund», sagte Tony. «Es ist ein alter Polizeihund. Seine Schnüffelnase funktioniert noch so gut wie bei einem jungen Hund, sonst aber nichts mehr so recht. Was, alter Knabe?»

Er streichelte den Hund und sagte dann: «Setzen Sie sich auf die Veranda. Ich hol uns eine Limonade oder so was.»

Ich setzte mich auf die Treppe, und Rin Tin Tin kam mir nach. Er ließ sich vorsichtig neben mir nieder, drückte sich an mich und ließ seinen Kopf in meinen Schoß plumpsen. Ich kraulte ihm das Fell, und er sabberte auf meine Jeans. Ich fühlte, wie sich in meiner Leistengegend ein feuchter, warmer Fleck ausbreitete, aber es erschien mir grausam, den Hund beiseite zu schieben, denn er hatte es sich so schnell bei mir bequem gemacht und schnarchte lauter als mein alter Freund John.

«Gleich Freundschaft geschlossen, wie ich sehe», sagte Tony. Er brachte zwei beschlagene Gläser herbei, in denen etwas sehr kühl Aussehendes war. Die Drüsen hinten in meinem Mund schwollen an. «Er ist ein lieber Kerl und würde sein Leben für Sie geben, wenn Sie ihn darum bäten. Mein Himmel, es ist wirklich heiß heute abend.»

«Wollen Sie genau wissen, wie heiß?»

«Soll das ein Witz sein oder eine Wette?» fragte Tony. Er setzte sich eine Stufe unter mir und Rin Tin Tin auf die Treppe.

«Mir soll eine Wette recht sein. Ich werd sie gewinnen.»

«Das ist eine Kampfansage, Miss Nattie. Wenn Sie verlieren ... und das werden Sie ganz bestimmt, denn woher soll ein Yankee-Stadtpflänzchen wie Sie etwas über die Natur wissen – wenn Sie also verlieren, müssen Sie mir ein Yankee-Essen kochen. Und wenn ich verliere – was so wahrscheinlich ist wie daß Hühner Französisch sprechen –, bekommen Sie Hafergrütze mit Rotaugensoße vorgesetzt.»

«Rotaugensoße? Soll das ein Scherz sein? Ist das nicht so was wie Kaffee mit Schmalz? Vergessen Sie's. Machen Sie gefüllte Maiskrapfen, und ich bin dabei.»

Wir reichten uns die Hand, und ich borgte mir seine Uhr aus. «Gehen Sie rein, und rufen Sie den Wetterdienst an. Wenn Sie wieder rauskommen, sage ich Ihnen auf einen Grad genau, wie heiß es ist. Sie werden schon sehen, was dieses Yankee-Stadtpflänzchen alles weiß.»

Tony stieg die Treppe hinauf und ging ins Haus. Ich zog einen Stift und einen Notizblock aus meiner Handtasche, lauschte eine Weile und machte mich dann an meine Berechnungen.

«Wie wär's mit ein bißchen von diesem schönen rosafarbenen Lachs auf einem Mohnbagel und dazu einen ordentlichen Klecks Creamcheese?» fragte Tony, als er die Treppe wieder herunterkam.

«Zweiundneunzig. Die Außentemperatur beträgt zweiundneunzig Grad Fahrenheit, also dreiunddreißig Komma drei Grad Celsius. Le clack, le clack, le clack.»

Ich sah, wie das Lächeln von Tonys Gesicht verschwand. «Ich hätte nichts gegen ein paar selbstgebackene Brötchen, das heißt, wenn Sie wissen, wie man die herstellt.»

«Wie machen Sie das? Sie müssen es auf der Fahrt hierher im Radio gehört haben.»

«Mein Autoradio ist schon seit einem Jahr kaputt. Sie sind halt nicht der einzige Mensch mit obskuren Interessen. Ich hab auf dem College ein paar Entomologie-Kurse absolviert. Hier geht's um die Dolbear-Formel. Sie können damit errechnen, wie heiß es ist, indem Sie die Zirplaute zählen, die die männliche Weiße Baumgrille bei ihrem Balzruf pro Minute von sich gibt, dann vierzig abziehen, das Ergebnis durch vier teilen und fünfzig addieren. Und schon haben Sie die Außentemperatur in Fahrenheit, die Sie dann in Celsius umrechnen können.»

«Von einem Yankee geschlagen! Das ist die schlimmste Niederlage seit damals, als Sherman Atlanta niederbrannte. Aber eine Wette ist eine Wette. Sie sagen wann, und ich koche. Und natürlich weiß ich, wie man Brötchen backt. Jetzt lassen Sie uns aber mal über Wally und darüber reden, wen Sie derart auf die Palme gebracht haben könnten, daß er Sie umbringen möchte.»

Ich hätte lieber weiter über Käfer gesprochen. «Das ist vielleicht keine so gute Idee», sagte ich mehr zu mir selber als zu Tony.

Als ich Tony angerufen hatte, hatte ich Angst gehabt und war wütend gewesen, und das hatte mein Urteilsvermögen beeinträchtigt (obwohl ich lieber erstickt wäre, als das Henry gegenüber zuzugeben). Eigentlich hatte ich erst auf der Fahrt zu Tony die Stimme der Vernunft langsam wieder zu hören begonnen – jenen übereifrigen kleinen Mann, der normalerweise mit einer Glocke läutet, wenn ich dabei bin, in Schwierigkeiten zu geraten, oder wenn ich allzuviel Spaß habe. Wo war der kleine Blödmann eigentlich vorhin geblieben, dort in der Waschbox?

Jetzt jedenfalls war er laut und deutlich zu hören. Eine Journalistin, die mit einem Bullen zusammenarbeitete? Das war wie der Zusammenschluß der beiden Jesses zu einer gemeinsamen Bewerbung um die Präsidentschaft. Ich watete in die trüben Gewässer des Journalismus hinein und spürte, wie der schlammige Boden an meinen Füßen saugte. Ich wußte so gut wie jeder andere, daß ein Journalist mit der Polizei weder Meinungen teilen noch austauschen sollte. Das führte nur zu allerhand Fragen bezüglich der Unabhängigkeit, ob es sich nun um eine angenommene oder eine echte handelte. Man möchte den Leuten schließlich die Sicherheit geben, daß sie einem Dinge anvertrauen können, die sie nicht jedem erzählen, vor allem nicht der Polizei. Die Währung der Reporterin sind Vertrauen und Genauigkeit – fehlt dies beides, ist sie geliefert.

«Es ist nicht gut, Tony, wie Sie's auch drehen und wenden. Wenn ich mit Ihnen spreche und jemand, ich meine *irgend jemand*, erfährt das, könnte mir eine Story durch die Lappen gehen, auf die ich seit Jahren gewartet habe. Wenn ich aber nicht mit Ihnen rede, könnte das meinen Tod bedeuten. Immer angenommen, der Anrufer meint es wirklich ernst.»

«Reden Sie», sagte Tony. «Es bleibt unter uns. Eine Sache zwischen Freunden. Keine Aufzeichnungen, keine die Sache weiterverfolgenden Anrufe. Das hat Sie reingeritten, nicht wahr?»

«Sie haben es erfaßt.»

«Lassen Sie uns heute abend einfach mal vergessen, wo ich arbeite, okay?»

Ich wagte den Sprung ins kalte Wasser und redete, wobei ich hoffte, schwimmend das andere Ufer erreichen und sauber bleiben zu können.

«Soweit ich sehe», sagte Tony, «wissen halb Southern Pines und ganz Camden, daß Sie in der Wally-Geschichte rumschnüffeln. Das bedeutet entweder, daß sein Mörder möchte, daß Sie damit aufhören, oder daß es jemand ist, der nicht will, daß Sie etwas über Wally und sein kleines Pferdemordgeschäft herausfinden. Da gibt's also eine Menge Leute, die es lieber sähen, wenn Sie sich ganz schnell wieder an Ihre Poschärpen hielten.»

«An diesem Sonntag sind's Schulterpolster», sagte ich. «Und wie geht's weiter?»

«Wie wär's mit etwas über Frauen in Männerkleidung? Du liebe Güte! Sexier geht's wirklich kaum. Es sei denn, man dächte an das, was sie drunter tragen, natürlich.»

«Sehr komisch, aber ich meine, wie's nun mit meinem psychopathischen Telefonfreund weitergeht. Finde ich jetzt bei mir zu Hause eine tote Katze vor, die auf dem Herd vor sich hin kocht? Sollte ich meinen Wagen mit kugelsicherem Glas ausrüsten lassen, oder was? *Was* soll ich tun?»

«Ich gehe mal davon aus, daß Sie keinen Apparat mit Anruferidentifikation haben. Ist es so?»

Ich nickte.

«Ich kenne jemanden bei Southern Bell. Morgen haben Sie einen. Und Sie haben meine Nummer, rufen Sie mich an, wenn irgendwas passiert. Egal was. Ich weiß noch nicht, um was es hier geht. Könnte was sein, könnte aber auch nichts sein. Wenn Sie nicht so gern heimfahren möchten, schlafe ich auf dem Sofa, und Sie können das Bett haben. Ich sichere die Tür zwischen uns mit einem Vorhängeschloß, falls mich ein körperliches Verlangen überfällt oder Sie. Ich könnte Ihnen Ihr Siegesmahl als Frühstück zubereiten, mit Brötchen und allem.»

Den kleinen Mann in meinem Kopf traf fast der Schlag. «Vergiß es, Schwester», kreischte er. «Geh nach Hause!»

«Ich muß los, Tony. Ich bin sicher, es ist alles okay. Ich habe noch wahnsinnig viel zu erledigen, bevor ich morgen nach Camden starte.»

«Na schön, aber rufen Sie mich kurz an, sobald Sie zu Hause angekommen sind. Sonst schlafe ich nicht, sondern mache mir Sorgen.»

«Ich wußte gar nicht, daß Sie Jude sind», sagte ich.

«Katholisch», erwiderte er. «Und meine Mama kann's mit jeder jüdischen Mama aufnehmen, wenn es ums Sorgenmachen geht.»

DREIZEHN

Es wäre gelogen, wollte ich behaupten, ich hätte keine Angst gehabt, als ich meine Wohnung betrat. Aber dann sagte ich mir, daß meine Nachbarin, Mrs. Flock, bei der Dicke der Wände schon hören würde, wenn mich jemand ermordete. Ihr entging ja sonst nichts, und es bereitete ihr immer ein großes Vergnügen, mich das auch wissen zu lassen. Zum Beispiel hatte sie im letzten Monat unten auf dem Parkplatz zu mir gesagt: «Dieser John da, der, der die Morgennachrichten von Channel 9 spricht, das ist ja wirklich ein gutaussehender Bursche. Aber ich verstehe nicht, wie Sie bei seinem Geschnarche schlafen können. Mich hat's wach gehalten!»

«Beim nächsten Mal klopfen Sie einfach an die Wand, dann gebe ich ihm einen Schubs», hatte ich geantwortet. Da war ich allerdings noch nicht zu dem Entschluß gelangt, daß es kein nächstes Mal geben würde. Ich hatte nicht mehr die Kraft, noch eine Freitagabendzusammenfassung von Einschaltquoten und Knüllerwochen zu durchleiden, auf welche dann Schweigen und leeres Starren folgten, weil ihm der TV-Gesprächsstoff ausgegangen war.

Nachdem ich Licht gemacht und die Wohnung kurz inspiziert hatte, rief ich Tony an. Alles war in Ordnung, und ich kam mir ziemlich albern vor.

«Henry hatte bestimmt recht und es ist nichts», sagte ich.

«Ich will's hoffen. Aber melden Sie sich, wenn sich irgendwas tun sollte», meinte Tony. «So was wie Anrufe mitten in der Nacht oder seltsame Geräusche. Ich habe mein Telefon direkt neben mir und kann in fünfzehn Minuten in Charlotte sein. In zehn, wenn ich draufdrücke.»

«Es wäre mir unangenehm, wenn Sie meinetwegen ein Bußgeld zahlen müßten», sagte ich.

«Die Polizei kriegt keine Bußgeldbescheide, sie stellt sie aus.»

«Dieser Hinweis auf die Gerechtigkeit ist ein schöner Abschluß unseres Gesprächs, und ich wünsche Ihnen eine gute Nacht. Übrigens noch Dank für die Limonade.»

Ich legte auf und ging auf geradem Weg ins Bett. Ich entschied mich dagegen, jetzt auch noch Gail anzurufen. Ich hatte keine Ahnung, was für eine Laus ihr über die Leber gelaufen war, aber ich war auch nicht in der Verfassung, mich jetzt noch mit ihr auseinanderzusetzen. Es war heiß, und ich war erschöpft, um nicht zu sagen leer geredet. Ich würde sie ja auch morgen früh im Stall sehen. Dank Rob mußte ich noch tonnenweise Sachen für das Turnier verladen. Er hatte mir eine zwei Seiten lange Liste all jener wichtigen Dinge gegeben, die seiner Ansicht nach zu jedem Turnier mitzunehmen waren. Ich mußte jedes einzelne Teil abhaken und ihm die abgehakte Liste vorlegen. Erst dann gestattete er mir, mein Pferd im Transporter zu verladen. Regenplane, Fliegennetz, Stiefel,

Bandagen, zusätzliche Gebisse, Zaumzeug, Satteldecken, Seife, Schaumbad, Fliegenspray und so weiter, und so fort. Wenn alles beisammen war, hätte ich gut einen kleinen Laden für Reiterbedarf aufmachen können.

Die Nacht brachte keinerlei Abkühlung, auch meiner Wohnung nicht. Ich hatte die Fenster weit geöffnet und mein Bett dicht davorgeschoben. Der Ventilator lief auf vollen Touren und schaufelte unermüdlich heiße Luft um meinen nackten Körper. Immerhin erzeugte er eine leichte Brise, und ich schlief dankenswerterweise schnell ein. Um sagen zu können, was dann geschah beziehungsweise was es bedeutete, hätte es keines Sigmund Freuds bedurft.

Ich verfolgte hinter meinen geschlossenen Lidern eine Jagdszene, die in ihrer filmischen Qualität Steven Spielbergs würdig gewesen wäre und in der ich und mein Pferd die Hauptrolle spielten:

Wir galoppieren durch den Wald, schneiden einen kühlen Pfad tief in die Hitze hinein. Ein scharfer Wind streift meine Wangen, meine Hände, meine Augen. Tränen treten aus den Augenwinkeln und sind schon davongeweht, bevor sie noch über mein Gesicht hinabrollen können. Ich drücke Brenda die Schenkel in die Flanken, dränge sie vorwärts. Schneller. Schneller. Plötzlich kracht hinter uns ein Schuß, das Geräusch prallt gegen die Bäume. Brenda geht durch, galoppiert noch schneller, flieht. Wieder ein Schuß, in größerer Nähe. Und noch einer, diesmal so nah, daß ich die Kugel an meinem Ohr vorbeipfeifen höre. Jemand ist hinter uns her, wird schneller und immer schneller, kommt näher und immer näher, bis … Brenda stolpert, ich stürze, höre ein Lachen, dann die Stimme: «Steig aus oder stirb … stirb … stirb.» Das Lachen eines Wahnsinnigen und Schritte, die in den Wald zurückhetzen, von mir fort. Ich blicke auf und sehe Tony Odom über mir stehen, er sieht besorgt aus, erschrocken, erleichtert. Er schiebt die Hände unter meinen Kopf, er zieht mich zu sich hoch – ich habe mir, Gott sei Dank, nicht das Genick gebrochen – und wir küssen uns. Halleluja! Mein Blut wird zu goldenem Gefunkel und wirbelt wild rauschend durch meine Adern. Unsere Kleider sind plötzlich wie weggezaubert. Wir liegen nackt beieinander und lieben uns so heftig, daß ich kaum mitkriege, was ich mir herbeigeträumt habe – neue Hüften, schmale!

Um uns dreht sich spiralförmig ein hohes Glockenläuten, umkreist uns so lange, bis wir geborgen sind, eingehüllt in seinen durchsichtigen Glanz. Ich blicke hinab und sehe die Erde unter uns weggleiten, weiter und immer weiter, bis sie nur noch eine grüne und blaue Erbse in einem Meer von Schwarz ist. Wir kommen gleichzeitig, ein gewaltiges Crescendo, das uns ins Weltall geschossen hat, wobei mich überdies das ekstatische Wissen erfüllt, daß ich in einem Badeanzug gut aussehen würde – endlich!

Ich wachte zitternd auf, noch zuckend von einem Orgasmus, der meine Lenden zu einem weit entfernten, himmlischen Takt beben ließ. Die weibliche Entsprechung des feuchten Traums. Wau! Sollte ich je daran gedacht haben oder daran denken, mit Tony ins Bett zu gehen, dann vergaß ich das besser auf der Stelle. Abgesehen von der Tatsache, daß er Polizist war und sich Reporterinnen und Polizisten nicht miteinander vertragen, stellte sich nun auch die Frage, was an den eben geträumten Traum noch heranreichen konnte.

Zu diesem Zeitpunkt hätte mich auch keine industrielle Großklimaanlage mehr abkühlen können – um so weniger war dazu mein popliger kleiner Ventilator in der Lage. Ich wankte mit weichen Knien ins Bad und drehte die Dusche auf – kalt und volle Pulle. Bildete ich mir das nur ein, oder stieg von meinem Fleisch wirklich zischend der Dampf auf?

Ich kroch naß wie eine ertrunkene Ratte ins Bett zurück und fiel in einen tiefen, ereignislosen Schlaf.

Das Telefon weckte mich in einer noch wärmer gewordenen Wohnung. Jetzt strömte das Sonnenlicht herein und trieb die Temperatur von feuchter Backofenhitze auf sengende Glut. Ich fühlte mich wie ein durchgebratenes Steak.

«Hallo», sagte ich. Ich war völlig ausgetrocknet, und meine Zunge klebte am Gaumen, so daß ich mich anhörte, als brauchte ich dringend Sprechunterricht.

«Mensch, Nattie, hol dir mal einen Drink oder so was.» Es war Gail. «Alles klar bei dir?»

«Mir geht's gut, sehr gut. Es ist halt heiß, was soll man sonst noch sagen? Doch, ja, ich werde mir eine Klimaanlage anschaffen. Aber davon mal abgesehen: Was hattest du denn gestern abend? Ich dachte schon, du wolltest mit 'ner Axt auf mich losgehen. Wie konnte ich wissen, daß Allies Turnierleben ein derart heikles Thema ist. Ich verspreche dir, ich werde nie wieder darauf zurückkommen.»

Ich sprang aus dem Bett und lief ins Bad. Preis dem Erfinder des schnurlosen Telefons! Während Gail sprach, spülte ich mir den Mund mit Wasser aus.

«Ich hatte ganz einfach einen schlechten Tag. Allie benahm sich bei unserem Ausritt schlicht schweinisch. Dann schrie mich Rob pausenlos an, und ich war wahnsinnig gereizt. Tut mir leid. Ich hätte das nicht tun sollen. Ich wollte nur ... ich weiß auch nicht ... ich sah euch im Stall, diesen Bullen und dich, und wie du dich grad von ihm abknutschen lassen wolltest. Also, ich kapier das einfach nicht, Nattie. Du gehst doch mit John! Was ist das also mit dir und diesem Odom, wie?»

«John ist vorbei und mit Tony war nichts. Ich schwör's dir.»

Dann berichtete ich ihr von dem Anruf und erzählte ihr, warum Tony zum Stall gekommen war.

«Du solltest vielleicht besser aussteigen, Nattie. Das alles ist doch wohl den Einsatz deines Lebens nicht wert. Und selbst wenn dieser Mensch nur versucht, dir angst zu machen, kann bei der ganzen Geschichte nichts Gutes rauskommen.

Was auch immer du schreibst, du wirst's dir mit allen im Rennsport verderben. Und dann versuch du mal, ein Band zu gewinnen! Du weißt doch, wie politisch die Wertungen sind. Du kannst mit deinem Pferd zehn perfekte Ritte hinlegen, aber jedesmal schaun die Richter wie zufällig in die entgegengesetzte Richtung.»

Dieser Gedanke war mir nicht neu. Ich rechnete aber damit, daß sich der Unmut, den ich durch die Veröffentlichung meiner Story auf mich ziehen würde, früher oder später wieder legte. Es würde mich im Höchstfall ein paar Bänder kosten, und das war mir die Sache wert. Ich wollte das mit P beginnende Wort nicht aussprechen, aber wenn diese Story tatsächlich das brachte, was ich erwartete, und es da wirklich um Mord, Korruption und Versicherungsbetrug in den Reihen der Allerreichsten der Nation ging, dann wäre sie ohne jeden Zweifel ein geeigneter Wettbewerbsbeitrag für die Sparte «Lokale Berichterstattung» des Na-Sie-wissen-schon-was-Preises.

«Das könnte die größte Story meines Lebens werden.»

«Oder dein Tod», sagte Gail.

«Hör endlich auf damit, mir wird schon nichts passieren. Ich will nur noch schnell unter die Dusche, dann komme ich raus zum Stall, um zu packen. Wir unterhalten uns weiter, wenn ich draußen bin.»

Noch eine kalte Dusche – meine Antwort auf das Fehlen einer Klimaanlage. Ich zog mich an und suchte meine Reitkleidung zusammen. Mir wurde schon warm, wenn ich sie mir nur ansah. Schwere Reitstiefel, elastische Breeches aus irgendeinem nicht atmenden, plastikfolienartigen Stoff, langärmelige Bluse mit Monogramm und hohem Kragen, der am Hals eng abschloß, damit nur ja keine Wärme entweichen konnte, und als Höhepunkt eine Reitjacke aus Wollstoff. Dies und dazu Lederhandschuhe und einen mit schwarzem Samt überzogenen Styroporbrocken für meinen Kopf – alles dazu bestimmt, an diesem Wochenende bei den zu erwartenden zweiunddreißig Grad und mehr getragen zu werden.

Als ich die Sachen zum Parkplatz schleppte, sah ich Mrs. Flock aus ihrer Wohnung kommen. Sie wollte sich die Zeitung aus dem Kasten holen.

«Ist heute irgendwas von Ihnen drin, Nattie?» erkundigte sie sich.

«Nix, nicht eine Zeile. Aber Sonntag. Eine zum Nachdenken anregende, gründliche Untersuchung der weitreichenden Auswirkungen von Schaumgummischultereinlagen. Was jede Frau wissen muß. Das lassen Sie sich besser nicht entgehen, Mrs. Flock.»

«Sie sind unmöglich, Nattie. Aber seit meiner Zeit in New York hab ich nicht mehr solchen Spaß beim Zeitunglesen gehabt. Es ist kaum zu glauben, daß diese Redakteure Sie nur über Mode schreiben lassen.»

«Danke, Mrs. Flock. Wir sehen uns am Sonntag. Ich muß zu einem Turnier.»

«Brechen Sie sich nur nicht den Hals», sagte sie und lachte.

Und lachte und lachte. Ich lachte auch. Vielleicht kein gar so toller Witz, aber immerhin ein Witz. Ich mag Leute, die gern laut lachen, und davon sind mir hier in diesem Land des leisen Lächelns noch nicht allzu viele begegnet. Die Nordstaatler, von den Südstaatlern noch immer eiskalt als Yankees bezeichnet, haben einen schnellen, beißenden Humor, aber was es braucht, um einen Südstaatler dazu zu bringen, sich gehenzulassen und sich vor Lachen in die Hosen zu machen, ist mir nach wie vor schleierhaft.

Der Humor ist allerdings nur einer der geringeren von den vielen Unterschieden zwischen Nord und Süd. Zu ihnen gehören zum Beispiel auch das Brot und das Erbe. Man versuche nur mal, südlich von Washington, D. C., einen ordentlichen Laib Roggenbrot zu finden! Das ist so, als suche man in Connecticut nach Grütze.

Was das Erbe angeht, so ist man südlich der Mason-Dixie-Linie fixiert auf die Frage, wer der Daddy des Daddys deines Daddys war. Die Südstaatler geben ihren Kindern sogar Familiennamen als Vornamen, damit nur ja jeder weiß, von wem sie in die Welt gesetzt worden sind. Da kann es passieren, daß man auf einen jungen Menschen mit Namen Goldberg Rothblatt Silverstein trifft – und zeit seines Lebens denken die Leute, sie hätten's mit einer Anwaltskanzlei zu tun.

Diese seltsame Form der Namensgebung funktioniert hier sehr gut. Man denke nur an Frye, Cameron, Clarke, Link, Tylor, Bailey oder Jackson – ob Vor- oder Familienname oder was immer, es klingt einfach großartig.

Ich winkte Mrs. Flock zu und bat sie noch, meine Post und die Zeitung reinzunehmen. Ich wünschte, ich hätte ein bißchen mit ihr plaudern können. Sie verpaßt den Sachen, die sie bei Berrybrook Farms, also in dem Gesundheitsladen, in dem sie arbeitet, aufschnappt, immer irgendeinen interessanten Dreh. Sie hat mir auch mal gesagt, ich solle immer, wenn ich etwas partout nicht wiederfinden könne, die Worte «Gib's her» vor mich hin sprechen – und schon würden meine Synapsen aktiv werden. Ich dachte, Mrs. Flock sei nicht ganz bei Trost, bis ich dann eines Tages meinen Schlüsselbund verlor, aber irgendwo hinmußte, und das ein bißchen plötzlich. Nach einer zwanzigminütigen hysterischen Suche murmelte ich «Gib's her» vor mich hin, und rumsdibums fiel mir wieder ein, daß ich die Schlüssel in meine Turnschuhe gesteckt hatte, um sie nicht zu vergessen.

Aber ich hatte keine Zeit zum Plaudern. Ich war spät dran und wußte, daß Rob bereits vor Wut schäumte. Als ich beim Stall eintraf, stand der Pferdetransporter schon davor.

«Wir brechen in zwanzig Minuten auf, bis dahin sind Sie hoffentlich startklar», sagte er. «Wenn Sie Ihr Pferd heute nachmittag nicht ordentlich abreiten, dann springen Sie nicht.»

Ich bin schon immer eine Sprinterin gewesen. Ich war in fünfzehn Minuten fertig. Alles verpackt und überprüft. Brendas Beine waren schon bandagiert gewesen. Es waren zwar Stallbandagen zur Unterstützung ermüdeter Sehnen, aber sie reichten zur Not auch für den Transport aus. Ich zog sie lediglich über den oberen Teil des Hufs, damit der Kronrand geschützt war. Das ist der Teil, aus dem der Huf herauswächst, und wenn der verletzt wird, kann man leicht zu einem Pferd kommen, das einen fehlerhaften oder im schlimmsten Fall gar keinen Huf mehr hat. In der Eile hatte ich jedoch vergessen, das Vetrolin einzupacken. Es war mir egal, ob Doc Loc das Zeug für raufgepufften Alkohol hielt. Wenn ich in Camden auftauchte und keins dabeihätte, würde Robs Geschrei meilenweit zu hören sein. Ich lief deshalb zu meiner Putzkiste zurück, um noch schnell eine Flasche einzuraffen.

«Scheiße», sagte ich und schlug den Deckel wieder zu. Mir war eingefallen, daß ich mein letztes Vetrolin am gestrigen Abend aufgebraucht hatte. Zum Glück wußte ich, daß Gail das Zeug literweise hortete. Allerdings war sie bereits zum Turnierplatz unterwegs, um bei unserer Sattelkammer die Vorhänge anzumachen. Ich zögerte, ihren Schrank zu öffnen. Zwar borgten wir uns dauernd gegenseitig Dinge aus, aber immer, wenn sie mir etwas gab, achtete sie darauf, daß sie es mir selber aus ihrem Schrank holen konnte. «Da drin herrscht eine fürchterliche Unordnung», pflegte sie zu sagen. «Ich bring's dir lieber.» Ich wollte nicht an ihren Schrank gehen, aber die Alternative – Robs Zorn – war noch schlimmer. Im stillen versprach ich Gail, ihr eine größere Flasche als die entliehene zu kaufen, und zog die Tür auf. Ich mußte ziemlich herumwühlen, denn die Fächer waren mit Flaschen, Tiegeln und Tüten aller Art vollgestopft. Dann war mir, als hätte ich ganz hinten eine Flasche Vetrolin erspäht, eine weiße Plastikflasche mit grünem Streifen. Die Birne der Deckenlampe war durchgebrannt, weshalb ich nicht allzugut sehen konnte. Als ich in den Schrank hineinlangte, stieß ich eine Glasflasche um. Ich fühlte, wie mir etwas von dem Inhalt über die Finger rann.

Es war unmöglich, festzustellen, um was für ein Gebräu es sich handelte. Gails Schrank war die reinste Pferdeapotheke. Ich wußte, daß es kein DSMO, das heißt Dimethylsulfoxid war, denn dann hätte ich längst den Übelkeit erregenden, muffigen Knoblauch-Mais-Geschmack auf der Zunge gehabt. Ich zog die Hand heraus und besah sie mir. Auf meinen Fingern waren große dunkelbraune Flecken. Ich roch daran. Es duftete weder nach Tierarzt noch sonstwie medizinisch. Aber nach Freitag in Mr. Roberts' Schönheitssalon! Als Kind hatte mich meine Mutter immer dorthin mitgeschleppt, und während sie frisiert wurde, saß ich unter einer Trockenhaube und tat so, als wäre ich Sandra Dee.

Ich langte wieder in den Schrank hinein und fand die Flasche, die in einer kleinen Pfütze von irgendwas lag. Ich besah mir die Farbe auf der Flasche und dann meine Hand. Wenn Gail nicht gerade eine drastische Veränderung ihres Aussehens plante, würde sie das Zeug niemals mit ihrem Kopf in Berührung kommen lassen. Sie war blond und ganz und gar nicht gewillt, ihre Haarfarbe zu wechseln. Schließlich war sie der Auffassung, daß diese das einzig Erfreuliche an ihr sei. Aber der Farbton kam mir so vertraut vor. Plötzlich wußte ich auch, warum. Miss Clairol mochte das ja als «Marderbraun» bezeichnen, aber für mich wie für jeden anderen Pferdemenschen war es «Rotbraun», das Rotbraun des Schweißfuchses.

«Nattie, dieser Transporter fährt in zwei Minuten los, mit Ihrem Pferd oder ohne», rief Rob. «Sie wissen so gut wie ich, daß ich zwei Stunden für die Fahrt nach Camden brauche, und ich habe nicht die Absicht, mit diesem Ding am hellichten Tag und ausgerechnet dann dorthin zu düsen, wenn die Sonne so richtig auf die Pferde runterbrennt. Also Beeilung.»

Ich stellte die Glasflasche schnell in den Schrank zurück. Mir fehlte die Zeit, die ausgelaufene Flüssigkeit aufzuwischen. Das mußte ich später machen. Ich schnappte mir eine der vier vorhandenen Flaschen Vetrolin und rannte zu Brendas Box.

Als ich Brenda die Rampe des Pferdetransporters hinaufführte, bemerkte Rob: «Nattie, Sie haben hoffentlich Handschuhe mit. Sie werden bei einem A-Turnier nicht mit solchen Händen in die Bahn reiten. Und wie, verdammt noch mal, kommt da überhaupt dieses ganze Haarfärbemittel dran?»

Das war genau das, was ich auch gern gewußt hätte.

VIERZEHN

Ich konnte mir beim besten Willen nicht vorstellen, warum Gail eine Flasche Miss Clairol in ihrem Schrank aufbewahrte. Ich hatte wohl schon davon gehört, daß man einen schmutzigweißen Schweif mit Clorox oder auch mit Wasserstoffsuperoxyd bleichen konnte. Ich selbst hatte schon Babypuder benutzt, um die weißen Strümpfe meines Pferdes aufzuhellen, weil keine Zeit gewesen war, sie abzuwaschen. Aber Haarfärbemittel? Allie hatte keinerlei Narben oder Kratzer, und selbst wenn er welche gehabt hätte, wozu sie vertuschen? Gail nahm ja doch nie an einer Pferdeschau oder an einem Turnier teil.

Ich wußte nicht so recht, ob ich sie direkt fragen oder es lieber auf die indirekte Tour versuchen sollte. Wenn sie wirklich so abhängig von ihren Hormonen war, wie sie immer behauptete, würde sie mir den Kopf abreißen. Noch mehr emotionaler Streß war aber ganau das, was ich nicht gebrauchen konnte. Ich mußte mit meinem eigenen Pferd fertig werden, das Nerven zeigte. Und ich hatte Rob am Hals.

Rob, der schon vor meiner Autotür stand, bevor ich noch

hatte aussteigen können. Die Arme vor der Brust verschränkt und das Gesicht zusammengezogen, als hätte er gerade in eine Zitrone gebissen.

«Nattie», sagte er, «das nächste Mal bandagieren Sie Ihr Pferd aber richtig, das heißt mit Transportbandagen, verstanden? Stallbandagen sind, wie der Name sagt, für das Stehen im Stall da, und für nichts anderes. Brenda hätte bei einer Vollbremsung leicht an den Beinen verletzt werden können.»

Rob ging zum Transporter der February Farm – jagdgrün mit marineblauen Streifen – zurück, eine makellose und farblich darauf abgestimmte Erscheinung in minzgrünem Polohemd und gebügelten Jeans. Ich stieg aus dem Auto und trat in der Eile mitten in einen Haufen Pferdeäpfel.

Rob verdrehte die Augen, und mir war, als hätte ich sogar ein kleines Lächeln gesehen. «Na los, holen Sie Brenda vom Wagen, und bringen Sie sie zum Abreiteplatz. Mal sehen, ob Sie die gestrige Vorstellung wiederholen können. Das war wirklich großartig. Ich hab 'ne Gänsehaut gekriegt, als ich sah, wie Brenda über die Übungsbahn gegangen ist. Sie haben sie so gut geritten, das hätte keine Amateurreiterin hier besser machen können.»

«Danke», sagte ich. Rob war zumeist schroff, gemein und ungeduldig, das und Schlimmeres. Aber er konnte auch – manchmal – richtig nett sein. Er wußte, daß ich mich den Amateurreiter-Besitzern (in dieser Gruppe reite ich) mit den großen Namen und dem vielen Geld unterlegen fühlte, und das war seine Art, mir Mut zu machen.

«Haben Sie Gail gesehen?» fragte ich ihn, als ich die Laderampe des Pferdetransporters herunterließ.

«Sie ist auf dem Weg zurück nach Charlotte. Vor ungefähr einer halben Stunde hat der Stall angerufen. Allie hat eine Kolik bekommen. Ich habe mit der Turnierleitung telefoniert und Gail ausrufen lassen.»

«Wenn dem Pferd was zustößt, müssen Sie ein Doppelgrab

ausheben. Ist Maryanne noch dort?» Maryanne war die Tierärztin, die die Praxis von Doc Loc übernommen hatte.

«Nattie, jetzt sehen Sie endlich zu, daß Ihr Pferd vom Wagen kommt und gesattelt wird», antwortete Rob. Als er sich umdrehte, um zu unseren Boxen zu gehen, hörte ich ihn noch sagen: «Maryanne fährt nicht hin. Gail läßt an Allie nur Doc Loc und sonst niemanden ran. Los, jetzt machen Sie schon!»

Ich hatte zwar noch viele Fragen, wußte aber auch, daß Rob keine mehr beantworten würde. Wenn Doc Loc dabei erwischt wurde, daß er Pferde behandelte, konnte es passieren, daß ihm seine Zulassung auf Lebenszeit aberkannt wurde. Warum riskierte er das? Und warum bestand Gail so hartnäckig auf Doc Loc? Maryanne wußte doch auch, was sie tat. Erst vor drei Wochen hatte sie ein anderes Pferd aus unserem Stall, das eine Kolik bekam, gerettet.

Ich holte meinen Reporterblock aus der Handtasche und notierte mir alle Fragen, hielt auch die Sache mit dem Miss-Clairol-Zeug fest. Ich hatte das Gefühl gehabt, daß sich an diesem Wochenende im Zusammenhang mit unserer Story etwas tun würde, und war mit voller Ausrüstung angereist, also mit Notizblöcken, Tonbandgerät, Rollermatic-Kugelschreiber und sogar einer Kamera für den Fall, daß ich von irgend jemandem ein Foto machen mußte. Henry konnte sich meinetwegen durch so viele Geheimakten graben, wie er wollte, ich war auf eine Goldmine gestoßen und gewillt, sie auszubeuten.

Bei dem bevorstehenden Turnier würden alle namhaften Profis zwischen Atlanta und Richmond anwesend sein. Es war von der ASHA (der American Horse Show Association) als Turnier der Kategorie A-3 eingestuft worden, was bedeutete, daß es eine Menge Geld und eine Menge Punkte zu holen gab. Voraussetzung für die A-3-Einstufung ist nämlich, daß das ausgelobte Preisgeld 18 000 Dollar übersteigt, wozu dann noch die hübschen kleinen Bänder kommen, die im Müll landen, wenn sie nicht blau oder rot sind. Aber das Preisgeld ist nicht die größte Attraktion. A-3-Turniere sind das Mekka für alle Punktejäger, die darauf aus sind, die Jahresendchampionate zu gewinnen, weil sie dadurch in die glückliche Lage versetzt werden, dem Verkaufspreis ihrer Pferde noch ein paar Nullen anfügen zu können. Denn wenn man bei diesen Turnieren Bänder gewinnt, dann bedeutet das Extrapunkte, und zwar viele. Im besten Fall kann man hundertvierzig davon holen, was leicht die Differenz zwischen Pferd des Jahres und beinahe Pferd des Jahres ausmachen kann.

Punkte waren allerdings nicht das, was mich interessierte. Ich konnte es mir gar nicht leisten, an so vielen Turnieren teilzunehmen, daß es genug gebracht hätte. Die Piepen dagegen konnte ich immer gut gebrauchen. Mit den Meldegebühren, Boxengebühren, Trainingsgebühren, Transportkosten, der Hälfte der Kosten für Robs Kost und Logis, meinen Hotel- und Unterhaltskosten und den Kosten für das Einflechten gingen leicht annähernd fünfhundert Dollar drauf. Im allgemeinen bekam ich einen Teil davon wieder rein. Wenn ich jedoch bei meinem augenblicklichen Kontostand gar nichts gewann, dann würde ich für den Rest des Sommers in meiner Wohnung weiterschmoren müssen, denn diesmal bestritt ich alle Unkosten aus meinem Klimaanlagen-Fonds.

«Nattie, nun lassen Sie die Tagträumerei, und setzen Sie sich endlich in Bewegung», rief mir Rob zu. «Die Bahnen werden in zwanzig Minuten zugemacht. Sie müssen dem Gaul die Hindernisse heute noch zeigen, wenn Sie ihn morgen unter den Augen eines Richters glatt drüberlotsen wollen.»

«Bin gleich da», rief ich zurück – eine Zusage, die nicht ganz der Wahrheit entsprach. So, wie Brenda aussah, konnte ich sie nicht satteln, jedenfalls nicht in Robs Beisein. Sie war in Schweiß gebadet. Selbst bei geöffneten Türen kann so ein Transporter wie ein großer Backofen sein. Ich wusch sie kurz ab und rieb ihren Rücken mit einem Frottiertuch trocken. Die

Trocknung des restlichen Fells überließ ich der Sonne und sah zu, wie nach kürzester Zeit glänzende, kupferfarbene Flecken sichtbar wurden. Zum ersten Mal in diesem Sommer war ich froh, dem Äquator so nahe zu sein. Innerhalb von zwei Minuten war Brenda vollkommen trocken.

Ich legte ihr eine saubere Satteldecke und einen sauberen Sattel auf und dann sauberes Zaumzeug an. Ich trug saubere Breeches, ein sauberes weißes Polohemd und frisch gewienerte schwarze Reitstiefel. Nichts von alledem gehört zu meinem normalen Aufzug. Aber bei einem Turnier und in der näheren Umgebung Robs ist es halt die einzige Form, in der man auftreten kann. Als ich in den Sattel stieg, waren mein Pferd und ich so blitzsauber, daß ich mich zugegebenermaßen fühlte, als wäre ich soeben einem warmen Bad entstiegen und hätte mich in ein flauschiges Frottiertuch gewickelt.

Ich ließ Brenda an langer Leine den sandigen Hügel hinunter zur Übungsbahn gehen. Dort befanden sich an die zwanzig Pferde, eins eleganter als das andere. *Elegant* ist Reitersprache und bedeutet bei uns soviel wie sehr schön, sehr fähig und sehr wertvoll.

Auf der Übungsbahn war ein Parcours mit etwa ein Meter fünf hohen Hindernissen aufgebaut worden, wie sie meiner Leistungsklasse entsprachen. Es handelte sich um eine Auswahl verschiedener Arten – Naturstangen mit Bürste, drei häßliche Oxer, ein Hühnerstall (ein langes Dreieck, das wie sein Namensgeber aussehen soll) sowie ein riesiger, an eine überdimensionierte halbe Karamelstange erinnernder und mit grünem Kunstrasen à la Minigolfplatz überzogener «Buckel», von Eingeweihten auch Schweinestall genannt. Welche Geländeerscheinung der letztere darstellen soll, muß ich irgendwann noch mal rausfinden.

Ich ritt an Rob vorbei, der neben Jack Thompson, dem Trainer von Keith Rollings, stand. Eins muß ich über Reitsportprofis sagen: Skandale lassen sie völlig kalt. Da stand ein Bursche, der eben wegen Mordes festgenommen worden war, und alle unterhielten sich mit ihm, als wäre dies ein Turnier wie viele andere und rein gar nichts gewesen. Es hieß «Hallo, Rob» hier und «Hallo, Rob» da. Ich hatte genau aufgepaßt und feststellen können, daß Rob seit unserer Ankunft auf dem Turnierplatz von keinem einzigen Menschen geschnitten worden war. Allerdings war auch niemand herbeigeeilt und hatte seine Hilfe angeboten. Es war, als wäre nichts geschehen. Vielleicht verhielt es sich ja in ihren Augen wirklich so. Wally war allgemein als Schandfleck seines Berufsstandes angesehen worden, und ich wäre jede Wette eingegangen, daß die meisten der Anwesenden nicht das geringste gegen seinen Tod einzuwenden hatten.

«Brenda sieht großartig aus und die Reiterin normal», meinte Rob. Diesmal lächelte er dabei. Normal bedeutet bei ihm sauber und gebügelt. «Ein bißchen im Trab, ein bißchen im Galopp um die Bahn, zum Aufwärmen.»

Ich nahm den Zügel auf und ließ Brenda mit treibender Schenkelhilfe antraben. Sie bog den Hals und stellte sich gleich an den Zügel. Da zahlte sich das zweieinhalbjährige Training bei Rob – oder die schlechte Behandlung durch ihn – eben doch aus. An Brenda war nicht das geringste auszusetzen. Weich und rund nennt Rob das, wenn sie so geht. Sie ist dann derart durchlässig, daß sie schon auf die kleinste Krümmung meiner Finger hin den Galoppsprung verkürzt, ihn schon bei leichtestem Schenkeldruck verlängert und vorwärts geht. Wenn man über einen Parcours reitet, muß man in der Lage sein, den Galoppsprung seines Pferdes den jeweiligen Gegebenheiten anzupassen, denn sonst kommt man nie zur richtigen Absprungposition und kracht durch Hindernisse hindurch oder mitten in sie hinein. Da kann das Pferd noch so athletisch sein.

«Sie sieht phantastisch aus», rief mir Rob zu, als ich um die Bahn galoppierte und dabei den Pulk der anderen so phantastischen Pferde mied. Wenn man beim Turnierzirkus *phantastisch* sagt, dann meint man damit, daß ein *elegantes* Pferd gut geht.

Als ich Brenda gekauft hatte, war sie durchaus kein elegantes Pferd gewesen, sondern eher ein schwieriges, denn sie hatte immer wieder selbst berühmteste Profis abgeworfen. Deshalb war sie ja auch – gemessen am Üblichen – so billig gewesen. Mich hatte sie natürlich ein Vermögen gekostet. Mein ganzes, um genau zu sein. Ich hatte meine gesamten Ersparnisse für sie hergeben müssen, das heißt 4500 Dollar. Aber ich hatte von Anfang an das Gefühl gehabt, daß sie etwas Besonderes war. Und ich hatte recht behalten. Im vergangenen Monat habe ich ein Angebot von 35 000 Dollar abgelehnt.

«Fangen Sie mit den gekreuzten Stangen an», rief Rob.

Brenda trabte los und über das X-förmige Hindernis hinweg. Sie hob kaum die Beine.

«Das reicht», meinte Rob. «Wir wollen sie ja nicht langweilen. Nehmen Sie die äußere Bahn, von der Buchsbaumkiste bis zum Oxer. Das sind fünf lange. Dann im Galopp die Diagonale runter zum Hühnerstall und von dort zum anderen Oxer. Das sind sechs kurze.»

In der Reitersprache hieß das: fünf lange Galoppsprünge zwischen den Hindernissen eins und zwei. Ich mußte also Brendas Galoppsprünge zwischen diesen beiden Hindernissen verlängern und sie danach wieder verkürzen, um auf die sechs kurzen zwischen Nummer drei und Nummer vier zu kommen. Ich drückte den linken Schenkel an – für Brenda das Signal, auf die rechte Hand zu wechseln, was sie auch tat. Wir galoppierten zum ersten Hindernis, und sie übersprang es so gut wie ein Viertelmilliondollarpferd. Ich drückte sie vorwärts in die fünf Galoppsprünge zum zweiten Hindernis, zum häßlichen Oxer. Sie hätte dort weder besser noch schöner hingelangen können. Dann die Wendung zum Hühnerstall. Und da sah ich nicht hin, was in der Reitersprache bedeutet: Die Reiterin hat keine Ahnung, wo sie ist, und kann deshalb ihr Pferd nicht zum richtigen Absprungpunkt dirigieren. Ich brachte Brenda in eine derart unglückliche Position, daß sie förmlich über das Hindernis hinwegklettern mußte. Normalerweise komme ich mit dem zweiten Hindernis in einer Linie gut zurecht, weil Brenda so ungemein durchlässig ist, das heißt sehr leicht zu lenken. Aber just in dem Augenblick, in dem ich sie auf den anderen Oxer einstellen wollte, ging eine hochgewachsene Blondine am Tor zum Parcours vorbei. Ich nahm sie wahr, weil sie mir in ungemein störender Weise bekannt vorkam.

Ich fragte mich, wer sie wohl sein mochte, als ich mich eigentlich hätte fragen sollen, wo ich gerade war. Statt die fälligen sechs kurzen Galoppsprünge zu machen, ließ Brenda den letzten weg und flog los. Auf halbem Weg war mir bereits klar, daß wir es nicht schaffen würden – es sei denn, ihr wüchsen plötzlich Flügel. Aber sie ist nun mal kein Pegasus.

Ich hasse diesen Augenblick mehr als alle anderen Phasen eines Sturzes. Der Körper braucht Stunden für den Flug zum Erdboden, und während der ganzen Zeit beobachtet man jede Bewegung in Superzeitlupentempo, sieht praktisch ein Standbild nach dem anderen, wobei man sich fragt, was wohl gleich brechen, ab- oder zerreißen wird.

Krach.

Brenda landete mitten im Oxer, kletterte, wild mit den Beinen strampelnd, durch das Gewirr der Stangen. Immerhin kam sie auf allen vieren durch. Soviel Glück hatte ich nicht. Ich flog im Salto über den Oxer, und Brenda mußte sich fast zu einer Brezel zusammendrehen, um nicht auf mich zu treten.

Als ich hochsah, erkannte ich Rob, der mit einem Ausdruck im Gesicht über mir stand, den ich noch nie bei ihm gesehen hatte – Panik, in die sich Besorgtheit mischte. Ich stand auf, und nichts fühlte sich gebrochen an. Da nahm Robs Gesicht einen eher zornigen Ausdruck an.

«Aber Nattie, was haben Sie denn gemacht? Ihre Einkaufsliste zusammengestellt? Ich hab Ihnen doch gesagt, daß das sechs sind. Wieso in Gottes Namen haben Sie den letzten weggelassen? Hier auf dem ganzen Turniergelände ist kein einziger Grand-Prix-Reiter, der es schaffen würde, da mit fünf Galoppsprüngen hinzukommen. Ich sollte Ihnen verbieten, dieses Pferd je wieder zu reiten. Alles in Ordnung?»

«Ja, nichts passiert», antwortete ich. Und da fiel mir plötzlich ein, wer die Blondine gewesen war. La Donna Mobilay, die arische Zirkuskönigin, Lucys Freundin. Sinnlos, Rob von ihr zu erzählen und ihm zu erklären, warum und wieso sie mich durcheinandergebracht hatte. Eine gute Reiterin muß in der Lage sein, alles andere auszufiltern, solange sie in der Bahn ist, selbst Jesus Christus, sollte er dort an ihr vorbeigeschwebt kommen. Es war eindeutig mein Fehler gewesen, und ich fühlte mich ganz schrecklich bei dem Gedanken, einen so saublöden gemacht zu haben. Rob hatte recht – Brenda hatte wirklich etwas Besseres verdient!

«Jetzt wieder rein in den Sattel und das Ganze noch mal», sagte Rob.

Ein Gang zum Gynäkologen wäre mir lieber gewesen. Rob klopfte den Sand von meiner Reitkappe, ich klopfte ihn von meinen Breeches und meinem Hemd. Dann trat ich in Robs verschränkte Hände, saß auf und holte tief Luft. Dabei sang ich leise mein Mantra wider die Heidenangst vor mich hin: Wirf dein Herz über das Hindernis und spring dann hinterher, um es wieder aufzufangen. Was ich tat. Und das ist der Grund, warum ich all die tollen Angebote für Brenda immer abgelehnt habe: Nach einem solchen Sturz hätte jedes andere Pferd bei einem Wiederholungsritt Unruhe gezeigt. Nicht so Brenda. Sie ging so lieb und ruhig über die vier Hindernisse, als wäre nichts gewesen.

«Reiten Sie sie morgen so, und Sie gewinnen alle Klassen», sagte Rob. «Jetzt bringen Sie sie in die Box, und bandagieren Sie ihr die Beine.»

Als ich Brenda den Hügel hinauf zurück zur Box führte, hielt ich nach La Donna Ausschau. Ein Glücksspiel, denn es war, als suchte ich nach Waldo. Wobei mir die Suche dadurch erschwert wurde, daß La Donna kein rotweiß gestreiftes Hemd trug, das sie von allen anderen abhob. Sie war nur eine hochgewachsene, langbeinige Blondine unter vielen anderen hochgewachsenen, langbeinigen Blondinen.

Was trieb sie eigentlich hier in South Carolina? Lucy hatte doch gesagt, sie käme nur zu den Hallenturnieren in den Osten, und die fingen erst im Herbst an.

Gut, ich konnte auch später weiter nach La Donna suchen – erst einmal mußte Brenda versorgt werden. Ich wusch sie ordentlich mit Gails Vetrolin ab, rieb dann ihre Beine mit Liniment ein und legte ihr Stallbandagen an. Sie rochen noch nach Clorox und Downy.

Ich ließ mir Zeit, und das nicht nur, weil ich verhindern wollte, daß Rob wieder was zu meckern hatte. Nein, die Beine eines Pferdes zu bandagieren ist eine Kunst. In Camden gibt es nur eine Handvoll Pferdepfleger, die große Bandagierer vor dem Herrn sind – ein paar Trainer lassen nur diese Burschen an die Beine ihrer Pferde ran, denn schließlich kann man so ein Tier durchaus zum Krüppel machen, wenn man die Bandagen zu fest wickelt oder sie über den Sehnen verknotet. Ich bin zwar keine große Künstlerin, kriege die Sache aber ganz gut hin. Zuerst kommen die Polster, etwa einen Meter lange Rechtecke aus weißer Watte, die auf der linken Seite gegen und auf der rechten im Uhrzeigersinn gewickelt werden. Fest genug, um die ermüdeten Sehnen des unteren Pferdebeins zu stützen, aber nicht so fest, daß sie abschnüren oder behindern. Dann erst kommt die eigentliche Bandage aus fünfzehn Zentimeter breiten Streifen weißen oder hellblauen Flanells. Man wickelt sie um die Wattepolster, und zwar immer in derselben Richtung wie diese. Der Trick besteht darin, beim Abwickeln des Flanells die Spannung konstant zu halten. Man will ja nicht mal einen festeren und mal einen lockereren Teil haben. Man fange also mit dem Wikkeln oben an und höre auch oben wieder auf. Dann falte man die Ecken nach dem Vorbild des Toilettenpapiers in den Hotels nach innen und umwickle das Ganze ein paarmal mit Kreppband. Das alles wiederhole man noch dreimal – und schon hat man ein für die Zeit des Ruhens (oder was sonst die Tiere den lieben langen Tag in ihrer Box machen) bandagiertes Pferd.

Ich holte eine Tüte Karotten aus meiner vollgestopften Kiste und gab Brenda die Hälfte davon. Sie rieb den Kopf an mir, weil sie mehr haben wollte, und da überließ ich ihr auch den Rest und gab ihr einen Kuß auf die Nase. Es stimmt, was über Pferdenasen gesagt wird – sie sind wirklich weicher als Samt. Ich führte Brenda in ihre Box und vergewisserte mich, daß die Wassereimer voll waren. Und noch etwas mußte herbeigeschafft werden, bevor ich auf die Suche nach La Donna gehen konnte: Heu. Im Pferdetransporter lagerten Ballen eines Luzernen-Timotheusgras-Gemischs, das süßer duftete als eine Dreizehnjährige bei ihrem ersten Rendezvous. Ich drückte mein Knie gegen die Mitte eines Ballens und faßte eine der beiden Schnüre, die ihn zusammenhielten. Mit einem ordentlichen Ruck öffnete ich die fest zusammengezogene Schleife, und das Heu fiel fein säuberlich in einzelne Lagen auseinander. Ich häufte mir vier davon auf den Arm und legte sie Brenda vor die Füße.

«Bitte sehr, Hoheit», sagte ich zu ihr. «Haben Hoheit sonst noch irgendwelche Wünsche?»

Brenda steckte den Kopf in das Heu und hob ihn auch nicht, als ich ging.

Ich machte mich einmal mehr auf die Suche nach La Donna

und lief durch die Boxengänge. Ich wollte eigentlich nichts von ihr, sondern es kam mir nur darauf an festzustellen, ob ich sie wirklich gesehen hatte. Vielleicht war die Frau, die mir aufgefallen war, ja tatsächlich nur eine der vielen statuenhaften Blondinen mit feingeschnittenen Gesichtszügen und heidiblauen Augen gewesen. Sollte es sich doch um La Donna gehandelt haben, so mußte sie mit Lucy hier sein. Aber wie das? Lucy hatte doch ein großes Gedöns gemacht und laut beklagt, daß sie La Donna nie zu Gesicht bekomme, weil sie, Lucy, den Babysitter für ihren achtzig und was Jahre alten Papiertucherben-Gatten machen und zudem ihren Stall betreuen müsse, sei besagter Gatte doch zu knauserig, um jemanden dafür einzustellen. Ich war bereit zu wetten, daß La Donna Wally gekannt oder wenigstens von ihm gewußt hatte. Die Welt des Turnierzirkus ist klein, und alle sind eng miteinander verflochten. Jeder kennt jeden und weiß, was er macht – und selbst wenn nicht, tratscht er darüber.

Meine Suche nach La Donna war im Grunde genommen nur ein Vorwand, um auf dem Turniergelände umherzustreifen. Ich gehe bei diesen Turnieren zu gern die Gänge ab. Das ist wie ein Schaufensterbummel. Ich bleibe vor den Boxen stehen und sehe mir die Pferde an. Sie sind so gepflegt und gestriegelt! Ihre Haare laufen zu einem glänzenden, dichten Fell zusammen, und sie sehen aus wie die Plastikpferdchen auf meinem Kaminsims – jene, die mir meine Mutter vor zwanzig Jahren geschenkt hatte.

Pferdepfleger mit Putzlappen und weichen Kardätschen aus Wildschweinborsten drücken sich neben die Tiere und bürsten sie mit kreisenden Bewegungen, um das Fell noch glänzender zu machen. Die Leute, die gerade nicht mit den Pferden beschäftigt sind, laufen umher und erledigen sonstige Arbeiten – sie laden Kisten von den Transportern ab, stapeln Heu, legen Sattelzeug zurecht, putzen Stiefel und bringen die schmückenden Vorhänge an. Bei den letzteren handelt es sich um höchst kunstvolle, speziell angefertigte Stoffbänder in den Farben des jeweiligen Stalls. Die der February Farm sind jagdgrün und haben marineblau paspelierte Zackenränder. Manche Ställe hauen mächtig auf den Putz – die Eingangsbereiche zu ihren Ställen sehen aus, als wären sie *House Beautiful* entnommen, mit Louis-was-weiß-ich-Tischen und den dazu passenden Stühlen, mit großen Vasen voller frischer Blumen oder Schalen voller Obst und einer Wand, an der gerahmte Photographien ihrer allersiegreichsten Pferde und Reiter hängen.

Obwohl es erst der Tag vor dem Turnier war, war es auf dem Gelände schon rappelvoll. Da parkten in langen Reihen die großen Pferdetransporter, alle in den Farben ihrer Ställe gestrichen. Nicht weit davon entfernt standen – ebenfalls in den Stallfarben gehalten – die riesigen Wohnmobile der Besitzer und Trainer, in denen sie sich zwischen den einzelnen Durchgängen abkühlen konnten. Nicht zu vergessen die obligaten Mercedesse im Wert von vielen Millionen Dollar. Das sandige Turniergelände von Tri-Color war an solchen Tagen mit derart vielen mechanischen Pferdestärken bepackt, daß man damit wahrscheinlich die Energieversorgung eines kleinen Landes für ein Jahr hätte sichern können.

Weder La Donna noch Lucy waren im Stallbereich zu finden. Dafür entdeckte ich in der davor geparkten Wagenflotte Lucys jumbojetgroßen Mercedes. Wahrscheinlich saßen die beiden im kühlen Wohnmobil von irgend jemandem und schlürften Eistee mit Schuß. Nun ja, ich hatte nicht vor, das Gelände schon so bald zu verlassen, und würde, so dachte ich mir, früher oder später eh in sie hineinlaufen. Deshalb begab ich mich als nächstes in den Eingangsbereich, um mir dort meine Nummer zu holen und um mit Gail zu telefonieren. Sie machte mir mehr Sorgen als Allie. «He, Nattie, finden Sie diese Turniere hier in Tri-Color auch so herrlich?»

Ich drehte mich um, weil ich sehen wollte, wer mich angesprochen hatte. Das Gesicht war mir bekannt, aber der dazugehörige Name fiel mir nicht ein. Dunkelbraunes Haar, schulterlang, zurückgehalten von einem seidenen Stirnband mit gelb-weißem Punktmuster. Ein längliches Gesicht – vielleicht hübsch, aber definitiv ein Pferdegesicht – mit weißen Beißerchen, die so aussahen, als hätten auch die teuersten Zahnspangen sie nicht zähmen können. Ausgebeulte, aber gebügelte Khakishorts, Gürtel von Gucci, weißes Polohemd, weiße Polosocken und gelb-weiß gepunktete Leinenschuhe.

«Tag», sagte ich und suchte verzweifelt nach irgendeinem Anhaltspunkt.

«Haben Sie schon die Abschwitzdecken gesehen, die den Siegern der einzelnen Gruppen überreicht werden sollen? Blau mit roten und gelben Paspeln. Ganz entzückend.»

Bingo!!!

«Bryce Whit», sagte ich, «wie geht's Ihnen? Ist Keith an diesem Wochenende dabei?»

«Nein. Er ist seit dem Tod seines Pferdes völlig von der Rolle. Und von den anderen ist noch keins soweit. Aber er ist hier, denn er hofft, Ersatz zu finden. Und Sie? Springen Sie mit Ihrer Stute Lois Lane?»

«Brenda Starr. Doch, wir sind beide dabei.» Juchhe! dachte ich. Kein Keith Rollings mit Viertelmilliondollarmaschinen am Start! Ich unterdrückte ein Lächeln – es wäre wohl nicht gerade sehr sportlich von mir gewesen, wenn ich meine Freude gezeigt hätte. Noch dazu, wo Keith' Pferd eingegangen war, was mir durchaus naheging.

«Ich bin nicht nur des Vergnügens wegen hier, wenn's überhaupt das ist, was mich zur Teilnahme an diesen Turnieren bewegt», sagte ich. «Ich arbeite an einer Story über den Mord an Wally Hempstead.»

«Sie? Sie arbeiten an einer Story über einen Mord?» Bryce Whit lachte laut los, hielt dabei aber eine manikürte Hand vor den Mund. Entweder war das südstaatliche Höflichkeit, oder ihre Mutter hatte ihr schon früh nahegelegt, ihre Beißerchen immer schön bedeckt zu halten. «Ach, das ist ja wirklich zu komisch! Sie wollen mich wohl verulken. Wie käme denn eine Moderedakteurin dazu, über einen Mord zu schreiben?»

Vielleicht war die Übernahme dieses Jobs letztlich doch kein so weiser Karriereschachzug gewesen. «Also», sagte ich, «ich bin nicht die Moderedakteurin. Ich schreibe manchmal über Mode, ja, aber auch über anderes. Diesmal über Wally und Ruskie und die Frage, wer den Tod der beiden gewollt haben könnte.»

«Tja, also darüber weiß ich rein gar nichts, das steht mal fest», sagte Bryce Whit. «Ich hab den Mann kaum gekannt. Wenn er Keith besucht hat, war er mir gegenüber immer sehr höflich. Ist das nicht furchtbar, was mit ihm passiert ist?»

«Nicht, wenn ich nach dem gehe, was ich so zu hören kriege. Alle, mit denen ich gesprochen habe, freuten sich ganz närrisch über seinen Tod. Was hielten Sie von ihm? Kannten Sie ihn ein bißchen?»

Bryce Whits Hand sank von ihrem Mund zu ihrer Hüfte hinab. «Er schaute oft bei uns vorbei», antwortete sie. «Er kam immer zum Haus, obwohl Keith mal meinte, er hätte ihm schon tausendmal gesagt, für alle Pferdegeschäfte sei ausschließlich das Stallgebäude da. Ich nehme an, Wally war ein wenig stur, denn wie oft Keith ihn auch bat, es zu unterlassen, er kam doch immer wieder an die Haustür. Aber zu mir war er stets nett, und erst recht zu unserer Tochter, zu Hastings. Ich erinnere mich noch an seinen letzten Besuch, das war vor ungefähr einer Woche. Da konnte er sich gar nicht wieder einkriegen, wie hübsch unsere Tochter wäre und was für eine wunderbare Familie Keith doch hätte. Keith schien ein wenig irritiert zu sein und dirigierte ihn schließlich zum Stall. Sonst habe ich nicht viel von Wally gesehen. Wie ich schon sagte, ich kannte ihn eigentlich kaum.

Ach, da fällt mir ein, ich hatte noch gar keine Gelegenheit,

Ihnen für diesen entzückenden Artikel zu danken, den Sie über unseren Musikverein geschrieben haben. Übrigens haben wir auch noch die allerliebsten feuerroten Kleider für das Schultheaterstück unserer Töchter gefunden – eigentlich ja auch Ihr Verdienst. Nachdem Sie darüber geschrieben hatten, rief uns nämlich die Besitzerin eines kleinen Ladens in Columbia an und sagte, sie hätte fünf solche feuerroten Kleidchen, die geradezu ideal seien. Und das waren sie wirklich! Warum kommen Sie nicht heute nachmittag zum Tee zu uns? Dann könnten Sie sich das Kleid mal anschauen. Einfach die Straße runter, es sind keine fünf Kilometer. Sie waren doch noch nie bei uns auf der Farm, und ich würde Sie liebend gern herumführen.»

«Vielleicht», sagte ich. «Vorher muß ich sehen, was Rob für mich geplant hat. Wie ich ihn kenne, muß ich jedes Härchen von Brendas Fell einzeln abbürsten. Aber vielen Dank. Und auch Dank dafür, daß Sie mit mir über Wally gesprochen haben.»

«Es war mir ein Vergnügen. Obwohl ich mir nicht vorstellen kann, daß ich Ihnen eine große Hilfe war.»

Mehr, als sie es je wissen würde. Ich wartete, bis sie gegangen war, dann zog ich meinen Notizblock hervor, ließ meinen Kugelschreiber über das Papier sausen und notierte jedes Wort, das sie gesagt hatte, um nichts zu vergessen. Danach hielt ich auch noch meine Beobachtungen, Fragen und Überlegungen fest.

Wally hatte Keith erpreßt. Das wußte ich so sicher wie meinen Namen. Deshalb war er immer wieder an der Haustür aufgetaucht und hatte von Keith' «netter Familie» geschwärmt. Er hatte Keith dadurch auf all das aufmerksam gemacht, was er verlieren würde, wenn er nicht zahlte. Deshalb war Keith auch «ein bißchen irritiert» gewesen – in der Sprache der Südstaatler hieß das, daß er vor Wut gekocht hatte, stinksauer und rasend wie ein tollwütiger Hund gewesen war. Und die Erpressung erklärte auch, warum Keith seiner Frau verschwiegen hatte, daß eine Reporterin auf der Farm gewesen war und Fragen gestellt hatte. Er mußte sich sehnlichst gewünscht haben, daß dieser ganze Wally-Schlamassel zusammen mit den Leichen unter die Erde kommen würde. Was aber hatte Wally gegen Keith in der Hand gehabt? Ein totes Pferd? Was Geld anging, hatte es Keith nicht nötig, sein Pferd umbringen zu lassen. Oder doch? Ich würde Henry bitten müssen, auch mal Mr. Rollings und seine finanzielle Lage zu überprüfen. Ich hatte das Gefühl, daß es das nicht war, aber was konnte es sonst sein?

FÜNFZEHN

Zu dem Teestündchen bei der reizenden Mrs. Rollings kam es nicht. Als ich mit allem fertig war, was mir Rob aufgetragen hatte, schaffte ich es kaum noch ins Hotel.

Und La Donna fand ich auch nicht. Nach meinem unverhofften Zusammentreffen mit Bryce Whit rief ich beim Stall an, um mich nach Gail und Allie zu erkundigen. Gail ging nicht an den Apparat, denn sie entfernte sich keinen Schritt von der Box ihres Pferdes. Ein junges Mädchen namens Rankin, das sein Pferd auch in unserem Stall stehen hatte, kam ans Telefon und berichtete, der Tierarzt habe eine ganze Gallone Mineralöl in Allies Magen gepumpt – bei Koliken die übliche Behandlungsmethode. Wenn der Darminhalt nicht zu fest zusammengepreßt war, würde das Öl ihn so lockern, daß das Pferd ihn ausscheiden konnte, was seinen Qualen ein Ende machen würde. Sollte das Öl nicht helfen, würde Allie zu einem kostspieligen operativen Eingriff nach Raleigh verfrachtet werden müssen, wobei ein Erfolg allerdings auch nicht garantiert werden konnte.

«Die beiden glauben, daß sie gerade noch rechtzeitig gekommen sind und Allie es schaffen wird», sagte Rankin. «Bei Gail bin ich mir da nicht so sicher. Seit sie hier ist, hat sie pausenlos geheult. Ach, übrigens, hier hat jemand mit Namen Henry Goode eine Nachricht auf dem Anrufbeantworter hinterlassen. Sie möchten ihn bitte so schnell wie möglich anrufen. Soll ich Ihnen seine Nummer geben?»

«Danke, die habe ich. Seien Sie doch so gut und sagen Sie Gail, daß ich angerufen habe und daß sie mich über Robs Autotelefon erreichen kann, falls sie irgend etwas braucht, ja?»

Ich spielte kurz mit dem Gedanken, nach Charlotte zurückzufahren, um Gail beizustehen. Ich wußte, daß sie über Nacht im Stall bleiben würde und bestimmt nichts dagegen gehabt hätte, wenn ihr jemand Gesellschaft leisten würde. Mal abgesehen von unserer Freundschaft und auch von der Urlaubswoche, die sie mir und meiner Familie geopfert hatte, schuldete ich ihr eigentlich noch eine Nacht im Stall. Als ich in den Süden gezogen war, hatte Brenda bei unserer Ankunft einen ganzen Sack Karotten gefressen. Buchstäblich! Karotten und Plastiksack, alles. Ich mußte damals die ganze Nacht bei ihr bleiben, um mich zu vergewissern, daß sie das Plastikzeug am anderen Ende wieder von sich gab – was sie schließlich auch getan hatte. Damals war Gail mit ihrem Schlafsack in den Stall gekommen und hatte ihn neben dem meinen ausgerollt. Außerdem hatte sie sich einen Milchkarton voller Whopper und mir ein paar Tüten Erdbeer-Twizzler mitgebracht. Wir hatten uns dumm und dämlich gefressen und die ganze Nacht geredet. Über Pferde, Männer und Mütter.

Ich war zwischen Freundschaft und Selbstsucht hin und her gerissen. Schließlich trug aber die Selbstsucht dank der Fülle einsichtiger Rechtfertigungsgründe, die ich ihr lieferte, den Sieg davon. Ich nahm mir vor, alle zwei Stunden im Stall anzurufen und mich nach Allies und Gails Ergehen zu erkundigen. Sollte es ganz schlimm kommen, würde ich zurückfahren und mich nicht darum scheren, was Rob dazu zu sagen hatte.

Ich ging zum Büro der Turnierleitung und holte mir meine Startnummer ab. Ich Glückspilz! Ich bekam die 44, also meine Lieblingszahl, gleich zweimal. Was Henry anging, so hatte ich genug Oberwasser, um mich von ihm nicht aus der Ruhe bringen zu lassen. Ich wollte ihn anrufen, wenn ich am Sonntag abend wieder zu Hause war.

Als ich zum Parkplatz zurückkam, war Lucys großer Mercedes nicht mehr da. Ich verfluchte mich, weil ich nicht dort ausgeharrt hatte. Henry wäre wahrscheinlich nicht von der Stelle gewichen. Henry hätte La Donna wahrscheinlich gefunden und ihr genau die richtigen Fragen im genau richtigen Ton gestellt. Scheiße! Vielleicht hatte ich es ja verdient, daß ich über Mode schreiben mußte. Und vielleicht legte ich es auch nur darauf an, mich schlecht zu fühlen, weil der Gedanke an die allein bei ihrem Pferd weilende Gail mein Gewissen belastete.

Das ist einer der Gründe, warum ich die Springreiterei so mag: Sie ist etwas so ungeheuer Einfaches. Hat man das erste Hindernis gut geschafft, dann weiß man, daß nun das zweite dran ist. Ist die Zeit knapp, dann weiß man, daß man sich ranhalten muß. Keine verborgenen Tagesordnungen, keine frechen Antworten des Über-Ichs. Nur schlichte Mathematik.

«Nattie, was treiben Sie denn dort mitten auf dem Sandplatz, wo Ihnen die Sonne auf den Kopf brennt? Sie müssen morgen in zwei Klassen antreten, und das werden Sie nicht können, wenn Sie einen Sonnenstich haben.»

Das war Rob. Beim letzten Turnier hatte er mich angebrüllt, weil ich bergauf gerannt war und er gedacht hatte, es würde mich zu sehr ermüden, um noch reiten zu können. Und jetzt bekam ich wegen der Sonne eins drauf. Vielleicht ging er ja demnächst dazu über, meine Tage so festzulegen, daß sie nicht mit Turniertagen zusammenfielen? (Bei Stuten tut man das.)

«Gail ist ein einziges Nervenbündel», sagte ich. «Vielleicht sollte ich nach Charlotte zurückfahren und ihr Beistand leisten.»

«Das ist wirklich das Dümmste, was ich je gehört habe. Selbst von Ihnen. Gail ist eine erwachsene Frau. Kommen Sie lieber mal mit, und helfen Sie mir dabei, die Vorhänge aufzustecken und ein bißchen Ordnung zu schaffen. Da herrscht noch das reinste Chaos.»

Das war fünf Stunden später bestimmt nicht mehr der Fall. Ich war total erledigt. Ich drückte mich um das Abendessen mit Rob, hielt nur kurz bei MacDonald's und fuhr dann ins Hotel, um dort einen ruhigen Abend zu verbringen. Nur ich und mein MacSalad. Und John Hawkes' Buch *Allerliebster William. Lebenserinnerungen eines alten Pferdes*. Man kreuze Dostojewski mit Anna Sewell, und man erhält *Allerliebster William* – eine dunkle, hochliterarische Geschichte, deren Ich-Erzähler das Pferd ist. So etwas wie eine gewundene und bittere Lebensbeichte von Black Beauty.

Sobald ich mein Hotelzimmer erreicht hatte, rief ich Gail an. Während Rob und ich unseren Turnierstall eingerichtet hatten, hatte ich schon drei- oder viermal mit ihr telefoniert. Gail klebte an Allies Box wie eine Fliege an frischem Pferdemist. Verschiedenste Stallmieter und Arbeiter und einmal sogar der Besitzer selbst, nämlich der alte Clarke, hatten mir erklärt, Gail gehe nicht ans Telefon. Der Alte hatte mir immerhin mitgeteilt, daß sich das Befinden des Pferdes nicht verschlechtert, es gleichwohl aber «noch keinen befriedigenden Stuhlgang» habe, wie er sich ausdrückte. Vielleicht hatte Clarkes Tochter Lally ins Schwarze getroffen, als sie behauptete, ihr Vater sei pervers.

Es war inzwischen neun durch, und ich wußte, daß außer

Gail kein Mensch mehr auf der February Farm war. Das Telefon klingelte dreiundzwanzigmal, dann hob sie endlich ab. Jemand mußte vergessen haben, auf Anrufbeantworter umzuschalten.

«Hallo», sagte Gail. Sie keuchte. Wahrscheinlich war sie von Allies Box zum Apparat gerannt und hatte dabei den Anrufer verflucht.

«Gail, ich bin's, Nattie. Ich will's kurz machen, denn ich weiß ja, daß du bei Allie Wache schiebst. Irgend etwas Neues? Soll ich nach Charlotte zurückkommen? Ich kann ja auf einer Decke von Brenda schlafen.»

«Heilige Muttergottes, was für ein Tag!» sagte Gail. Ihre Stimme war so leise und bedrückt wie die meiner Großmutter, wenn sie den Tag bei meinem an Darmkrebs leidenden Großvater im Krankenhaus verbracht hatte, der dort einen entsetzlich langsamen Tod gestorben war. «Aber ich glaube, es ist überstanden. Ich glaube, er kommt wieder auf die Beine. Vor fünfzehn Minuten hat er angefangen zu scheißen. Erst nur ein bißchen, aber dann immer mehr. Trotzdem hatte das, was dann kam, noch nicht die richtige Konsistenz. Weißt du noch, wie Doc Loc immer gesagt hat, die Äpfel eines Pferdes mit Kolik könnten sehr trocken sein? Also, das waren sie wirklich, trotz des ganzen Öls, das ihm per Schlauch durch die Nase in den Magen geleitet worden ist. Und die Farbe stimmte auch nicht. Doc Loc sagt ...»

Es konnte keinen Zweifel mehr geben, daß Allie über den Berg war, denn in den folgenden fünfzehn Minuten beschrieb mir Gail den Mist ihres Pferdes in allen Einzelheiten. Sie widmete seinen Exkrementen so viel Aufmerksamkeit wie sonst seinen Handwechseln.

«... vor ein paar Minuten kam endlich ein Haufen ganz normaler Pferdeäpfel raus. Grünlich, rund, jeder ungefähr von der Größe eines kleinen Pfirsichs, richtig schön feucht. Es war diesmal eng, aber jetzt ist's vorbei. Ich bleibe sicherheitshalber die Nacht noch hier. Mir geht es gut. Wirklich. Komm nicht her, das ist ganz und gar nicht nötig. Dann würden sie Rob wegen zweier Morde den Prozeß machen müssen. Ach, übrigens, wie geht's ihm denn so?»

Ich nahm einen Bissen von meinem Salat und versuchte, Gail nicht krachend ins Ohr zu kauen. Aber ich hatte seit dem Frühstück nichts mehr gegessen, und selbst Gails endloses Pferdemist-Gerede hatte mir nicht den Appetit genommen. «Tja», sagte ich und schluckte schnell runter, «du weißt doch, wie das ist, wenn beim Reiten was nicht so läuft, wie es soll? Wenn Allie oder Brenda bocken oder uns davonlaufen? Dann macht man plötzlich übertrieben große Fehler, zerrt am Zügel oder beugt sich weit vor und wird zur Karikatur seiner selbst. Weißt du, ich glaube, dazu muß man nicht unbedingt im Sattel sitzen. Etwas Schlimmes passiert, und schon wird man zur Karikatur, in der sich alle negativen Aspekte der eigenen Persönlichkeit zusammenfinden.

So war das heute bei Rob. Er sorgt dafür, daß einem der Rob aus der Zeit vor dem Mord locker, ja geradezu schlampig erscheinen will. Er war so verdammt pingelig, daß wir geschlagene fünf Stunden gebraucht haben, um den Stall herzurichten. Jeder einzelne Nagel mußte genau richtig eingeschlagen werden. Wenn er mehr als einen Zentimeter rausschaute, mußte ich einen neuen reinkloppen. Wir mußten auch das gesamte Sattelzeug saubermachen, und wenn noch ein kleines Schmutzfleckchen darauf zu sehen war, dann gleich noch einmal.»

«Das klingt ganz so, als wäre dein Nachmittag nicht besser als meiner gewesen», sagte Gail.

Ich lachte. «Das siehst du richtig. Davor hatte ich auch noch einen schweren Sturz, beim Abreiten auf der Übungsbahn. Ich lag im Dreck, als wäre ich überfahren worden, aber es ging, Gott sei Dank, ohne Blut ab. Selbst wenn ich es ernsthaft versucht hätte, hätte ich Brenda nicht verkehrter vor diesen Riesenoxer bringen können. Ich hatte den halben Parcours hinter mir, als ich plötzlich abgelenkt wurde. Ich sah nämlich La Donna, du weißt schon, diese Freundin von Lucy, von der ich dir erzählt habe. Ich brachte dann eine Stunde damit zu, La Donna zu suchen, weil ich ihr ein paar Fragen zu Wally und Lucy stellen wollte. Ich konnte sie aber nicht finden.»

«Auch gut», sagte Gail. «Du hörst besser mal auf, dort rumzuschnüffeln, und tust das, was du dort eigentlich hattest tun wollen, nämlich reiten. Vergiß die Geschichte, sonst bringst du dich noch um. Muß ich dich an den Telefonanruf erinnern?»

«Nein, mußt du nicht, danke schön. Aber du hättest Brenda sehen sollen! Nach dem Sturz ist sie so glatt über den Parcours gegangen, wie man sich's nur wünschen kann. Sie hätte jedes Pferd schlagen können, sogar Ruskie. Ruskie, *alaw haschalom.*»

«Ich merke schon, daß dir Brenda keinen Kummer macht. Du wechselst dann immer zu eurer Judensprache über. Was soll das heißen, du wirst ihm was holen? Was denn?»

«Schikse», sagte ich. «Kein Wunder, daß ihr Gojim mit graden Nasen und schmalen Hüften auf die Welt kommt. Gott muß euch ja für eure Schwerhörigkeit irgendwie entschädigen. Es heißt *alaw haschalom*, und man fügt es dem Namen eines Verstorbenen an.»

«Wie Nattie Gold, *alaw haschalom*, wenn du so weitermachst und Erkundigungen über Wally einziehst. Ich scherze nicht, Nattie, du machst mir Kummer. Henry hat hier angerufen. Er muß mindestens vierzehnmal gesagt haben, wie ‹besorgt› er um dich ist. Er wußte nicht, wo du steckst, dachte, du lägst vielleicht schon irgendwo und wärst tot. Ich habe ihm gesagt, daß du beim Turnier bist und Sonntag abend zurück.»

«Das ist ja interessant», sagte ich und bildete das Wort wie

Henry aus den vier Silben. «Der Mann hat also doch noch was anderes als Tinte in den Adern. Jetzt hör mal, mach dir bitte keine Sorgen, mir geht's gut. Rob wohnt nebenan und kann mich retten, sollte ich Besuch von so einem Psychopathen bekommen.»

Wir lachten beide laut auf. Ich war wahrscheinlich kräftiger als Rob, und die Vorstellung, er würde sich mit jemandem prügeln, war einfach urkomisch. Er würde sich dabei die Hände schmutzig machen müssen.

«Meine einzige Sorge ist, daß ich Brenda über den Parcours kriege», sagte ich.

«Dann brauchst du dir gar keine zu machen, denn Brenda ist eine Maschine. Sie wird dich rüberbringen, und du tust es ihr besser nach und bringst sie rüber. Niemand kann dich daran hindern, an diesem Wochenende Champion der Amateurreiter zu werden. Weder Keith noch Lucy. Das Championat ist dir sicher. Jetzt geh ins Bett, damit du morgen ausgeschlafen bist. Und vielen Dank für den Anruf. Ich mußte mich mal aussprechen, und ich hätte doch mit niemand anderem über all das reden können.»

Nicht mehr schuldig. Allie war wieder in Ordnung, und so auch Gail. Ich legte auf und fühlte mich so gut wie an diesem ganzen Tag noch nicht. Wen scherte es, was La Donna zu sagen wußte? Wahrscheinlich war es sowieso nicht viel.

Selbst *Allerliebster William* und seine ordinären Abenteuer vermochten mich nicht wach zu halten. Gerade als das große, bärbeißige Pferd einen Mann angriff, der in seine Box gepinkelt und sie verstänkert hatte, schlief ich ein.

SECHZEHN ■

Was stimmt an diesem Bild nicht? Eine Frau schläft tief und fest. Kein Licht, weder draußen noch drinnen. Antwort: Es ist halb fünf Uhr früh, und der Wecker rasselt los.

Halb fünf, verdammt früh am Morgen. Die Hühner sind noch nicht mal aus der REM-Phase raus, und mein Wecker schreit schon wie ein wütender Esel. Und genauso fühle ich mich. Dann klingelt auch noch das Telefon. In meiner Benommenheit greife ich nach dem rumorenden Wecker und rufe «Hallo!» hinein, als spielte ich in einer schlechten Sitkom mit. Schließlich bringe ich doch noch alles auf die Reihe und erwische den Telefonhörer.

«Sind Sie wach?» erkundigt sich Rob.

«Natürlich bin ich wach. Würde ich sonst wohl ans Telefon gehen?»

«Ich bin in zehn Minuten unten in der Halle. Es bleibt uns nicht sehr viel Zeit, Brenda und die anderen Pferde fertigzumachen. Und Sie müssen was essen. Ich lasse Sie nicht mit leerem Magen reiten! Also beeilen Sie sich.»

«Rob, es ist halb fünf! Die Schau fängt erst um acht an. Wir haben also viel Zeit.» Kaum war der letzte Satz raus, da wußte ich, daß ich ihn nicht hätte sagen dürfen, nicht zu Rob. Und vor allem nicht an diesem Wochenende.

«Nattie, suchen Sie sich einen anderen Trainer. Suchen Sie sich einen, der Sie und Ihr Pferd in zehn Minuten fertigmachen kann. So läuft das doch immer bei Ihnen. Wenn ich nicht wäre, würden Sie mit einem Sattel, der nicht richtig festgeschnallt ist, und mit Haaren, die aus der Kappe heraushängen, auf den Platz reiten. Nein, suchen Sie sich einen anderen, ich hab die Faxen dicke.»

«Na, na, Rob. Nun mal ganz ruhig. Ich will keinen anderen Trainer haben. Ich bin in fünf Minuten unten.»

Rob hatte recht – wenn er nicht wäre, würde ich tatsächlich halbfertig in die Bahn reiten. Ich habe keinen Sinn fürs Detail. Wie oft schon hat Rob einen losen Riemen in seine Schnalle schieben oder mir sagen müssen, ich solle die Reitkappe noch mal zurechtrücken, weil mein Haar raushing.

Ich zog mich schnell an und war vor vier Uhr vierzig unten in der Halle. Es war noch dunkel, aber was erwartete ich auch? Einen Sonnenaufgang nur mir zuliebe?

Die Luft im Hotel war dünn und kühl. Ich weiß auch nicht, warum ich dachte, sie müsse draußen auch so sein. Schließlich war ich in South Carolina und nicht in Maine. Vor der Tür war es so dunkel und dampfig wie die Misosuppe, die mein Vater dauernd ißt. Ich hatte gehofft, es wäre heiß genug, um die Richter zu einem Verzicht auf das Einflechten zu bewegen. Das geschah jedoch nicht. Und deshalb mußten wir auf den Turnierplatz raus, bevor die Sonne auch nur ans Aufgehen dachte. Rob würde die Pferde einflechten und ich sie baden. Auf diese Weise konnte ich die Gebühren für das Einflechten abarbeiten.

Zu dieser Tageszeit sehen Turnierplätze immer unheimlich aus. Alles ist finster, nur hier und da sind ein paar runde, weiße Flecken zu sehen. Das sind die Scheinwerfer, und darunter stehen die verschlafenen Pferde und lassen die Köpfe so tief hängen, wie es nur gehen will. Was wiederum nicht allzu tief ist, denn direkt neben ihnen stehen Leute auf Hockern, bewegen ruckartig die Finger vor und zurück und machen aus dem Haar der Mähnen enggeflochtene Zöpfe. Vielleicht hatte ich zu oft in *Allerliebster William* gelesen, denn irgendwie kam ich an dem Gedanken nicht vorbei, wie verhaßt es diesen Pferden wahrscheinlich war, mitten in der Nacht geweckt zu werden, und das nur, damit jemand ihre Mähnen zu kleinen, überkorrekten Zöpfchen einflechten konnte.

«Waschen Sie Brenda ab, ich fange derweil bei den anderen Pferden an», sagte Rob.

Ich brachte Brenda zur Waschbox, wählte aber den längeren Weg im Zickzack durch die Boxengänge, weil ich hoffte, Sully zu finden, Lucys Einflechterin. Sie war die beliebteste Pferdefriseuse des gesamten Turnierzirkus, weshalb ich annahm, daß sie bei einem der großen Ställe an der Arbeit war. Sully tratschte gern, und ich wollte von ihr erfahren, was sie über Wally und Rob gehört hatte.

Ich ging an den elegantesten Boxen vorbei, wo unendlich viele Pferde eingeflochten wurden. Aber keins von Sully. Ich konnte nicht allzu lange herumbummeln, denn wenn ich mich verspätete, würde Rob vor Wut platzen.

Ich verpaßte Brenda ein schnelles Bad, wobei ich dem seifigen Wasser einen Tropfen Olivenöl beigab, um ihrem Fell noch größeren Glanz zu verleihen. Ich hatte sie mal von Kopf bis Fuß mit Show Sheen, einem speziell für Pferdehaar bestimmten Glanzmittel, eingesprüht, woraufhin ständig der Sattel runtergerutscht war. Seitdem befolge ich Robs Anweisung und sprühe nur noch den Schweif mit Show Sheen ein. Rob hat eine geradezu unnatürliche Leidenschaft für Pferdeschwänze. Er kann so ausdauernd über einen guten Schweif reden wie Gail über die Pferdeäpfel ihres Gauls. Er hatte mir die «einzig wahre Art» der Schweifpflege gezeigt: Man muß die Haare mit der Hand verlesen! Niemals eine Bürste nehmen! Da sei Gott vor, denn die könnte ja Haare ausreißen.

Ich entfernte das restliche Wasser mit dem Schweißmesser von Brendas Fell und rieb ihr die Beine trocken. Wenn die Beine eines Pferdes naß bleiben, dann liefern sie Pilzen einen geradezu idealen Nährboden.

Nach dem Bad führte ich Brenda auf dem kürzeren Weg zurück und hoffte noch immer, Sully zu finden. Sie war aber auch nicht bei den kleineren Ställen. Dann konnte sie nur bei einem anderen A-3-Turnier sein. Ich würde mir von Rob ihre Nummer geben lassen und sie am Montag anrufen.

Rob war immer noch mit dem ersten Pferd beschäftigt und noch nicht sehr viel weiter als bei meinem Aufbruch zur

Waschbox. Mir wurde schnell klar, warum nicht. Er machte die Zöpfe, kaum fertiggeflochten, gleich wieder auf und fing noch einmal von vorne an.

«Ich kann diese Dinger nicht richtig fest kriegen», sagte er. «Haben Sie dem Gaul hier Show Sheen auf die Mähne getan?»

«Nein, ich habe es noch gar nicht abgewaschen, und eine Mähne, die Sie einflechten wollen, wasche ich schon mal gar nicht. Ich weiß schließlich, daß man eine gewaschene Mähne nicht ordentlich eng einflechten kann. Aber Rob, die Zöpfe sehen doch großartig aus. Hören Sie auf, sich deshalb Gedanken zu machen.»

Er antwortete nicht, verzichtete nun aber darauf, die Zöpfe immer wieder aufzumachen. Ich wußte nicht, ob es an dem unheimlichen Licht lag oder an etwas anderem, aber Robs Augen wollten mir ungewöhnlich glänzend erscheinen. Ich hätte gern etwas gesagt, zum Beispiel, daß ich nicht glaubte, er habe Wally umgebracht, und daß ich alles daransetzen würde, das zu beweisen. Aber ich schwieg und gehorchte am Ende doch dem kleinen Mann in meinem Kopf.

Wir wurden vor der Zeit fertig – ich mit dem Baden der Pferde und Rob mit dem Einflechten. Brenda stand in ihrer Box und war mit ihrem glänzenden Fell, der eingeflochtenen Mähne und dem eingeflochtenen Schweif das Bild eines Stars.

«Sie sieht toll aus», sagte Rob.

Ich stand neben ihm, dicht genug, um ihm den Arm um die Schultern legen zu können. Und das tat ich auch. Es war das erste Mal, daß ich ihn berührte.

«Danke», sagte ich. «Ich will jetzt nicht gefühlsduselig werden oder so was, aber ohne Sie hätte ich es nie und nimmer bis zu den A-Turnieren geschafft. Ich weiß, daß es manchmal zuviel verlangt ist, mich Nervensäge zu unterrichten, und daß ich wahnsinnig schlampig bin. Deshalb herzlichen Dank. Und hören Sie, ich weiß, daß ich das nicht sagen sollte, aber ich bin fest davon überzeugt, daß Sie Wally nicht getötet haben, und Sie werden nicht ins Gefängnis wandern, jedenfalls nicht, wenn ich das irgendwie verhindern kann.»

Rob sah mich an, aber ich konnte seinen Gesichtsausdruck nicht deuten. Er hätte mir eine runterhauen oder mich umarmen können – in beiden Fällen wäre ich nicht darauf gefaßt gewesen.

Es geschah jedoch weder das eine noch das andere, sondern Rob stand nur eine Sekunde lang da und entzog sich meinem Arm nicht.

«Los, holen Sie das Huffett», sagte er dann.

Ich befolgte seine Anweisung. Als ich zurückkehrte, war er verschwunden.

Er kam auf das, was ich gesagt hatte, nicht zurück. Andererseits schrie er mich während des gesamten Turniers nicht ein einziges Mal an. Wahrscheinlich, weil alle seine Pferde so gut waren wie nie zuvor. Brenda eingeschlossen.

Mein erster Ritt über den Parcours war der beste, der mir je gelungen war. Nach dem letzten Sprung applaudierten alle, und ich lächelte sehr breit, weil sich der weiße Sandstaub auf meinen Zähnen und dem Gaumen verkrustet und mein Lächeln förmlich einzementiert hatte. Rob kam mit einem Pappbecher Cola-Light zum Tor und umarmte mich kurz. Diese plötzliche Intimität machte mich so benommen, daß ich ihn schon küssen wollte. Aber es war gut, daß ich meine Lippen nicht über die Zähne kriegen und spitzen konnte, denn ein Kuß hätte Rob wahrscheinlich den Rest gegeben.

«Nattie», sagte er, «das war fabelhaft! Ich habe richtig Angst, Sie noch einmal auf die Bahn zu schicken, denn das verschafft Ihnen die Möglichkeit, alles wieder zu versauen. Besser als eben können Sie's nicht hinkriegen.»

Ich griff nach dem Pappbecher und trank gierig, befreite meinen Mund aus seiner Erstarrung.

«Danke, Rob», sagte ich. «Doch, das war klasse. Du lieber

Gott, ich kann noch gar nicht glauben, daß wir alle Hindernisse gepackt haben. Also, das zweite, wissen Sie, dieser Schweinestall, da dachte ich schon, ich käme zu schnell hin, und dann …»

Rob schnitt mir mitten im Satz das Wort ab. «Hören Sie auf, hören Sie bloß auf damit. Sie sind wirklich Ihr ärgster Feind. Lassen Sie diese Analysiererei sein! Reiten Sie rein und machen Sie einfach noch mal dasselbe wie eben. Und jetzt bewegen Sie Ihr Pferd ein bißchen, damit es nicht tot umfällt.»

Ich führte Brenda ein paar Minuten im Kreis herum und ritt dann wieder in die Bahn.

Als ich zum Galopp ansetzte, hörte ich die Lautsprecheransage: «Nummer vierundvierzig, Brenda Starr, geritten von Nattie Gold aus Charlotte, North Carolina.»

Ich galoppierte an Rob vorbei. Er blieb hinter mir zurück, aber seine Stimme folgte mir: «Denken Sie dran, nicht in den Ecken hängenbleiben!»

Es macht keinen großen Unterschied, ob man mit einem Pferd über einen Parcours reitet oder ob man eine lesbare Reportage für die Zeitung schreibt – jedenfalls dann nicht, wenn alles gut läuft. Man nimmt einen Faden auf, und wenn er brauchbar ist, rauscht man ohne Unterbrechung bis zum Ende der Story durch. Die Finger fliegen wie besessen über die Tasten. In gewisser Weise ist man tatsächlich besessen. Einer der Gurus meines Vaters sagte mal, ich sei mir dessen wahrscheinlich gar nicht bewußt, aber man gerate beim Schreiben durchaus in einen Trancezustand, und die Lenker des Geistes übernähmen dann das Kommando. Ich halte es für möglich, daß das auch aufs Reiten zutrifft.

Alles, was ich sagen kann, ist, daß mein Pferd an jenem Tag eine beachtliche Leistung hingelegt hat – ob nun ich es geritten habe oder ob es die Lenker meines Geistes waren oder wir alle gemeinsam. Der zweite Ritt gelang sogar noch besser als der erste. Als ich durch war, stieß Rob laute Schreie aus und hüpfte vor Freude im Kreis herum. Leute, die ich kaum kannte, kamen herbei und gratulierten mir. Ich glitt aus dem Sattel und lockerte den Gurt. Von Brendas Gesicht tropfte Schweiß herab, und sie rieb ihren Kopf so heftig an meiner Schulter, daß ich immer weiter zurückgedrängt wurde. Ich wäre auch glatt auf den Hintern gefallen, hätte mich nicht ein Stück festes Fleisch daran gehindert. Um meinen bevorstehenden Sturz abzufangen, hatte ich die Arme nach hinten gestreckt und dann jemandes Oberschenkel zu fassen bekommen. Sie fühlten sich wie Marmorsäulen an.

«Tut mir schrecklich leid», sagte ich, indem ich mich umdrehte. Ich sah auf und in die arktisblauen Augen des arischen Revuegirls. Es war La Donna Mobilay.

«Nun machen Sie sich mal keinen Streß, Schätzchen», sagte sie mit einem Südstaatenakzent, der dicker als Mehlsoße war. «Das ist das tollste Pferd, das ich je gesehen hab. Ich sagte grade zu Lucy, sie solle Ihnen die Hälfte der Aktien von L. M.s Tomatensuppenladen bieten, um den Gaul auf ihre Farm zu kriegen. Stimmt's nicht, Lucy?»

Lucy verzog das Gesicht zu so etwas wie einem Lächeln. Dann gelang es ihr zu sagen: «Na, Sie reiten jedenfalls inzwischen viel besser.» Nach kurzer Pause setzte sie hinzu: «La Donna, ich muß los. Joey will mir in seinem Stall ein Pferd zeigen, er meint, es gleiche Lady aufs Haar. Und dann muß ich auch noch packen, laß uns also gehen.»

«Großer Gott, Lucy! Nun sei doch mal ein bißchen netter zu dem Mädel. Es ist doch nicht ihre Schuld, daß dein Pferd tot ist.» La Donna lächelte mich an und schlang dann den Arm um Lucy, die noch immer ziemlich finster dreinblickte. «Ich liebe diese Frau mehr als meine eigene Schwester, aber sie kann einfach nicht verlieren, selbst wenn sie gar nicht mitgeritten ist. Lucy, Süße, jetzt sei mal lieb. Das sind doch nicht die Olympischen Spiele. Ich bin sicher, du wolltest sagen: ‹Sie haben da ein hübsches Pferd, und Sie reiten es ganz großartig.› Ist's nicht so, Lucy?»

Ich erwartete, daß Lucy herumfahren und La Donna eine scheuern würde. Ich habe sie schon Richter wegen weitaus geringfügigerer Dinge auseinandernehmen sehen. Zu meiner Überraschung brach sie jedoch in Lachen aus. «La Donna», sagte sie, «du bist schon eine Wahnsinnsnervensäge. Jawoll, ich gewinne gern, ja, aber ist das denn ein solches Riesenverbrechen?» Und dann wandte sie sich an mich und säuselte mit honigsüßer Stimme: «Und Nattie, Sie Goldengel, das war ganz bestimmt der allereindrucksvollste Ritt, den ich in meinem bisherigen Erdenleben je gesehen habe. Geben Sie dem lieben kleinen Pferdchen ein paar Küßchen von mir, ja?»

Sie zog La Donna von mir weg, und die beiden setzten sich in Bewegung.

«Warten Sie mal, einen Augenblick noch», rief ich. Brenda stand wie abgestellt in der Sonne und hatte die Augen geschlossen. Ich mußte ein paarmal kurz am Zügel rucken, um sie aufzuwecken und in Gang zu bringen. Sie folgte mir nur widerwillig, als ich hinter La Donna und Lucy hereilte.

«Lucy, eine Sekunde noch», sagte ich und paßte mich ihrem Schritt an. «Ich hätte La Donna so gern noch ein paar Fragen gestellt.»

«Du lieber Himmel», sagte Lucy, «etwa im Zusammenhang mit dieser kleinen Geschichte, die Sie da schreiben?»

«Ja, und ich hoffe, daß es keine gar so kleine Geschichte wird.» Ich streckte La Donna die Hand hin und stellte mich ihr so umfassend vor, daß selbst Fred, der Schuhverkäufer/Chefredakteur meiner Zeitung, damit zufrieden sein konnte. Ich erklärte ihr, wer ich war, wo ich arbeitete, und sagte ihr dann, daß ich dabei sei, über Wally so viele Informationen wie möglich zusammenzutragen, da es um eine Story über den Mord an ihm und damit auch um die Frage gehe, wie ein solches Verbrechen in die Pferdewelt hineinpasse.

«Liebste Lucy, warum gehst du nicht schon vor?» sagte La Donna daraufhin. «Ich komme in ein paar Minuten nach. Zu Joeys Stall. Die junge Frau hat einen Job zu erledigen, und warum soll ich ihr nicht dabei behilflich sein? Nicht, daß ich Wally allzugut gekannt hätte.»

«Na schön», sagte Lucy, «aber bleib mir nicht zu lange weg.»

Lucy ging davon, und La Donna wandte sich mir zu, ein seliges Lächeln auf dem faltenlosen Gesicht. Entweder hatte sie sich besser als Lucy vor der Sonne geschützt oder einen erstklassigen Schönheitschirurgen an der Hand.

«Also, womit kann ich Ihnen dienen? Nattie Gold, so war's doch? Sind Sie vielleicht irgendwie mit den Golds in Neenah, Wisconsin, verwandt? Die haben den kleinen Kleiderladen in der Wisconsin Avenue. Eine sehr nette Familie. Es sind Juden.»

Selbst nach zwei Jahren im Süden war ich immer noch nicht sicher, ob das Antisemitismus oder schlichte Unwissenheit war. Ich erlebe so etwas dauernd. Leute, die nicht allzuviel Umgang mit Juden haben, sind bei der Suche nach Möglichkeiten, meine Religion in die Unterhaltung einfließen zu lassen, von erstaunlichem Erfindungsreichtum. Als ich zum Beispiel bei der Landwirtschaftsausstellung in Gaston die Siegerin im Pekannußkuchenbacken interviewte, stellte sie einen unmittelbaren Zusammenhang zwischen ihrem Mürbeteig und dem her, was sie «diese flachen Cracker, die ihr um Ostern rum eßt» nannte, als ob Matzen der Schlüssel zu ihren Kuchenteigerfolgen wären. Und dann dieser Empfang in der Oper, über den ich mal berichten mußte. Ich hatte mich dort mit Morris Steinberg, dem ersten Geiger und einzigen Juden des Orchesters, unterhalten. Später hatte mich die Vorsitzende der «Freundinnen der Oper», eine Alkoholikerin aus alter ortsansässiger Familie mit Namen Fuzzy Crenshaw, gefragt, ob ich mit Steinberg verwandt sei.

«Gold ist ein sehr weit verbreiteter Name», sagte ich zu La Donna. «In Wisconsin habe ich keine Verwandten. Meine Leute sind nie über die 69. Straße von Philadelphia hinausgekommen. Also, jetzt erzählen Sie mir doch mal, was Sie über Wally wissen.»

«Das ist kaum der Rede wert», antwortete La Donna. «Ich hab ihn nur flüchtig gekannt. Aber ich kann Ihnen verraten, daß er den knackigsten Hintern hatte, der mir bei einem Weißen je begegnet ist. Mehr als einmal hab ich zu Lucy gesagt, was es doch für eine Affenschande wär, daß er Jungs lieber mochte als Mädchen. Aber so ist das nun mal in dem Geschäft. Wie auch immer, ich habe keine Ahnung, warum er umgebracht worden ist. Ich fand ihn immer sehr nett, und er hat mir zu meinem besten Pferd verholfen. Man merkt's wahrscheinlich nicht so, aber Lucy hat die ganze Sache arg mitgenommen. Wally hat bei Lady wirklich Wunder gewirkt. Immer, wenn Lucy auf Wally zu sprechen kam, dann klang es in meinen Ohren so, als liebte sie ihn wie einen jüngeren Bruder.»

«Wie einen jüngeren Bruder?» sagte ich.

«Ach, erzählen Sie mir bloß nicht, daß Sie diese lächerlichen Geschichtchen über Lucy und Wally glauben. Wenn sich Wally tatsächlich für irgendein Mitglied dieser Familie interessiert hätte, dann wohl noch am ehesten für L. M. Hören Sie, ich schreibe Ihnen mal meine Telefonnummer in Neenah auf. Wenn Sie noch Fragen haben, dann rufen Sie mich an. Ich werde morgen abend wieder zu Hause sein und gegen die Mücken kämpfen. In Ordnung? Aber ich muß jetzt los. Es mag ja den Anschein haben, als wäre Lucy stahlhart, aber Wally und Lady, das hat sie an den Rand eines Zusammenbruchs gebracht. Deshalb bin ich hier, und deshalb begleitet sie mich nach Wisconsin. Wer weiß, vielleicht findet sie dort ja auch eine neue Lady. Es war nett, mit Ihnen zu sprechen. Und viel Glück bei Ihrer Story.»

Bevor ich noch recht wußte, wie mir geschah, stand Rob mit rotem Gesicht und brüllend neben mir.

«Nattie, gleich kommt die Siegerehrung, und was machen Sie? Los jetzt, zurück in den Ring. Nehmen Sie den Sattel runter, und frottieren Sie Brenda den Rücken ab. Sie müssen mit dem Pferd am Zügel auf den Platz, aber nicht mit einem schweißgebadeten!»

Ich rannte zum Ring zurück und war gerade dabei, die Spuren des Sattels auf Brendas Rücken wegzureiben, als es im Lautsprecher knisterte und die tiefe Stimme des Ansagers hörbar wurde. «In der Gruppe zweiunddreißig, Hindernisrennen der Amateurreiter, werden die folgenden Nummern in dieser Reihenfolge auf den Platz gebeten: Nummer vierundvierzig, Nummer siebenunddreißig ...»

«Los!!!» hörte ich Rob rufen. Ich schnappte mir Brendas Zügel, und Rob gab ihr einen Klaps auf die Kruppe, damit sie sich in Bewegung setzte. Ich führte sie auf den Platz und an der Richterin vorbei, damit diese sich davon überzeugen konnte, daß mit Brenda alles in Ordnung war. Wenn ein Pferd zum Beispiel lahmt, dann kann man gleich alle Bänder vergessen. Ich stand still da, während der Richterin auch die anderen Pferde vorgeführt wurden. Wenig später ließ sich der Ansager erneut vernehmen: «Das blaue Band in der Gruppe zweiunddreißig, Hindernisrennen für Amateurreiter, geht an Nattie Gold aus Charlotte, North Carolina, auf Brenda Starr.»

Ich schlang die Arme um Brendas Hals, und der Parcours-Chef, ein krummbeiniger Herr in gelbbraunen Jodphur-Hosen, überreichte mir das blaue Band und einen Zinnpokal.

«Wenn ich Sie wäre, würde ich mich nicht allzuweit entfernen», raunte er mir dabei zu. «Ich habe so das Gefühl, daß Sie in ein paar Sekunden erneut an der Richterin vorbeitrotten müssen.»

Er hatte recht. Der Ansager gab bekannt, in welcher Reihenfolge Sieger und Plazierte der zweiten Prüfung antreten sollten, und auch da stand meine Glückszahl, die 44, an erster Stelle. Zwei blaue Bänder an einem Tag! Absolut irre. Jetzt konnte nichts mehr schiefgehen.

So glaubte ich jedenfalls.

SIEBZEHN ■

Der Sonntag nahm einen noch besseren Verlauf als der Samstag. Falls das überhaupt möglich war. Ich verließ den Platz als Gruppen-Champion und mit der entzückenden, von Bryce Whit in den höchsten Flötentönen gepriesenen Abschwitzdecke. Ich hatte bei den beiden verbliebenen Springen einmal den ersten und einmal den zweiten Platz belegt und damit genug Punkte ergattert, um Brenda nicht auch noch bei der Stilprüfung vorführen zu müssen. Dort sehen sich die Richter an, wie die Pferde gehen, traben und galoppieren, und zeichnen die Tiere aus, die sich am besten bewegen. In dieser Klasse ist Brenda nicht allzu gut – zuviel «Knieaktion». Dafür ist sie aber ein verdammt gutes Springpferd. Ich hatte doch tatsächlich mit ihr das Championat der Amateurreiter gewonnen – der reine Wahnsinn!

Sogar Lucy Bladstone gratulierte mir, wobei sie mir auch gleich für Brenda fünfzig Riesen bot. Ich lehnte dankend ab.

Lucy und ihr Scheckheft waren schon lange fort, als wir endlich alle Pferde eingewickelt und unser ganzes Zeug verstaut hatten. Wenn ich ehrlich sein soll, muß ich gestehen, daß ich im Zeitlupentempo arbeitete. Ich wollte jede einzelne Minute bis zum letzten auskosten und sie deshalb so lange wie möglich andauern lassen.

Als wir endlich fertig zum Aufbruch waren, kam Rob zu meinem Auto. Es war schon dämmerig, alles warm und verschwommen – so offensichtlich auch Rob. Ich saß hinter dem

Steuer und war viel zu glücklich, um mich von dem Schweiß, der mir über das Gesicht, zwischen den Brüsten und hinter den Ohren herabrann, irritiert zu fühlen. Aber Rob reichte mir ein frisches marineblaues Handtuch, und ich drückte das Gesicht dort hinein, wo das FF eingestickt war.

«Nattie», sagte er, «ich möchte nicht, daß Sie nach Hause fahren und dieses Wochenende immer und immer wieder durchkauen. Sie hätten das Gruppenchampionat diesmal auch dann gewonnen, wenn George Morris angetreten wäre. Niemand hätte bessere Ritte hinlegen können als Sie und Brenda. Sie haben sich das Championat wirklich verdient.»

Schön, schön, schön! Rob mußte ein verkleideter rothaariger Jude sein. Entweder das, oder Gott hatte auch blonden Baptisten irgend etwas Besonderes mitgegeben. Rob wußte haargenau, was in mir und gleich hinter meiner Freude vorging. Gruppensitzungen zur Stärkung der Psyche, Abenteuer- und Überlebenstrainingsseminare, Freudsche Therapie und drei Sitzungen bei einem Reiki-Meister hatten meine bösen Geister nicht zu vertreiben vermocht, sondern ihnen lediglich einen Dämpfer versetzt. Wenn ich ganz genau hinhörte, konnte ich sie nach wie vor spotten hören: «Sicher, du hast das Championat der Amateurreiter gewonnen, aber schaff das mal, wenn Keith und Lucy dabei sind!»

«Komisch, daß Sie das sagen», erwiderte ich. «Das hatte ich Sie eigentlich am Montag fragen wollen. Wissen Sie, ich habe darüber nachgedacht, wie Keith –»

Rob packte das Handtuch und hielt mir damit den Mund zu. «Hören Sie auf, kein Wort mehr! Ihr Problem ist, daß Sie zuviel denken. Los, fahren wir, es ist immer noch wahnsinnig heiß, und wir können die Pferde nicht die ganze Nacht im Hänger stehen lassen.»

Rob ging zum Pferdetransporter, und ich bemerkte, daß seine Jeans unverändert messerscharfe Bügelfalten hatten – vorn und hinten. Ich weiß nicht, wie er das macht. Ich selber sah aus wie eine weggeworfene Stoffpuppe, die einen Zehn-Runden-Kampf mit einem überaktiven Kleinkind hinter sich hat.

Ich legte ein James-Taylor-Band ein und fuhr über die dunklen Straßen dahin, nur die roten Rücklichter von Robs Transporter vor mir. Beim Stall angekommen, suchte ich nach Gail, weil ich hoffte, sie noch dort anzutreffen. Sie war aber schon fort. Ich hatte sie seit dem gestrigen Abend immer wieder angerufen, weil ich ihr die guten Nachrichten übermitteln und sie wegen des Haarfärbemittels in ihrem Schrank fragen wollte. Ich hatte beim Stall angerufen und bei ihr zu Hause, aber weder hier noch da Glück gehabt.

Als ich endlich den Parkplatz bei meinem Haus erreichte, war es kurz vor neun. Ich rollte mit voll aufgeblendeten Scheinwerfern auf den Asphalt. Zwei weiße, dreieckige Lichtkegel glitten über einen mir bekannten silberfarbenen Accord. Eine Autotür öffnete sich, und Henry faltete sich aus dem Wagen heraus, zwei kleine, kreischende Goodes hinter sich.

«Können wir nicht endlich wegfahren, wir warten jetzt schon hundert Jahre hier», schrie der kleinere Junge.

«Ja, fahren wir», ließ sich der größere vernehmen. «Ich versteh sowieso nicht, warum wir so lange gewartet haben. Ich finde, so toll sieht sie nun auch wieder nicht aus. Äbäh, sie hat rote Haare, und ich hasse rote Haare. Wahrscheinlich hat sie auch Sommersprossen, igittigitt!»

Henry faßte den Jungen am Arm und sagte: «Genug jetzt, Chet! Noch ein Wort, und es gibt im nächsten Monat kein neues Computerspiel!»

Ich dachte, jetzt sei es wohl an der Zeit, Henry das Buch über Kindererziehung zu schenken. Ich stieg aus und ging zu dem sich streitenden Trio.

«Wenn das nicht Clark Kent höchstselbst ist», sagte ich zu Henry. Dann hielt ich Chet die Hand hin und fuhr fort:

«Hey, ich bin Nattie. Du kannst einen drauf lassen, daß ich Sommersprossen habe. Jede Menge, und ich wünschte, ich hätte noch mehr. Du denkst vielleicht, daß das ganz normale Sommersprossen sind, aber in Wirklichkeit sind es Zaubersprossen, die mir meine Urgroßmutter vermacht hat, die erste sommersprossengesichtige, rothaarige Nattie Gold, auch als Zigeunerkönigin von Odessa bekannt. Ich kann jede Sommersprosse an mir gegen die Geheimnisse eines anderen Menschen eintauschen. Bisher habe ich zweihundertsiebenunddreißig verbraucht. Jetzt kommt die Nummer zweihundertachtunddreißig dran. Dein Lieblingscomputerspiel ist Gabriel Knight ... obwohl dein Vater dich das nicht spielen lassen dürfte, weil da so schlimme Wörter wie Scheiße und Scheißkerl drin vorkommen ... und du hast die Freundin von deinem Vater, die Wendy, nicht gemocht. Stimmt's, oder hab ich recht?»

Chets Augen wurden so groß, daß er aussah, als wäre er mit diesen Fremdlingen verwandt, die in den Mittleren Westen eindringen, um Farmersfrauen und besoffene Holzfäller zu entführen. «Dad, wie macht sie das? Ist sie so 'ne Art Hexe?»

«Manchmal», antwortete Henry und blinzelte mir tatsächlich zu. Er hatte also doch Sinn für Humor. «Nattie, wie haben Sie das gemacht?»

«Wie ich bereits sagte, ich gehöre der Zigeunermonarchie an. Aber ist es nicht schon ein bißchen spät, um noch hier zu sein?»

«Ich versuche schon das ganze Wochenende, Sie zu erreichen. Wegen Freitag in der Redaktion. Ich war ein Esel.»

Seine Jungen lachten und stimmten ein lautes «Oho, oho, ein Ehesel, ein Ehesel ...» an.

«Chet, Hank, jetzt reicht's aber! Wie auch immer, wir haben Schokoladenkekse gebacken und dachten, Sie würden vielleicht ein paar mögen. Dürfen wir reinkommen?»

Ich brachte es nicht über mich, ihm zu sagen, daß ich mir absolut gar nichts aus Schokolade machte. «Klar doch, aber natürlich. Hier ist der Schlüssel, erste Tür rechts. Ich komme gleich nach, muß nur noch ein paar Sachen aus dem Auto holen.»

Ich hörte, wie Henry und seine beiden Knaben den ganzen Weg bis nach oben debattierten. «Nur ein paar Minuten, und dann gehen wir wieder ... Jetzt hör endlich auf, Schluß mit dem Furzgerede ... Nenn mich nicht noch mal einen Esel, junger Mann ...»

Ich sammelte die Abschwitzdecke und die Bänder ein und folgte meinen drei Besuchern. Ich hatte den halben Weg bis zu ihnen zurückgelegt, als Henry mir zurief: «Nattie, sind Sie sicher, daß Sie abgeschlossen haben?» Ich hörte eine Tür auffliegen und sah, wie Licht angeknipst wurde. Dann hörte ich Henry mit einer Unruhe unterdrückenden Stimme sagen: «Chet, Hank, schnell raus hier. Rennt zum Auto runter. Raus hier. Aber sofort!»

Ich stürmte die Treppe rauf und spürte den Lufthauch auf meinem Gesicht, als die beiden Jungen an mir vorbeiflitzten.

Ich rannte zur Wohnungstür und in meine Wohnung. Henry stand im Wohnzimmer und war weiß wie die Wand. Ich sah mich um und wußte, warum. Mir war, als müßte ich mich erbrechen – wenn ich's gekonnt hätte. Ich habe mich ein einziges Mal in meinem Leben übergeben und das so abstoßend gefunden, daß ich seitdem nicht mehr in der Lage dazu war.

Wenn überhaupt je, dann hätte es jetzt passieren müssen. Jemand hatte in großen Lippenstiftbuchstaben auf den Spiegel über dem Kamin geschrieben: FRAGEN = TOD. HÖREN SIE AUF, SOLANGE NOCH ZEIT DAZU IST! Darunter lag ein Haufen Plastikpferde (es waren die, die mir meine Mutter vor fünfundzwanzig Jahren geschenkt und die ich auf dem Kaminsims stehen hatte). Alle waren kaputtgeschlagen und zerbrochen worden. Auf die Flanken hatte dieser Verrückte EXSTAR BRENDA geschrieben.

«Kommen Sie erst rein, wenn ich mich umgesehen und sichergestellt habe, daß da keiner irgendwo in einem der Schränke steckt und auf Sie wartet», sagte Henry.

Ich sackte zusammen, so k. o., wie ich es noch nach keinem Sturz vom Pferd gewesen war. Ich hörte, wie Henry Türen öffnete und wieder schloß. Wenig später kam er zu mir zurück und setzte sich neben mich.

«Niemand mehr da», sagte er. «Und wie es aussieht, ist Ihr Schlafzimmer nicht betroffen. Da ist nur eins merkwürdig. Ihr Bett ist ans Fenster geschoben worden, und die Kissen liegen auf dem Fensterbrett. Vielleicht ist der Eindringling auf diesem Weg reingekommen.»

«Nein, nein, ich schlafe so.» Henry warf mir einen komischen Blick zu. Ich hatte aber noch nicht wieder genug Luft in den Lungen, um ihm die Sache erklären zu können. Deshalb machte ich nur eine Bewegung mit der Hand, die soviel besagen sollte wie «Laß gut sein».

Henry legte die Stirn in tiefe Falten. Wenn es sich bei ihm um eine Frau gehandelt hätte und nicht gerade in meine Wohnung eingebrochen worden wäre, dann hätte ich ihn gebeten, das zu lassen, denn auf diese Weise würde er zu ein paar so abgrundtiefen Hautfalten kommen, daß er Münzen darin aufbewahren konnte. Statt dessen holte ich tief Luft.

«Ein anonymer Anruf ist eine Sache, aber dies hier ist etwas ganz anderes», sagte Henry. «Dieser Mensch meint es ernst. Ich rufe die Polizei an.»

Ich nickte und atmete weiter tief durch. Immerhin konnte ich schon wieder sprechen. «Nicht glücklich darüber, über Mode schreiben zu müssen, mußte ich unbedingt auf große Journalistin machen! Also, das sage ich Ihnen, wenn der meinem Pferd zu nahe kommt, dann mache ich dieses Arschloch kalt. Ich bringe den Hurensohn um, zerreiße diesen Blutsauger in Stücke, so wahr mir Gott helfe. Wenn's sein muß, mache ich im ganzen Land Jagd auf ihn.»

Ich hörte, wie Henry den Hörer abnahm, und ich begriff plötzlich, was er zu tun gedachte. Ich packte die Schnur.

«Was zum Teufel ...»

«Warten Sie», sagte ich. «Rufen Sie nicht die Polizei in Charlotte an. Lassen Sie mich mit Tony sprechen.»

«Was ist denn mit Ihnen los, Nattie? Noch vor zwei Tagen haben Sie mir kräftig eins auf den Deckel gegeben, weil ich die Polizei nicht anrufen wollte, und jetzt sagen Sie mir, ich solle es nicht tun, weil Sie mit Ihrem edlen Union-County-Ritter telefonieren möchten? Also bitte, Nattie, könnten wir vielleicht mal etwas konsequenter sein?»

Ich nahm ihm den Telefonhörer aus der Hand und drückte auf die Kurzwahltaste vier. Der Anschluß war besetzt.

«Sie haben seine Nummer gespeichert?» fragte Henry und klang dabei ganz wie sein achtjähriger Sohn, als der sich über die lange Warterei beklagt hatte.

«Tja», sagte ich, «in einem Punkt lagen Sie richtig. Will sagen, Sie können manchmal wirklich ein Esel sein. Ja, seine Nummer ist gespeichert. Er wollte, daß ich ihn bei Vorfällen der gerade erlebten Art schnell verständigen kann. Ich erlaube mir, Sie daran zu erinnern, daß Tony der einzige war, der diesen Wahnsinnigen ernst genommen hat. Und dann: Er ist nicht mein edler Ritter. Er weiß, was bisher hier gelaufen ist, und ich habe keine Lust, das Ganze immer wieder neuen Leuten vorzubeten. Haben Sie was dagegen? Also, schließlich ist es meine Wohnung, in die eingebrochen worden ist, und nicht Ihre.»

«Rufen Sie doch an, wen Sie wollen», sagte Henry. An die Stelle des Jammertons war ein Eisberg von der Größe jenes getreten, der den Untergang der Titanic verursacht hatte. «Möchten Sie, daß ich bleibe, bis jemand mit einer Pistole da ist?»

«Machen Sie, was Sie wollen.»

Henry stand auf, um zu gehen.

«Nein, warten Sie», sagte ich. «Es tut mir leid. Ich bin etwas durcheinander. Ich habe Angst. Deshalb: bitte bleiben Sie.»

«Gut, ich gehe nur schnell runter und hole die Jungs rauf.»

Während Henry seine Kinder holte, rief ich noch einmal bei Tony an. Ich berichtete ihm, was passiert war. Er verabschiedete sich kaum – alles, was ich hörte, war: «Ich bin gleich bei Ihnen.»

Und das war er auch. Fünfzehn Minuten später kam er durch die Wohnungstür herein. Ich hätte ihm gern einen Schokoladenkeks angeboten, aber Henrys Knaben hatten sie schon wieder nach unten geschleppt.

Henry und Tony tauschten Höflichkeiten aus. Das übliche Hallo-wie-geht's-Gerede. Dann wandte sich Henry an seine Sprößlinge und sagte: «Jungs, nun wünscht mal Detective Odom einen guten Abend.» Es war, als hätte Henry kein Wort gesagt. Chet und Hank antworteten nicht, sahen nicht einmal von ihrer augenblicklichen Beschäftigung auf, die in dem Versuch bestand, unter Zuhilfenahme einer Flasche Holzleim meine Pferde wieder zusammenzusetzen. Ich hatte ihnen gesagt, ich würde ihnen für jedes, das sie wieder heil machten, einen Dollar geben.

Gerade als Henry zu dem Haufen von Plastikpferdeteilen marschieren wollte, klopfte meine Nachbarin Mrs. Flock an die offenstehende Tür.

«Nattie, sind Sie's wieder?» Sie reckte den Hals in Richtung Wohnzimmer. «Ach du liebe Güte, was ist denn hier los?»

«Ich habe ein Verbot von Spikes gefordert, und da ist ein Pfennigabsatzfreak durchgedreht», sagte ich.

«Machen Sie keine Witze, Nattie, sondern erzählen Sie mir, was passiert ist.»

Bevor ich mit der Wahrheit herausrückte, mußte sie mir Verschwiegenheit zusagen. «Also, ich bin nach Hause gekommen und hab diese Schweinerei vorgefunden. Sagen Sie mal, was meinten Sie eigentlich eben, als Sie fragten, ob ich das wieder sei. Wieso wieder?»

Mrs. Flock sah mich ein wenig verwirrt an. «Ich habe Sie doch in der vergangenen Nacht hier in Ihrem Wohnzimmer rumpoltern hören. Zumindest hab ich gedacht, daß Sie's wären. Das sagten Sie, als ich durch die Wand rief.»

«Was genau haben Sie gerufen, und was genau habe ich darauf geantwortet?»

«Na ja, ich war ganz überrascht, in Ihrer Wohnung plötzlich Lärm zu hören, denn Sie hatten mir doch gesagt, daß Sie zu einem Turnier weg wären. Als ich deshalb Geklopfe und ein paar Schläge hörte, rief ich: ‹Nattie, sind Sie's? Schon zurück?› Dann hörte ich jemanden ... ich nahm an, daß das Sie waren ... sagen: ‹Ich hab meine Nachtigall vergessen.› Ich hatte keine Ahnung, wovon Sie sprachen. Ich vermutete, daß es irgendein Witz sein sollte. Deshalb bin ich wieder ins Bett gegangen und habe dann auch nichts mehr gehört.»

«Ich war die ganze Zeit in Camden», sagte ich.

Mrs. Flock wurde blaß. Dann faßte sie mit Daumen und Zeigefinger der linken Hand den kleinen Damm aus weichem Fleisch zwischen dem Daumen und dem Zeigefinger der rechten Hand und rieb ihn heftig. Der Kopfschmerz-Punkt. Damit hatte sie mein Vater vertraut gemacht – mit dem Einsatz von Akupunktur anstelle von Tabletten.

«Sieht so aus, als wäre unser Täter eine Frau, die den Tonfall der Yankees nachmachen kann ... oder die Yankee ist», sagte Tony.

«Kann sein, kann aber auch nicht sein», gab ich zurück.

«Was meinen Sie mit ‹kann aber auch nicht sein›? Sie haben mir doch kürzlich erst erzählt, die Wände hier wären so dünn, daß man seine Nachbarn schnarchen hören kann.»

Tony sah zu Mrs. Flock hin und fügte schnell hinzu: «Nicht, daß Sie schnarchen, Madam.»

«Einen Augenblick mal, Tony», sagte ich. «Mrs. Flock, darf ich mal kurz in Ihre Wohnung rübergehen?»

«Natürlich. Kann ich Ihnen irgendwie behilflich sein?»

«Ja, bleiben Sie hier bei Tony und lauschen Sie. Henry, Sie kommen mit mir.»

Henry und ich gingen nach nebenan und in Mrs. Flocks Wohnzimmer. Ich war noch nie in ihrer Wohnung gewesen und deshalb etwas überrascht, als ich nun die Einrichtung sah. Mrs. Flock sprach immer von ihrer tollen Zeit als Rokkette, als Radio-City-Tänzerin in New York, weshalb ich viel Glitzerkram und Peppiges erwartet hatte. Aber in dieser Behausung hätte auch ein Mönch leben können. Das Zimmer war äußerst karg möbliert – es gab nur ein paar alles andere als einladend wirkende Holzstühle und ein unbequem aussehendes Sofa. Das vollkommene Fehlen irgendwelcher schmückender Dinge war bemerkenswert. Keine Gemälde, keine Bilder, keine Nippes. Keine alten Ausgaben des *New Yorker*. Nichts – nur der prächtigste Orientteppich, den ich je gesehen hatte. Er hing an einer der Wohnzimmerwände und reichte von einer Ecke bis zur anderen und von der Zimmerdecke bis zum Fußboden. Er war wirklich riesig, geradezu von Festsaalgröße, und wirkte, als stammte er direkt aus Tausendundeiner Nacht.

Henry ging zur Wand und strich mit den Fingern über die blauen und roten Muster. «Überaus eindrucksvoll. Sehen Sie sich nur mal diese Farben und die Details der einzelnen Felder an! Das ist ein persischer Bachtiari, aus dem Gebiet von Tschahar Mahal.»

«Was auch immer», sagte ich, «es ist ein Wunder, daß sie durch den hindurch irgend etwas gehört haben will. Wir testen das mal. Zuerst sage ich etwas und dann Sie noch einmal dasselbe in gleicher Lautstärke. Aber sprechen Sie mit einer hohen, irgendwie gedämpften Stimme. Halten Sie sich die Hand vor den Mund oder so was.»

Henry nickte.

«Ich hab mein Martingal vergessen», rief ich aus. Dann flüsterte ich Henry zu: «Jetzt sind Sie dran.»

«Ich hab mein Martingal vergessen», rief Henry mit der Stimme einer Henrietta – und das höchst überzeugend.

«Dann kehren wir mal zu mir zurück.»

«Noch einen Augenblick», sagte Henry. «Ihre Nachbarin hat doch behauptet, der Mensch hätte ‹Nachtigall› gesagt. Wieso Sie dann ‹Martingal›? Was ist denn ein Martingal?»

«Das erkläre ich Ihnen gleich. Gehen wir erst mal rüber. Müssen Sie Ihre Jungs nicht langsam ins Bett bringen, noch irgendwann vor Mitternacht?»

Chet und Hank waren nach wie vor beschäftigt. Bei den vielen Pferden, die schon wieder zusammengeleimt auf meinem Kaminsims standen, sah es ganz so aus, als ob die beiden mit einem beachtlichen Teil meiner Preisgelder abziehen würden.

«Okay», sagte ich zu Tony und Mrs. Flock. «Welche war meine Stimme? Die erste oder die zweite?»

Tony tippte auf die erste, Mrs. Flock auf die zweite. Das bedeutete: Der Teppich an der Wand hatte die Stimmen so gedämpft, daß sie nicht mehr eindeutig zu erkennen waren. Selbst wenn James Earl Jones in meiner Wohnung gewesen wäre, hätte Mrs. Flock gemeint, das sei ich.

«Genau wie ich's mir gedacht habe», sagte ich. «Sie waren nicht ganz sicher, welche Stimme meine war. Und da kommt das Martingal ins Spiel, Henry. In dem Augenblick, wo Mrs. Flock mir sagte, was sie gehört hatte, wußte ich, daß da irgendwas mit Mrs. Flocks Wohnzimmerwand sein mußte.»

Ich wandte mich Mrs. Flock zu und sagte: «Sie haben mir schon Wort für Wort Gespräche in meinem Schlafzimmer wiederholt. Die Zuverlässigkeit Ihrer Wiedergabe war größer, als es die des *Appeal* ist. Deshalb wußte ich, als Sie uns berichteten, die Person hier in meiner Wohnung hätte ‹Ich habe meine Nachtigall vergessen› gesagt, daß da etwas nicht stimmte. Wer immer gesprochen hat, hat nicht Nachtigall gesagt, sondern Martingal. Das ist ein Riemen, der ein Pferd daran hindert, mit dem Kopf zu schlagen. Will sagen, wir wissen über diesen Spinner oder diese Spinnerin nur, daß es ein Pferdemensch ist. Was aber von Anfang an klar war. Davon abgesehen, könnte er – sie, es – alles sein. Ein Mann, eine Frau, sogar Yankee.»

«Ich setze auf letzteres ... angesichts der Garstigkeit seines oder ihres Besuchs», sagte Tony und lächelte.

«Ach, wirklich?» gab ich zurück. «Sie meinen also, wir Yankees hätten ein Monopol auf alles Verwerfliche? Wo kam denn der letzte Massenmörder her, bitte schön? Aus Charlotte! Und Ihre lieben Kollegen haben nicht mal gemerkt, daß es ein Serientäter war, bis schließlich das zehnte Opfer dieses Verrückten vor ihnen lag ... derselbe Typ, derselbe Täter, der Fundort nur einen Häuserblock von den anderen Mordopfern entfernt. Dieser Mensch hier kann jeder sein und irgendwoher kommen. Hoffentlich finden wir den Scheißkerl, bevor meinem Pferd was passiert.»

Hank hob den Kopf und sah zu uns herüber. Kinderradar! «Ohoho, hoho», erklang sein Sprechgesang, «sie hat das S-Wort gesagt, dann darf ich's auch. Scheißkerl, Scheißkerl, Scheißkerl ...»

Henry war Hank schon ins Gesicht gesprungen, bevor der Junge noch eine weitere Silbe herausbekommen konnte. «Das reicht, mein Sohn. Noch ein Wort, und dir werden Sondervergünstigungen gestrichen! Los, gehen wir, es ist Schlafenszeit.»

Er packte mit je einer Hand seine Knaben am Arm und führte sie zur Tür.

«Augenblick», rief ich. «Ein Job ist ein Job. Ich schulde

den Jungs noch Geld. Ich will nur grad mal nachzählen, wie viele Pferde sie repariert haben, damit ich ausrechnen kann, was sie von mir kriegen.»

«Nicht jetzt», sagte Henry. «Sie können's mir morgen geben, und ich gebe es an die beiden weiter. Nattie, rufen Sie mich doch in einer Stunde an und berichten mir, was Sie und der Detective in dieser Sache weiter unternehmen wollen. Ich würde gern noch bleiben, aber ...»

Chet und Hank waren wie zwei störrische Fohlen, die auszubrechen versuchen. Henry beförderte sie nach draußen und die Treppe hinunter. Die beiden waren ganz und gar nicht mit dem Zahlungsaufschub einverstanden, den mir ihr Vater gewährt hatte.

Nun entschuldigte sich auch Mrs. Flock. Tony gab ihr seine Karte und forderte sie auf, ihn anzurufen, wenn ihr noch etwas einfallen sollte – zum Beispiel, daß sie ein fremdes Auto, noch andere Geräusche oder ungewöhnliche Gerüche bemerkt hatte. Alles, was vom Üblichen abweiche.

Jetzt waren nur noch Tony und ich in meiner durchwühlten Wohnung.

«Wir werden die Kollegen aus Charlotte doch hinzuziehen müssen, Nattie. Ich weiß, es wäre Ihnen lieber, wenn kein großer Aufstand gemacht würde, aber das hier liegt außerhalb meines Zuständigkeitsbereichs. Ich kann nichts tun, nicht offiziell. Und durch das, was hier passiert ist, ist die Geschichte um einiges ernster geworden. Es muß jemand herkommen und nach Fingerabdrücken suchen. Ich hab hier in Ihrem Stadtbezirk eine Freundin. Die werde ich anrufen. Aber vorher zeigen Sie mir mal, was für Schäden es außer der Schrift auf dem Spiegel noch gibt.»

O nein, die Plastikpferde! Ich hatte Tony noch gar nicht erzählt, daß sie zerbrochen worden waren. An Fingerabdrücke hatte ich überhaupt nicht gedacht. Ich war gar nicht scharf darauf, die Polizei von Charlotte herzuzitieren, damit die Leute dann in der ganzen Wohnung herumwuselten und alles mit Babypuder bedeckten – oder was man sonst benutzt, um Fingerabdrücke sichtbar zu machen. Die einzigen Abdrücke, die man jetzt noch von meinen Plastikpferden abnehmen konnte, waren die winzig kleinen von Chet und Hank.

Ich zeigte auf den Kaminsims, wo mein Stall zusammengeleimter Pferde stand. «Die da. Wer immer hier eingebrochen ist, hat es fürchterlich komisch gefunden, meine Spielzeugpferde kaputtzumachen. Als ich reinkam, lagen sie alle auf der Erde.»

«O Gott», sagte Tony. «Die Abdrücke können wir vergessen.»

«Tja, das müssen wir wohl. Aber wahrscheinlich trug der Kerl ja sowieso Handschuhe», sagte ich.

«Fassen Sie trotzdem nichts mehr an, bis ich jemanden hergeholt habe, okay? Setzen Sie sich hin und meditieren Sie, oder so was.»

Tony rief seine Kumpel in Charlotte an und murmelte einen Haufen Polizeikauderwelsch in die Sprechmuschel. Wo werden sich Polizisten schon mal einer ganz normalen Sprache bedienen und so was Schlichtes sagen wie «Jemand ist in die Wohnung von Nattie Gold eingebrochen». Gott bewahre! Statt dessen dunkles Gerede von Tätern, dazu allerlei Zahlenangaben. Andererseits hat nun mal jede Berufsgruppe ihren eigenen Geheimcode und Schlüssel. Jemand, der nichts von Pferden versteht, wäre auch nicht in der Lage, eine Unterhaltung zwischen Gail und mir zu dechiffrieren. Und das gleiche gilt für mich und meine Kumpel von der Zeitung. Wenn wir zusammentreffen, dann ist da auch dauernd von Randkolumnen, Nachrichtenblöcken und was sonst noch die Rede.

«Sie sind in fünfzehn Minuten da», sagte Tony. «Ich sehe mich mal ein bißchen um. Und Sie bleiben, wo Sie sind, verstanden?»

Ich hörte, wie Tony in meinem Schlafzimmer umherstapfte. Cowboystiefel auf Hartholzparkett. Ich spaltete gespaltene Enden, das heißt, ich zog die beiden Hälften eines gespaltenen Haars so weit auseinander, wie es eben gehen wollte. Zu mehr war mein Kopf nicht fähig. Ich war physisch erschöpft von dem Turnier und psychisch erledigt von dem Einbruch.

Tony kam wieder hereingestiefelt. «Übrigens, Nattie, ich habe noch was Interessantes über den reichen Burschen in Camden rausgefunden, von dem Sie mir erzählten. Über diesen Papierfritzen. Es sieht ganz so aus, als hätte der in Georgia ein kleines Problem. Junge Mädchen. Und ich meine wirklich junge.»

Diese Mitteilung durchdrang meine Benommenheit. «Sie meinen Keith Rollings?»

«Genau den. Sein Daddy produziert das Papier, auf dem ihr eure Stories druckt. Und das macht ihn reich genug, um sich so gut wie alles kaufen zu können, einschließlich einer gesicherten Zukunft für seinen pädophilen Sohn.»

«Langsam, Tony. Sagen Sie mir mal genau, wovon Sie reden.»

«Sie fordern mich auf, das Tempo zu drosseln? Haben Sie mir nicht gerade erst vor zwei Tagen vorgehalten, ich spräche so langsam, daß Sie zwischen zweien meiner Sätze Ihre Einkaufsliste zusammenstellen könnten?»

«Okay, okay, ich hab mich nicht beklagt, sondern nur eine Feststellung getroffen. Wie auch immer, was hat das zu bedeuten, Keith ist pädophil? Und wie haben Sie das erfahren?»

Ich hätte wissen können, daß man einem Südstaatler, der einmal den Ehrgeiz gehabt hatte, ein zweiter William Faulkner zu werden, eine solche Woher-weißt-du-das-Frage nicht stellen durfte. Das war so, als brächte man auf einem bereits fruchtbaren Feld Kuhmist aus. Wenn Tony erst einmal eine Geschichte erzählte, dann gab es keinen geraden Weg von A (Rollings) nach B (Pädophilie). Er brachte vielmehr alle nur denkbaren Aspekte einer Sache zur Sprache und redete in langen, umständlichen Sätzen, die sich durch das weite Land seines eigenen Lebens und der Leben aller Menschen um ihn herum wanden.

Es fing damit an, daß ja auch Tonys Vater bei der Polizei gewesen war und in der gleichen Dienststelle wie sein Sohn gearbeitet hatte. Vor ungefähr zwanzig Jahren hatte der Vater in einem Fall ermittelt, bei dem es um ein vierjähriges, aus dem Vorgarten seines Elternhauses entführtes Mädchen ging. Das war lange vor der Zeit gewesen, wo es Eltern schon eine panische Angst einjagen konnte, wenn jemand nur einen Milchkarton aufnahm. Die Entführung eines Kindes hatte noch nicht zu den alltäglicheren Vorgängen gehört.

Monate waren vergangen, ohne daß man einen Hinweis, eine Leiche oder sonst irgend etwas hatte finden können. Es gab nur eine Mutter, deren Haar über Nacht weiß geworden war, und einen Polizisten, den der Fall des kleinen Mädchens nicht mehr losließ. Tonys Vater hatte an nichts anderes mehr denken können. An Wochenenden, in der Nacht, immer, wenn er sich von der Arbeit hatte wegstehlen können (seine Vorgesetzten resignierten bald), war er auf die Suche nach Pädophilen gegangen, die als solche bekannt waren. Er hatte in North Carolina angefangen und alle Gerichte und Polizeireviere abgeklappert. Als sich dort nichts ergeben hatte, hatte er die Suche in South Carolina fortgesetzt. Als er in South Carolina nichts Brauchbares hatte finden können, hatte er sich Georgia vorgenommen.

«Eines Abends kam er vor Wut kochend nach Hause», sagte Tony. «Zeterte und fluchte über die Reichen und darüber, daß für Geld alles zu haben sei. Ich war damals noch ein Kind, aber ich kann mich gut daran erinnern, wie zornig er war, als er meiner Mutter von einem neunzehnjährigen Jungen in Georgia erzählte, dessen Daddy Besitzer von Papierfabriken, Wäldern und praktisch dem ganzen verdammten

Bundesstaat war. Der Junge war dabei erwischt worden, wie er mit einem dreijährigen Mädchen die falschen Dinge getan hatte. Aber das kleine Mädchen war die Tochter einer Hausangestellten, und natürlich hatte diese nicht die Absicht, Anzeige zu erstatten ... nicht, nachdem der Vater des Jungen ihr eine Entschädigung gezahlt oder ihr eine Höllenangst gemacht hatte. So oder so, es lief aufs gleiche hinaus. Der Junge kam ungeschoren davon, so als wäre nichts geschehen, und seine Familie ließ die Akten wegschließen, so daß niemand von der Sache erfuhr.»

«Aber warum haben Sie mir das nicht gesagt, als ich Ihnen von Henrys und meinem Besuch auf Keith Rollings' Farm berichtete?»

«Da kannte ich den Namen dieses Kerls noch nicht», antwortete Tony. «Mein Vater hat ihn nie genannt. Und selbst wenn er's getan hätte, hätte ich dem keine große Beachtung geschenkt. Ich wollte ja nichts mit seiner Polizeiarbeit zu tun haben. Aber ich habe nie vergessen, wie wütend er an jenem Abend war. Solche Sachen bleiben hängen. Als ich mir dann die Leute aufschrieb, mit denen Sie gesprochen hatten, wurde ich stutzig. Ich erinnerte mich an etwas, was Sie mal vor ein paar Wochen geschrieben hatten. Irgendwas über eine Party in South Carolina. Da hatte Ihnen eine Gruppe von Frauen erklärt, wie wichtig es für ihre Töchterchen sei, bei der Schultheateraufführung, wo sie als sprechende Azaleen mitwirken sollten, in Kleidchen von haargenau dem gleichen Rot aufzutreten. Sie haben sich über diese Junior-League-Typen ganz schön lustig gemacht, aber ich bin sicher, die hielten das alle für einen wirklich netten Artikel. Nun gut, eine der Damen war Rollings' Frau gewesen oder, wie Sie schrieben, ‹Bryce Whit Rollings, die es vorzieht, als Mrs. Keith Rollings geführt zu werden. Denn Rollings ist gleich Rollings-Papier aus Georgia, und das wiederum ist das Papier, das Sie gerade in den Händen halten.›»

«Haben Sie mal Ihren Vater gefragt, ob das damals tatsächlich Keith Rollings gewesen war?»

«Das ist kaum möglich. Er ist vor drei Jahren gestorben. Aber ich rief die Leutchen in Brunswick an und bekam jemanden an die Strippe, der sich noch an meinen Vater erinnern konnte. Er erkundigte sich nach ihm und auch nach dem kleinen Mädchen, nach welchem mein Vater seinerzeit gefahndet hatte. Es tat mir leid, ihm sagen zu müssen, daß man es nie gefunden hat. An dem Tag, an dem mein Vater starb – Bauchspeicheldrüsenkrebs, das ging ganz schnell –, sagte er mir, er wolle los und das kleine Mädchen suchen, um es zu fragen, was passiert sei und wer es getan habe. Er sagte, wenn er den Fall schon nicht als Lebender aufklären könne, dann müsse er es eben als Toter tun.»

Ich sah auf die Uhr. Fünfzehn Minuten waren rum, und die Polizisten aus Charlotte würden jeden Augenblick eintreffen. «Das mit Ihrem Vater tut mir leid. Ich wollte keine traurigen Erinnerungen wachrufen», sagte ich. Ich wollte ihn auch nicht hetzen, aber es blieb nicht mehr viel Zeit und ich mußte die langatmigen Umwege aus seiner Erzählung herauskriegen, bevor wir unterbrochen wurden. «Was wußten die Kollegen in Brunswick denn über Keith zu berichten?»

«Ich weiß nicht, was jüdische Leute glauben, aber was mich angeht, so denke ich, daß mein Vater das Verbrechen aufgeklärt hat. Er konnte halt nur niemanden festnehmen.»

«Tony», sagte ich und versuchte, so sanft wie möglich zu sein, obwohl ich am liebsten losgebrüllt hätte – über Metaphysisches konnten wir schließlich später noch reden. «Tony, was ist mit Keith?»

«Ach so, ja. Nun, die Kollegen da unten in Brunswick wollten nicht viel über die Rollings und ihren pädophilen Sohn Keith sagen. Rollings ist dort ein großer Name. Aber der Mann, der meinen Vater noch gekannt hatte, der ließ durchblicken, daß die Polizei nur zu froh gewesen war, als Keith'

Daddy seinen kranken Sohn abgeschoben und auf eine Schule in South Carolina geschickt hatte.»

Das erklärte alles. Das war's, was Wally von Keith gewußt hatte. Es ging nicht um ein totes Pferd, sondern um eine perverse Vergangenheit. Wallys Vater war Polizist in Georgia gewesen, und auf diesem Wege hatte er, Wally, von Keith' kleinem Problem erfahren.

In diesem Augenblick hörte ich an der Tür ein amtlich klingendes Klopfen.

«Odom, sind Sie da drin?»

«Klar doch, kommt nur rein», rief Tony dem Paar gestärkter blauer Uniformen zu, das auf meiner Türschwelle stand. Wir wurden miteinander bekannt gemacht, die beiden stellten mir die üblichen Polizistenfragen, und dann zeigte ihnen Tony die Wohnung.

Es ging inzwischen auf Mitternacht zu. Ich war an diesem Tag so lange auf den Beinen gewesen, daß ich den dunklen Nachthimmel zweimal zu sehen bekommen hatte. Ich setzte mich aufs Sofa, und als ich wieder zu mir kam, schien mir die Sonne ins Gesicht.

ACHTZEHN

«Nattie, Telefon!» Das war Tony. Er stand in der Tür zu meinem Schlafzimmer, den Apparat in der Hand.

Ich lag in meinem Bett. «Wie denn?» sagte ich und stützte mich auf den Ellbogen hoch.

«Telefon für Sie. Er ruft dauernd an, schon den ganzen Morgen.»

Ich sah an mir hinunter, um festzustellen, was ich anhatte. Dieselben Sachen wie gestern abend.

Tony gab mir den Hörer. «Hallo», sagte ich.

Es war Henry. «Was Sie tun und treiben, ist allein Ihre Sache, und ich will wirklich nicht stören, aber ich hoffe, Sie haben wenigstens vor, demnächst zur Arbeit zu erscheinen. Fred möchte, daß wir unsere Ergebnisse runterladen und dann zur Redaktionskonferenz erscheinen. Wir sollen berichten, was wir bisher herausgefunden haben. Sie sind daran interessiert, daß die Story mit allen Mitteln gepuscht wird, will sagen Sonderausgaben für Columbia und Camden, Werbeaufkleber an allen SB-Kästen und so weiter, und so fort. Ich hatte auch noch gar keine Gelegenheit, Ihnen zu sagen, was meine Recherchen über den Vater Ihrer Freundin Melissa Mayfield ergeben haben. Ein paar sehr interessante und folgenschwere Einzelheiten. Könnten Sie sich also, wenn es Sie nicht allzusehr stört, so schnell wie möglich hierherbemühen?»

Henry war ein Meister der Modulation. Seine Stimme war so eben und kühl wie die Rutschbahn der Pinguine im Zoo. Die Wörter, die da hinabsausten, waren jedoch nichts dergleichen. Welch ein Puritaner! Zweifellos hatte die «Mayflower» den Samen an Bord gehabt, aus dem er hervorgegangen war, aber das war dreihundert Jahre her. Ich wollte ihm sagen, daß sich die Zeiten inzwischen geändert hätten und Frauen heutzutage durchaus auch in unbekleidetem Zustand mit Männern schliefen – und gelegentlich sogar mit solchen, die ihnen nicht von Gott beigegeben worden waren. Aber das traf ja alles auf Tony und mich gar nicht zu. Und außerdem: Warum einen Streit anfangen? Wir mußten schließlich eine Story fertigkriegen.

«Sie stören ganz und gar nichts und niemanden», sagte ich. Jedenfalls im Augenblick nicht. Soweit ich mich überhaupt noch an den gestrigen Abend erinnern konnte, hätte ich auch völlig unbekleidet die ganze Queens Road hinuntergetanzt sein können. «Ich dusche nur schnell und ziehe mich an, dann komme ich. Und warten Sie nur mal ab, was ich herausgefunden habe! Ziehen Sie den Gurt fest, Baby, das wird ein wilder Ritt, und Sie fliegen sonst aus dem Sattel. Bis gleich.»

Ich gab Tony das Telefon zurück und sagte: «Okay, Tony, reden Sie. Wie bin ich hierhergekommen? Das letzte, was ich noch weiß, ist, daß ich auf dem Sofa saß und daß diese beiden Columbos sich daranmachten, in der ganzen Wohnung Zauberstaub zu verstreuen.»

«Ich habe Sie hergetragen. Sie waren gestern abend noch um einiges erledigter als Bambis Mutter. Obwohl das komisch ist ... Sie hören überhaupt nie auf zu reden, auch im Schlaf nicht. Irgendwas, daß Sie jemand verfolgt ... Sie nannten meinen Namen.»

Oha, wieder *dieser* Traum! Mein Gesicht muß röter geworden sein, als es mein Haar war. Jetzt aber nur keine Unterhaltung über Träume! «Was haben denn Ihre Brüder aus Charlotte gefunden?»

«Dann wurden Sie ganz laut, es ging um einen Oxer. Sie riefen: ‹Nein, kein Oxer!› Was ist ein Oxer?»

«So ein Hindernis, das mir angst macht, Brenda aber gar nicht. Können wir jetzt mal auf den gestrigen Abend zurückkommen?»

«Sie hatten mit den Handschuhen recht. Nirgendwo Fingerabdrücke. Aber der Täter, der in Ihre Wohnung eingedrungen ist, muß ein sehr starker oder sehr erzürnter Mensch gewesen sein. Das Schloß, die Tür, der Türpfosten ... alles schlimmer zugerichtet als dieses große Pferd. Deshalb bin ich auch über Nacht hiergeblieben. Ich wollte sichergehen, daß kein Besucher wiederkommt.»

«Ich danke Ihnen, und meine Mutter schließt sich an», sagte ich. «Ich hole den Schlosser, Schreiner, wen immer, damit das noch heute wieder in Ordnung gebracht wird. Ich möchte nicht undankbar erscheinen, aber ich muß mich jetzt beeilen, wenn ich die Zehnuhrkonferenz beim *Appeal* schaffen will.»

«Noch haben Sie kein neues Schloß, und deshalb gehe ich mit Ihnen zusammen. Duschen Sie oder was immer Sie sonst gern tun möchten.»

«Aber das ist doch lächerlich. Nun ziehen Sie schon ab.»

Tony setzte sich gemütlich auf mein Sofa und nahm eine alte Nummer der *Geschichte des Pferdes* zur Hand. Ich wollte mich auf keinen Disput mit ihm einlassen. Ich hatte noch nie einen Leibwächter gehabt, aber nach dem gestrigen Abend schien es mir gar nicht so übel zu sein, daß jetzt einer da war.

Zehn Minuten später standen Tony und ich vor meiner zertrümmerten Wohnungstür. Die Zeit drängte, und ich wurde langsam nervös, denn Tony wollte mir noch in allen Einzelheiten verklickern, welche Art von Schloß ich brauchte.

«Ich hab's begriffen», sagte ich. «Ein Sicherheitsschloß mit doppeltem Riegel. Ich muß weg, Tony! Danke für alles. In Ihnen habe ich einen echten Freund.»

Ich legte ihm den Arm um den Hals und küßte ihn auf die Wange. Nach der Nacht außer Haus hatte sich der Fünfuhrnachmittagsschatten auf seinem Gesicht zu einem Dreiuhrmorgengewitter ausgewachsen, und das fühlte sich an, als fahre man mit den Lippen über das Pflaster des Gehweges.

Ich rannte zu meinem Wagen und fuhr zur Arbeit.

NEUNZEHN ■

«Nat-ola, Nat-ola. Ich wünschte, ich hätte eine Nacht verlebt wie du. Du siehst nicht so aus, als hätte dein Kopf auf dem Kissen geruht, und sei es nur kurz. Jemand, den ich kenne?»

Es war Jeff, dessen Ohr bereits am Telefonhörer klebte und dessen Hand über die Sprechmuschel gelegt war, damit er unbelauscht mit mir sprechen beziehungsweise – in seinem Fall – mit mir schreien konnte.

«Verringere bitte die Lautstärke um etwa dreißig Dezibel, ja?» sagte ich mit mehr Schärfe in meinem Gekläffe als beabsichtigt. «Ich möchte nicht, daß das ganze Haus über mein Sexualleben oder das, was du dafür hältst, in Kenntnis gesetzt wird.»

«Ein bissel überreizt, wie?» sagte Jeff. Er sah verletzt aus. «Was ist denn heute mit dir los? Es ist doch Montag morgen. Warum sollte der heutige Montagmorgen anders sein als alle anderen? *Ma nischtana halajla hase?*»

«*Mikol halelot*», ergänzte ich. Es war die berühmte Frage, die alle jüdischen Jungen und Mädchen beim Pessachfest viermal beantworten. Außer mir war Jeff der einzige jüdische Mitarbeiter der Redaktion. Wir hatten in der Feature-Abteilung unser eigenes kleines Ghetto.

Ich beugte mich zu ihm hinab und legte ihm kurz den Arm um die Schulter. «Tut mir leid, Schätzchen, ich hatte eine rauhe Nacht, aber keine von der schönen Art, wenn du mir folgen kannst. Ich muß zur Zehnuhrkonferenz. Ich werde dir später auch die peinlichsten Einzelheiten haarklein berichten, das verspreche ich. Es ist schließlich Montag morgen.»

Der Ausdruck des schmollenden kleinen Jungen verschwand von seinem Gesicht. Er wollte noch etwas sagen, aber offensichtlich war der Mensch, auf den er am Apparat gewartet hatte, inzwischen wieder dran.

«Wissen Sie, das ist doch ganz simpel», hörte ich Jeff ins Telefon brüllen. «Sagen Sie mir nur genau, wie viele Vorstellungen von *Mr. Ed* es gegeben hat. Und versuchen Sie auch mal rauszufinden, wie die das hingekriegt haben, daß die laufende Leimflasche sprechen konnte. Diese Bitte kommt direkt von meinem Verleger. Er hat so einen Spinner von Neffen, einen total abgefahrenen kleinen Bürokratenheini in Washington, der nichts Besseres zu tun hat, als sich mit alten Aufführungen von *Mr. Ed* zu befassen. Niemand in der Hauptstadt dieses unseres großen Landes scheint ihm vertrauliche

Informationen dieser Art zugänglich machen zu können, weshalb er unseren Verleger, seinen Onkel Rutger, angerufen hat, der ihm nur zu gern beispringen möchte. Und ich darf mich glücklich preisen, den Auftrag bekommen zu haben, mich darum zu kümmern. Sehen Sie zu, was sich machen läßt, okay?»

Als ich ging, warf er mir eine Kußhand zu. Obwohl Jeff dauernd den Computer mit Beschlag belegte, waren wir seit dem Augenblick vor zweieinhalb Jahren, wo wir uns zum ersten Mal nebeneinandergesetzt hatten, immer ausgezeichnet miteinander zurechtgekommen. Wenn ich mir einen Bruder hätte aussuchen dürfen, dann wäre meine Wahl auf ihn gefallen. Seine Zunge war noch schärfer als meine, und er hatte nicht die geringsten Hemmungen, von ihr Gebrauch zu machen. Jeff war witzig und sarkastisch, ein wahrer Oscar Wilde, nur Jude und heterosexuell. Sogar ein ganz wilder Heterosexueller. Er könnte ohne weiteres der größte Einzelaufkäufer gerippter Kondome im ganzen Südosten der Vereinigten Staaten sein.

Jeffs Verhältnisse hielten nur so lange, wie das prickelnde Stadium andauerte. War die Neuheit erst einmal dahin, dann war's auch die Frau. Und ich erfuhr von ihnen allen – wie er von meinen Affären. Zu Beginn jeder Woche hielten wir bei einer Tasse schlechten Kaffees aus der Kochnische unsere Montagmorgenkonferenz ab. Wir schilderten uns dann gegenseitig in den grellsten Farben, was wir während des Wochenendes getrieben hatten.

Jeff legte auf und schrie mir nach: «Gold, ich möchte *alles* wissen!»

Derweil hatte sich die ganze Bande im Glasbüro versammelt – alle verantwortlichen und alle der mittleren Ebene angehörenden Redakteure, die es auf dieser Seite der South Tryon Street gab. Und Henry. Reporter wurden im allgemeinen nicht in die Planungen der Redaktion eingeweiht, es sei denn, er oder sie hätte gerade etwas mehr als Brauchbares in der Mache, was bei uns ja ganz eindeutig der Fall war. Ich setzte mich neben ihn, und er schob mir einen Ausdruck der Tagesordnung zu. Wir standen als Punkt sechs drauf. Im Augenblick war Punkt zwei dran. Da ging es um die Größe der Nachrichtenhöhle. Die Oberbosse erörterten die neueste Anweisung aus dem Hauptquartier in Miami, unsere Kosten zu senken. Obwohl wir schon zahllose groß aufgemachte Artikel über die schmählichen Leistungen anderer Unternehmen bei der Einstellung von Angehörigen der Minderheiten gebracht hatten, gab es bei uns immer noch nur eine Frau, die ein bißchen was zu sagen hatte, nämlich meine Chefin Candace. Allerdings ist ihr Einfluß als Chefin der Feature-Abteilung nun auch wieder nicht allzu groß, jedenfalls noch nicht. Was andere Minoritäten angeht, so sind sie in der Hierarchie des *Appeal* einfach nicht vorhanden – wir sind ein einziges trauriges Heer von Bleichgesichtern, an dessen Spitze Fred Richards steht, der weißeste aller weißen Jungs.

Nachrichtenhöhle, Haushalt, Einsparungsmöglichkeiten. Bla-bla-bla. Dann weiteres dazu, wie schlecht unsere Lage war. In Wahrheit sind wir die Milchkuh des Konzerns – auf jeden investierten Dollar entfällt ein Gewinn von dreißig Cent. Die großen Bosse in Miami haben uns den Gürtel schon so oft enger gezogen, daß zumindest wir Reporter schon fast die Taillenweite Scarletts erreicht haben. Noch ein bißchen fester, und wir zerplatzen. Ich schaltete ab, denn allein das Zuhören machte mich bereits rasend.

Ich versuchte, im Kopf alle Stücke zusammenzufügen: Wally, Melissa, Keith, Lucy, La Donna, Gail ... ich mußte ziemlich tief in Gedanken versunken gewesen sein, denn als ich wieder hinhörte, waren wir schon bei Punkt fünf angelangt. Ken Grant, der Lokalredakteur mit einer Schwäche für kleinwüchsige junge Damen, gab gerade eine Übersicht über das Wochenende und erläuterte, auf welche nachstoßenden

Recherchen er welche Reporter anzusetzen gedachte. Ich hörte kaum zu, denn ich war zu sehr mit anderem beschäftigt. Allerdings war ich noch gut genug bei der Sache, um mitzukriegen, wie er Fred mit seiner Verbreitungs-Nützlichkeits-Fixation pestete.

«... und ich werde Cynthia, die neue Praktikantin aus Duke, damit beauftragen, soviel wie möglich über eine Leiche herauszufinden, die in einem Graben bei Southern Pines gefunden worden ist. Ich weiß, daß das nicht mehr unser Verbreitungsgebiet ist, kommen Sie mir nicht damit. Aber wie oft werden schon schöne junge Frauen in total bekleidetem Zustand und bar aller Hinweise auf ihre Identität, dafür jedoch mit eingeschlagenem Schädel aufgefunden? Es ist mir Wurscht, ob das hundert Meilen außerhalb unseres Verbreitungsgebiets passiert ist oder nicht, wir werden dem nachgehen. Die Polizei hat keine Ahnung, um wen es sich bei ihr handelt, wie sie dorthin gelangt ist...»

Ich mußte Gail heute noch finden, sie wegen des Haarfärbemittels fragen und mich erkundigen, wo sie die vergangenen zwei Tage gesteckt hatte. Außerdem mußte ich mehr über Keith herausbekommen. Und dann waren da die Sachen, die Henry über Melissas Vater in Erfahrung gebracht hatte...

Ken laberte immer noch monoton vor sich hin. «... da sind ein paar Dinge seltsam. Die Polizei sagte, unter ihren Fingernägeln klebe eine teerartige schwarze Substanz... sie hat definitiv keinerlei Ähnlichkeit mit dem Lehmboden Carolinas. Und noch weit merkwürdiger ist, daß sie an der Innenseite ihrer Knie kleine blaue Flecken, Hautabschürfungen und Narben hatte. Was hat das zu bedeuten? Wie kommt jemand zu dieser Art von Malen?»

«Durchs Reiten», sagte ich spontan.

Alle sahen mich an. Candace lächelte. Ich war eine der Ihren. Ihr Ansehen wuchs mit jeder Sekunde.

«Reitverletzungen, das sind Reitverletzungen», ergänzte

ich und war jetzt voll bei der Sache. Eine tote Reiterin. Die Härchen auf meinen Armen stellten sich auf – das war ein weiteres Stück, das zu meinem Puzzle gehörte. «Hier, schauen Sie meine Beine an.»

Ich trug einen Minirock, und deshalb waren die schwach dunkelroten Kratzer und Flecken aufgeriebener, inzwischen wieder zugeheilter Stellen an den Innenseiten meiner Beine leicht vorzuführen. An meinem linken Bein hatte ich einen neuen roten Fleck, und zwar innen am Kniegelenk und genau da, wo mich meine Jeans beim Reiten immer wund rieben. Ein entsprechender Fleck war auch an meinem rechten Bein zu sehen.

«So etwas kann man sich holen, wenn man nicht in Breeches oder Cowboyhosen reitet», sagte ich. «Und bei großer Hitze möchte man in allem reiten, nur in denen nicht.»

Ich schaute zu Ken hinüber. «Wissen Sie, wie sie aussah? Haarfarbe, Größe, Gewicht? Irgend etwas?»

«Ich rufe mal Cynthia rein.»

Er nahm den Telefonhörer ab und tippte ein paar Zahlen ein. Durch die Glaswand sah ich, wie eine kleine junge Frau mit lockigem braunem Haar und ungewöhnlich großem Busen draußen am Redaktionstisch den Hörer abnahm. Zweifelsohne Cynthia. Sie hatte genau die richtige Einstellungsgröße – sie war kleiner als Ken. Er murmelte in die Sprechmuschel: «Leiche … Notizen … weitere Einzelheiten …» Ich beobachtete die Bewegungen von Cynthias Lippen. «Komme sofort, Chef.» Lois Lane ausgenommen, gab es bei uns keine Frau, die ihren Redakteur mit «Chef» anredete.

Cynthia legte auf. Ihr Gesicht war gerötet – ob ihre Erregung wohl auf den Job oder auf Ken zurückzuführen war? Ich sah, wie sie einen Spiegel aus ihrer Handtasche angelte und ihre Frisur, ihren Lippenstift und was man eben sonst noch alles in einem fünf mal fünf Zentimeter großen Spiegel in Augenschein nehmen kann, überprüfte. Armes Mädchen –

sie war noch zu neu hier, um sich über die Implikationen der Glaswände im klaren zu sein. Noch zu neu, um zu wissen, daß wir ihr alle dabei zuschauten, wie sie sich herrichtete, als ginge es um den Collegeabschlußball.

«Aaah, sie wird gleich dasein», sagte Ken. «Sie meinte, sie müsse nur ihre Notizen zusammensuchen.»

Ich stieß unter dem Tisch Henrys Bein an, und er blinzelte mir zu.

Schließlich erschien Cynthia bei uns im Glasbüro. Sie ging, den Reporterblock in der Hand und den Ausdruck absoluter Unterwürfigkeit auf dem Gesicht, zu Ken. Ich mußte wegsehen. Es war zu peinlich. Mich hat bisher nur mein Hund Mutchka so angeschaut. Und der war ein wenig zurückgeblieben – seine Gene waren stärker belastet gewesen als die des britischen Königshauses. Der arme Hund hatte seinen Großvater zum Vater gehabt und in mir eine verwandte Seele gesehen.

«Cynthia, Nattie hält es für möglich, daß sie etwas über die Tote weiß. Lesen Sie uns doch mal alles vor, was Sie über die Frau haben», sagte Ken.

Cynthia wandte sich mir zu und war nun ganz die Reporterin, die ein Detail nach dem anderen vorträgt. Ein blondes Dummchen war sie nicht.

«... eins siebenundsechzig, schlank, fünfundfünfzig bis siebenundfünfzig Kilo, blaue Augen, annähernd blondes Haar, Ende Zwanzig, bekleidet mit Jeans, Levi's 505, weißem Polohemd ohne aufgestickte Embleme, neue Nike 780. Die Polizei in Southern Pines faxt mir noch ein Bild durch, sobald sie eins bekommt, aber ich habe sie gebeten, mir derweil schon mal ihr Gesicht zu beschreiben. Sie sagten: ‹Sie sieht wohlhabend aus.› Ich fragte, was darunter zu verstehen sei, und sie antworteten: ‹Ebenmäßige Zähne nach häufiger kostspieliger zahnärztlicher Behandlung, das Haar ursprünglich wahrscheinlich von hellem Braun, aber so gefärbt, daß es wie von der Sonne gebleicht aussieht, und Ohrringe aus massivem Gold in Gestalt kleiner Pferdeköpfe.›»

Diese Beschreibung paßte auf die halbe Turnierwelt. Ich mußte wohl das Telefon bemühen und sehen, ob irgendwo jemand vermißt wurde, was schwierig werden würde, weil es genau das ist, was die Reichen ständig sind. Sie haben Muße, und sie sind reich. Sie müssen also nicht sein, wo sie nicht sein wollen, das heißt, sie können überallhin, wo sie gern hin möchten.

«Sie war Reiterin», sagte ich, «und ich wette, daß sie etwas mit unserer Story zu tun hat. Cynthia, halten Sie mich doch bitte über alles, was Sie sonst noch rausfinden, auf dem laufenden.»

«Wird gemacht», antwortete Cynthia und wandte sich dann an Ken: «Kann ich sonst noch etwas für Sie tun, Chef?»

Das war keine Frage, sondern eine Aufforderung. Auf Kens Wangen erschien ein zartes Rot, und er räusperte sich. «Nein, nein, im Augenblick nicht. Bleiben Sie am Coroner und an der Polizei dran. Sorgen Sie dafür, daß wir dieses Foto so schnell wie möglich kriegen.»

Jetzt waren wir an der Reihe. In den folgenden dreißig Minuten hielten Henry und ich hof. Wir fingen mit den Fakten an – mit den blutigen Leichen im Stall, den anderen toten Pferden, Robs Festnahme, der telefonischen Drohung, die mich erreicht hatte, und dem Einbruch in meine Wohnung. Dann skizzierten wir die Richtung, in die sich unserer Ansicht nach die Geschichte entwickeln würde. Wir gedächten, so führten wir aus, dem Leser mehr zu bieten als nur den Blick auf einen schaurigen Mord, wie es dem Stil des *National Enquirer* entspräche. Wenn Wallys Tod etwas mit Versicherungsbetrug zu tun haben sollte – und dahinter nicht bloß ein eifersüchtiger Freund stand, wie die Polizei glaubte –, dann wollten wir ein genaues und lebendiges Bild der Turnierwelt zeichnen und sichtbar machen, wie die Tötung von Tieren und – möglicherweise – auch der Mord an Menschen in dieses Bild hineinpaßten.

«Was wir hier in unserem eigenen Hinterhof haben, ist eine faszinierende Subkultur, wenn ich mal so sagen darf», fuhr Henry fort. «Bevor ich mit der Arbeit an dieser Story anfing, hatte ich keine Ahnung, was es da alles gibt. Und wie mir Nattie sagt, sind die beiden Carolinas das Zentrum der Turnierindustrie. Ein etwas genauerer Blick auf diese Leute und ihre Welt wäre nicht nur höchst interessant, sondern angesichts des Mordes an Wally auch angebracht.»

Der Schlußredakteur, ein professioneller Korinthenkakker, hatte diesen von der Fehlerhaftigkeit der Welt verursachten Ausdruck der Besorgnis auf dem Gesicht, den Redakteure immer zeigen, wenn sie sich daranmachen, einem das Manuskript zu verstümmeln.

«Und was ist, wenn die Polizei recht hat?» erkundigte er sich. «Was, wenn es nur ein durchgedrehter schwuler Lover war? Wie unterschiede sich Ihre Story dann noch von den Sachen, die die Boulevardblätter bringen?»

Auf diesen Einwand hatte ich nur gewartet. «Weil wir es mit einem Teil der Kultur der beiden Carolinas zu tun haben, der von uns bislang noch nicht erforscht worden ist. In North und South Carolina werden jährlich viele Millionen Dollar für Turnierpferde ausgegeben, aber haben Sie schon jemals etwas darüber im *Commercial Appeal* gelesen? Höchstwahrscheinlich nicht. Ganz sicher nicht. Ich habe das nämlich mal im Archiv überprüft und konnte außer den üblichen nachklappenden, oberflächlichen Berichten aus Anlaß des Carolina Cup nichts finden. Deshalb. Was mich betrifft, brauchen wir uns nicht den Kopf darüber zu zerbrechen, wie wir eine anstößige Story über schwule Lover rechtfertigen können. Weil ich nämlich sicher bin, daß es keine Story dieser Art werden wird. Rob ist es nicht gewesen. Ich weiß, daß er ein

Motiv und die Gelegenheit hatte und daß sein Alibi nicht sonderlich gut ist, aber er hat es nicht getan.»

«Wer dann?» Diese 64000-Dollar-Frage kam von unserem Führer Fred Richards.

«Tja», sagte ich, «das versuchen wir ja gerade herauszufinden. Es könnten alle möglichen Leute gewesen sein. Wally hat aus Erpressung und Pferdemord eine regelrechte Heimindustrie gemacht. Jetzt, wo ich weiß, was ich weiß, hätte ich ihn auch gern umgebracht.»

«Haben Sie irgendwelche Hinweise?» fragte Candace.

«Ja, das haben wir», antwortete ich.

Ich berichtete ihnen von Keith' kleinem Geheimnis, erzählte, was mir seine Frau Bryce Whit beim Turnier in Camden mitgeteilt hatte, nämlich wie wütend ihr Mann immer bei den unangemeldeten Besuchen Wallys geworden war. «Erpressung», sagte ich. «Ich bin überzeugt, daß Wally Keith als seinen persönlichen Geldautomaten benutzt hat. Vielleicht hatte Keith die Nase voll, oder ihm waren die Abhebezettel ausgegangen. Wer weiß. Eins aber steht fest. Wenn Wally geredet hätte, wäre für Keith ein ganzes Leben hingewesen. Seine elegante Frau aus guter Familie, seine elegante, wohlerzogene Tochter, seine eleganten, rassigen Pferde … futsch, vergessen, Geschichte, hätten die feinen Kreise South Carolinas Wind davon bekommen, daß er auf Kleinkinder stand. Jetzt gilt es festzustellen, ob er die Gelegenheit hatte.»

Während ich über den Fall Keith referierte, ließ ich Candace nicht aus den Augen. Mir war, als schaute ich dabei zu, wie sich der Frosch in einen Prinzen verwandelt.

«Eine tolle Sache, Natalie», sagte sie schließlich. «Vergessen Sie die Sonntagskolumne. Wir füllen die Lücke mit Agenturzeug. Konzentrieren Sie sich ganz auf diese Story. Eine Wahnsinnsgeschichte, wirklich, eine Wahnsinnsgeschichte.»

Ja! Ich war auf dem besten Weg, Vollzeitautor von Features zu werden!

«Dann ist da noch die Sache mit den Mayfields», sagte ich.

«Mayfield wie in South Park, Eastland Mall und dem Arboretum?» Wieder ein Beitrag unseres scharfsinnigen Chefredakteurs.

«Der und kein anderer», antwortete ich. Ich informierte sie über meine Beziehung zu Melissa. Candace platzte fast, als ich berichtete, wie mir Melissa ganz offiziell mitgeteilt hatte, daß Wally von ihrem an der Versicherungssumme interessierten Vater mit der Aufgabe betraut worden war, ihr Pferd zu töten.

«Und jetzt kommt der Hammer», sagte ich. «Das Mädchen hat mich angelogen, als sie behauptete, sie sei am Abend des Mordtages mit ihrer Mama zum Einkaufen gewesen. Sie sagte, sie seien zu Montaldo gegangen. Das Dumme ist nur, daß Monty an jenem Abend wegen Inventur geschlossen hatte.»

«Woher wissen Sie das?» Ein weiterer Beitrag Freds.

«Ich habe angerufen und nachgefragt», antwortete ich.

«O ja, klar, gute Grabungsarbeit, Nattie», sagte Fred. «Sonst noch etwas?»

«Derweil war Henry ebenfalls mit Ausgrabungsarbeiten beschäftigt», sagte ich. «Henry?»

Der an allem Geschichtlichen interessierte Henry nahm die Redakteure auf eine Kurztour durch die Entwicklung Charlottes mit, soweit diese etwas mit Edward Mayfield zu tun gehabt hatte. Es war schon recht aufschlußreich, zu hören, wie Mayfield aus einem kleinen Städtchen im Süden, das nur über ein paar langweilige Kramläden im Zentrum verfügte, eine neuzeitliche Ansiedlung mit entsprechenden vorstädtischen Einkaufszentren gemacht hatte.

«Mayfield besaß die Weitsicht, Tausende von Morgen Land im Süden Charlottes aufzukaufen», sagte Henry. «Mais- und Baumwollfelder, mehr war das damals nicht. Da Mayfield keine Investoren finden konnte, die bei dem Projekt mitmachten, beschaffte er sich das erforderliche Kapital bei der Familie seiner ersten Frau.»

Das erklärte, warum die Ehe so lange gehalten hatte – und auch, warum Melissa nicht gezwungen sein würde, auf irgendeine staatliche Schule zu gehen. Noch eine Lüge des Mädchens. Henrys Informationen stammten nicht aus den Gerichtsakten. Ich konnte es gar nicht abwarten, wieder mit ihm allein zu sein und zu hören, wie er das alles in Erfahrung gebracht und zu einem Ganzen zusammengefügt hatte.

«Was für ein Glück», sagte Richards. «Da kauft der Mann Maisfelder auf, und dann stellt sich raus, daß sie mitten im Hauptentwicklungsgebiet der Stadt liegen.»

«Nicht Glück», erwiderte Henry. «Mayfield ist überaus intelligent. Aber das ist es nicht allein. Leute, die Mayfield kennen, behaupten, er könne sich an jedes Gespräch erinnern, das er je geführt hat. Eine Art närrischer Weiser, nur daß der Mann ganz und gar nicht närrisch ist. Wie es aussieht, folgte Mayfield im Jahr 1959, damals Student im letzten Jahr an der Uni von Chapel Hill, der Einladung zu einer Cocktailparty seiner zukünftigen Schwiegereltern. Dort lernte er einen Geographieprofessor kennen, der gerade die Bodenstruktur unter und die Luftströmungen über dem Ort Charlotte untersuchte. Die beiden kamen ins Gespräch, und der Professor erzählte Mayfield, daß angesichts der geographischen Gegebenheiten und der in dieser Region vorherrschenden Strömungsverhältnisse der Luft die weitere Ausbreitung der Stadt in südöstlicher Richtung erfolgen müsse.»

Henrys Ausführungen zufolge hatte Mayfield diese Unterhaltung in seinem Kopf unter dem Stichwort «Zukunftsinvestitionen» gespeichert. Zwei Jahre später hatte er dann seine Studentenliebe Shay Stanier von Stanier Mills geheiratet. Ihr Vater hatte ihm einen hohen Posten in einem seiner Werke angeboten, aber Edward Mayfield hatte andere Vorstellungen gehabt. Er war in seinen neuen blauen Cadillac (ein

Hochzeitsgeschenk der Staniers) gestiegen und von der Trade und der Tryon Street, dem Herzen der Stadt Charlotte, zwölf Kilometer nach Südosten gefahren. Dort hatte er allen Farmern mit seinem Scheckheft unter der Nase herumgefuchtelt und alles gekauft, was er kriegen konnte. Und das war so gut wie alles gewesen.

Selbst mir, die ich in dieser Gegend noch neu war, war klar, welch ein Weitblick zu dieser Operation gehört hatte. Damals hatte Dilworth noch als Vorort von Charlotte gegolten – und der Ort lag zwei Kilometer oder so vom Stadtzentrum entfernt.

«Es gab eine Zeit, da gehörte Mayfield der größte Teil des Landes südöstlich von Charlotte und damit das teuerste Stückchen Erde in beiden Carolinas», sagte Henry.

«Deshalb konnte er es sich, nehme ich an, auch leisten, die Reiterei seiner Tochter zu fördern», warf ich ein. «Ich habe mal gehört, daß er fast 200 000 Dollar für den Hunter gezahlt haben soll, den Melissa in der großen Juniorenklasse geritten hat. Und dann mußte er noch ein zweites Pferd dazuleasen, damit Melissa auch bei den Stilprüfungen mitreiten konnte. Das waren noch einmal sechzig Riesen pro Jahr.»

Ich sah in lauter verständnislose Gesichter. Die Leute hatten keine Ahnung, wovon ich sprach.

Ich erklärte es ihnen: «Alle wirklich reichen Gören haben mindestens zwei Pferde, ein Jagdpferd für die Springen und ein Pferd für Stilprüfungen. Das erstere springt hoch und wölbt über dem Hindernis Hals und Rücken … das ist ein großartiger Anblick. Das Problem dabei ist aber, daß es für einen Reiter schwer ist, auf einem Pferd, das so hoch und weit springt, auch gut auszusehen, nicht zuletzt deshalb, weil er oder sie oft aus dem Sattel fliegt. Und da kommt das andere Pferd ins Spiel. Bei den Stilprüfungen werden nämlich die Reiter beurteilt, das heißt, es geht mehr darum, wie hübsch sie sich auf ihrem Pferd ausnehmen. Diese Pferde springen nicht gar so toll, und die Wölbung des Rückens ist sehr viel flacher, weshalb die Reiter beim Sprung über die Hindernisse eine bessere Figur machen.»

Vor allem Ken sah ungehalten aus. «Also wirklich», sagte er, «manche Leute haben einfach zuviel Geld.»

Ich mußte ihm zustimmen.

«Mayfield hatte fraglos einen Haufen Zaster», sagte Henry. «Aber eben: Er hatte. Sein augenblickliches Vermögen ist im Vergleich zu früher nur noch winzig klein. Immerhin ist es ihm gelungen, einen Konkurs zu vermeiden, und das ist der eigentlich interessante Teil der Geschichte.»

Interessant in vier Silben und in Großbuchstaben. Henry hatte uns bereits einen wahren Informationsschatz gezeigt, aber ich war sicher, daß er noch weitaus Besseres zu bieten hatte. Mir fehlte der Nerv, mich durch Gerichtsakten zu wühlen. Schon die schiere Langweiligkeit würde mir den Verstand rauben. Henry jedoch schien dabei förmlich aufzublühen und war ganz offensichtlich imstande, tiefer und tiefer zu bohren, bis er endlich auf Blut stieß. Er erinnerte mich an ein Bild, das ich mal in einer Nummer des *Smithsonian Magazine* gesehen hatte. In dem Artikel ging es um Maulwürfe, und eines der Fotos, mit denen er illustriert war, zeigte die Röntgenaufnahme eines Pelikans, der einen Maulwurf verschlungen hatte. Der war noch lebend im Magen des Vogels gelandet, hatte sich durch seine Eingeweide gewühlt und war fast auch noch durch die Haut gekommen, bevor beide Tiere verendet waren. Ich hoffte nur, daß das keine Metapher für unsere Story war.

«Nach allem, was ich in Erfahrung bringen konnte», sagte Henry, «hat Mayfield geglaubt, aus Fort Mill, South Carolina, würde im Südosten das nächste Charlotte werden. Fort Mill liegt keine fünfundzwanzig Highway-Kilometer vom Stadtzentrum Charlottes entfernt, und Mayfield muß davon ausgegangen sein, daß sich die Stadt in dieser Richtung weiterentwickeln würde. Er kaufte alles, was Jim Bakker nicht gekauft hatte. Das Blöde war nur, daß die weitere Erschließung in nördlicher Richtung und um die Universität herum erfolgte. Wie Bakker saß auch Mayfield plötzlich mit vielen, vielen Morgen außerordentlich teurer Baumwollfelder da – und mit zahlreichen Gläubigern und Gerichtsverfahren.

Ich kenne einige der Anwälte, die seine Gläubiger vertreten haben, und sie zeigten mir ihre Unterlagen, alles. Wenn es Mayfield nicht gelang, genug Geld für seine monatlich fälligen Rückzahlungen aufzutreiben, dann drohte ihm der Verlust seines gesamten Vermögens.»

«Warum hat er denn nicht seinen Schwiegervater um Hilfe gebeten?» fragte ich.

«Nach den Unterlagen hatte Shay Stainer Mayfield etwa zu dieser Zeit die Scheidung beantragt, den Antrag allerdings später wieder zurückgezogen», antwortete Henry.

«Warum wollte sie sich denn scheiden lassen?» Bei dem Ruf, den Mayfield genoß, hätte ich mir die Frage leicht selber beantworten können.

«Ehebruch», sagte Henry.

Mayfield hatte schon immer einen leichtgängigen Reißverschluß gehabt.

«In der sprichwörtlich letzten Minute kam er dann aber mit genug Geld daher, um die Forderungen seiner Gläubiger erfüllen und weitermachen zu können. Er hatte irgendwo eine halbe Million Dollar aufgetrieben.»

Arme Waysie. «Irgendwo? Bei der Pferdeversicherung … bei der Equitable Equine Life», sagte ich. «So hoch war nämlich Waysie versichert gewesen. Ich habe eine Freundin, deren Mann eine ziemlich große, mit der Schadensregulierung befaßte Firma betreibt. Und der wiederum kennt die Agenten der Equitable Equine Life, die sich noch gut an den Anspruch Mayfields erinnern konnten, weil das ein solches Riesending gewesen war.»

Candace strahlte. Ken lächelte. Fred sah noch immer ein wenig verwirrt aus. Alles in allem aber war das im Raum vorhandene Kraftfeld groß. Alle wußten, daß wir da an etwas ganz Großem dran waren. Ken fing an, von Extraausgaben zu reden, was dazu führte, daß aus der Verwirrung auf Freds Gesicht absolutes Mißbehagen wurde.

«Ich weiß nicht, ob wir Miami irgendeine Sonderaktion verkaufen können», meinte er. «Vor allem bei der jüngsten Anweisung, die Kosten um sieben Prozent zu drücken. Ich weiß einfach nicht, ob das im Bereich des Möglichen liegt.»

Kens Gesicht rötete sich nicht nur leicht, wie vorhin bei der Sache mit Cynthia, sondern es wurde knallrot. Er mag ja in puncto hormongesteuerter Entscheidungen über keinen allzu großen Integritätsfundus verfügen, aber was das Blattmachen angeht, da gehört er zu den Besten. Für den *Appeal* war es ein größerer Glücksfall gewesen, als er sich Ken hatte angeln können, und man hatte ihn deshalb immer mit Samthandschuhen angefaßt. Das interne Problem seines Verhaltens gegenüber den weiblichen Mitarbeitern, bei denen er ja gern auf Big Daddy machte, war einfach nicht zur Kenntnis genommen worden. Seine sexuellen Eskapaden sind mir zwar zuwider, aber ich kann nicht umhin zuzugeben, daß er ein verdammt guter Zeitungsmann ist, der, wenn es um seine Wertmaßstäbe geht, keine Kompromisse kennt. Deshalb habe ich großen Respekt vor ihm. Und das war heute nicht anders.

«Wenn Henry und Nattie dieses Ding knacken, dann hauen wir damit jeden Millimeter voll, den wir zur Verfügung haben», sagte Ken, wobei seine Stimme den autoritativen Ton des Fernsehberichterstatters annahm. Ich hatte diese Stimme als junges Mädchen oft gehört, wenn er aus Vietnam berichtete. Damals hatte sie mich erschauern lassen, und das tat sie jetzt auch. «Wir werden mit dieser Story einen Riesenzinnober machen und Sonderausgaben für Camden, Southern

Pines und überhaupt für alle Orte drucken, wo sie sich verkaufen läßt. Und wenn nicht, wenn Miami die Sache abwürgt, dann müssen sie sich einen anderen Lokalredakteur suchen.»

«Aber, aber, es besteht kein Grund, sich zu echauffieren», sagte Fred. «Wir wollen jetzt mal ganz ruhig bleiben. Ich bin sicher, es wird sich alles finden. Ich möchte demjenigen gratulieren, der den guten Einfall hatte, Henry und Nattie zusammenzuspannen. Großartige Idee. Ich sehe darin den Einstieg in viele weitere abteilungsübergreifende Projekte.»

Ich war nicht sicher, ob Candace jetzt noch durch die Tür passen würde. Ihr Umfang hatte inzwischen die Dimension eines Festwagens bei der Erntedankparade erreicht.

«Ich habe Nattie bei dieser Story grünes Licht gegeben», sagte sie. «Ich sage immer: Wenn eine Reporterin richtig heiß auf eine Sache ist, dann ist es das beste, das Tor aufzumachen und sie fliegen zu lassen.»

Ich mußte meine Augäpfel zügeln, damit sie sich nicht total verdrehten. Als mich Candace vor ein paar Tagen zu fassen gekriegt hatte, war überhaupt nichts von sich öffnenden Toren zu hören gewesen.

ZWANZIG ■

O Wunder über Wunder – Jeff war weder am Telefon noch am Computer! Er hatte den Kopf in seine Aktenablage gesteckt, weshalb ich den Schwenkarm mit dem PC schnell zu meinem Schreibtisch herumdrehte, bevor er ihn sich wieder schnappen konnte.

«Ich höre dich, Gold», sagte er. «Glaub bloß nicht, du kannst irgendwas an mir vorbeimogeln. Aber im Augenblick brauche ich den Computer nicht. Die Kolumne ist fertig, finito, Scheiß der Hund drauf. Deshalb klapper nur drauf rum, meine kurze Kleine. He, ich weiß ja nicht, was ihr, du und Goode, da drin ausgepackt habt, aber ich hab die Redakteure schon lange nicht mehr so erregt gesehen, seit damals nicht, als Jessica Hahns Nackedeifotos im *Playboy* erschienen … du weißt doch, die erste Serie, bevor sie sich die Titten liften ließ. Die Bilder, die den Beweis erbrachten, daß Galilei mit seiner These vom freien Fall recht gehabt hatte. Erzähl mal, was gibt's denn außer Jessicas erneuerter und gehobener Büste sonst noch Berichtenswertes?»

«Du bist manchmal wirklich ein Ferkel, Jeff», sagte ich. Aber eigentlich sprachen alle in der Redaktion über Jessicas Schönheitsoperation – selbst unser radikaler Vorzeigefeminist, der Schlußredakteur.

Ich berichtete Jeff in verkürzter Form über die Ereignisse, was ihm jedoch genügte, denn er kann ungefähr so lange bei einer Sache bleiben wie ein überaktiver Fünfjähriger vor einer Ritalinbehandlung. Gerade als ich zum Ende meiner Zweiminutengeschichte der vergangenen paar Tage gekommen war, klingelte das Telefon. Jeff drehte seinen Stuhl weg, wandte mir den Rücken zu und wisperte – so gut es gehen wollte – in die Sprechmuschel. Aber weil's eben Jeff war, konnte ich jedes Wort hören. Nicht, daß das erforderlich gewesen wäre. Es war jede Woche dasselbe. ‹Ja, Süße, es war toll, und so weiter, und so fort. Wir sprechen noch darüber …› Ich konnte meine Uhr danach stellen. Drei oder vier Minuten lang nichts als Lügen – und dann bäng, den Hörer auf die Gabel.

Normalerweise wäre ich am Wer-was-wann-wo von Jeffs neuester Eroberung durchaus interessiert gewesen, aber im Augenblick hatte ich zuviel zu tun. Bei dem Gedanken an dieses tote Mädchen in Southern Pines wurde mir ganz anders. Ich mußte unbedingt herausbekommen, wer sie war. Ich machte mir eine Liste von zwölf Leuten, die ich anrufen wollte, darunter viele, mit denen ich erst kürzlich wegen

Wally telefoniert hatte. Nach vier Gesprächen war ich einer Antwort um kein Stück nähergekommen. Niemand wußte etwas von einer Vermißten, und ich hatte langsam das Gefühl gewonnen, daß sich daran auch nichts ändern würde.

Ich stand auf und streckte mich. Jeff war immer noch am Telefon, den Rücken zu mir, und versuchte zu flüstern. Zehn Minuten waren rum, und er tat immer noch schön. Er sah aus wie eine Fliege, die sich müht, die kleinen Füßchen vom klebrigen Fliegenfänger loszubekommen.

«... es ist okay, ich sagte doch, es ist okay», raunte er, «bleib halt da, wenn du möchtest. Wegen heute abend kann ich noch nichts versprechen, das Fernsehen ist auf Einschaltquotenjagd, macht eine echte Knüllerwoche. Ich werde hier sitzen, bis ich über dem Computer zusammengebrochen bin ... ich ruf dich an, sobald ich klar sehe ... ja, ja, ich versprech's ... laß mir nur ein paar Stunden Zeit, und dann ...»

Geschieht ihm recht. Wer immer das war – die nagelte ihn auf der Matte fest. Ich machte mit meiner Telefoniererei weiter. Nach Anruf Nummer neun war alles, was ich bekommen hatte, ein steifer Nacken. So brachte das nichts. Ich rackerte mich umsonst ab. Ich mußte auf das Foto warten und konnte nur hoffen, daß all die Lebewesen, die möglicherweise noch in dem Graben gewesen waren, sich nicht am Gesicht, sondern an anderen Körperteilen der Leiche gütlich getan hatten.

Gail – ich mußte unbedingt Gail finden und die Sache mit dem Haarfärbemittel klären! Das machte mich ganz verrückt. Ich hatte schließlich seit ihrer Nacht im Stall nichts mehr von ihr gehört. Ich rief erneut bei ihr zu Hause an. Keine Antwort. Dann rief ich beim Stall an, und der alte Clarke kam an den Apparat.

«Oh, hallo, Mr. Clarke, hier ist Nattie Gold», sagte ich so einschmeichelnd wie möglich. Rob mochte es ja gelungen sein, ihn dazu zu bewegen, mich als Boxenmieter anzunehmen, aber es war klar, daß er mich trotzdem genausowenig mochte wie die Zeitung, für die ich schrieb. «Wären Sie wohl so lieb, mich mit Gail zu verbinden?»

«Die ist nicht da», sagte er – und klick.

Ich schmiß den Hörer auf die Gabel und sagte: «Danke für Ihre Hilfe, Sie Arschgesicht. Ich werde Gail schon noch finden.»

Letzteres war aber nicht sehr wahrscheinlich. So, wie sich dieser Vormittag gestaltete, würde ich nicht mal das Klo finden.

«Versuch's mal bei mir», ließ sich Jeff vernehmen.

«Was?» fragte ich.

«Ich sagte ‹Versuch's mal bei mir›. Sie ist noch da, wahrscheinlich ist gerade ein Möbelwagen dorthin unterwegs.»

«Gail? Bei dir?»

«Nattie, heute morgen läufst du wirklich nur auf zwei Zylindern. Hast du dein großes Arrangement schon wieder vergessen? ‹Ruf meine Freundin Gail an, sie ist großartig, du wirst sie mögen, sei nett zu ihr und so weiter, und so fort›?»

«Du hast eben mit Gail telefoniert?»

«Ja. Sonst noch Fragen? Vielleicht, wann sie mein Haus verläßt oder aufhört, mich anzurufen? Das war am heutigen Vormittag schon der vierte Anruf. Ich weiß ja, Nats, daß sie deine beste Freundin ist, aber warum hast du mir nicht gesagt, daß sie eine gewisse Unausgeglichenheit an sich hat?»

Ich kann nicht sagen, ich wäre nicht gewarnt gewesen. Als ich von zu Hause weggegangen war, hatte mir meine Mutter zweierlei geraten. «Spiel nie die Heiratsvermittlerin ... auf diese Weise bin ich an den Ganoven gekommen, den du Vater nennst», hatte sie gesagt, ihre Chesterfield Light paffend. «Und trag immer ausgestellte Röcke. Das hilft bei deiner Figur.» Ich war siebzehn gewesen, weshalb ich immer genau das Gegenteil von dem getan hatte, was sie sagte. Anscheinend war ich immer noch nicht aus dem Stadium der Rebellion heraus.

«Was meinst du mit ‹Unausgeglichenheit›?» fragte ich.

«Na, zum Beispiel klebt sie an mir wie so 'n Haftnotizzettel, und das nach einem einzigen, keineswegs bemerkenswerten Zusammensein», antwortete Jeff.

«Vielleicht für dich nicht bemerkenswert, aber offenkundig doch für sie. Sie ist nicht verrückt, sondern nur einsam. Gib ihr eine Chance. Der letzte Knabe, mit dem sie zusammen war, hat sie ziemlich übel fallenlassen. Hab ich dir nicht gesagt, du sollst nett zu ihr sein, wie?»

«Ich hätte gar nicht netter sein können. Abendessen, zubereitet von mir höchstselbst, Kino, Spaziergang im Park, Purzelbaum ins Bett. Das ist doch wohl nett, oder nicht? Du hast mich nicht gebeten, sie zu heiraten, sondern ich sollte nur mit ihr ausgehen. Und das bin ich.»

«Ich rufe sie an, ich muß sowieso mit ihr reden. Sag mir mal deine Nummer.»

Ich wählte. Ich wußte eigentlich nicht so genau, was ich sagen sollte. Wie bringt man einer Freundin bei, daß der Mann, hinter dem sie her ist, kein Interesse an ihr hat? Während ich zuhörte, wie das Telefon läutete, drei-, vier-, fünfmal, und über eine schonende Methode nachdachte, sie da wieder rauszukriegen, verfiel ich in meine alte Telefongewohnheit und fing an, mit meinem Haar zu spielen. Ich hatte nicht die Geduld, gespaltene Enden aufzureißen, sondern drehte nur drei dünne Strähnen zu einem losen Zöpfchen zusammen. Acht Klingelzeichen, keine Antwort. Ich wollte gerade auflegen, da fiel das Zöpfchen über den Hörer. Ich sah es mir an. Dieselbe Farbe wie die Mähne meines Pferdes. Das Zöpfchen sah aus, als wäre es eines von Brenda. Ein Pferdezopf.

Ich ließ den Hörer fallen.

«Hallo, hallo.» Am anderen Ende der Leitung war jetzt Gails Stimme zu hören. «Jeff, Jeff, bist du das? Ich war gerade unter der Dusche und ...»

Ich rannte durchs Büro. Ken stand am Redaktionstisch.

«Wo ist Cynthia?» fragte ich.

«Bei der Polente, um den Bericht von gestern abend zu ergattern», antwortete Ken. «Sie ist seit ungefähr fünfundzwanzig Minuten weg, muß also bald wieder dasein.»

«Mit wem hat sie bei der Polizei in Southern Pines Verbindung?»

«Das weiß ich nicht. Sehen wir doch auf ihrem Schreibtisch nach, ob da irgendwelche Notizen rumliegen.»

Ich blätterte gerade die auf Cynthias Tisch liegenden Papiere und Notizbücher durch, als ich jemanden sagen hörte: «Kann ich irgendwie behilflich sein?»

Cynthia war nicht allzu erfreut darüber, mich in ihren Sachen herumwühlen zu sehen.

«Hat die Polizei irgend etwas über ihre Augen gesagt?» fragte ich sie.

«Die der Toten?»

«Ja doch», sagte ich.

«Nur, daß sie blau waren.»

«Kennen Sie dort irgend jemanden, dem Reporter kein Graus sind? Jemanden, der Ihnen etwas mehr zu sagen bereit wäre, als in den üblichen Pressemitteilungen steht?»

Das war der Grund gewesen, warum ich die Polizei nicht angerufen hatte. Das Verhältnis des *Commercial Appeal* zu den meisten Polizeidienststellen des Bundesstaates war etwas angespannt. Deshalb gab es praktisch keine Möglichkeit, etwas anderes als die offiziellen Verlautbarungen zu bekommen – es sei denn, man hätte sich eine eigene Quelle erschlossen.

«Da wäre der Officer Shelby Hines, der durchaus hilfsbereit war», sagte Cynthia.

«Schön, dann tun Sie mir einen Gefallen, ja? Rufen Sie ihn an, und fragen Sie ihn noch mal wegen der Augen. Fragen Sie ihn, ob an der Farbe irgend etwas besonders Auffälliges war.»

Sie sah Ken an. Der nickte, und da wählte sie.

«Officer Hines, bitte. Ja, hier ist Cynthia Morrel vom *Commercial Appeal* ... Mir geht's gut, danke. Und Ihnen? Was macht Ihr kleines Mädchen? Schwimmt noch? Super. Hören Sie, vielleicht könnten Sie mir ja bei einer Sache behilflich sein, falls ich Sie nicht allzusehr störe. Eine Kollegin von mir möchte noch etwas über die Augen der toten Frau wissen. Nämlich ob an der Farbe etwas Ungewöhnliches war? Irgend etwas Auffälliges?»

Nach ein paar «Oh, wirklich?» und «Das ist ja interessant!» bedankte sich Cynthia bei Hines, verabschiedete sich und legte auf.

«Es sieht so aus, als wären Sie da an was dran», sagte sie. «Ihre Augen waren blau, aber es war nicht das ganz normale Blau. Hines sagte, die Augen hätten einen seltsamen Farbton gehabt, ja, eigentlich überhaupt gar keine Farbe. Er sagte, sie seien so blaßblau gewesen, daß es ihm vorgekommen sei, als schaute er in die Frau hinein. Er habe in seinem ganzen Leben nur ein einziges Mal solche Augen gesehen, und zwar bei dem Hund seines Schwagers, einem sibirischen Husky.»

Ich sank auf Kens Stuhl. Ich hatte ein Gefühl, als wäre ich soeben k. o. geschlagen worden.

«Deshalb waren ihre Fingernägel so schmutzig», murmelte ich vor mich hin.

EINUNDZWANZIG ■

«Auf diesen Zusammenhang wäre ich nie gekommen», sagte Henry. Wir saßen an einem Fenster der Pewter Rose, eines Restaurants, wo das beste Mittagessen der Stadt serviert wurde. Ich hatte den Reif auf meinem Eisteeglas allmählich entfernt, indem ich meine Hände immer wieder darumgelegt und mir dann mit den gekühlten Fingern über die Stirn gestrichen hatte. Die Klimaanlage und laufende Ventilatoren sorgten dafür, daß es in dem Lokal durchaus frisch war, aber trotzdem fühlte ich mich, als hätte ich mich im Fitneßstudio drei Stunden lang auf so einem Laufband abgequält und würde nie wieder abkühlen. Wenn ich ein Pferd gewesen wäre, hätte ich längst schlappgemacht, und der Tierarzt würde mich jetzt mit Beruhigungsmitteln vollpumpen, ein Gedanke, der eigentlich gar nicht so schlecht war.

«Ich kann es einfach nicht fassen», sagte ich. «Sully war noch keine fünfundzwanzig Jahre alt und ist tot. Es will nicht in meinen Kopf rein, daß diese halbverweste Leiche dort in Southern Pines der Mensch sein soll, mit dem ich mich bei jedem Turnier unterhalten habe.»

Meine Hände fingen wieder an zu zittern. Ich wollte das Teeglas aufnehmen und stieß es um.

«Du lieber Himmel, sehen Sie mich an», sagte ich. «Zum erstenmal aus dem Tor raus, und schon ein nervliches Wrack. Soviel zu der Frage, wie schmutzig ich mir meinen Trenchcoat machen kann.»

Henry wischte mit seiner Serviette den verschütteten Tee weg und bedeutete dem Ober, mir einen neuen zu bringen.

«Nun seien Sie mal nicht so streng mit sich, Nattie», sagte er. «Mit dem Tod ist auch unter günstigsten Umständen schwer umzugehen. Schlimmer als Mord, glaube ich, ist nur der Selbstmord. Sie wissen das sicher, aber meine Partnerin im Geschäft des investigativen Journalismus hat sich das Leben genommen. Das war vor vier Jahren, aber wenn ich daran zurückdenke, tut's immer noch weh.»

Ich hatte davon gehört. Sie war ein As, ein echtes Goldmädchen gewesen. Alle hatten fest damit gerechnet, daß sie noch vor Vollendung ihres fünfundzwanzigsten Lebensjahres bei der *Post* oder der *Times* gelandet sein würde. Statt dessen hatte sie mit vierundzwanzig im Sarg gelegen.

«Sie war begabt, sie war komisch und sie war klug. Aber sie hatte keinerlei Privatleben, hatte nichts als den *Appeal*. Es war eine besonders traurige Geschichte, bei ihrer Beerdigung waren nur ihre Mutter und eine Handvoll Reporter, also Leute, die Witze über Flugzeugabstürze machen und Bürowetten bezüglich der Zahl der Todesopfer abschließen können, und wir alle standen da und heulten. Der Priester, den eine so junge Selbstmörderin ganz offensichtlich aus der Fassung gebracht hatte, war nicht imstande, Trost zu spenden. In seiner Ansprache sagte er: ‹Sie war für eine Heilung zu zerbrochen.› Für eine Heilung zu zerbrochen … wie kommt ein Mensch da hin?»

Henrys Stimme verlor sich, und sein Blick ebenso. Er starrte in sein Eisteeglas, als wäre es eine Kristallkugel. Und meine Hand zitterte immer noch – oje, wir waren vielleicht ein Journalistenpaar! So eine Art Woodward und Bernstein, wenn's zwischen ihnen nicht so recht lief. Ich hatte keine Ahnung, was ich sagen sollte, und Henry schien im Land der traurigen Erinnerungen festzusitzen. Offensichtlich waren uns aber die Restaurantgötter wohlgesinnt, denn noch ehe uns dieser schwierige Augenblick ganz gefangennehmen konnte, erschien der Ober mit zwei Tellern frischen grünen und roten Salats.

«Balsamico oder Zitronen-Mohn-Dressing?» fragte er.

«Wie bitte? Was sagten Sie da eben?» Ich packte sein Handgelenk. Ich zitterte und hielt die Manschette des armen Kerls umklammert, als wäre ich am Ertrinken und sie meine einzige Rettung.

Der Ober war jedoch ein echter Profi. Kühl antwortete er: «Ich sagte Balsamico oder Zitronen-Mohn-Dressing.»

«Zitrone-Mohn! Zitrone-Mohn! Das ist es! Ja! Sie müssen eine Reinkarnation von Nelly Bly sein, auf Erden erschienen, um einer Journalistenschwester zu helfen. Synchronismus, und das dreimal an einem Tag! Mein Vater hat vollkommen recht mit seinem Gefasel über das Universum und daß es sich um einen kümmert. Jawohl! Vielen Dank! Vielen, vielen Dank!»

Mein Erguß holte Henry augenblicklich in die Wirklichkeit zurück. Da war nicht mehr viel Raum für rührselige Gedanken an tote Reporterinnen, jedenfalls nicht, solange ich wegen des Zitronen-Mohn-Dressings und des Synchronismus ein solches Geschrei machte.

«Ich lasse beide da, dann können Sie sich in aller Ruhe entscheiden», sagte der Ober. Er löste meine Finger von seinem Handgelenk und ging davon.

Henrys Augen zeigten den besorgten Blick einer Kinderschwester. Er schaute väterlich drein, was ihn verwundbar machte, und das wiederum ließ ihn, wie ich zugeben muß, noch besser aussehen. «Alles in Ordnung?» fragte er.

«Ja doch, ja, natürlich. Erinnern Sie sich nicht? Zitrone-Mohn? Lucys Hausangestellte Dorothy? Sullys Zitronen-Mohn-Stuten?»

Ich träufelte ein bißchen von dem Zitronen-Mohn-Dressing auf meinen Salatteller, tunkte den Finger hinein und leckte ihn ab. Sauer und süß, mit winzig kleinen knusprigen Kügelchen darin. Nichts weckt Erinnerungen so sehr wie ein Geschmack oder ein Geruch. Ich ging davon aus, daß das bei jedem Menschen so sein müsse, und tauchte meinen Finger erneut in die Soße.

«Hier, kosten Sie mal», sagte ich. Ich war angesichts dessen, was mir eben wieder eingefallen war, so aufgeregt, daß es mir als das Natürlichste von der Welt erschien, Henry meinen soßennassen Finger in den Mund zu stecken – wo wir doch beide gemeinsam an dieser Story arbeiteten! Erst als mein Finger drin war, wurde mir klar, daß ich auf einem persönlicheren Terrain operierte, als mir lieb war.

«Oh», sagte ich und zog meinen Finger aus seinem Mund.

Wieder so ein unbehaglicher Augenblick. Das mauserte

sich ja langsam zu einem Mittagessen der Eröffnungen und der Reue. «Wie auch immer», sagte ich und hoffte, daß mein Gesicht nicht ganz so rot war wie der Radicchio, «erinnern Sie sich nicht an diesen Geschmack? Und an das, was geschah, als Lucys Mädchen den Stuten reinbrachte?»

Henry schüttelte den Kopf. «Nein, tut mir leid.»

Ein Geschmack katapultierte also wohl doch nicht jeden in die Vergangenheit zurück. Ich erinnerte Henry folglich an Lucys seltsame Reaktion – daran, wie ihr die bloße Berührung des Stutens weh getan hatte.

«Wissen Sie nicht mehr, daß sie den Stuten gar nicht erst ins Wohnzimmer bringen wollte? Daß sie sagte, es wäre ihr ein Schmerz erst in den Kopf und dann den Rücken runter gegangen, als sie den Stuten aus dem Kühlschrank geholt hätte? Während sie sprach, rieb sie sich dauernd die linke Schläfe. Die Stelle, an der Sullys Schädel eingeschlagen worden ist.»

Henry schüttelte den Kopf. «Zufall. Vielleicht leidet die Frau unter Migräne. Vielleicht war eine Erkältung im Anzug. Es gibt unendlich viele plausible Erklärungen dafür.»

«Ach, Henry, da wären wir also wieder. Nein, das ist kein Zufall. Die einzige plausible Erklärung ist, daß sie sehr viel eher als alle anderen von Sullys Tod wußte. Ich weiß, dieser ganze so schaurig übersinnliche Humbug will Ihnen nicht in Ihren logisch denkenden Kopf gehen, aber selbst Sie werden zugeben müssen, daß es auf Erden ein paar Dinge gibt, die sich nicht wissenschaftlich einordnen lassen.»

Dann erzählte ich ihm, was mir meine Großmutter vor zig Jahren zum Thema rothaarige Juden und grünäugige Schwarze zu sagen gewußt hatte.

«Ich behaupte nicht, daß Ihnen jeder rothaarige Jude und jeder grünäugige Farbige die Zukunft voraussagen kann, aber diese Frau hat die Gabe, Henry. Wir müssen nach Camden und in Erfahrung bringen, was sie sonst noch weiß. Los, fahren wir. Schnell, essen Sie Ihren Salat auf.»

Wir hatten gerade erst mit dem Essen begonnen, und ich konnte sehen, daß Henry nicht die Absicht hatte, einen so wunderbar angerichteten Salat stehenzulassen. Er fuhr mit der Gabel in einen krausen Endivienschnörkel.

«Das ist mal wieder typisch für Sie, diese Voreiligkeit. Ich schließe keine Möglichkeit aus, auch die nicht, daß Dorothy – aus welchen Gründen auch immer – wußte, daß Sully tot war. Aber wir können nicht völlig planlos irgendwo reinplatzen. Lassen Sie uns zu Ende essen und uns über unser Vorgehen schlüssig werden. Ich denke, es hilft, wenn wir einen Rahmen haben, innerhalb dessen wir uns bewegen können.»

Er zog einen Notizblock und einen Stift hervor und fing an zu kritzeln. Ich sah genauer hin. Ein roter Faden! Da machte er doch tatsächlich so eine blödsinnige Stichwortliste, und nur eine Stunde von uns entfernt lag der Schlüssel zu unserem Mordfall! «Jetzt hören Sie mal, Henry», sagte ich, wobei meine Stimme angesichts der Tatsache, daß ich den heftigen Wunsch empfand, ihm seinen Salatteller über dem aschblonden Haupt auszuleeren, bemerkenswert ruhig war, «machen Sie Ihren Plan, und ich gehe telefonieren. Und wenn ich zurückkomme, dann fahren wir, ja?»

Ich stand auf, um zum Telefon zu gehen.

«Ich dachte, wir machen gemeinsam einen Plan. Das habe ich mit meiner früheren ...»

Ich unterbrach ihn. «Ich bin nicht sie. Wenn ich zurück bin, können Sie mir ja sagen, was Sie notiert haben. Und dann sage ich Ihnen, was ich davon halte ... und zwar im Auto, auf der Fahrt nach Camden. Abgemacht?»

Ich hörte nicht mehr, was er darauf antwortete, denn als er es tat, war ich schon fast bei der Telefonzelle angekommen.

Ich wählte Gails Nummer. Keine Antwort. Ich hatte gehofft, sie hätte Jeffs Haus verlassen und wäre nach Hause gefahren. Sie brachte aber auch alles durcheinander. Ich wählte Jeffs Nummer. Sie hob den Hörer ab, noch bevor das erste Läuten verklungen war.

«Jeff?» sagte sie.

«Tut mir leid, ich bin's, Nattie.»

«Oh, Nattie, es ist was ganz Unglaubliches passiert. Ich glaube, ich habe mich verliebt. Gestern abend war ...»

Sie wollte zu einem detaillierten Bericht ansetzen, aber dazu hatte ich jetzt keine Zeit. Ich suchte nach einer Möglichkeit, ganz behutsam in ihren Monolog einzudringen, aber sie ließ zwischen ihren Sätzen nicht allzu große Lücken. Da schnitt ich ihr das Wort ab.

«Gail, ich habe augenblicklich gar keine Zeit. Ich glaube, bei meiner Story ergibt sich was Entscheidendes, und dem muß ich erst mal nachgehen. Ich wollte nur kurz sehen, wie's dir geht, denn wir haben seit meiner Rückkehr aus Tri-Color nichts mehr voneinander gehört. Du mußt mir über dein Zusammensein mit Jeff genauestens berichten ... heute abend, wenn ich wieder da bin. Inzwischen mach langsam, was Jeff angeht. Ich möchte nicht, daß dir etwas Schmerzliches widerfährt.»

«Wieso das? Hat er irgend etwas zu dir gesagt? Gibt's da was, was du mir verschweigst?»

Ich log. Es war jetzt nicht die Zeit dafür und das Telefon nicht der richtige Weg.

«Nein, nein. Nur geh behutsam vor, damit du auch okay bist, wenn nicht alles so läuft, wie du es dir vorstellst, in Ordnung? Ach ja, da ist noch etwas. Vor der Abfahrt zum Turnier habe ich mir was von deinem Vetrolin ausgeliehen. Meins war nämlich alle, und du weißt ja, wie Rob ist. Also, da bin ich an deinen Schrank gegangen und habe aus Versehen eine Flasche umgeschmissen. Ausgerechnet ein Haarfärbemittel. Ich werd bei Eckerd vorbeifahren und dir eine neue besorgen. Aber was machst du eigentlich mit dem Miss-Clairol-Zeug? Es ist die Farbe von Allies Fell. Hat er irgendeine Narbe, die du verdecken willst? Ich weiß gar nicht, warum du das tun solltest, denn es sieht doch nicht so aus, als ob du je mit ihm an einer Eignungsprüfung oder sonst irgendwas teilnehmen würdest.»

Vielleicht träumte sie von Jeff, denn von ihrem Ende der Leitung kam sehr, sehr lange nichts.

«He, Gail, bist du noch dran?» rief ich ins Telefon.

«Mit wem hast du gesprochen?» fragte sie schließlich zurück. Ihre Stimme klang angespannt. Ich konnte vor mir sehen, wie die Wutpusteln auf ihrem Gesicht erschienen.

«Was soll das heißen, mit wem ich gesprochen habe? Ich spreche mit dir.»

«Du weißt, daß ich was anderes meine. Ich meine, mit wem du über Allie gesprochen hast? Als Sully dir damals sagte, sie dächte, Doc Loc und ich hätten was miteinander, hat das kleine Luder da sonst noch was ausgeplaudert? Hat sie ...»

Es gab eine kurze Unterbrechung.

«Augenblick mal, Nattie, da ist jemand in Jeffs Leitung auf Warteposition. Wahrscheinlich ist er's selber.»

Er muß es gewesen sein, denn Gail meldete sich nicht zurück. Selbst auf der Warteposition zu landen ist mir verhaßt, und ich legte auf. Aber was ich von Gail gehört hatte, gefiel mir überhaupt nicht. Sie hatte wahnsinnig erregt geklungen, so, als könnte sie jemanden umbringen. Und sie hatte von Sully gesprochen, die vor kurzem ermordet worden war. Das war ein Weg, den ich ganz und gar nicht gehen mochte.

ZWEIUNDZWANZIG ■

Ein glühendheißer Tag in Carolina, noch einer. Henrys Wagen hatte zwar eine Klimaanlage, aber so eine Anlage nützt nicht sonderlich viel, wenn man aus dem Auto aussteigen muß. Und wenn man in Camden, South Carolina, aus einem Auto aussteigt, dann gerät man in einen Backofen mit Ober- und Unterhitze. Oben die Sonne, unten der Sand.

«Ach Gottchen, ach Gottchen, jetzt kommen Sie nur erst mal rein. Die weiße Haut von Ihnen ist wirklich nicht für diese Hitze gemacht. Ist überhaupt nichts für so 'ne Hitze gemacht, außer mein Daddy, Gott hab ihn selig. Ist vor dreißig Jahren gestorben, aber der hätte diese Hitze vertragen. Er war schwärzer als die schwärzeste Nacht, das war er. Nichts kam durch seine Haut durch. Nun kommen Sie rein, schnell, bevor Sie noch auf der Türschwelle festbacken.»

Dorothy hatte mir und Henry die Tür des Bladstoneschen Hauses geöffnet. Sie war in Abwesenheit ihrer Arbeitgeberin geradezu geschwätzig und verbreitete sich endlos über die Hautfarbe – des Vaters, der Mutter, ihrer selbst. Ich mußte ihr, was die helle Haut anging, zustimmen, denn wenn man welche hat, ist das bei dieser Sonne so, als trüge man in der Antarktis eine Nylonjacke.

Sie führte uns, pausenlos redend, ins Wohnzimmer. «Ich wünschte, ich hätte die Haut meines Daddys, wirklich. Außer mir werden Sie allerdings kaum Farbige finden, die gern 'ne dunklere Haut haben möchten. Der Herr ist erschienen und hat mir selber gesagt, daß wir die Erde erben werden. Die mit der schwärzesten Haut, hat Er gesagt. Im Traum war das. Er sagte: ‹Dorothy, die Leute zerren an meiner Erde, reißen den Himmel unter mir weg. Bald wird's nichts mehr geben, was deine Brüder und Schwestern noch schützt, außer der Farbe, die ich ihnen gegeben hab, als sie noch Babys waren.›»

Ich war sicher, daß Henry sie zu diesem Zeitpunkt schon der Kategorie der Schwachsinnigen zugeordnet hatte und sich fragte, warum, zum Teufel, ich ihn hierhergeschleppt hatte. Aber für mich ergaben ihre Visionen durchaus einen Sinn, und ich mochte die Ironie, mit der sie unterlegt waren.

«Tja», sagte ich, «das würde wenigstens dem Ku-Klux-Klan endgültig den Garaus machen.»

Dorothy lachte. «Gott im Himmel, das würde es bestimmt!»

Ich sah mich im Wohnzimmer um. Es herrschte tadellose Ordnung. Nirgends ein Hund. «Das Zimmer sieht verändert aus.»

Sie lächelte glücklich und mit Herrscherstolz. «Wenn sie weg ist, kommen mir diese gräßlichen, schmutzigen, stinkenden Köter nicht hier rein und reißen die Sachen von Mr. Bladstone in Stücke. Wenn's um Hunde geht, hat diese Frau nicht den Verstand, mit dem sie zur Welt gekommen ist.»

Dann hielt Dorothy eine leidenschaftliche Schmährede auf Hunde und Würmer und Mr. Bladstones mangelhafte Körperpflege, was zeigte, daß sich Henry auf der Fahrt hierher unnötige Sorgen gemacht hatte. Er hatte gemeint, wir würden nicht imstande sein, irgend etwas aus Dorothy herauszuholen, schließlich sei sie doch nur eine arme schwarze Hausangestellte in einer reichen Südstaatenstadt. Er war der Ansicht gewesen, daß es nur auf eine Wiederholung unserer Unterhaltung mit Lawrence, dem wortkargen Verwalter von Keith Rollings, hinauslaufen würde. Auch wenn er es nicht ausgesprochen hatte, hielt er dieses ganze Unternehmen für Zeitverschwendung, war aber immerhin bereit, mir meinen Willen zu lassen – «im Geiste der abteilungsübergreifenden Zusammenarbeit», wie er gesagt hatte. Ha, ha, reingefallen! Diese Frau redete wie ein Wasserfall!

Und es war nicht so, daß wir sie etwa überrascht und ungewarnt überfallen hätten. Henry hatte darauf bestanden, daß wir erst anrufen und sicherstellen sollten, daß Dorothy auch wirklich da und Lucy abwesend war. Er hatte gemeint, er zweifle durchaus nicht an der Richtigkeit meiner Information (nämlich daß Lucy bis Samstag bei La Donna in Wisconsin sein werde), aber was wäre denn, wenn sie ihren Plan geändert hätte? Ich hatte mich nicht mit Henry streiten wollen – was auch gar keinen Zweck hat, wenn er erst einmal zu einem Entschluß gelangt ist – und angerufen. Lucy hielt sich in Wisconsin auf, und Dorothy war daheim und hatte gesagt, sie freue sich auf den Besuch.

Sie bat uns, uns zu setzen, sie wolle nur etwas zu trinken holen und sei gleich wieder da. Bei unsrem ersten Besuch hatte sie fünfzehn Minuten gebraucht, aber diesmal war sie fast augenblicklich zurück. Sie hielt dasselbe Tablett in den Händen wie neulich und fing an, über Wally zu sprechen, ohne daß wir sie dazu aufgefordert hatten.

«Alles, was ich über Mr. Hempstead sagen kann, ist nur Schlechtes, und schlechte Sachen mag ich noch nicht mal gern denken. Es besudelt die Seele, jawohl. Aber wo Sie nun mal da sind, will ich's Ihnen erzählen. Er war der böse Bruder des Herrn, der Leibhaftige. Jawohl, Sir. Ein übler Mensch. Ich kann nicht behaupten, daß ich schon jemals einem anderen Mann begegnet wäre, von dem ich das hätte sagen müssen. Nein, das kann ich nicht. Ich sagte Mrs. Bladstone gleich an dem Tag, an dem der Mensch zum ersten Mal in die Küche reinkam, daß es mit dem Schwierigkeiten geben würde. Ich betete und betete, als er gestorben war, daß er tot und von mir fern bleiben möge.»

Ich fragte mich, was in Wallys Leben wohl schiefgelaufen war und ihn zu einem so gemeinen Menschen gemacht hatte. Ein Mann, der von aller Welt derart verachtet wurde, war mir noch nie begegnet. Gefühlsduselig, wie ich nun einmal war, wollte er mir schon leid tun.

Dorothy warf mir einen merkwürdigen Blick zu.

«Denken Se jetzt bloß nicht, daß der Mann auch nur ein Fitzelchen Mitleid verdient hätte! Der war zu jedem Lebewesen, das seinen Weg kreuzte, nur gemein. Ich hab gesehn, wie er nach den Hunden hier getreten hat, und dafür hatte er keinen anderen Grund als seine Niedertracht. Er hat's nie vor

Mrs. Bladstone getan, weil er wußte, wie vernarrt sie in die Viecher ist. Aber bei mir, bei mir war ja egal, was ich sah.»

Dorothy unterbrach sich in ihrer Tätigkeit, die darin bestand, uns Eistee einzuschenken. «Ich weiß, der Herr will, daß wir vergeben, aber ich wette, daß auch der Herr selbst seine Mühe damit hatte, als Mr. Hempstead vor ihm erschien.»

Der Tee war süß. Wieder taten mir die Zähne weh. Dorothy goß sich selbst nichts ein, obwohl wir sie mindestens dreimal dazu aufforderten. Sie wollte sich auch nicht setzen. Aber sie redete. Über Wally und über Wally und Lucy – «hab nie gesehen, daß irgendwas Komisches zwischen denen passiert ist» – und über L. M. Bladstone – «ein lieber Mensch, der nicht die Hälfte von dem weiß, was hier vorgeht».

Ich mag gute Geschichten, und noch mehr mag ich gute Erzähler. Dorothy hatte eine einschmeichelnde Stimme, tief und voll und mit rollendem Akzent. Mir war, als ritte ich auf einer Welle von Wörtern – ich hätte ihr gut den ganzen Tag zuhören können, und sie wäre diesem Wunsch sicherlich nur zu gern nachgekommen. Henry dagegen war ein Mann der knallharten Tatsachen. Angesichts der Reden Dorothys und der knallharten Tatsache, daß er um sechs seine Jungs abholen mußte, wurde er langsam kribbelig.

Deshalb fragte er jetzt: «Erinnern Sie sich noch an den Zitronen-Mohn-Stuten, den Sie uns damals serviert haben, Dorothy?»

«Ob ich mich noch an diesen Kuchen erinnere? Erinnere ich mich noch an den Vornamen meiner Mutter?» Sie lachte laut und hart und fing dann an, von ihrer Mutter zu erzählen, einer Mrs. Maybelle P. Dobbins aus Cheraw, South Carolina. Dorothy zu zügeln würde nicht ganz leicht werden.

Ich versuchte es. «Sully hatte den Stuten gebacken, und Sie wollten ihn nicht anrühren ...»

«Na, selbstverständlich weiß ich, wer den Kuchen gebakken hatte, wie ich auch den Namen meiner Mutter weiß. Dem Mädchen ist was Schlimmes zugestoßen, und ich sagte das Mrs. Bladstone, sagte ihr, was wirklich Schlimmes wäre passiert, oben am Kopf. In dem Kuchen waren nichts als Schmerzen drin, kein Leben, nichts außer Schmerzen. Mrs. Bladstone hat's nicht gern, wenn ich ihr solche Sachen sage. Sie behauptet, sie glaubt mir nicht. Aber ich denke, sie tut's doch, und kann deshalb nicht ertragen, wenn ich so rede. Das macht ihr angst. Sie hat große Angst, daß irgendwer zusieht und daß sie eines Tages da oben ist und diesem Irgendwer erklären muß, warum sie hier zu allen so gemein war, nur zu ihren dreckigen Kötern nicht. Das Mädchen ist tot, nicht wahr?»

Das ließ Henry die Ohren spitzen. Nur die Polizei von Southern Pines und einige Reporter wußten von der Leiche im Graben. Und nur wir – und der Mörder – wußten zweifelsfrei, wer die Tote war. Die Polizei von Southern Pines war noch mit der Identifizierung beschäftigt und ging dem Hinweis nach, den sie von mir erhalten hatte. Aber Dorothy wußte es, und sie war bestimmt nicht der Mörder. Sie war ja kaum in der Lage, den Krug mit dem Eistee hochzuheben – sie konnte ganz bestimmt niemandem aufs Haupt hauen.

«Sehr wahrscheinlich», beantwortete ich ihre Frage. «Die Polizei hat in einem Graben eine junge Frau gefunden. Ich glaube, es ist Sully.»

«Sie tun mehr als das glauben. Sonst wären Sie ja nicht hier und vergeudeten Ihre Zeit mit einer ollen verrückten Schwarzen. Ich weiß, daß sie's ist. Ich hab schon mein ganzes Leben lang Dinge gewußt. Manche sagen, das wär eine Gabe des lieben Herrgotts. Aber ich wollte, er hätte sie einer andren gegeben. Ich würde gern meine Arbeit tun, ohne die Schmerzen aller anderen verspüren zu müssen.»

Wie sie da so stand, die knochigen Finger in das Sofa gedrückt, um sich abzustützen, sah sie alt und gequält aus. «Ich hab in meinem Leben genug Schmerzen abbekommen, die reichen mir bis in alle Ewigkeit.»

In diesem Augenblick sah ich den Blick. Es ist die Stelle der Augen, wo sich diese Art von Schmerz einnistet. Vor ein paar Monaten hatte ich einen ganzen Raum voll solcher Augen erlebt. Ich hatte über ein Treffen der «Compassionate Friends» berichtet, einer Gruppe, die Eltern beisteht, welche Kinder verloren haben. Es ist ein Blick, den ich nie vergessen werde – Augen, die verzweifelt nach einem Weg zurück suchen, Augen, die vor das Ereignis zu gelangen trachten, in die Zeit, als das Leben noch in Ordnung zu sein schien. Oder sogar gut. Zurück zu dem Augenblick, den der Blick immer wieder ablaufen läßt, vor und zurück, hoch und runter – prüfend, analysierend, auf der Suche nach einer Lücke, auf der Suche nach einer Möglichkeit, das Geschehene zu verändern, dem Tod Einhalt zu gebieten.

«Das mit Ihrem Kind tut mir leid», sagte ich.

«Kinder», erwiderte Dorothy und hörte zum ersten Mal seit unserer Ankunft zu sprechen auf.

Henry brach schließlich das Schweigen. Dorothys Augen schimmerten glasig und meine auch.

«Als Sie Lucy das mit Sully gesagt haben, wie hat sie da reagiert?»

Dorothy straffte die Schultern, schüttelte leicht den Kopf und wischte sich die Erinnerungen aus den Augen. «Sie hat mir doch vor Ihnen allen gesagt, ich sollte mal mit diesem Voodoogefasel aufhören. Das tut sie immer, wenn ich ihr was prophezeie. Aber natürlich, kaum waren Sie aus der Tür draußen, da kam sie so dürr, wie sie ist, in die Küche gelaufen und fragte, wo ich glaubte, daß Sully wär. Sie sah auch mächtig besorgt aus. Mrs. Bladstone kümmert sich um viele Leute einen Dreck, aber an dem Kind lag ihr was. Vielleicht, weil sie keine eigenen haben kann. Sie machte immer einen großen Wirbel wegen dem Mädchen, gab ihr Anziehsachen, Geld, ich mußte ihr sogar Frühstück machen, weil sie doch immer so früh herkam, um Zöpfe auf die Pferde zu tun. Zöpfe auf Pferden? Ist das nicht das Blödeste, was man je gehört hat?»

Bevor ich ihr noch zustimmen konnte, fuhr Dorothy schon mit ihrer Geschichte fort. Lucy habe, nachdem sie in der Küche gewesen sei, überall rumtelefoniert, um Sully ausfindig zu machen.

«Hat sogar die Mama und den Daddy des Mädchens in Georgia angerufen. Tat so, als wär's nichts Wichtiges, halt nur so ... sie wollte die ja nicht in Unruhe versetzen.»

«Georgia?» fragte ich nach. «Wissen Sie auch, wo in Georgia?»

«Ich möchte nicht, daß Sie denken, ich wüßte über alle Angelegenheiten von Mrs. Bladstone Bescheid und hätte sonst nichts Beßres zu tun. Aber ich machte grad hinter den Kötern her sauber, da hörte ich sie zur Vermittlung sagen, daß sie die Telefonnummer von Mr. Trowbridge Cameron in Brunswick, Georgia, suche.»

Brunswick, Georgia. Heimatort von Sully Cameron, Keith Rollings und Wally Hempstead. Henry und mir stand sicher noch eine verdammt schwierige Diskussion über dieses Interview bevor, und ich schwor mir, nicht ein einziges «Hab-ich's-nicht-gesagt» einzuflechten.

Das setzte allerdings voraus, daß Henry würde reden, fahren und ängstlich bemüht sein können, es noch bis sechs zu schaffen – alles gleichzeitig. Ich spürte, daß er langsam nervös wurde. In den vergangenen fünfzehn Minuten hatte er alle dreißig Sekunden mit einem Ruck das Handgelenk gedreht und auf die Uhr geschaut. Wenn er bis sechs zurück sein wollte, dann wurde es langsam Zeit, aufzubrechen. Und ich wußte, daß er das wollte, darüber ließ er nicht mit sich reden. Wenn es um seine Kinder ging, dann hatten die Vorrang. Ich glaube, wenn der Präsident der Vereinigten Staaten höchstpersönlich anriefe und es wäre kurz vor sechs, dann würde Henry ihn bitten, es doch an einem der nächsten Tage noch einmal zu versuchen.

«Eine letzte Frage», sagte ich. «Sie wußten eher als alle anderen, daß Sully tot war. Und wer hat sie umgebracht?»

Dorothy lächelte und nickte mit dem Kopf. «Ich wußte, daß Sie das fragen würden. Auch Mrs. Bladstone war deshalb dauernd hinter mir her. Aber ich habe keine Ahnung, wer das arme Mädchen umgebracht hat. Der Herr wirkt auf eine wundersame Weise. Er gibt einem, was man wissen muß, manchmal auch ein bißchen mehr, aber nie so viel, daß es einen verletzt. Das ist Sein Weg. Er hat es Ihnen auch gegeben. Aber Sie machen sich zu viele Sorgen, deshalb geraten die Dinge in Ihnen alle durcheinander. Ich hab mir nie viele Sorgen gemacht, weil ich keinen Sinn darin sah. Alles Sorgenmachen im ganzen Königreich Jesu Christi konnte nicht verhindern, daß die schlimmen Dinge passiert sind. Bringen Sie einfach alle Besorgnis zum Schweigen, sie macht in Ihrem Kopf zuviel Lärm, macht, daß Sie nicht hören, was Sie eigentlich hören sollen, nämlich die Stimmen der Kinder Gottes, die zu Ihnen sprechen. Vergessen Sie nie, wir sind alle Gottes Kinder, wir alle außer diesem Mr. Hempstead. Der ist, wie ich schon sagte, Satans Junge ...»

Ich stand auf, um die Verabschiedung einzuleiten. Nach Lage der Dinge mußten wir regelrecht um Knöllchen wegen Geschwindigkeitsüberschreitung buhlen, wollten wir noch rechtzeitig nach Charlotte kommen. Henry warf mir einen anerkennenden Blick zu. Gute Väter sind nicht leicht zu finden, und wenn man mal einen gefunden hat, warum soll man ihm dann nicht behilflich sein, auch wenn es nicht der eigene ist? Ich drängte mich vorsichtig in Dorothys Wortschwall hinein und sagte, sie sei uns eine größere Hilfe gewesen, als sie sich vorstellen könne. Dann schrieb ich meine private und meine dienstliche Telefonnummer auf einen Zettel (ich hatte alle meine Visitenkarten verloren).

«Wenn noch irgend etwas ist, rufen Sie mich doch an», sagte ich. «Aber Sie können mich gern auch anrufen, wenn nichts ist. Für eine gute Geschichte bin ich immer zu haben.»

Dorothy setzte unsere Gläser auf das Tablett. «Kind», sagte sie, «passen Sie auf sich auf.» Sie sah in Henrys Richtung und setzte hinzu: «Ihr Mann lächelt nicht viel, aber er ist ein guter, ehrlicher Mann. Ein feiner Mensch, dem etwas an Ihnen liegt.»

Ich sah Henry an. In einem hatte sie recht: Ich hatte ihn bisher noch nicht sehr oft lächeln sehen. Jetzt lachten wir beide laut los.

«Er mag ja ein guter Mann sein», sagte ich, «aber meiner ist er nicht.»

«Soso», sagte Dorothy und stimmte in unser Gelächter ein. Nach einer Weile fuhr sie fort: «Also, denken Sie dran, was ich Ihnen über das Sichsorgen gesagt hab. Zwei Tote sind genug, auch wenn der eine das Leben nicht wert war. Haben Sie mich gehört?»

«Laut und deutlich», antwortete ich. «Sie und meine Mutter, Sie beide hätten gut zusammen Sorgensitzungen abhalten können.»

«Dem Herrn sei Dank. Es gibt niemanden, der einen so liebt wie die Mama.»

Ich streckte Dorothy die Hand zu endgültigem Abschied entgegen, als plötzlich ihr rechtes Bein einknickte. Um nicht zu fallen, griff sie nach Henrys Arm und stand ein paar Sekunden lang unbeweglich da. Ich sah, wie ihr kleine Schweißperlen auf die Stirn traten.

«Diese alten Knochen halten mich kaum noch aufrecht», sagte Dorothy schließlich. «Ich hab im Leben noch nie so einen Schmerz gehabt. Es fühlte sich an, als würde mein Bein von innen her außen mit einem Brandmal versehen.»

Sie holte ein paarmal tief Luft und wollte gerade Henrys Arm wieder loslassen, als er sie umfaßte und hochhob.

«Immer langsam», sagte er. «Sie sollten sich erst mal hinsetzen.»

Er trug sie zum Sofa, und sie erhob Protestgeschrei.

«Ich denke, es ist wichtig, daß Sie sich hinsetzen», sagte Henry noch einmal. «Wenigstens, bis Sie wieder richtig bei Atem sind.»

«Mein Atem ist schon in Ordnung, jetzt lassen Sie mich mal wieder los», sagte Dorothy. «Ich bin nicht die, um die Sie sich kümmern sollten.»

Henry wollte einen Arzt oder Verwandte anrufen. Aber Dorothy schien das alles nur sehr peinlich zu sein, und sie bestand darauf, daß es ihr wieder gutgehe. Sie stemmte sich vom Sofa hoch und begleitete uns zur Haustür, ohne auch nur einmal zu humpeln.

«Was immer das war, es ist vorbei», sagte sie. «Ich hab jetzt noch einiges an Arbeit zu erledigen. Sie nicht auch?»

DREIUNDZWANZIG ■

Den Rest der Woche geschah überhaupt nichts Erfreuliches. Keine synchronistischen Offenbarungen, keine entscheidenden Hinweise, keine geistseelischen Pfeile, die uns irgendwohin gewiesen hätten. Natürlich passierte auch nichts Schlimmes. Der Spinner, der gern Plastikpferde kaputtmachte und Lippenstift-Nachrichten hinterließ, zog es vor, nicht in Erscheinung zu treten.

Das taten ganz offensichtlich alle anderen auch. Aus den vielen Interviews, die wir zu arrangieren versuchten, wurde nichts. Keith Rollings war bis Samstag wieder in Ocala, und wir hatten bei seiner Frau die Nachricht hinterlassen, daß wir gern mit ihm über Wally sprechen würden. Melissa und Mamilein waren im Strandhaus der Familie in Duck – keine Antwort, wahrscheinlich hatte das Hausmädchen seinen freien

Tag. Daddy Mayfield hatte den Rückruf verweigert. Und Lucy war mit La Donna in Wisconsin, aber nicht zu Hause, sondern sonstwo unterwegs, wie uns La Donnas halb tauber und – so mein Eindruck – halbtoter Papiertücher-Ehemann mitteilte.

«Sie rufen von Hershels Pier an … ist das ein Fischgeschäft?» fragte er mit zittriger Stimme.

«Nein», brüllte ich ins Telefon. «Hier ist der *Commercial Appeal*, eine Zeitung in North Carolina. Sagen Sie Lucy bitte, wir würden gern mit ihr über Wally und Sully sprechen.»

Der Mann brauchte sieben Anläufe, bis er meinen Namen und meine Telefonnummer richtig mitbekommen hatte. Man hätte meinen sollen, daß er sich bei all dem Klopapiergeld auch mal ein Hörgerät hätte kaufen können.

Während Henry seine Ausgrabungsarbeiten im Gerichtsgebäude fortsetzte, machte ich mich wieder auf die Suche nach Informationen über Wally und jetzt auch Sully und rief alle Pferdeleute an, die ich kannte.

Die Polizei in Southern Pines bestätigte offiziell, daß es sich bei der gefundenen Leiche um Sully handelte, und als Todesursache wurde ein Schlag gegen die linke Schläfe angegeben – genau die Stelle, an der Dorothy den Schmerz verspürt hatte. Was die Motive betraf, so gehörte zumindest Notzucht nicht dazu. Sully war sexuell keine Gewalt angetan worden, der Täter hatte ihr aber alles abgenommen, was eine schnelle Identifizierung hätte ermöglichen können. Das Labor der Kripo in Raleigh führte im Rahmen der Spurensuche alle möglichen Tests durch – Haare, Fingerabdrücke, Textilfasern.

Es überraschte mich überhaupt nicht, als Cynthia mir sagte, um was es sich bei dem Zeug unter Sullys Fingernägeln handelte. Ich hatte es der Redaktionskonferenz am Vortag vorausgesagt. Ich wußte, daß die Polizei darauf gehofft hatte, dort Spuren der Haut oder des Blutes einer anderen Person zu finden, und zwar des Mörders, gegen den sich Sully gewehrt hatte. Aber dieses Glück wurde ihr nicht zuteil. Alles, was die Weißkittel in dem schwarzen, teerig-klebrigen Zeug unter den Fingernägeln gefunden hatten, war eine Verbindung von Pferdehaar, winzigen Fetzchen Tierhaut und Dreck. Das Einflechten einer Mähne ist nun mal ein schmutziges Geschäft. Die Einflechter, die an und für sich schon ein recht griesgrämiger Haufen sind, weil ihnen ständig die Finger weh tun und sie mit ihrer Arbeit mitten in der Nacht anfangen müssen, kriegen einen Schreikrampf, wenn man die Mähne des einzuflechtenden Pferdes vor dem Turnier wäscht. Denn eine saubere Mähne ist eine glatte Mähne, und in eine glatte Mähne lassen sich nur lockere, schludrige Zöpfe flechten.

Meine Chefin Candace war sehr beeindruckt von der Tatsache gewesen, daß ich schon gewußt hatte, was in dem Laborbericht stand, noch bevor dieser überhaupt ausgedruckt vorlag. Aber das war vor drei Tagen gewesen, und bei der alltäglichen Journalistenarbeit geht es doch eher um das Was-kannst-du-*heute*-für-mich-tun. Und was ich am heutigen Tag für Candace tat, war nicht viel, jedenfalls ihrer Ansicht nach. Sie mochte es gar nicht, wenn meine Modekolumne mit Agenturmaterial gefüllt werden mußte, und noch weitaus weniger mochte sie es, wenn ihre Abteilung nicht im Mittelpunkt der allgemeinen Aufmerksamkeit stand. Drei der täglichen Konferenzen waren zu Ende gegangen, ohne daß ich oder Henry den Herren aus den oberen Etagen Ausrufe des Staunens entlockt hatte oder Strahlen irgendeines Rampenlichts auf die Feature-Abteilung gefallen waren. Das Beste, was Candace zu bieten hatte, war eine Noch-ist-es-nicht-soweit-Trend-Story über den mißbräuchlichen Einsatz von Prozac, einem Stimmungsaufheller, bei Hunden und ein steinerweichender Krankheit-der-Woche-Artikel über aplastische Anämie, der durch eine am Ende angefügte, mit Rahmen versehene «Wohin wende ich mich?»-Information über Arbeits-

und Selbsthilfegruppen komplettiert wurde. Sie war mehrfach vor meinem Schreibtisch erschienen und hatte mir den Bericht über irgendeinen öden Empfang aufs Auge drücken wollen, aber ich hatte stets eine gute Entschuldigung parat.

«Himmel ja, Designer House würde ich wirklich gern machen», sagte ich bei ihrem letzten Versuch, «aber ich habe da noch vier Anrufer, die Leute kennen, die es gar nicht abwarten können, mir zu berichten, wer ihrer Meinung nach Wally umgebracht hat und warum.»

«Na schön», erwiderte sie und war gar nicht glücklich, «aber vergessen Sie nicht, die Liste der Leute vorzulegen, die Sie interviewt haben. Mit Telefonnummer!»

Ich lächelte – jedenfalls schoben sich meine Mundwinkel nach oben. Was meine Augen machten, war mir nicht bekannt. «Aber selbstverständlich, Candace.»

Das verlängerte meinen Arbeitstag um eine Stunde. Ich hatte meine Gespräche nicht festgehalten, weshalb ich jetzt aus der Erinnerung all die Leute zusammenbekommen mußte, mit denen ich in der vergangenen Woche gesprochen hatte. Dann mußte ich ihre Telefonnummern notieren und sie alle anwählen, um sicherzustellen, daß es auch die richtigen waren. Alle Quellen inoffizieller Natur – und Gott verhüte, daß welche dabei waren – mußten besonders gekennzeichnet und eingehend mit Fred erörtert werden. Das gehörte alles zu seiner neuen, an der Leserzufriedenheit orientierten Politik. Er wählte am Ende jeder Woche zwanzig oder dreißig der auf den Listen stehenden Leute aus und rief sie an. Er stellte sich als Chefredakteur des *Appeal* vor, sagte seinen hocherfreuten Gesprächspartnern, er rufe nur an, um sich zu vergewissern, daß wir beim *Appeal* ordentliche Arbeit leisteten, vor welchem Hintergrund er gern erfahren hätte, ob der Reporter, der angerufen habe, höflich, gründlich und professionell vorgegangen sei.

Ich konnte mir so richtig vorstellen, wie Ben Bradlee die

Quellen seiner Watergate-Berichterstatter Woodward und Bernstein angerufen hatte, um festzustellen, ob die beiden auch nett gewesen waren. Irgendwie hatte sich der *Appeal* allmählich von einer Zeitung zu einer PR-Firma gewandelt. Und solange die Herren im Nadelstreifen von der Konzernzentrale die Hand auf dem Geld hatten, würde er das wohl auch bleiben. Es hatte keinen Zweck, sich deswegen groß Gedanken zu machen.

Ich wäre gern vor Sonnenuntergang weg gewesen, aber es sah nicht so aus, als ob ich das schaffen würde. Nicht, daß das viel ausgemacht hätte. Der Samstag rückte schnell näher, und ich hatte mir für das Wochenende nichts Besonderes vorgenommen, sondern wollte nur lange Ritte durch die kühlen Wälder unternehmen. Ich hatte mit John, dem hübschen Nachrichtensprecher, endgültig Schluß gemacht, was ihm gar nicht so nahe gegangen war, wie ich erwartet hatte. Dann hatte mein Vater erst etwas von einem Besuch verlauten lassen, sich schließlich aber doch entschlossen, in einen Aschram in den Pocono Mountains zu fahren. Er hatte gemeint, ich solle doch auch dorthin kommen.

«Ich übernehme die Kosten, Flug und alles», hatte er gesagt. «Du kannst dir auch aussuchen, an welchem Workshop du teilnehmen willst.»

Er hatte diesen Zusatz gemacht, weil er mich beim letzten Mal, als er mich zu einer solchen gemeinsamen Unternehmung beschwatzt hatte, hingegangen war und mich ohne mein Wissen bei einem Kurs eingeschrieben hatte, dessen Thema «Untersuchungen zur Ganzheit des Colon» lautete. «Ganzheit des Colon» hatte sich dann als New-Age-Hokuspokus herausgestellt und für wasserfaßgroße Klistierspritzen gestanden.

«Gibt es dort Klimaanlagen?» hatte ich mich erkundigt.

«Klimaanlagen? Machst du Witze? Das ist ein Aschram. Diese Leute sind Asketen.»

«Dann vergiß es», hatte ich gesagt. «Ich bleibe zu Hause und lasse mich rösten. Aber ich verspreche dir, ich werde meditieren.»

Ich hatte nicht gesagt, wo. Aber der Rücken eines Pferdes ist dazu so gut geeignet wie jeder andere Ort. Da ich Gail nicht hatte erreichen können, sah es ganz so aus, als würde jeder Ausritt ins Gelände, den ich unternahm, solo erfolgen müssen und folglich auch ein eher kontemplativer werden.

Ich hatte keine Ahnung, was mit Gail los war, und das machte mir Sorgen. Mich beunruhigten ihre Beziehung zu Sully und ihre Übersiedelung zu Jeff. Er hatte gemeint, er müsse sich einen Gabelstapler besorgen, um sie wieder aus seiner Wohnung rauszukriegen. «Tu mir nie wieder den Gefallen, mich mit jemandem zu verkuppeln», hatte er gesagt.

Ich hatte nach unserer Rückkehr von dem Besuch bei Dorothy bis weit nach Mitternacht ständig wieder versucht, mit Gail zu telefonieren, aber sie war nicht zu erreichen gewesen. Weder bei sich zu Hause noch bei Jeff oder beim Stall. Am Dienstag war ich zu ihrer Wohnung gefahren. Dort war kein Lebenszeichen zu entdecken gewesen. Die Post war aus dem Briefkasten gequollen, und auf der Schwelle hatten sich die Zeitungen gestapelt. Im Haus kein Licht. Ich hatte bei ihr geklopft. Keine Antwort.

Von einer Telefonzelle aus hatte ich dann beim Stall angerufen und inständig gehofft, nicht ausgerechnet den alten Clarke zu erwischen. Hatte ich aber prompt und still wieder aufgelegt. Ich hatte mir weder irgendwelchen Bockmist anhören noch ein Opfer seiner Übellaunigkeit werden wollen. Später hatte ich Rob an den Apparat bekommen. Der hatte mir dann gesagt, Gail habe sich krank gemeldet und ein paar Tage zu ihrer Mutter fahren wollen. Das war seltsam. Sie haßte ihre Mutter, sprach nie über sie und sagte allenfalls von ihr, sie sei eine zu nichts zu gebrauchende Säuferin, die als feste Nahrung nur die grünen Oliven vom Boden ihrer Martinis zu sich nehme. Niemand im Stall, mich eingeschlossen, hatte gewußt, wo die Mutter wohnte.

Ich erledigte meine Telefonate, die nichts erbrachten, machte meine Liste fertig und meldete mich noch mal bei Henry. Obwohl Keith Rollings am folgenden Tag zurück sein würde, Henry und ich ihn also in Camden hätten besuchen können, war diesmal keine Wochenendarbeit drin. Henry wollte mit seinen Jungs zu deren Großmutter fahren, die zum Golfspiel in Hilton Head weilte. Wir kamen überein, uns gleich am Montag morgen zusammenzusetzen, den Wochenplan festzulegen und eine Strategie für das Gespräch mit Keith zu entwickeln. Wir konnten ja nicht einfach daherkommen und sagen: «Ach, wie ich höre, sind Sie ein Kinderschänder, und der Wally hat Sie erpreßt. Übrigens sind Sie auch im selben Ort groß geworden wie Sully, und die ist tot. Hat sie vielleicht auch etwas von Ihrer Vorliebe für Dreijährige gewußt?» Nix da, das konnte man nicht machen, jedenfalls nicht, wenn man nicht die Tür vor der Nase zugeschlagen bekommen wollte. Diesmal mußten wir mit Finesse ans Werk gehen. Ich war ausnahmsweise einmal froh darüber, daß Henry mein Partner war – Finesse und Subtilität sind nicht gerade meine Stärken.

Auf dem Weg zum Stall telefonierte ich noch kurz mit Tony. Er hatte jeden Morgen und jeden Abend bei mir angerufen, um zu hören, ob ich noch am Leben sei. Ich sagte ihm Bescheid, daß ich zum Stall hinaus und ein bißchen reiten wolle, und bat ihn, nicht in Panik zu geraten, wenn bei mir nach Sonnenuntergang niemand an den Apparat gehe.

«Ich bin in der Nähe, nur die Straße runter, falls Sie mich brauchen sollten», sagte Tony. Dann setzte er noch mit schleppendstem Südstaatenakzent hinzu: «Mein Rin Tin Tin wird dasitzen und die Grillenrufe zählen, um festzustellen, wie heiß es ist. Genießen Sie einen wunderschönen Ausritt auf dieser wunderschönen Stute.»

Das hatte ich vor.

Und es gelang mir auch. Ich war mit meinem Pferd einmal mehr im Himmel. Ein Zweieinhalb-Stunden-Ritt durch tiefe Wälder – ein Kaleidoskop von Farben, Gerüchen und Geräuschen. Ich hätte an diesem Abend vor Glück sterben können.

VIERUNDZWANZIG

Es war Tony und Mrs. Flock zu verdanken, daß ich über meinen eigenen Sicherheitsdienst verfügte, denn meine Nachbarin hatte es sich zur Aufgabe gemacht, aus ihrer Wohnung zu kommen und mich auf dem Weg vom Auto zu meiner Behausung im Auge zu behalten. Sie schloß die Tür erst wieder, wenn ich wohlbehalten in meiner Wohnung verschwunden war.

Gleiches vollzog sich, wenn ich die Wohnung verließ. Kaum schloß ich die Tür hinter mir, da öffnete sich die ihre.

Ich hatte nicht das geringste dagegen einzuwenden. Wenn es tatsächlich so ein durchgedrehter Typ auf mich abgesehen hatte, dann war nur gut, wenn viele Augen mein Kommen und Gehen verfolgten – je mehr, desto besser.

«Nattie», rief mir Mrs. Flock von ihrer Wohnungstür aus zu, als ich mein Auto abgestellt hatte, «ich hab was für Sie.»

Mir war heiß und ich war vollkommen durchgeschwitzt, nicht vom Reiten, sondern von der Heimfahrt. «Ich hoffe, es ist ein Eimer eiskaltes Wasser, den Sie mir über den Kopf gießen können. Wenn ich jedoch raten sollte, würde ich sagen, daß es ein kleiner Peilsender für das Auto ist.»

Mrs. Flock gehörte zu den Frauen, von denen die Männer zu sagen pflegen: «Sie muß einmal eine Schönheit gewesen sein.» Ich neigte zu der Ansicht, daß sie noch immer eine war, wozu ihr ungezwungenes Lächeln wesentlich beitrug. Jetzt lächelte sie aber nicht.

«Sie wissen, daß ich wahnsinnig gern lache», sagte sie. «Aber an diesen Sachen habe ich keinen Spaß. Es ist ganz und gar nicht komisch, wenn in Ihre Wohnung eingebrochen wird. Und diese Morddrohungen sind es noch viel weniger. Das ist eine ernste Sache, die man auch ernst nehmen sollte.»

Ich ging zu ihr. «Ich bin da ganz Ihrer Meinung. Aber ich lache immer, wenn ich nervös werde. Es ist eine ärgerliche Angewohnheit, die ich von meinem Vater habe.»

Sie überreichte mir ein mit purpurnem Band fest zusammengebundenes Büschel Kräuter.

«Ich hab Ihnen das bei Berrybrook besorgt.» Mrs. Flock war dort für den Saftausschank zuständig. Wie eine ehemalige Revuetänzerin dazu kommt, in einem Gesundheitsladen aus Karotten und Rüben Saft zu pressen, ist mir schleierhaft.

«Das ist Salbei, und wenn ich es richtig verstanden habe, muß man ihn verbrennen, um die negative Energie aus einem Raum zu vertreiben. Das hat mir unser Kräuterexperte gesagt. Ich weiß, es klingt albern. Versuchen Sie's halt trotzdem mal. Ich gehöre nicht zu den ganz Sensiblen, aber selbst ich konnte an dem Abend vor ein paar Tagen in Ihrer Wohnung negative Energien spüren.»

Sie möchte, daß ich meine Lage ernster nehme, und überreicht mir dann ein Bündel Kräuter zum Verbrennen! Ich wußte, daß sie es gut meinte, aber das hatte auch mein Vater getan, als er mich seinerzeit zu dem Einlauf-Kurs anmeldete.

Ich bedankte mich und versprach ihr, mit der rituellen Vertreibung der bösen Energie zu beginnen, sobald ich in der Wohnung sei. Und daran hielt ich mich auch. Nach ein paar Minuten roch es bei mir, als briete ich einen Truthahn und hätte in puncto Gewürze des Guten zuviel getan.

Ich rief Tony an. «Ich bin wohlbehalten zu Hause gelandet. Herzlichen Dank für die Besorgnis. Aber hören Sie jetzt auf damit, okay?»

«Ich bin nicht besorgt, sondern nur vorsichtig. Übrigens,

Ihrem Professor zufolge haben wir draußen einunddreißig Komma sechs Grad. Rufen Sie mich morgen vor Verlassen der Wohnung an, und lassen Sie mich wissen, was Sie am Wochenende zu treiben gedenken. Am Samstag abend bin ich nicht da, aber ich gebe Ihnen die Nummer einer Kollegin.»

«Oh, ah, schön, okay», sagte ich und notierte mir die Nummer seiner Kumpelin. Dann verabschiedeten wir uns. Ich hoffte, daß die Kälte in mir meiner Stimme nicht anzuhören war. Ich hatte keinen Grund, eifersüchtig zu sein. Was aber noch lange nicht bedeutete, daß ich es nicht war.

Am nächsten Morgen meldete ich mich nur kurz bei Tony und raste dann raus zum Stall, wo für halb zehn eine Trainingsstunde bei Rob angesetzt war. Wie üblich hatte ich ein wenig Verspätung und hetzte zu Brendas Box.

«Keine Eile», ließ sich Rob vernehmen. Er harkte dieses verrückte Zickzackmuster in den Sandplatz vor dem Stall. «Sie hat ein Eisen verloren. Der Hufschmied ist unterwegs.»

«Ja, mir war gestern abend so, als säße es nicht mehr fest, aber ich dachte, ich könnte ihr diesen leichten Hufstiefel überziehen und wir könnten damit noch springen ...» Ich fing an, dummes Zeug vor mich hin zu brabbeln.

Rob hob die Hand. «Stopp, stopp, ist ja schon gut. Sie nehmen in der kommenden Woche an keinem Turnier teil, und mir ist kein bißchen nach Training zumute.»

Irgend etwas stimmte da nicht. Rob hatte noch nie eine Reitstunde ausfallen lassen. Er ist wie der Postbote – weder Regen noch Graupelschauer, noch atomare Schläge können ihn abhalten. Ich bin schon bei jedem nur erdenklichen Wetter draußen auf der Übungsbahn gewesen.

«Schlechte Nachricht von den Anwälten?» Ich wußte, daß ich ihm damit zu nahe trat.

Er antwortete nicht und harkte weiter. Ich ging zu Brendas Box, tätschelte ihr den Hals, gab ihr einen Kuß und sagte ihr mit hoher Stimme, wie schön sie sei – kurz, ich legte jenes

Verhalten an den Tag, dem Mädchen angeblich in dem Augenblick entwachsen, in dem sie anfangen, sich für Jungs zu interessieren.

Daraufhin ging ich zur Sattelkammer, weil ich mir dachte, daß dies vielleicht eine ganz gute Gelegenheit sei, meinen Sattel und das Zaumzeug zu säubern.

«Keine Nachricht», sagte Rob. «Ich habe von meinem Anwalt nichts gehört. So, wie das läuft, werde ich mich noch freuen, wenn ich lebenslänglich kriege. Sonst muß ich nämlich bis in alle Ewigkeit weiterarbeiten, um seine Rechnung bezahlen zu können.»

Drei vollständige Sätze und ein halber! Diese plötzliche Gesprächigkeit überraschte mich. Ich wollte gerade mit irgendeiner Platitüde des Sinnes antworten, daß sein Anwalt der beste in der ganzen Stadt sei, als er mir einen echten Schrecken einjagte.

«Ihr Sattel ist sauber genug», sagte er nämlich.

Der erste Schock – daß in Robs Augen mal irgend etwas sauber genug war.

Dann der zweite: «Räumen Sie also die Sattelseife weg, und kommen Sie mit rauf. Ich habe Tee gemacht.»

Ich folgte ihm und zwang mich, den Mund zu halten. In seiner Wohnung war alles in Weiß gehalten. Weiße Sofas, weißer Teppich. Weiß – und das bei einem Stallgelände, wo roter Lehmboden vorherrschte! Das war eine Chuzpe der analfixierten Art. Die Studie in Weiß wurde durch die obligaten geschmackvollen Antiquitäten ergänzt. Ein Anrichtetisch hier, eine alte Truhe dort und die unverzichtbaren Kunstdrucke mit Jagdszenen allüberall.

Robs freßgestörter Jack Russell Terrier lag auf einem jagdgrünen Hundekissen, in das in marineblauer Farbe sein Name eingestickt war: Moon Pie.

Ich saß in einem dunkelroten, mit Quasten verzierten Sessel neben dem Couchtisch, der aus einer alten Stalltür bestand, die gebleicht und dann weiß gebeizt worden war. Meine Jeans waren zwar sauber, jedenfalls so in etwa, aber doch nicht sauber genug, um mich damit auf ein weißes Sofa zu setzen.

Rob ging in die Küche, und ich hörte ihn dort herumhantieren.

Zugegebenermaßen bin ich ein Schnüffler und habe mehr als ein paar Medizinschränkchen durchgesehen, die nicht meine waren. Ich bin jedoch der Ansicht, daß alles, was auf einem Couchtisch herumliegt, sozusagen Freiwild ist. Und auf Robs Couchtisch lag ein Fotoalbum mit jagdgrünem Ledereinband und marineblauem FF darauf – für February Farm. Die ersten Seiten füllten Bilder von Leuten, deren Gesichter mir unbekannt waren. Dann kamen einige von Melissa Mayfield, und immer war ihr Pferd Waysie mit drauf. Beim Garden-State-Turnier, beim Washington International, in Harrisburg. Sie trug Frack und Zylinder, also die förmlichste und teuerste Turnierkleidung, die sich denken läßt, und hielt verschiedene Trophäen in der Hand: Schalen, Becher, dreifarbige Bänder, silberne Pokale.

Ein paar Seiten weiter tauchte eine jünger aussehende Gail auf. Einige der Bilder zeigten sie mit einer kleinen Fuchsstute am Zügel oder beim Sprung über altmodische Hindernisse. Will sagen über Hürden, die nicht zu irgendeinem für ein Turnier aufgebauten Parcours gehörten – riesige Holzstämme und echte Hecken, also Hindernisse, wie man sie durchaus bei einer richtigen Fuchsjagd hätte antreffen können. Obwohl die Eignungsprüfungen ja dazu da sind, festzustellen, wie sich ein Pferd im Jagdfeld schlägt, werden praktisch alle auf dem Turnierplatz durchgeführt. Seltsam.

Auf der dann folgenden Seite war Gail zu sehen, wie sie Allie an einem teuren, mit Schaffell bezogenen Halfter hielt. Es war dies ein sehr dicker, glänzender und bestens versorgter Allie. Im Hintergrund konnte ich Doc Locs Silberhaar und sein rotes Gesicht erkennen. Er sah immer aus, als wäre er zu lange in der Sonne gewesen.

«Zucker in den Tee?» Rob stand neben dem Tisch und hielt etwas in der Hand, was wie ein Kristallglas aussah.

«Nein danke. Du liebe Güte, Gail sieht ja auf diesem Bild wie ein Kind aus. Wie lange hatte sie Allie schon, als dieses Foto gemacht wurde?»

«Ganze fünf Minuten. Das Pferd war gerade vom Transporter heruntergeholt worden.»

Das haute irgendwie nicht hin. «Sind Sie sicher?»

«Ich habe das Foto doch selbst gemacht. Und das vor allem, weil ich Gail noch nie so glücklich gesehen hatte. Schauen Sie sich nur dieses Lächeln auf ihrem Gesicht an. So etwas bekommen Sie hier auf dem Gelände des Stalls nie zu sehen.»

Bestimmt nicht in seiner Nähe. «Und was macht Doc Loc da? War vorher keine tierärztliche Ankaufuntersuchung durchgeführt worden?»

Rob warf mir einen merkwürdigen Blick zu.

«Sie hat das Pferd doch von Doc Loc bekommen. Wußten Sie das nicht?»

Nein, das hatte ich nicht gewußt. Gail hatte mir erzählt, sie habe Allie über eine Verkaufsanzeige im Lokalblatt von Henderson gefunden. Ein Hinterwäldler aus den Bergen habe das Pferd auf seinem Hof stehen gehabt, halb verhungert und zum Skelett abgemagert. Deshalb habe sie ihn auch, wie sie mir sagte, so billig bekommen, nämlich für ganze siebenhundert Dollar.

«Ich dachte immer, alle Pferde Doc Locs stammten von seinem Millionen-Dollar-Beschäler und seinen extra schikken Zuchtstuten ab.»

«Tun sie auch. Waysie, Melissa Mayfields Pferd, gehörte vorher ebenfalls Doc Loc. Ein phantastisches Pferd, das beste, das ich je trainiert habe. Allie ist zwar auch nicht schlecht, aber doch nicht ganz so gut. Er ist ein Halbbruder von Waysie.»

Kein Wunder, daß Melissa geweint hatte, als sie Allie in den Stall kommen sah! Das alles war mir neu – und ich fand es höchst beunruhigend.

«Wie konnte sich Gail denn Allie überhaupt leisten? Sie hat mir mal erzählt, Waysie koste mindestens zweihunderttausend Dollar, und das liegt Jahre zurück. Selbst wenn Allie nur ein Viertel soviel wert gewesen wäre, hätte Gail eine solche Summe doch nie aufbringen können.»

«Sie wissen, daß Gail mal für Doc Loc gearbeitet hat, nicht wahr? Das ist Ihnen doch bekannt?»

Ich nickte.

«Sie sagte, er sei in finanzielle Schwierigkeiten geraten. Soviel ich gehört habe, handelte es sich um Spielschulden. Wie auch immer, er konnte Gail ihren Lohn nicht mehr zahlen und gab ihr statt dessen das Pferd.»

Ich sagte: «Ein Fünfzigtausend-Dollar-Pferd für ein paar Monate veterinärmedizinischer Hilfsdienste? Das klingt nicht gerade einleuchtend.»

«Angeblich hatte das Pferd Probleme mit den Fesselgelenken, aber ich habe es kein einziges Mal lahmen sehen. Und bei ihren Versuchen, ihm die Handwechsel beizubringen, beansprucht sie den Gaul bis zum Gehtnichtmehr», sagte Rob.

Er nippte vornehm an seinem Tee und fuhr fort (ich konnte es gar nicht fassen, wieviel er sprach): «Ich habe nie groß darüber nachgedacht. Ich meine darüber, wie Gail an Allie gekommen ist. Wally dagegen hat das sehr beschäftigt. Er sagte immer wieder, das Pferd sei viel zu edel, um es Gail anzuvertrauen, da sei es verschwendet, und Doc Loc könne nicht ganz bei Trost sein. Er wollte das Pferd gern haben, aber Gail wollte nicht mit ihm reden, noch weniger ihm das Pferd verkaufen. Die beiden haßten sich. Wally verlangte von mir, ich solle Gail aus dem Stall rausschmeißen. Ich sagte ihm, das komme gar nicht in Frage. Sie ist eine großartige Arbeitskraft. Und dann, ein paar Monate vor seinem Abgang, hörte er plötzlich auf, sich wegen Gail und Allie Gedanken zu machen. Wally war ja ziemlich launisch, und ich dachte, das sei halt eine dieser Launen gewesen, über die er schließlich hinweggekommen war.»

Ich setzte das Glas (es war Kristall, ich hatte nachgesehen) auf einem Untersetzer mit Jagdszene ab und nahm das Fotoalbum wieder zur Hand, um mir die Bilder noch ein bißchen genauer anzuschauen. Auf drei Seiten waren nur Fotos von Allie und einer glücklich aussehenden Gail, offensichtlich zu ganz verschiedenen Zeiten aufgenommen.

«Darf ich mir das Album mal ausleihen? Nur für den Nachmittag?»

Rob sah nicht sehr glücklich aus, und es stand zu befürchten, daß er gleich nein sagte.

«Ich bin ganz vorsichtig. Aber es ist wichtig, möglicherweise auch für Ihren Fall.»

Er dachte kurz nach und sagte dann: «Machen Sie keine Eselsohren in die Seiten, und bringen Sie die Bilder nicht durcheinander.»

Ich besah ihn mir, wie er da auf seinem Sofa saß. Er erschien mir jetzt kleiner, zusammengeschrumpft, aber seine Kleidung war nach wie vor makellos, und die Bügelfalten hatten nichts von ihrer Schärfe eingebüßt.

«Ich weiß, daß es Ihnen nicht lieb ist, wenn ich davon spreche, aber hören Sie mich trotzdem mal an.» In den nun folgenden zehn Minuten berichtete ich ihm, wie weit wir mit unseren Ermittlungen gekommen waren, wobei ich, was Keith Rollings betraf, nicht ins Detail ging, sondern nur erwähnte, daß wir den Verdacht hatten, er und die Mayfields seien von Wally erpreßt worden. Als ich ihm die Sache mit Sully erzählte, versetzte ihm das einen Schock. Entweder war er ein großer Schauspieler oder wirklich überrascht. Ich hatte mir immer etwas darauf eingebildet, den Unterschied erkennen zu können, bis ich dann mal Jessica Hahn interviewt hatte, die ein echtes Verstellungstalent war. Sie hatte tausend Eide geschworen, daß zwischen ihr und ihrem Pfarrer nie etwas gewesen war – und ich hatte ihr geglaubt. Aber keine drei Monate später war ich auf ein anderes Interview mit ihr gestoßen, in dem sie weitschweifig darüber palavert hatte, daß sie mit ebenjenem Geistlichen, nach dem ich sie gefragt hatte, ins Bett gegangen war.

Wie auch immer, bauchmäßig glaubte ich, daß Rob nicht gelogen hatte, auch wenn ich nicht wußte, wieviel davon auf die schlichte Hoffnung zurückging, daß es so sein möge.

«Es wäre schon nett, wenn mein Anwalt so hart arbeitete wie Sie», meinte Rob. Das war seine Art, danke schön zu sagen.

Beim Stall fuhr ein Auto vor, ich konnte das Knirschen der Kieselsteine hören.

«Das ist Eddie», sagte Rob. «Gehen Sie runter, und halten Sie Ihre Stute. Wenn Eddie die Eisen heute nicht draufbringt, kriegen Sie ihn erst in einem Monat wieder zu sehen.»

Ich nahm das Fotoalbum und dankte Rob für den Tee. Unten wartete Eddie schon vor meiner Box.

«Wo ist Rob?» fragte er.

«Hallo, Eddie.» Ich konnte seine Bierfahne durch den ganzen Gang riechen. «Er ist oben. Ich glaube nicht, daß er runterkommt. Er fühlt sich nicht so toll.»

«Was ist denn jetzt mit ihm los? Zu dieser Zeit des Monats? Hat er etwa seine Tage?» Eddie lachte und spuckte einen dicken braunen Qualster in eine Kaffeetasse der Hardee-Kette.

Eddie vertrat die Ansicht, daß die Homosexualität etwas Urkomisches sei. Er machte ständig Witze über die schwulen Knaben beim Zirkus. Vielleicht hätte ich das als Mackendoktor etwas anders gesehen und gesagt, es könne sich bei ihm möglicherweise um latente Neigungen handeln. Aber das wäre schon ein recht gewagter psychoanalytischer Sprung gewesen. Eddie war ein gestandenes Mannsbild wie andere auch. Wenn er nicht Pferde beschlug, dann jagte er Waschbären, und wenn er nicht Waschbären jagte, dann reparierte er an seinem Kombi herum, und wenn er das nicht tat, war er knallvoll von dem Bier, das er bei allen genannten Beschäftigungen pausenlos trank.

Latent oder nicht, Eddies Sinn für Humor ist mit dem Gesagten mehr Aufmerksamkeit zuteil geworden, als er verdient. Seine Witzchen hin, seine Witzchen her, er ist und bleibt der beste Hufschmied zwischen Washington und Florida. Er ist so schwer zu kriegen, weil er ständig von einem piekfeinen Turnierstall zum nächsten geflogen wird, um überall ganze Lots von 500 000-Dollar-Pferden zu beschlagen.

«Woran arbeitest du denn augenblicklich, am dritten Grad?» wollte Eddie wissen, der ausnahmslos alle Menschen duzte.

«Ich tue was?» fragte ich mit meinem schleppendsten Südstaatenakzent zurück. Eddie fand es nämlich auch urkomisch, wenn ein Nordstaatler wie ein Südstaatler sprach.

«Hör mal, Mädchen, dieses ‹was›, das muß noch viel hohler und länger ausfallen, wenn es auch nur annähernd so klingen soll wie bei meinen Leuten.» Eddie zog an seinem buntkarierten Wollhemd und versuchte, sich etwas Raum zu schaffen. Sein Bauch war so gewaltig, daß die Masse allenfalls noch durch Fettabsaugung oder strenge Enthaltsamkeit hätte vermindert werden können. «Der dritte Grad. Es muß da sein, wo du arbeitest, denn das war das letzte Mal, daß mich jemand so überprüft hat wie die dich.»

«Ach, ich verstehe», sagte ich. «Ich hatte Sie eigentlich warnen wollen. Ich nehme an, Sie wollten sagen, daß Sie von meinem Chefredakteur, von Fred, angerufen worden sind. Haben Sie ihm gesagt, wie hööööflich und zuvoorkommend ich am Telefon war, als ich Ihnen meine Fragen zu Wally stellte?»

«Teufel, nein», antwortete Eddie. «Ich sagte ihm, diese kleine Yankeejüdin ist seit dem Tag nicht mehr höflich gewesen, an dem sie ihre Reisetasche hier runtergebracht hat, und ich glaubte auch nicht, daß sie's je wieder sein wird.»

«Wehe Ihnen, wenn Sie das gesagt haben, Sie fieser alter Sklaventreiber!» gab ich zurück. «Aber jetzt halten Sie mal Ihr großes Schandmaul und machen, daß das Mädchen da seine Nikes an die Füße kriegt.»

Ich führte Brenda auf den Gang hinaus und hielt sie am Halfter.

«Oho, hör sich doch mal einer an, wie die redet! Die zwei Jahre hier unten sind deinem Temperament kein bißchen bekommen. Du könntest gut eine Portion meiner südländischen Vornehmheit gebrauchen.»

«Genau», sagte ich.

FÜNFUNDZWANZIG ■

«Ich bin wieder da. Und heute abend zu Hause», rief ich Mrs. Flock zu, die wie eine Wache vor ihrer Wohnungstür aufgezogen war.

Ich freute mich schon darauf, mal einen Samstagabend zu Hause und allein verbringen zu können. Um Gesellschaft zu haben, hatte ich mir eine Schachtel Lorna Doones und einen neuen Mann besorgt. Zumindest seine Worte. Manchmal ist ein gutes Buch besser als ein Mann, jedenfalls weniger kompliziert. Die Verkäuferin in der Buchhandlung hatte meine Aufmerksamkeit in Richtung Michael Malone gelenkt und gemeint, es würde mich zwar in den Fingern jucken, Seiten zu überblättern, um schneller zu erfahren, was weiter passiere, aber ich würde mir das nicht gestatten, weil das Buch so fetzig geschrieben sei. Das klinge gut, hatte ich gesagt, ich könne eine literarische Ablenkung gut gebrauchen.

Bevor Michael und ich Bekanntschaft miteinander machten, griff ich zum Telefon und wählte die Nummer von Tonys Freundin bei der Polizei. «Nattie Gold meldet die Rückkehr nach Hause», sagte ich. Wir plauderten noch ein paar Minuten. Ich vermied es zu fragen, wo Tony sei.

Dann duschte ich, zog mir ein frisches T-Shirt über, strebte mit Keksen und Buch dem Bett zu und erhoffte mir nun einen langen, schönen Abend. Er dauerte genau drei Sätze. Sie lauteten:

Zwei Dinge passieren höchst selten in Hillston, North Carolina. Wir kriegen nicht oft Schnee zu sehen, und wir bringen uns kaum je gegenseitig um. Der Selbstmord entspricht weitaus eher unserem Stil.

Selbstmord! Diese Möglichkeit hatte ich überhaupt nicht in Betracht gezogen. Wo, zum Teufel, steckte Gail? Sie führte sich bescheuert auf, aber konnte sie auch so bescheuert sein, Hand an sich zu legen? Ich wußte es nicht.

Ich machte einmal mehr die Telefonrunde. Ihre Wohnung, der Stall, Jeffs Haus (nur für den Fall, daß sie sich wieder versöhnt hatten). Dann versuchte ich Jeffs Apparat beim *Appeal*.

Das Telefon klingelte zehnmal, und gerade als ich auflegen wollte, ging jemand dran. Ich sage jemand, weil niemand irgend etwas sagte.

«Jeff?» schrie ich daraufhin ins Telefon.

«Oh, Nats, du bist's. Gott sei Dank.»

«Was treibst du denn da?» fragte ich weiter. «Es ist doch Samstag abend. Mußt du keine neue Eroberung machen? Wir wollen doch nicht, daß unsere Kondome steif und brüchig werden, gell?»

«Sehr komisch. Du bist dran schuld, daß ich hier hocke. Schließlich verstecke ich mich vor *deiner* Freundin. Sie ruft an und legt auf und ruft an und heult und ruft wieder an und wieder und wieder. Ahhhh, sie raubt mir noch den Verstand, Gold! Nur um ihr zu entgehen, verbringe ich die Nacht auf diesem Scheißfußboden hier!»

«Ich dachte, sie wäre zu ihrer Mutter gefahren.»

«Nein, das ist sie nicht. Sie ist hier, hier im lieblichen Charlotte, und quält mich. Schaff sie mir vom Hals, Nattie, bitte!»

Ich wußte nicht, was ich sagen sollte. Meine beste Freundin erlitt direkt vor meinen Augen einen psychischen Zusammenbruch, aber ich konnte nicht an sie herankommen und verhindern, daß sie zerbrach.

«Ich fahre sofort zu ihr und rede mal mit ihr», sagte ich.

«Die Mühe kannst du dir sparen, sie ist nicht zu Hause. Sie sitzt in irgendeiner Bar, und es klang ganz so, als ließe sie sich vollaufen.»

Das wurde ja alles immer schlimmer! Gail war eine Zwölf-Stüflerin, zweimal wöchentlich Sitzung bei den Anonymen Alkoholikern. Seit ich sie kannte, war es aufwärts mit ihr gegangen. Aber jetzt hörte sich das so an, als gäbe es in ihrer Nähe keinerlei Stufe mehr.

«Scheiße», brummte ich.

«Das kannst du aber laut sagen», stimmte mir Jeff zu.

Ich konnte jetzt nicht mehr weiterlesen, mochte Malones Buch – nach Aussage der *New York Times* – auch noch so «lebendig, fesselnd und gut geschrieben» sein.

Ich nahm Robs Fotoalbum zur Hand, um mir noch mal die Bilder von Gail und Allie anzusehen. Aber irgend etwas fehlte. Mir fiel wieder ein, daß Mrs. Flock mir beigebracht hatte, «Gib's her» zu sagen, wenn mir etwas abhanden gekommen war. Sie hatte erklärt, das rege die Synapsen dazu an, die Tiefen des kollektiven Unterbewußten anzuzapfen, wo alle Antworten zu finden seien.

«Gib's her», sagte ich also. Wenn ich es schon fertigbrachte, Salbei zu verbrennen, dann konnte ich auch «Gib's her» sagen.

Es bewirkte ungefähr soviel wie der Salbei, nämlich nichts. Meine Lider wurden schwer, und ich schlief ein. Mitten in einem Traum wachte ich wieder auf. Das war mir nicht unlieb, weil es ein blöder Traum gewesen war. Allie arbeitete als Ober in der Pewter Rose. Er war HIV-positiv, sonst jedoch das Bild eines gesunden Muskelmannes – der Typ, der sich die Haare tönt, um das Grau unsichtbar zu machen. Er hatte eine üble Auseinandersetzung mit einem der Gäste des Restaurants, der verlangte, daß ihm sein Teller von rechts serviert werde – und Allie servierte immer nur von links.

«Scheiße», sagte ich erneut. Es war halb fünf, und das Licht in meiner Wohnung brannte noch, weil ich es vor dem Einschlafen nicht gelöscht hatte. Deshalb war ich aber nicht aufgewacht. Nein, sondern wegen meiner Aufzeichnungen – ich hatte alle meine Aufzeichnungen offen auf dem Schreibtisch in der Redaktion liegenlassen, so daß sie jeder lesen konnte. Ich war es nicht gewöhnt, Sachen wegzuschließen. Wem lag schon daran, viele Seiten voller Spekulationen darüber durchzublättern, in welche Richtung sich die Rocksäume wohl bewegen würden, ob nach oben oder nach unten. Diese Notizen waren jedoch etwas anderes.

Dann fiel mir ein, daß Jeff ja noch in der Redaktion war. Ein kleiner Glücksfall. Ich wollte ihn anrufen und bitten, die Notizen in einem Schubfach seines Schreibtischs einzuschließen. Ich wählte die Nummer. Das Telefon klingelte, klingelte endlos. Diesmal keine Antwort. Entweder versteckte er sich noch immer vor Gail, oder er lag schlafend auf dem Fußboden.

Ich blickte aus dem Fenster, wohl wissend, was ich dort zu sehen bekommen würde: nichts. Die Dunkelheit war rabenschwarz, und ich kam mir vor, als wäre ich bei einem Turnier, denn nur das rechtfertigt ein so frühes Aufsein.

«Scheiße», sagte ich einmal mehr und meinte es wirklich

ernst. Die Notizen im Büro ließen mich nicht los, zerrten an meinen Nerven wie ein quengeliger Sechsjähriger. Ich zog mir Shorts an und meine Birkenstocksandalen (ein Geschenk meines Vaters nach dem Abschluß eines Erhard-Seminars zur Förderung psychischen Wachstums, ebenfalls ein Geschenk meines Vaters) und verließ die Wohnung.

Es war nicht zu fassen! Die Lampe neben Mrs. Flocks Wohnungstür ging an, dann öffnete sie die Tür.

«Um Himmels willen, Nattie, alles in Ordnung?»

«Alles bestens, Mrs. Flock. Sie müssen was von einem Hühnerhund haben, um das zu hören. Ich wollte Sie nicht wecken.»

«Aber wo wollen Sie denn jetzt um diese Zeit hin?»

«Ins Büro. Ich habe meine Notizen auf dem Schreibtisch liegengelassen und muß sie wegschließen.»

Mrs. Flock wollte mich um keinen Preis gehen lassen. Fast wäre es ihr gelungen, mich davon zu überzeugen, daß die Sache auch warten konnte, bis die Sonne unsere Hemisphäre erreicht hatte. Aber dann entsann ich mich meines Freundes, der seine Aufzeichnungen immer und überallhin mitnahm, weil ihm mal welche gestohlen worden waren.

«Ich muß hin, Mrs. Flock. Ich habe Namen und Aussagen von Leuten festgehalten, die es gar nicht gern sehen würden, wenn andere von ihren Gesprächen mit mir erführen. Zumindest ihnen bin ich es schuldig. Gehen Sie nur wieder schlafen, ich bin zurück, noch ehe Sie wieder aufgewacht sind.»

Ich bin es gewöhnt, zu dieser frühen Stunde auf den Straßen unterwegs zu sein, und es vermittelt mir immer den gleichen Eindruck – es ist friedlich, aber auch ein bißchen einsam. Ich erreichte das Gebäude des *Appeal* und parkte auf dem Platz, der dem Chefredakteur vorbehalten war. Ich hätte mein Auto auch auf dem für den Verleger, für Rutger, reservierten Platz abgestellt, aber dort stand bereits Jeffs roter siebenundsechziger Mustang.

In der Eingangshalle keine Menschenseele. Ich fuhr mit der Rolltreppe in den fünften Stock hinauf, wobei ich mich fragte, wieviel es wohl kosten mochte, sie rund um die Uhr laufen zu lassen. Warum wurden, wenn wir finanziell wirklich ein bißchen klamm waren, die verdammten Dinger nicht einfach abgestellt und die Stromrechnungen auf diese Weise halbiert?

Auch in der Nachrichtenredaktion war niemand. Das konnte ich allerdings nicht sofort feststellen, denn alle Lampen im Raum brannten – viele, viele Reihen von Neonröhren. Ich hätte auf dem Redaktionstisch die allerfeinste Gehirnoperation durchführen können.

Die Feature-Abteilung lag um die Ecke im hinteren Teil versteckt. Candace, die glaubte, daß Nähe Macht bedeutet, hatte alles getan, um einen Umzug der Abteilung zu erreichen – überallhin, denn nichts war von den Glasbüros weiter entfernt als ihr Laden, selbst die Toilette des Hausmeisters nicht.

Ich mochte diese Isoliertheit. Wir mußten uns dort nicht mit den Bekloppten rumschlagen, die von der Straße hereinkamen. Ein Gewinn, wenn man an Freds «Seid höflich zu allen, Charles Manson eingeschlossen»-Erlaß dachte. Meine Freunde in der Lokalredaktion meinten, der Strom der Verrückten schwelle ständig weiter an, weil es sich herumgesprochen habe, daß der *Appeal* jedem Gehör schenke und dem Besucher als Entgelt für seine Bemühungen auch noch eine Tasse Kaffee und einen Krapfen offeriere. Das gehörte ebenfalls zu Freds PR-Kampagne.

Ich bog um die Ecke und erblickte Jeff. Der arme Kerl – er hatte den Kopf in seine auf dem Tisch liegenden Arme gebettet wie ein Schüler, der während der Mathestunde ein kleines Nickerchen macht.

Schuldgefühle gehören zu meinem genetischen Erbe, und ich fühlte mich in diesem Augenblick wahnsinnig schuldbeladen. Jeff hatte sich meinetwegen verstecken müssen – ich will tot umfallen oder zu einem Leben in gerade geschnittenen Röcken verdammt sein, wenn ich noch einmal Leute zusammenzubringen versuche!

Ich rief Jeff an: «Jeff, wach auf. Ich nehme dich gleich mit zu mir. Du kannst mein Bett haben, ich gehe aufs Sofa. Ich mache dir sogar Frühstück, *loksch* und *bagels.*»

Ich dachte, das würde ihn hochmachen. Wenn man einem in der Diaspora lebenden Juden aus dem Norden Lachsbrötchen anbietet, dann wirkt das auf ihn so, als riefen ihn die Klänge des Widderhorns heim. Aber Jeff rührte sich nicht. Er mußte wirklich fix und fertig sein. Ein Mensch – dieser Mensch – kann nur ein bestimmtes Maß an Schuld tragen. Ich war drauf und dran, nach den Maalox, den Magentabletten, zu greifen.

Ich fühlte mich noch mieser, als ich trotz der Entfernung erkannte, was das auf seinem Schreibtisch war – ein halb aufgegessener Big Mac und Fritten, dazu jede Menge Ketchup. Mein Freund Jeff, der lieber zölibatär gelebt hätte, als Fast food zu essen, war an diesem Wochenende zu beidem gezwungen worden, und ich hatte ihn dahin gebracht!

«Na los, Jeff, jetzt komm schon. Das ist alles meine Schuld, und es tut mir ehrlich leid. Auf, auf, ich spendiere Weißfisch und Drachenkopf, und ich erzähle dir auch, wie ich meine Unschuld verloren habe.»

Ich trat von hinten an seinen Stuhl und legte ihm die Hand auf die Schultern, um ihn zu schütteln. Er erschien mir schwerer oder dicker. Irgendwie anders. Was immer es war, irgend etwas stimmte da nicht.

Ich rüttelte ihn noch heftiger, aber er rührte sich noch immer nicht. Seine Arme hatten eine merkwürdig bläuliche Farbe. Ich sah auf seinen Schreibtisch hinab. Das war gar kein Ketchup!

Ich schrie. Aber es war niemand da, der mich hätte hören können.

Ich schrie immer weiter.

Ich hörte nicht auf zu schreien. Dann kamen mir Wörter in den Sinn, wie ein Mantra, und ich wiederholte sie mir immer wieder, um mich zu beruhigen. «Ruf die Polizei an, ruf die Polizei an. Ich muß die Polizei anrufen.»

Meine Hand, mein ganzer Körper zitterte. Ich wußte nicht, was ich tat.

«Ruf die Polizei an, ruf die Polizei an», sagte ich und versuchte, mich von der Hysterie zu befreien, mich zur Vernunft zu bringen. Ich konnte jedoch meine Hand nicht dazu bewegen, den Telefonhörer aufzunehmen.

Ich schrie immer lauter. Dann rüttelte ich an Jeffs Stuhl.

«Wach auf, wach doch auf, verdammt noch mal!» kreischte ich und rückte den Stuhl vor und zurück.

Vor und zurück, bis Jeff zu Boden fiel und ich das Einschußloch in seinem Kopf sah.

Da brach ich zusammen.

«Nattie, Nattie!» In tiefster Tiefe hörte ich meinen Namen rufen. Jemand rüttelte mich an den Schultern. Dann wurde wieder mein Name gerufen. Ich folgte der Stimme durch die Dunkelheit und zurück an die Oberfläche.

Es war Tony, der sich über mich gebeugt hatte, das Gesicht ganz weiß, weiß wie ein Laken.

«Gott sei Dank, ich dachte schon, Sie wären tot, als ich Sie da liegen sah.»

Er sprach zu mir. Aber ich hatte erhebliche Schwierigkeiten, dahinterzukommen, was seine Worte bedeuteten. Ich träumte. Ich träumte. Bitte, laß mich weiterträumen!

Er hob mich auf und trug mich ein Stück weg. Weg von Jeffs Leiche.

Ich träumte nicht.

«O Gott. Er ist tot. Jeff ist tot. Er ist tot.» Tränen strömten mir über das Gesicht, und ich konnte kaum richtig atmen.

«Ruhig, ganz ruhig», sagte Tony. «Holen Sie tief Luft, fangen Sie mit dem Bauch an und dann immer weiter rauf. Ruhig. So ist's gut.»

Ich sah ihn an. Ich wollte ihn fragen, wie er erfahren hatte, daß ich dort war. Aber ich konnte meinen Mund nicht dazu bringen, die erforderlichen Wörter aneinanderzureihen.

«Wie ... wie ... ich muß angeru...»

«Schschsch», machte Tony. «Sprechen Sie erst, wenn Sie wieder richtig atmen können. Ihre Nachbarin ist eine wahnsinnig gute Bewacherin. Sie hat mich unmittelbar nach Ihrem Aufbruch ausfindig gemacht und angerufen. Gott im Himmel, Nattie, was haben Sie sich bloß dabei gedacht, um halb fünf in der Frühe ganz allein hierherzufahren?»

«Ich ... ich ... meine Notizen. Meine Aufzeichnungen lagen ...»

«Ja, sie hat mir von Ihren vielgepriesenen Notizen berichtet. Aber die waren es doch wohl nicht wert, dafür sein Leben zu riskieren, oder?»

Ich sah zu meinem Schreibtisch hinüber. Im Augenblick war belanglos, ob die Aufzeichnungen noch da waren oder nicht. Sie waren es nicht.

Nach ein paar Minuten vermochte ich wieder normal zu atmen. Aber meine Knie waren noch sehr weich. Tony setzte mich auf meinem Schreibtischstuhl ab und rief die Polizei an. Ich hörte ihn ins Telefon murmeln, das übliche Gerede des Klubs der Gesetzeshüter.

«Ich trage die Schuld an Jeffs Tod», sagte ich.

«Pssst, Nattie, Sie wissen doch noch nichts Genaues. Vielleicht war jemand hinter Jeff her, was wissen Sie.»

«Ich weiß dies hier», sagte ich und zog den Monitor des Computers herum, so daß Tony ihn sehen konnte. «Lesen Sie's.»

Ich blickte auf den schwarzen Bildschirm und die limonengrünen Buchstaben darauf. Ich wußte, was sie bedeuteten, aber sie erschienen mir wie kleine, häßliche Zwerge, die mich auslachten und verspotteten.

NATALIE GOLD,

ICH WAR HIER, ABER WO WAREN SIE? MIT BRENDA STARR GEKÄMPFT? HA, HA! KAPIERT?

WO WIR BEI KAPIEREN SIND, HÖREN SIE MIR EIGENTLICH GAR NICHT ZU? ICH SAGTE IHNEN DOCH, SIE SOLLTEN SICH ZURÜCKZIEHEN. ZURÜCKZIEHEN, WISSEN SIE NICHT, WAS DAS HEISST? MUSS ICH DEUTLICHER WERDEN? VIELLEICHT TRÄGT EIN BESUCH IN IHREM STALL DAZU BEI, DIESBEZÜGLICH EIN FÜR ALLEMAL KLARHEIT ZU SCHAFFEN. ODER EINE FAHRT HINAUS ZU DIESER HÜBSCHEN KLEINEN SCHULE IM WALD, WO IHR PARTNER SEINE JUNGS HINSCHICKT. DIE LIEGT SCHRECKLICH WEIT AB VOM SCHUSS – DA KÖNNTE ALLES MÖGLICHE PASSIEREN. SO WIE HIER. IHR BÜROPARTNER WAR NICHT SEHR ERBAUT, MICH AN IHREM SCHREIBTISCH VORZUFINDEN, ALS ER VON MCDONALD'S ZURÜCKKAM. UND ICH WAR NICHT ALLZU GLÜCKLICH DARÜBER, DASS ER DEN KETCHUP VERGESSEN HATTE.

ICH BIN NICHT GERN UNGLÜCKLICH. SIE SIND GEWARNT.

SECHSUNDZWANZIG ■

Ich saß auf Tonys Veranda, und Rin Tin Tin hatte seinen Kopf auf meinen Schoß gelegt. Er sabberte wieder. Ich sah, wie es an meinem Bein hinunterlief, fühlte es aber eigentlich nicht.

Ich fühlte überhaupt nicht viel.

«Tee?» fragte Tony.

«Ja, warum nicht?»

Er reichte mir das Glas und setzte sich zwischen mich und Rin Tin Tin. Wir schwiegen.

Der Tee war kalt und süß. So dachte ich jedenfalls. Es war so schwer zu sagen, was die Dinge waren. Ich hatte das Gefühl, unter Wasser zu sein und nicht schwimmen zu können.

«Wenn Sie sprechen möchten, ich bin ganz Ohr», sagte Tony.

Ich hatte nicht die Kraft, ihm zu sagen, daß mir keine Worte übriggeblieben waren. Ich hatte den halben Tag in der Redaktion verbracht und war von unendlich vielen Polizeileuten befragt worden. Sie hatten mich nicht gehen lassen wollen – für den Fall, daß noch irgendwer irgendwelche weiteren Fragen hätte. Tony hatte dann wohl ein bißchen seine Beziehungen spielen lassen, denn kurz bevor ich endgültig schlappmachte, half er mir auf die Beine, legte mir den Arm um die Schulter und brachte mich nach unten zu seinem Wagen.

Als ich Jeffs Mustang gesehen hatte, war ich in Tränen ausgebrochen.

Tony hatte mich auf schnellstem Wege zu sich nach Hause gefahren. Er war der Ansicht gewesen, meine Wohnung sei nicht sicher genug. Wer wollte sich schon mit ihm streiten?

Ich nicht, selbst wenn ich dazu gewillt gewesen wäre. Mir war, als hätte meine Seele einen Zehn-Runden-Kampf gegen Mike Tyson hinter sich, als wäre sie zerschlagen, zerschunden, verletzt. Ich hatte mich in meinem bisherigen Leben nur ein einziges Mal so gefühlt, und zwar vor sechs Monaten, als mein Stiefvater gestorben war. Er hatte mich großgezogen, nachdem mein leiblicher Vater auf und davon gegangen war, und er hatte für den Einzug von Normalität in meine bis dahin so chaotische Kindheit gesorgt. Für mich am wichtigsten jedoch war, daß ich mich noch von niemandem so geliebt gefühlt hatte wie von ihm. Als Gail mir mitgeteilt hatte, daß er in einem Einkaufszentrum einem Herzinfarkt erlegen war, hatte ich nur herausbringen können: «Aber ich hab ihn doch geliebt.» Das habe ich wirklich, und sein Tod hat ein Loch in mein Herz gerissen, das die Zeit nicht heilen zu können scheint.

Ich war – wie damals – selbst eine Tote, eine Wiedergängerin. Und Tony hätte gar nicht wunderbarer sein können. Wenn ich etwas brauchte, holte er es. Papiertaschentücher, ein frisches Hemd (auf dem Hemd, das ich angehabt hatte, waren Blutflecken), eine Decke gegen die Kälte in mir (trotz der einunddreißig Grad draußen), alles. Meistens aber hatte er neben mir gesessen so wie jetzt, wo es Nacht wurde.

Wir sahen zu, wie die Sonne hinter den Kiefern unterging. Es war ein wunderschöner Sonnenuntergang voller Orange, Rot und Gold. Ich sagte Tony, daß ich es nicht verdiene, dieses Schauspiel zu erleben, daß eigentlich ich tot sein müßte und Jeff leben.

Er beugte sich über Rin Tin Tin hinweg zu mir herüber, legte mir den Arm um die Schulter und sagte nur: «Pssst.»

Dann beobachteten wir, wie der tiefblaue Himmel langsam schwarz wurde. Rin Tin Tin machte nicht die kleinste Bewegung, und ich auch nicht.

«Na, kommen Sie, Nattie, Sie müssen jetzt mal ein bißchen schlafen», sagte Tony schließlich. Er stand auf und schob die Hände unter meine Arme, um mir aufzuhelfen.

«Okay.» Ich folgte ihm in sein Schlafzimmer.

«Sollten Sie mich brauchen, ich bin drüben auf dem Sofa.»

Er drehte sich um und wollte hinausgehen, aber ich packte ihn am Hemd. «Ich kann nicht allein sein. Bleib bei mir, bitte.»

Ich wollte seine Arme um mich haben. Ich wollte seinen Körper neben mir spüren. Ich fühlte mich leer und wollte seine Lebendigkeit in mir haben.

«Bitte», sagte ich noch einmal und schlang die Arme um ihn. «Bitte geh nicht weg.»

Ich sah zu ihm auf, und dann küßte ich ihn.

Seine Lippen waren ganz weich. Ich mußte an Babydeckchen denken. Weich und süß und unschuldig. Ich wollte da nicht wieder fort. Ich drängte mich in ihn hinein, küßte ihn heftiger. Ich wollte mich in seinem Mund verlieren.

Tony legte mir die Hände auf die Wangen und löste mein Gesicht von dem seinen. «Nattie, Nattie, wir müssen damit aufhören. Ich habe doch versprochen, daß dies nicht passieren wird.»

«Ist schon gut. Ich weiß, was ich tue. Heute nacht. Nur heute nacht. Eine Nacht.»

Ich drückte mich an ihn und küßte ihn wieder. Er wollte etwas sagen, aber ich bedrängte ihn noch heftiger. Ich schob meine Zunge in seinen Mund, fuhr damit an seiner Zunge, seinen Zähnen, seinen Lippen entlang.

Er küßte meinen Hals, meine Ohren, meine Nase, meine Augen, meine Tränen. Wir fielen aufs Bett.

Entledigten uns unserer Kleider.

«Langsam, langsam, Nattie. Laß uns nichts überstürzen.» Seine Stimme war so sanft wie die Berührung seiner Hände.

Ich legte den Kopf auf sein Kissen und schloß die Augen. Dunkelheit umgab mich. Aber diesmal war es eine samtene Dunkelheit, und ich konnte fühlen, wie sie mich umfing. Seine Hände, seine Lippen, seine Haut auf meiner. Er überall.

Ich hatte noch nie im Leben etwas langsam angehen können. «... ein Kondom», sagte ich atemlos. «Hast du ein Kondom?»

Ich fuhr mit den Händen abwärts.

«Oh», sagte ich.

Ich wußte nicht, was ich sonst hätte sagen sollen.

Ich öffnete die Augen. Tonys Gesicht zeigte so etwas wie ein resigniertes Lächeln.

«Tut mir leid, Nattie, ich hatte schon so eine Ahnung, daß das passieren könnte. Dieser Chund geht heute nacht nicht auf Jagd.»

Ich lachte laut auf. «Was soll das heißen, dein Hund geht nicht auf Jagd? Rin Tin Tin ist doch schon viel zu alt, um noch zu ja... Ach, jetzt kapier ich. Entschuldige, der Groschen fällt heute nacht ein bißchen langsam. Aber mal sehen, ob wir ihn nicht doch dazu bringen können, wieder zu bellen.»

Ich küßte ihn erst auf den Bauch, und dann folgten meine Lippen der Linie aus krausem Haar, die von seinem Bauchnabel abwärts führte.

Er beugte sich vor und zog mich wieder nach oben.

«Ich weiß das Angebot zu schätzen, aber es wird nicht helfen. Als Sharon mich verlassen hat, war das ein ziemlich schwerer Schlag für mich. Ich habe seitdem keine andere Frau auch nur angeschaut ... bis ich dann dich dort im Stall sah. Aber im Augenblick ist die Beziehung zwischen mir und Sharon echt kompliziert. Sie kann sich nicht entscheiden, ob sie nun zu mir zurückkehren möchte oder ...»

Sharon – seine Frau. Er hatte mir ein wenig von ihr erzählt, aber nie ausführlicher über die Geschichte sprechen wollen. Ich wußte nur, daß sie ihn im letzten Winter verlassen hatte. Er hatte mal gemeint, sie wolle alles überdenken. Das letzte, was ich gehört hatte, war, daß sie immer noch am Nachdenken war.

«Das ist schon in Ordnung», sagte ich. «Aber bleib bei

mir. Leg den Arm um mich und laß mich in dem Gefühl einschlafen, in Sicherheit zu sein.»

«Du bist in Sicherheit», sagte Tony. «Ich gehe nicht fort.»

SIEBENUNDZWANZIG ■

Ich wachte auf – hoffte, schloß Abkommen mit Gott. Bitte mach, daß alles nur ein Traum ist. Ich will auch nie wieder «gottverdammt» sagen, ich will für die Obdachlosen tätig werden, ich will nett zu den Modeidioten und zufrieden mit meinem Leben sein ...

Manchmal funktioniert es. Ich wache auf, und das ganze fürchterliche Zeug war wirklich nur ein Traum – und das Wort «gottverdammt» kommt ein paar Wochen lang nicht über meine Lippen. Aber diesmal klappte es nicht. Ich wachte in Tonys Bett auf und wußte sofort, warum.

Ich setzte mich auf. Er hob ein Augenlid. «Nattie, wieso, in des lieben Herrgotts Namen, bist du denn schon so früh wach?»

«Ach, ich hatte gehofft, dies alles sei nicht wahr. Wie Bobbys böser Traum von Dallas, verstehst du?»

«Was ist los?»

«Laß nur, es ist nicht wichtig. Es ist halt kein Traum, Jeff ist noch immer tot.»

Mit einem Ruck ließ ich den Kopf wieder aufs Kissen fallen und dachte, ich könnte mich vielleicht in den Schlaf zurückzwingen, wo ich mich nicht so unwohl fühlte. Aber ich schoß sofort wieder hoch.

«Verdammt, verdammt, verdammt», sagte ich. «Ich habe gestern Henry nicht mehr angerufen. Ich war etwas durcheinander, und er ist mit den Jungs wieder zu Hause, und dieser Verrückte weiß, wo sie zur Schule gehen ...»

Ich sprang aus dem Bett und vergaß völlig, daß ich nichts

anhatte. Aber ich war viel zu besorgt um Henry, um groß über meine Hüften nachdenken zu können.

Tony stemmte sich auf den Ellbogen hoch. «Nattie, hör auf, dich verrückt zu machen. Ich habe gestern mit Henry telefoniert. Seine Kinder fahren mit ihrer Mutter zurück nach Connecticut. Aber er ist schwer in Sorge um dich und würde wahrscheinlich einen Anruf zu schätzen wissen.»

Ich entdeckte mein Hemd beziehungsweise das Hemd, das mir Tony als Ersatz für mein blutiges gegeben hatte. Es lag auf dem Fußboden. Ich hob es auf und zog es mir über den Kopf. Wo der Rest meiner Klamotten war, ließ sich nur vermuten.

Tony reichte mir das Telefon, und ich rief bei Henry an. Ich holte ihn zwar aus dem Schlaf, aber er schien doch froh zu sein, von mir zu hören – und er war sehr besorgt.

«Möchten Sie sich von der Story zurückziehen?» fragte er.

«Um Himmels willen, nein», antwortete ich. «Dieses gottverdammte psychotische Arschloch hat schon drei Leute umgebracht, und ich bin als nächste dran, wenn wir nicht vorher rausfinden, wer das ist.»

«Okay, Ihre Entscheidung», sagte Henry. «Da das geklärt ist, brauchen wir einen Plan.»

«Wir treffen uns in einer Stunde im Büro.»

Tony rollte sich aus dem Bett.

«Ich wußte doch, daß dich das nicht aufhalten würde», sagte er.

«Würde es dich denn?»

«Nein. Ich gehe erst unter die Dusche ... Frauen sind langsamer als eine Schnecke am Mittag in der Wüste.»

«Nicht diese Frau», sagte ich und sprintete ins Bad. Ich war in weniger als fünf Minuten sauber und angekleidet, wohingegen er für alle seine Waschungen gut fünfzehn brauchte.

Tony fuhr mich bei meiner Wohnung vorbei, damit ich mich für die Arbeit umziehen konnte. Die Polizei war bereits dort gewesen, um nachzuschauen, ob sich sonst noch jemand eingefunden hatte.

Ich klaubte mir irgendein brauchbares Outfit zusammen und schnappte mir noch Jeans und Stiefel, weil ich nach der Arbeit zum Reiten wollte. Mehr denn je hatte ich das Bedürfnis, auf einem Pferd zu sitzen.

«Nimm eine Zahnbürste mit und was, worin du normalerweise schläfst», sagte Tony.

Ich sah ihn an. Keiner von uns beiden war auf das zu sprechen gekommen, was sich am Vorabend zugetragen hatte.

«Tony, ich kann nicht ewig bei dir wohnen, sieh mal, was passiert ...»

«Ich bitte dich nicht, ewig bei mir zu wohnen. Und auch nicht, mit mir zu schlafen. Nur, daß du zu mir kommst. Wo ich weiß, daß du in Sicherheit bist. Noch eine Nacht, bis wir eine Lösung gefunden haben. Vielleicht kann ja jemand zu dir ziehen ... deine Mutter oder dein Vater?»

«Meiner Mutter darf ich mit der Geschichte nicht kommen. Sie hat immer noch Angst, wenn ich nach Sonnenuntergang ausgehe. Ich werde Lou anrufen.»

«Lou?»

«Meinen Vater, den Spinner. Er kommt morgen aus dem Aschram zurück, reingewaschen, geläutert und vor Energie vibrierend. Er kommt bestimmt runter. Vielleicht beamt er sich ja auch her. Heute abend bleibe ich bei dir ... ich sag vorher Mrs. Flock Bescheid ... aber das ist es dann.»

«Schön», sagte er. «Ich freue mich drauf, Lou kennenzulernen.»

Tony hielt vor dem Gebäude des *Appeal*. Dort wuselte eine neue Polizeimannschaft rum. Ich stieg aus und sagte ihm noch, daß ich nach der Arbeit zum Reiten wollte, aber nicht später als neun bei ihm sein würde.

«Erspar mir Magenkrämpfe und komm vor Dunkelwerden, okay, Liebling?»

«Wird gemacht», antwortete ich. Eine Redensart gegen die andere.

Ich steuerte den Haupteingang an, und Tony trat zu einer Polizistin, die das Gebüsch vor dem Gebäude untersuchte. «Ich hatte gehofft, dich hier zu treffen, Tony.» Sie richtete sich auf, und ich sah ihr Namensschildchen: Sharon Odom.

Ich versuchte, ein Bild von ihr in mich aufzunehmen, ohne sie anzustarren. Brünettes Haar, gewellt, in einen Pferdeschwanz zurückgebunden; vernünftige Brille; milchweiße Haut, eins siebenundsechzig, hundertzehn Pfund. Wie meine Mutter gesagt haben würde: So gewöhnlich wie ein Pudding. Ich hörte, wie sie eine Bemerkung über den Samstag machte, der ein Anfang gewesen sei. Ich ging schneller.

In der Eingangshalle hielten mich zwei amtlich dreinblikkende Wachleute auf.

«Weisen Sie sich bitte aus.»

Alles, was ich bei mir hatte, war eine Harris-Teeter-Karte, die die Wachmänner nicht überzeugen konnte. Ich hatte vor ein paar Monaten meine Handtasche in einem Kaufhaus liegengelassen und es nie geschafft, mir Ersatz für meinen Führerschein und meinen *Appeal*-Ausweis zu besorgen.

«Augenblick», sagte der eine und griff zum Telefon. «Hier ist eine Frau, die sagt, ihr Name sei Natalie Gold ... ja, klein, rothaarig, Ende Zwanzig ... okay.»

Er sah mich an und sagte: «Sie können hinaufgehen.»

«Ich bin sechsunddreißig», informierte ich ihn. «Herzlichen Dank für das Kompliment.»

Er lächelte nicht. In der Redaktion war noch immer ein Haufen Polizisten zugange. Henry sah mich hereinkommen und war schon nach wenigen Sekunden bei mir. Sein Gesicht war – wie das aller anderen anwesenden Reporter und Redakteure – aschfahl. Er legte mir den Arm um die Schulter.

«Alles in Ordnung?»

«Nein, aber machen wir uns an die Arbeit.»

Wir gingen zu seinem Schreibtisch.

«Wissen Sie, da ist etwas, was ich Ihnen noch gar nicht gesagt habe.»

Der besorgte Ausdruck verschwand aus seinem Gesicht.

«Nein, nein. Ich meine nicht, daß ich es Ihnen nicht gesagt habe, weil es da etwas zu verbergen gab. Ich dachte lediglich, es hätte nichts mit unserer Geschichte zu tun und sei allein meine Sache. Aber jetzt bin ich mir da nicht mehr so sicher.»

«Hat es etwas mit Ihrem Freund bei der Polizei zu tun?»

«Ach, Henry, jetzt machen Sie aber mal 'ne Pause. Es geht überhaupt nicht um mich, sondern um Gail, um meine beste Freundin.»

Ich informierte ihn über ihre Beziehung zu Jeff, oder besser über ihre Besessenheit von ihm. Ferner berichtete ich ihm von ihren Lügen bezüglich Allies und von ihren Äußerungen über Sully.

«Da habe ich drei Stücke des Puzzles vor der Nase», sagte ich, «aber ich kriege diese verdammten Teile nicht zusammen. Warum nicht? Da ist irgendwas, was ich nicht kapiere.»

Während ich gesprochen hatte, hatte sich Henry am Computer Notizen gemacht.

«Geben Sie mir ein paar Minuten Zeit», sagte er. «Lassen Sie mich das schnell noch mal durchlesen. Vielleicht sagt es dem unvoreingenommenen Blick etwas.»

Ich griff zum Telefonhörer und rief bei Gail an. Wieder keine Antwort. «Verdammter Mist», sagte ich und warf den Hörer auf die Gabel.

«Der Tierarzt», sagte Henry. «Der Tierarzt, der auf dem Bild von Allie zu sehen war. Haben Sie mir nicht in der vorigen Woche irgendwas erzählt, daß diesem Viehdoktor wegen der Fälschung von Impfzeugnissen die Zulassung entzogen wurde?»

«Nicht ganz, aber so ungefähr», antwortete ich. «Es war ein Coggins-Test, bei dem es um Sumpffieber geht, genauer gesagt um infektiöse Anämie. Ohne den Coggins-Test kann man heute mit einem Pferd nirgendwo hin, und der Besitzer wollte bei einem Turnier auf Punktejagd gehen. Doc Loc füllte ihm zuliebe das Formular aus, bevor das Ergebnis des Tests vorlag, und wurde erwischt.»

«Was war mit dem Pferd?» fragte Henry.

«Oh, das war in Ordnung. Der Test war negativ, und es bekam ein sauberes Zeugnis.»

«Was, wenn's nicht so gewesen wäre?»

«Dann wäre es … mein Gott, Henry! Sie sind ein Genie, ein gottverdammtes Genie! Das ist es. So passen alle Stücke zusammen. Allie, Doc Loc, das Haarfärbemittel, Wally, Sully, sogar der blöde Traum, den ich kürzlich hatte, alles.»

Ich griff nach dem Telefon und wählte die 411. «Die Nummer von Charles Lockton bitte, Tierarzt … großartig, danke.»

Ich fing an zu wählen, aber Henry nahm mir den Hörer aus der Hand.

«Keine falsche Hast. Jetzt beruhigen Sie sich erst einmal und sagen mir, warum ich ein gottverdammtes Genie bin. Und wie das Bild aussieht, jetzt, wo Sie alle Teile zusammengebracht haben. Dann machen wir einen Plan, okay, Partnerin?»

Henry hatte recht, ich ging mal wieder überstürzt ans Werk.

«Sorry», sagte ich. «Manchmal reißt mich die Erregung einfach mit, falls Sie das noch nicht bemerkt haben sollten.»

«Ist schwer zu übersehen», sagte Henry. «Obwohl ich zugeben muß, daß das etwas ist, was die Zusammenarbeit mit Ihnen durchaus interessant macht.»

«In-ter-es-sant?» sagte ich und trennte die vier Silben so deutlich, wie es Henry immer tat. «Soll das soviel bedeuten wie ‹Sie schneidern Ihre Kleider selbst›?»

Henry lachte. «Nein, ganz und gar nicht. Interessant, unvorhersehbar ... und, ja doch, erfreulich. Was mich darauf bringt ... wollen wir uns nicht endlich mal duzen?»

«Genug, genug, genug», antwortete ich. «Duzen? Gern. Also, zu dem großen Puzzle. Ich kann gar nicht fassen, daß ich für das Zusammensetzen so lange gebraucht habe. Ein Teil von mir muß das Bild schon gekannt haben. Das wäre jedenfalls die Erklärung für meinen Traum. Oder Mrs. Flock hat recht, wenn sie meint, man müsse nur ‹Gib's her› sagen, und schon zapfe man die Hauptplatine an.»

«Nattie, von welcher Hauptplatine redest du da? Nein, ist schon gut. Du bist ja so schlimm wie Dorothy mit ihren dauernden Abschweifungen. Laß uns mal beim Thema bleiben, wenigstens die nächsten fünf Minuten.»

Ich wollte Henry gerade alles erklären, da trat Fred zu uns.

«Alles in Ordnung, Nattie?» erkundigte er sich, und ich wußte, daß seine Frage ernst gemeint war. Ich nickte, und er fuhr fort: «Erinnern Sie sich noch an das letzte Mal, als etwas Ähnliches passiert ist? Daniel Bolles. Arbeitete in Arizona an einer Story über das Bandenunwesen. Ich kannte ihn. Er war ein verdammt guter Reporter. Sie haben die Schweine, die ihn in seinem Auto in die Luft jagten, nie zu fassen gekriegt. Das dürfen wir bei Jeff nicht zulassen. Er war auch ein verdammt guter Reporter, ja, das war er, ein wahnsinnig guter ...»

Ich fing einmal mehr an zu weinen. «Bin gleich wieder da», sagte ich und eilte in die Damentoilette, um mir ein Papiertuch zu holen.

«Noch etwas, Nattie», sagte Fred, als ich wieder da war.

«Ja?» Ich versuchte, die Tränen runterzuschlucken.

«Ich habe vor kurzem Eddie Heffner, Ihren Hufschmied, angerufen.»

«Ja, das hat er mir erzählt.»

Fred beugte sich zu mir und sagte mit ruhiger Stimme: «Also ... äh ... an Selbstvertrauen mangelt's dem anscheinend nicht.»

«Wieso?» fragte ich.

«Nun ja, er harkte dauernd darauf rum, wie beschlagen er sei. Eitler Fatzke, was?»

«Beschlagen?» Plötzlich fiel der Groschen, und ich wünschte mir mehr denn je, daß es ein Leben nach dem Tode gäbe, weil Jeff dann hätte hören können, was Fred soeben von sich gegeben hatte.

«Fred», sagte ich, «Eddie hat nicht von sich geredet, sondern von dem, was er als Hufschmied tut. Nämlich Hufe beschlagen. Mit Hufeisen.»

«Ach so, na schön. Wie auch immer, das ist vielleicht eine Type. Halten Sie mich auf dem laufenden, ja?» Und damit drehte sich Fred um und entschwand in seinem Büro.

Und ich begab mich schnurstracks zur Toilette. Ich wußte nicht, ob ich lachte oder weinte – wahrscheinlich beides gleichzeitig. Ich klatschte mir kaltes Wasser ins Gesicht und kehrte zu Henrys Schreibtisch zurück, das Gesicht so gefleckt wie das Fell eines Appaloosa-Pferdes.

«Du kannst nie und nimmer raten, was Fred eben gesagt hat», platzte ich heraus.

«Vielleicht erzählst du's mir dann mal», erwiderte Henry. «Aber zuerst das Puzzle. Du erinnerst dich noch?»

«Also gut.» Ich setzte mich, denn plötzlich war mir hundeelend. Mein hastiger Abgang eben war eine Flucht gewesen – nicht nur vor Henry, sondern auch vor mir selber. Ich wollte nicht in Worte fassen müssen, was ich argwöhnte, nämlich daß meine beste Freundin zu einem Mord fähig sein könnte.

Aber dann sprach ich fast flüsternd doch aus, was ich dachte, und meine Worte waren ebenso an Henry wie an mich gerichtet: Doc Loc müsse ein Pferd gehabt haben, bei dem der Coggins-Test positiv ausgefallen sei. Die gesetzlichen Bestimmungen verpflichteten einen dazu, ein solches Tier entweder zu beseitigen oder ihm am Hals per Kaltbrand eine Registriernummer einzubrennen und es dann auf immer und ewig zu isolieren. Wenn man an Doc Locs Verachtung für den Coggins-Test und dessen Genauigkeit denke, so sei anzunehmen, daß er den Kaltbrand gewählt habe. Ich sei bereit zu wetten, daß das Pferd ein paar Jahre lang keine Symptome gezeigt habe – lange genug, um Doc Loc davon zu überzeugen, daß es frei von Erregern sei. Dann habe er das Pferd Gail geschenkt.

«Deshalb nahm sie mit ihm nie an einem Turnier teil. Ohne Coggins-Test kann man bei keinem Turnier melden, und ich meine: bei keinem. Jetzt weiß ich auch, warum sie ihm diesen Namen gegeben hat.»

«Allie?»

«Ja. Allie ist die Kurzform», sagte ich. «Der volle Name lautet All Dressed Up ...»

«... and No Place to Go. So fein herausgeputzt, doch nirgends kann man hin. Das ist doch eine Zeile aus einem alten Song, nicht wahr? Ganz schön schlau ausgedacht.»

«Aber ihre Schlauheit hat ihr nichts gebracht, nur diesen ganzen Schlamassel», sagte ich. «Und ein Pferd, von dem sie förmlich besessen ist. So sehr, daß sie seinetwegen leicht ein Dutzend Leute umgebracht haben könnte. Manche Tierärzte sind der Meinung, ein positiver Coggins-Test komme einem positiven HIV-Test gleich. Zu denen gehört Doc Loc natürlich nicht. Er hält den Coggins-Test für wertlos.»

Henrys Finger bewegten sich im Steptanz über die Tasten. «Nur weiter», sagte er.

«Das Haarfärbemittel Marke Miss Clairol, dunkles Braun? Um den Kaltbrand zu verdecken. Ich wette, Wally ist mal zufällig aufgetaucht, als Gail einen ihrer Friseurtermine bei Allie hatte. Er muß dann auch sie erpreßt haben. Arme Gail, dieses Pferd ist ja ihr ein und alles.»

«Und was ist mit Sully?» fragte Henry. «Wie paßt die in das Bild?»

«Sully hat nach Gail bei Doc Loc gearbeitet. Sie war eine große Klatschtante, wie Doc Loc auch. Möglicherweise hat er ihr gegenüber mal was über Allie fallenlassen, und Sully hat Gail gegenüber eine Bemerkung gemacht, über die Gail dann so wütend oder erschrocken war, daß sie ...»

«... Wally umgebracht hat», ergänzte Henry. «Damit wären alle ihre Probleme gelöst gewesen.»

«Nur, daß ich ihr dann ein neues bescherte, nämlich Jeff.»

«Ja, das paßt», meinte Henry.

«Und genau da liegt unser Problem. Es paßt alles viel zu gut. Aber Sie kennen ja auch den Spruch: ‹Wenn etwas zu gut erscheint, um wahr zu sein, dann ist es das wahrscheinlich.› Ich weiß nicht, vielleicht hat Gail es getan, und ich weigere mich einfach zu glauben, sie könnte hinter dem allen stekken.»

Henry hörte mit seiner Tipperei auf. «Nattie, es ist durchaus möglich, daß Gails einzige Schuld darin besteht, regelwidrig ein Pferd versteckt zu haben ... und vielleicht nicht einmal das. Ich glaube, du solltest mal mit diesem Tierarzt sprechen und in Erfahrung bringen, was da gelaufen ist. Wir müssen auch noch Keith Rollings und die Mayfields interviewen und Lucy ein paar weitere Fragen stellen. Vergiß nicht, Gail ist nicht der einzige Mensch, der einen guten Grund hatte, Wally umzubringen.»

ACHTUNDZWANZIG ■

In jenen Tagen, als Jim und Tammy Bakker noch im Vergnügungs- und Themenparkgeschäft tätig waren, pflegte der I-77 ein Highway in den Himmel zu sein, denn er ließ Tausende von urlaubenden Christenmenschen ans Ziel ihrer Träume gelangen – in das Amerika von einst. Das änderte sich, als Jim im Knast landete und

Tammy ihm die Scheidungspapiere präsentierte, auf dem Absatz kehrt machte und den Kerl ehelichte, der ihren Palast gebaut hatte.

Heute ist der I-77 ein ganz gewöhnlicher Interstate Highway. Allerdings mit einer Ausnahme. In der Gegend von Charlotte gibt es ein Stück Straße, wo zu beiden Seiten der dahinrauschenden Autos grüne Bäume stehen und weltweit die meisten Fälle von Rocky-Mountains-Fleckfieber auftreten. Ich denke, wenn man dort einen Platten hat, dann tut man gut daran, die Socken hochzuziehen und einen Hut aufzusetzen.

Glücklicherweise bekam ich auf dem Weg zu Doc Loc, zu dem auch eine zwanzigminütige Fahrt durch diese Zeckenallee bis nach Fort Mill, South Carolina, gehört, keine derartigen Schwierigkeiten.

Und glücklicherweise hatte ich Doc Loc zu Hause erreicht, als ich vom Büro aus bei ihm anrief. Er war nicht sehr scharf darauf gewesen, mich zu sehen, wenigstens am Anfang nicht. Ich hatte auch schon gehört, daß er seit dem Entzug seiner Zulassung ein wenig zum Einsiedler geworden war. Aber als ich ihm gesagt hatte, ich würde den Verdacht nicht los, daß Gail ganz übel dran sei, stimmte er meinem Besuch zu.

Als ich den langen, ausgefahrenen Weg zu seinem Hof entlangrumpelte, mochte ich nicht glauben, was ich um mich herum sah. Der Zustand der Farm, bei der es sich mal um ein piekfeines Anwesen gehandelt haben mußte, war mit dem Wort «vergammelt» nur unzureichend zu beschreiben. Die Zäune waren halb kaputt und der Stall derart lädiert, daß er baufällig aussah. Und das Haus – nun ja, ich hätte mich vor zwanzig Jahren, als ich noch in einem Keller mit Lehmboden gehaust hatte, sofort darin zu Hause gefühlt. Aber bei meiner augenblicklich gesunden geistigen Verfassung wäre ich um keinen Preis dort eingezogen.

«Hallo, hallo», sagte Doc Loc, als ich aus meinem Golf stieg.

Doc Loc hatte eine Stimme, die jeden Lautsprecher überflüssig machte. Mit seiner geröteten Haut, seinem wehenden weißen Haar und seinem bürstenartigen Schnauzbart sah er aus wie Captain Kangaroo, der seinen Sonnenschutz vergessen hat. Ich habe nie erlebt, daß Doc Loc nicht breit gelächelt und sich nicht über irgend jemanden freundlich geäußert hätte.

«Na, was ist denn nun mit unserer Gail?» fragte er. «Ich hoffe, sie hat sich nicht wieder mit Rob in die Haare gekriegt. Ich hab dem Mädel immer gepredigt, daß es bei ihm wie eine Ente sein muß. ‹Laß das Wasser einfach von dir ablaufen. Einfach ablaufen lassen.›»

«Bei Rob leichter gesagt als getan», bemerkte ich.

«Da haben Sie recht», sagte Doc Loc. «Aber mit Pferden kennt sich der Mann aus. Ich habe noch nie jemanden gesehen, der so gut mit den Tieren umzugehen wußte wie Rob. Natürlich machte es das auch so schwer, für ihn zu arbeiten. Aber jetzt berichten Sie mal von Gail. Sie hat mich übrigens auch angerufen, kurz nach Ihnen. Merkwürdig war, daß sie geflüstert und sehr schnell gesprochen hat. Klang ganz so, als wollte sie verhindern, daß jemand ihr Telefongespräch mitbekommt. Ich muß sagen, sie war nicht allzu erbaut, als sie hörte, daß Sie auf dem Weg zu mir sind. Dabei hatte ich immer gedacht, Sie beide seien so was wie siamesische Zwillinge. Haben Sie Streit mit Gail? Wenn ja … also, mich zwischen zwei Frauen stellen, das wäre das letzte, was ich gern tun würde. Nein danke, da würde ich lieber über eine Koppel voller Stuten laufen, die in der Rosse sind.»

«Ich habe mich mit niemandem gestritten, aber ich arbeite an einer Story», sagte ich. «Und ich versuche schon seit Tagen, Gail zu erreichen. Hat sie Ihnen gesagt, wo sie steckt?»

«Hab nicht gefragt», antwortete Doc Loc. «Ich nahm an,

sie sei auf der February Farm. Dort ist sie doch immer. Hat sie Schwierigkeiten? Wenn ich irgendwie helfen kann ... Sie wissen ja, für Gail würde ich alles tun.»

«Ja, das könnte ein Teil des Problems sein», fing ich an.

Ich hatte auf der Fahrt zu Doc Loc immer wieder hin und her überlegt, was ich sagen wollte. Würde Doc Loc meinen Verdacht bezüglich Allies bestätigen, so käme das dem Eingeständnis eines weiteren Verstoßes gegen die veterinärmedizinischen Bestimmungen gleich. Ich befürchtete deshalb, er könnte alles abstreiten, um seine Haut zu retten. Womit ich nicht gerechnet hatte, war die Anständigkeit dieses Mannes – und mir war auch nicht klar gewesen, wieviel ihm Gail bedeutete.

Da platzte ich mit der ganzen Geschichte heraus und erzählte im wesentlichen das, was ich ihm hatte erzählen wollen. Ich sage weitgehend, weil etwas Unvorhergesehenes geschah, etwas, was mir bei einem Interview noch nie passiert ist. Ich weinte.

«Gail ist meine beste Freundin. Ich bete zum Himmel, daß an dem, was ich eben gesagt habe, auch nicht ein Fitzelchen Wahrheit ist. Ich bin in der Hoffnung hergekommen, von Ihnen zu hören, daß ich ein verrücktes Weibsbild mit einer allzu regen Phantasie bin.»

Doc Loc lächelte jetzt nicht mehr. Die Stirn war gerunzelt, der Mund ganz schmal.

«Ich wünschte, ich könnte das.» Er seufzte und schüttelte den Kopf. «Das tue ich wirklich, aber ich kann nicht. Sagen Sie diesen albernen Dösköppen bei Ihrer Zeitung, sie sollen mal aufhören, Sie im Dienst der Frauenseite zu verschleißen. Sie sollten diese Art Arbeit immer machen, weil Sie in allem recht haben. Das Pferd, der Coggins-Test, die ganze Geschichte, alles richtig. Der Test fiel beim einjährigen Allie positiv aus, und die tierärztliche Aufsichtsbehörde stürzte sich gleich auf ihn, nahm Blutproben, ordnete Quarantäne und den Kaltbrand der Nummer A-56 links am Hals an, Buchstabe und Ziffern fünf Zentimeter groß.

Sie rieten mir sehr nachdrücklich, ihn zu töten und zu beseitigen. Ich meinerseits riet ihnen zu machen, daß sie von meiner Farm kämen, sonst würde ich nicht das Fohlen, sondern was oder wen anderes beseitigen. Ich habe zu viele kerngesunde Pferde sterben sehen, nur weil Leroy Coggins einen Test entwickelt hat, der vielleicht was taugt, vielleicht aber auch nicht. Dieses Fohlen hatte nie irgendwelche Anzeichen gezeigt oder irgend etwas an irgendeines meiner anderen Pferde weitergegeben. Das Pferd war das erste und das letzte auf meiner Farm, bei dem der Test positiv ausfiel. Ich behielt es fünf Jahre lang hier, um sicherzustellen, daß es gesund und kein Virenträger war, dann schenkte ich es Gail. Ich dachte, ich täte ihr einen Gefallen damit ...»

«Wer weiß noch davon?»

«Niemand. Ich mag ja ein Narr sein, aber ein Hornochse bin ich noch lange nicht. Ich wäre ja verrückt gewesen, wenn ich irgend jemandem ...»

Er schwieg ein paar Sekunden und wollte dann seinen Satz vollenden, aber ich fragte dazwischen: «Sind Sie sicher? Was ist mit Sully Cameron?»

Doc Loc sah mich an, als untersuchte er etwas unter dem Mikroskop. «Was haben Sie da in Ihrem Gehirnkasten? Radiotransistoren? Grad in dem Augenblick hab ich auch an Sully gedacht. Als sie noch für mich arbeitete, waren wir mal bei einem Stall, wo bei einem der Pferde der Test positiv ausgefallen war. Der Besitzer plädierte für das Einschläfern, und ich war ... also, das Wort wütend bezeichnet auch nicht annähernd, was ich war. Als wir dann wieder im Wagen saßen und zum nächsten Patienten unterwegs waren, regte ich mich über die Blödheit des Coggins-Tests auf und fing auch an, mich über Allie auszulassen. Ich hörte aber gleich wieder damit auf – noch rechtzeitig, wie ich meinte. Aber vielleicht war es doch schon zuviel, und sie konnte sich was zusammenreimen. Sie wissen ja, wie Sully ist. Überschlau.»

Zwei zu zwei. Noch ein Punkt, und Gail hatte verloren.

«War», sagte ich.

«Bitte?» fragte Doc Loc. «War was?»

«Sully war.»

«Soll das etwa heißen, daß Sully tot ist?»

Ich nickte und berichtete ihm, daß Sully in einem Graben geendet war und daß sich Gail am Telefon verärgert über sie geäußert hatte.

«Das könnte aber doch auch Zufall sein», sagte Doc Loc. «Es sei denn, es gäbe da was, was Sie mir noch nicht erzählt haben. Und ich schätze, dem ist so, wenn ich nach der Farbe Ihres Gesichts gehe. Noch ein bißchen weißer, und Sie liegen auf dem roten Lehmboden.»

Da erzählte ich ihm von Jeff. Seine rote Haut wurde so bleich wie meine.

«Kein Wunder, daß Sie so aussehen, als hätten Sie Ihre beste Freundin verloren», sagte Doc Loc. «Denn ich fürchte, das könnte grade geschehen sein.»

NEUNUNDZWANZIG ■

Ich fuhr auf dem Interstate Highway zurück. So, wie ich mich fühlte, wäre jetzt eine Panne auf der Zeckenallee geradezu ein Segen gewesen. Dann hätte ich wenigstens an etwas anderes denken müssen als an die Möglichkeit, daß meine beste Freundin vielleicht drei Leute ermordet hatte.

In der Lobby des Zeitungsgebäudes begrüßten mich die amtlich dreinblickenden Wachleute, die ich schon kannte. Wieder zeigte ich ihnen meine Harris-Teeter-Karte, und wieder wollten sie mich nicht nach oben lassen.

«Wo wart ihr Kerle denn, als wir euch brauchten?» murmelte ich vor mich hin.

«Was ist?»

«Vergessen Sie's», sagte ich. «Darf ich mal Ihr Telefon benutzen und oben anrufen?»

Mir war sowieso nicht danach zumute, irgendwem von der Redaktion zu begegnen. Ich rief Henry an. «Wir treffen uns in der Cafeteria, okay? Und könntest du den Wachleuten mal sagen, daß ich dieselbe Person bin, die sie heute morgen hier durchgelassen haben?»

Ich gab dem einen der beiden das Telefon zurück, und er knurrte unwirsch.

Henry erwartete mich an einem Tisch am Fenster. Vor ihm standen zwei große Pappbecher.

«Mit Milch, stimmt's?» sagte er und schob mir den Kaffee zu.

Ich berichtete ihm von meinem Besuch bei Doc Loc.

«Du hast also genau ins Schwarze getroffen, Nattie. Sehr beachtlich. Jetzt laß uns überlegen, was wir als nächstes tun. Wenn du Gail nicht finden kannst, dann solltest du, glaube ich ... Nattie, ist dir nicht gut? Du siehst ja fürchterlich aus. Was ist los?»

Ich hatte immer gedacht, das einzige, was Männer und Frauen trennt, seien die «Golden Girls». Männer im Kindesalter mögen sie, den Frauen sind sie ein Graus. Aber was die beiden Geschlechter letztendlich wirklich unterscheidet, das sind die besten Freundinnen. Männer begreifen einfach nicht, was es heißt, eine zu haben.

«Henry, wir sprechen hier von Gail, von meiner besten Freundin!»

«Nein, wir sprechen über eine Story und über unsere Ermittlungen. Es tut mir ja leid, daß deine Freundin involviert ist, aber das ist sie nun mal, und ich kann es nicht ändern. Du mußt dich bei dieser Geschichte von deinen Gefühlen freimachen. Ich weiß, das ist schwer, aber wenn du's nicht tust, gerätst du in Schwierigkeiten.»

«Was weißt denn du von Gefühlen?»

«Du hast recht. Nichts. Jedenfalls nicht bei der Arbeit. Meinst du, du schaffst das auch? Es ist sicher sehr schmerzlich. Sollte es zu schmerzlich sein, dann laß uns eine andere Lösung suchen. Du kannst erläuternde Textkästen schreiben, und ich mache mit der Story weiter. Oder ich übernehme Gail. Irgend etwas in der Art. Also, wie weiter, Nattie? Die Entscheidung liegt ganz bei dir.»

Ich betrachtete Henry, wie er mir da so gegenübersaß. In seinem Gesicht war nicht ein angespannter Muskel zu entdecken, nicht das kleinste Anzeichen von Verärgerung.

«Wie weiter?» wiederholte ich. «Weiter bis zum Ende. Gehen wir, wohin und zu wem immer uns der Weg auch führen mag.»

Ich zog meinen Reporterblock und einen Kugelschreiber hervor.

«Okay, Henry, los geht's. Laß uns Gail zum Schluß machen. Damit ich erst mal wieder festen Boden unter die Füße kriege. Ist es dir gelungen, Rollings und die Mayfields zu erwischen und einen Interviewtermin zu vereinbaren?»

Henry blätterte in seinem Notizblock. «Rollings war nicht sehr gesprächswillig. Ich hinterließ drei Nachrichten bei seiner Frau, die äußerst liebenswürdig, aber höchst ineffektiv war. Beim vierten Versuch bat ich sie, ihrem Mann zu sagen, ich hätte vor kurzem eine Mrs. Annie Newson interviewt, und dabei seien Fragen aufgetaucht, die zu klären er mir vielleicht helfen könne.»

Ich muß recht verständnislos dreingeblickt haben.

«Ein wenig Grabungsarbeit hatte mich zu dem Namen geführt. Zu Mrs. Annie Newson, seit 1971 als Hausangestellte bei den Rollings tätig, Mutter des kleinen Mädchens, das Keith mal belästigt hat.»

«Oha, Henry, das ist ja stark! Ich wette, Keith' Fingerchen haben daraufhin so schnell wie möglich deine Nummer gewählt.»

«Nach zwölf Minuten», sagte Henry. «Ich habe die Zeit genommen. Er war sehr höflich. ‹Womit kann ich Ihnen dienen› und so weiter, und so fort. Kein Wort von Annie Newson. Er war einverstanden, sich mit uns am Donnerstag in Camden in einem Lokal mit Namen Hunt Box zu treffen.»

«Donnerstag? Heute ist Montag.»

«Er behauptet, ein vielbeschäftigter Mann zu sein. Kommen wir zu den Mayfields. Edward Mayfields Sekretärin hat uns am Freitag in eine Lücke gequetscht. Und ich habe die Tochter erreicht, aber sie sagte, sie wolle lieber mit dir reden. Sie erwartet deinen Anruf morgen früh, so gegen neun Uhr.»

«Okay», sagte ich. «Bleiben noch Lucy und Gail. Bevor ich heute gehe, rufe ich bei Lucy an. Ich wollte sowieso mit Dorothy sprechen, ihr das mit Jeff sagen. Was ich bei Gail machen soll, weiß ich nicht. Ich habe sie der Polizei gegenüber mit keinem Wort erwähnt. Meinst du, ich sollte?»

«Was ist mit Tony? Weiß er Bescheid?»

«Nein», sagte ich. «Ich war gestern den ganzen Tag viel zu durcheinander und nicht in der Lage, irgendwem irgendwas zu sagen.»

«Dann würde ich es jetzt auch nicht tun. Du hast doch in Gails Fall nicht mehr vorzuweisen als einen Verdacht, und das reicht nicht aus, um die Polizei auf sie anzusetzen. Gib mir den Namen ihrer Mutter und deren ungefähres Alter, dann bitte ich das Büro in Raleigh, mal bei der Kfz-Zulassungsstelle ihre Karteikarte rauszusuchen. So kommen wir an ihre Adresse und können uns dann ihre Telefonnummer besorgen. Vielleicht kann uns ja Gails Mutter dabei helfen, sie zu finden. Sag mir auch noch Gails Adresse, dann fahre ich da vorbei, rede mit den Nachbarn, frage ein bißchen rum und sehe mal, was ich dort in Erfahrung bringen kann.»

Wir tranken unseren Kaffee aus und gingen in die Redaktion hinauf. An dem Grummeln in meinen Eingeweiden und dem Rumpeln in meinem Magen merkte ich, daß Henry nicht den koffeinfreien Kaffee gewählt hatte.

«Ich komme gleich zu dir», sagte ich und eilte zur Damentoilette. Koffein.

Henry klebte am Telefon, und ich hängte mich am Schreibtisch neben dem seinen an die Strippe. An meinen eigenen Schreibtisch war ich seit Samstag nicht mehr zurückgekehrt, und ich hatte auch nicht vor, es so bald zu tun. Selbst Candace, dieser Roboter, meinte, das sei eine gute Idee.

Ich wählte Lucys Nummer. Sie kam selbst an den Apparat, und bevor ich noch meinen vollen Namen rausgekriegt hatte, sagte sie schon: «Ich weiß, wer da ist.»

Es geht doch nichts über Direktheit. Ich machte es ihr nach und fragte sie ohne Umschweife, ob Henry und ich in dieser Woche noch einmal nach Camden kommen könnten. «Es haben sich im Zusammenhang mit Wally ein paar weitere Dinge ergeben.»

«Vor oder nach Ihrer kleinen Unterhaltung mit Dorothy?» wollte Lucy wissen. «Dorothy hat mir berichtet, daß Sie hier waren. Wenn ich Sie wäre, würde ich mir nicht ein Wort anhören, das diese Frau von sich gibt. Sie glaubt, sie wäre so 'ne Art Voodoo-Königin. Sie ist verrückt, das ist alles.»

«In Sullys Fall hatte sie recht», sagte ich.

«Wie? Wovon reden Sie? Was soll das?»

«Sully ist tot.»

«O Gott.» Der Telefonhörer krachte auf den Boden. Fünf Minuten vergingen, dann legte ich schließlich auf.

Soviel zur Vereinbarung eines Interviews.

Ich schrieb Gails Adresse auf einen Zettel und schob ihn Henry zu, der immer noch telefonierte und dabei Notizen machte. Ich winkte und formte mit den Lippen die Worte: «Fahre zum Stall. Rufe dich an.»

Der maulwurfgraue Turbodiesel des alten Clarke war da, ferner eine Auswahl von Volvos und Beemers. Gails kleinen roten Tercel konnte ich nicht entdecken.

Ich sattelte Brenda und setzte mir zögernd den Schutzhelm auf. Es war wie immer heiß, und ich dachte, ich könnte den Helm vielleicht doch weglassen. Rob war ja nicht da, konnte mich also auch nicht anbrüllen, und der alte Clarke war im Büro und würde es deshalb nicht mitkriegen. Ich öffnete gerade die Schnalle wieder, als Brenda durch irgend etwas erschreckt wurde, scheute und mich umstieß.

«Also gut», sagte ich, «ich werde den Helm aufbehalten.»

Ich glaube fest an Zeichen, seien es nun echte oder eingebildete.

Ich griff nach Brendas Zügel, verließ schnell den Stall und verstieß gegen eine der ehernen Regeln der February Farm – ich unterließ es, auf der Schiefertafel zu vermerken, daß ich den Stall verlassen hatte. Wir waren gehalten, bei jedem Ausritt den Zeitpunkt des Aufbruchs auf der Tafel zu notieren. Aber ich hatte das dringende Bedürfnis, mich zu entspannen, und es deshalb sehr eilig.

Es dauerte auch nicht lange, und der Zauber wirkte wieder. Nach fünfzehn Minuten wußte ich kaum noch, daß ich Nattie Gold hieß, und schon gar nicht mehr, daß ich an einer Mörderstory arbeitete, in der meine beste Freundin die Hauptverdächtige war. Die Sommergerüche waren berauschend, und sie stürmten so wild auf meine Sinne ein, daß sie meine ganze Aufmerksamkeit in Anspruch nahmen. Die jubilierende Süße des Geißblatts fühlte sich an, als umwirbelte mich ein Crescendo von leuchtendem Purpurrot. Ein paar Schritte weiter dann der leise, melancholische Ruf gefallener Blätter, die wieder zu Erde wurden, ihr tiefer, modriger Geruch ein stiller, schilfiger Kreis aus dunklem Bernstein.

Ich war wieder in meinem Paradies.

Der Pfad war ausreichend breit, um in einen leichten Galopp übergehen zu können. Ich drückte Brenda mein rechtes Bein in die Flanke, und sie wechselte – wie verlangt – gleitend auf die linke Hand. Ich beugte mich vor und klopfte ihren Hals. «Braves Mädchen.»

Brenda hat das, was man einen Schaukelpferdgalopp nennen könnte – er ist so gleichmäßig wie das Dahingehen dieser Tage, an denen alles stimmt. Mir war, als ritte ich auf einer Wolke. Wenn ich zwischen diesem Reiten und irgend etwas anderem (und ich meine *irgend etwas* anderem) wählen müßte, dann wäre das eine ganz klare Sache.

Ich ließ Brenda am langen Zügel gehen und ritt im leichten Sitz, das heißt, ich hob den Po etwas an und neigte den Oberkörper nach vorn, um Brendas Rücken zu entlasten. Sie galoppierte in ruhigem, regelmäßigem Dreierrhythmus weiter. Als ich sah, daß sich der Weg vor uns verengte, nahm ich die Zügel wieder auf.

Bevor ich wußte, was los war, ging Brenda hinten hoch. Sie warf sich zur Seite und raste dann in gestrecktem Galopp auf und davon. Zweige flogen vorbei und schlugen mir ins Gesicht. Erst nach einer Weile gelang es mir, die Zügel fester zu fassen und in dem Versuch anzuziehen, den Druck auf ihre Laden zu vergrößern und sie dadurch zu einer Verlangsamung des Tempos zu veranlassen. Ich zog immer fester, aber Brenda galoppierte immer schneller. Ich zog und zog. Brenda bemächtigte sich des Gebisses, und ich hatte nur noch ein durchgehendes Pferd in den Händen.

Brenda warf sich erneut zur Seite, und da hörte ich auch, warum. Ein lauter Knall. Eine Kugel streifte meinen Kopf, und ich konnte angesengten Kunstsamt riechen. Meine Reitkappe! Ohne sie wäre ich jetzt wohl tot gewesen.

Brenda galoppierte immer schneller. Wieder fielen Schüsse.

Sie stürmte durch den Wald, drehte und wand sich einen schmalen Pfad entlang, auf dem ich sie bislang immer nur am

Zügel geführt hatte. Ich umklammerte sie mit den Beinen und griff in ihre Mähne. Immer wieder das dumpfe Krachen von Schüssen.

Schneller, immer schneller. Dann kam eine scharfe Kurve nach links, der Brenda in gestrecktem Galopp folgte. Da rutschten die Beine unter ihr weg. Als sie sich wieder hochrappelte, hörte ich im Wald ein lautes Rascheln. Bevor ich noch die Möglichkeit hatte, mich umzudrehen, krachte erneut ein Schuß. Die Kugel traf Brenda. Sie sprang hoch und raste wie wild geworden weiter, direkt auf einen umgestürzten Baum zu, der quer über dem Weg lag.

Der Baumstamm allein maß etwa einen Meter zwanzig, aber das war bei weitem nicht das schlimmste. Auf der anderen Seite ragten fünf oder sechs dicke Äste in die Luft und machten das Ganze zu einem riesigen Oxer. Ich hasse Oxer – und Brenda schoß mit Karacho auf den größten und häßlichsten zu, den ich je gesehen hatte.

Ich riß den Zügel hoch, setzte die rechte Hand auf Brendas Hals und zog mit der linken so kräftig, wie ich konnte. Man nennt das einen «Flaschenzugzügel» – angeblich soll man damit auch das hartmäuligste durchgegangene Pferd zum Halten bringen können. Aber die Wirkung blieb aus. Ich hätte das Pferd auch mit einem Stallhalfter reiten können.

Ich versuchte noch einmal, die Zügel anzuziehen, aber plötzlich glitten sie mir durch die Finger. Ich sah nach unten. Meine Hände waren voller Blut. Erneut krachte ein Schuß.

Ich sah schnell wieder hoch und auf das Hindernis. Brenda sprang ab, und das mit solchem Schwung, daß ich über ihre linke Schulter und den Baumstamm flog. Ich beobachtete in Übelkeit erregendem Zeitlupentempo, wie der Erdboden näher und immer näher kam.

Krach.

Ich schlug mit dem Rücken auf dem Boden auf und sah,

wie Brenda über den Oxer und auf mich zukam. Noch in der Luft bog sie den Körper scharf nach rechts – drei ihrer Hufe landeten im Baum, der vierte auf meinem Bein.

Alles wurde schwarz.

Dann sah ich wieder Brenda. Sie stieß mit ihrer Nase gegen einen Klumpen aus irgendwas. Ich sah noch einmal hin. Der Klumpen aus irgendwas war ich. Er entfernte sich immer mehr.

Ich war von einem tiefen und vielschichtigen Blau umgeben, wie ich es noch nie gesehen hatte. Es bestand aus allen Farben, die in einem seltsamen tiefblauen Schimmer zusammenströmten. Ganz hinten am Horizont konnte ich einen Bogen aus hellem Gelb sehen. Wie das Blau war auch dieses Gelb mit winzigen vibrierenden Pünktchen in allen Farben gefüllt, die rein und raus, hin und her schossen. Mir war, als sähe ich die Moleküle tanzen.

«Nattie.»

Diese Stimme. So vertraut. Ich wollte den Blick nicht von dem Gelb lösen. Aber diese Stimme.

«Nattie. Hierher. Komm zurück!»

Ich zwang mich, mich der Stimme zuzuwenden. Dazu brauchte ich meine ganze Willenskraft. Ich wollte doch dort sein, wo das helle Gelb war!

«David?»

«Verdammt noch mal, Nattie, das Pferd ist auf deinen Knöchel getreten, nicht auf deinen Kopf. Du gehörst hier nicht her. Es ist zu früh. Du bist schon immer ein frühreifes Kind gewesen. Ein großartiges Kind, aber frühreif.»

«David?» Es war mein Stiefvater David. In einer braunen Tweedjacke und einem olivfarbenen Rollkragenpullover. Dreißig Pfund leichter und zwanzig Jahre jünger. Ich rannte zu ihm hin, umarmte ihn und fing an, vor mich hin zu stammeln.

«Ich hab dich so vermißt. Ich habe immer nur an dich gedacht. Nie hab ich dir gesagt, wie sehr ich dich geliebt habe oder wieviel du mir bedeutet hast. Daß du ein Geschenk des Himmels für mich warst, daß ohne dich nichts aus mir geworden wäre. Ohne dich ist Mama nur noch ein Nervenbündel. Seit du gestor…»

Ich brach abrupt ab.

«Gestorben», sagte ich dann. «Gestorben. Was machst du überhaupt hier?»

David drückte mich an sich. Er war wie ein riesiger Bär. Ich erinnerte mich an die erste Umarmung von ihm. Ich war eine verdorbene zehnjährige Göre gewesen, die nicht viel anderes als «Leck mich!» von sich zu geben wußte. Er hatte mir gesagt, daß er meine Mutter heiraten wolle und daß wir dann wieder eine richtige Familie sein würden. Dabei hatte er mich in den Arm genommen, und ich hatte mich zum ersten Mal in meinem Leben wirklich geborgen gefühlt. Es war schön, jetzt wieder dieses Gefühl zu haben.

«Nein, die Frage ist nicht, was ich hier mache. Was machst du hier? Du hast dich schon immer wie meschugge in alles reingestürzt. Du hast deiner Mutter und mir ganz schön zu schaffen gemacht. Hör endlich auf, immer alles so zu überstürzen, Nattie. Vor allem jetzt, vor allem hierbei. Und wo ich schon mal beim Thema bin, ich möchte, daß du deiner Mutter was ausrichtest. Auf mich hört sie ja nicht, hat's nie getan, warum sollte das jetzt anders sein? Sieh mich an, Nattie. Fällt dir was auf?»

Was sollte ich zu einem Geist sagen?

«Mein Gewicht, mein Gewicht, ich rede von meinem Bauch. Er ist weg! Sag ihr das, und sag ihr auch, daß ich mich an unsere Abmachung gehalten habe und daß jetzt sie dran ist. Sie weiß schon, was ich meine. Ich muß fort, meine Kleine. Ich liebe dich.»

Er beugte sich vor und küßte mich auf die Wange. Dann flüsterte er mir ins Ohr: «Ich kann nur noch dies sagen: Arbeite an den Handwechseln. Und jetzt geh. Du schuldest mir noch zwei Enkelkinder.

Geh, geh zurück.»

Ich kam zu mir, und da war eine Wolke warmer Luft, die gegen meine Wange geschnaubt wurde, und etwas Weiches, das gegen mein Gesicht stieß. Ich öffnete die Augen. Brendas Nase war dicht neben mir. Das Pferd versuchte, mich wach zu bekommen.

«David?» sagte ich.

Keine Antwort. Natürlich bekam ich keine Antwort. Er war ja tot, und ich war nicht ganz sicher, was mit mir passiert war, wo ich mich befand und wie ich dorthin gekommen war. Dann sah ich mich um. Ich lag auf dem Rücken. Ich stützte mich auf die Ellbogen hoch, richtete den Oberkörper auf, beugte mich vor und wollte aufstehen. Ich zog das rechte Bein an, um mich hochzustemmen. Ich beobachtete erschrocken, wie mein rechter Fuß wegknickte, zur linken Seite hin und so, als bestünde zwischen ihm und dem Bein keinerlei Verbindung mehr. Und so war es auch.

In diesem Augenblick traf mich der Schmerz. Eine jähe Explosion, wie ich sie noch nie verspürt hatte. Der Schweiß brach mir aus, und ich zitterte plötzlich heftig.

Dann erinnerte ich mich wieder an die Schüsse und an den umgestürzten Baum und wie ich dorthin gekommen war, wo ich mich befand. Und da war der Gedanke, daß auf der anderen Seite des Ahorns vielleicht jemand stand und mit einer Magnum auf mich zielte.

Ich versuchte es mit Kriechen. Aber schon die kleinste Bewegung jagte Feuerspeere durch mein Bein.

Es gab keine Möglichkeit, wegzukommen. Ich saß mitten im Wald fest, noch dazu mit einem Bein, das nicht mehr mit dem Rest von mir verbunden war, und einem Verrückten, der mich und mein Pferd soeben als Zielscheibe benutzt hatte.

Noch schlimmer war, daß mich beim Stall niemand zurückerwartete, weil ja niemand wußte, daß ich ausgeritten war. Es sei denn …

Ich wedelte mit den Armen. «Schuuuu, Brenda, los, lauf zum Stall zurück …»

Brenda trabte los, ging dann in den Galopp über. Ich lauschte ihrem Hufschlag, der sich immer weiter von mir entfernte. Dann hörte ich noch genauer hin. Keine Schüsse. Keine Schritte. Vielleicht hatte mein Verrückter ja für heute Schluß gemacht. Oder vielleicht war ich erst einmal nur für den endgültigen Abschuß mürbe gemacht worden.

Ich lauschte angespannt, um auch noch die kleinste Bewegung mitzubekommen. Das Rascheln eines Blattes, das Knacken eines Zweiges. Aber ich konnte nur das andauernde Zirpen eines ganzen Waldes voller geiler Grillen hören. Wenn ich eine Uhr gehabt hätte, wäre es mir jetzt möglich gewesen, mit Hilfe der Dolbear-Formel die Außentemperatur zu ermitteln. Dann hätte ich wenigstens etwas zu tun gehabt, etwas anderes jedenfalls, als einfach nur dazuliegen und darauf zu warten, daß mich eine Kugel zwischen den Augen traf.

Statt dessen legte ich den Kopf aufs Gras und schloß die Augen. Dann tat ich etwas, was ich sonst nicht so leicht fertigbringe.

Ich betete.

Vor ein paar Wochen hatte ich mal eine an uns durchgefaxte Story von einem Arzt namens Larry Dossey gelesen, der die Macht des Gebetes erforscht. Er hat Untersuchungen auf Lager, die zeigen, daß Herzpatienten schneller gesund werden und Sprößlinge schneller sprießen, wenn, ja, wenn für sie gebetet worden ist.

Wenn das bei einem Sprößling funktionierte …

DREISSIG

«Tony, Tony, hierher, schnell!»

Ich fühlte, wie sich etwas Feuchtkaltes an meinem Arm hoch und runter bewegte. Ich mußte eingeschlafen sein. Als ich die Augen öffnete, sah ich Rin Tin Tin, der mit seiner nassen Nase eifrig meine Haut beschnüffelte. Sein rauhes braunes Fell schimmerte im Lichtstrahl einer Taschenlampe. Meine Augen folgten dem Strahl bis zu Henry.

Ich lebte also noch. Mein Verrückter hatte seine Versuche tatsächlich eingestellt.

«Henry, Gott sei Dank», sagte ich. Ich wollte mich bewegen, aber da war mir, als würde mein Bein zum Rösten von Marshmallows benutzt.

«Ahhhh!» schrie ich auf.

«Nicht bewegen, Nattie. Lieg ganz still. Du bist okay und wirst gleich versorgt.»

«O Mann, das Mistding tut aber weh», sagte ich. «Ich dachte immer, es gäbe Endorphine, die in solchen Fällen in Aktion treten. Wo bleiben meine? Was ist los? Werde ich etwa von den Endorphinen abgelehnt? Es ist, als hätte ich ein glühendheißes Schüreisen in meinem Bein.»

Henry blickte drein, als hätte er ein Gespenst gesehen. Ich wollte ihm sagen, er solle sich nichts draus machen, mir wäre grad eben auch eins begegnet, da murmelte er: «... von innen her außen mit einem Brandmal versehen.»

Da fiel auch mir wieder ein, was ihm soeben eingefallen war. Dorothy und der eigenartige Schmerz in ihrem Bein, als sie mir die Hand gegeben hatte. Sie hatte danach genau das gesagt – «von innen her außen mit einem Brandmal versehen». Und das brachte so in etwa auf den Punkt, wie ich mich fühlte. Dann fiel mir aber auch noch ein, was sie sonst noch gesagt hatte.

«Gut und schön», sagte ich, «aber bloß weil sie da recht gehabt hat, muß das noch lange nicht bedeuten, daß wir jetzt heiraten oder so was. Auch Medien können sich irren.» Ich fing an zu lachen, und dadurch entstand Bewegung, und die Bewegung verursachte noch ärgere Schmerzen.

«Ahhh!» schrie ich wieder.

«Nattie, jetzt sei doch einmal in deinem Leben ruhig. Lieg still. Tony ruft den Rettungsdienst an.»

«Ihr müßt Brenda suchen. Sie blutet. Ich glaube, dieser Scheißkerl hat ihr eine Kugel verpaßt. Ich will ja still sein, aber bitte geh und such sie.»

«Es ist alles in Ordnung, es geht ihr gut. Sie ist im Stall und der Tierarzt auf dem Weg zu ihr. Rob meint, die Wunde sehe nicht schlimm aus, nur ein Streifschuß an der Schulter. Sie hat Glück gehabt, und wenn ich das hinzufügen darf: du auch. Wenn Mr. Clarke nicht gewesen wäre, hätten wir dich hier draußen nie gefunden.»

«Der alte Clarke? Der haßt mich doch wie die Pest.»

«Nun ja, aber vielleicht hat er ja befürchtet, daß es seinem Ruf schaden würde, wenn auf seinen Reitwegen eine Reporterin umkäme. Wie auch immer, er hat Tony angerufen und ihm gesagt, daß du verschollen bist. Offensichtlich hat er mitbekommen, daß Brendas Box leer war, hat dann dein Auto vor dem Stall gesehen, aber auf der Tafel keine Nachricht von dir gefunden. Er ist nicht sehr erbaut darüber, daß du dich dort nicht ausgetragen hast.»

«Oi, da hat mir also der alte Clarke das Leben gerettet. Und ich hatte schon das, was vor deiner Ankunft passiert ist, für seltsamer als die Wahrheit halten wollen.»

«Wie meinst du das?»

«Ein andermal. Jetzt schafft mich erst mal in ein Krankenhaus. Die Schmerzen werden nämlich kein bißchen erträglicher.»

EINUNDDREISSIG

In der Notaufnahme tat ich das, was man in einer Notaufnahme eben so zu tun pflegt: ich wartete.

Und wartete.

Und füllte Formulare aus.

Schließlich rollten sie mich zum Röntgen, wo sie mich auf einen Stahltisch packten und meinen Unterleib mit einer Bleischürze bedeckten. Die beiden Röntgenassistentinnen huschten hinter einen Schirm.

Und wieder wartete ich.

Zehn oder fünfzehn Minuten vergingen. Ich reckte den Hals, um zu sehen, wo die beiden geblieben waren, und entdeckte sie auch. Sie standen hinter dem Schirm, und die eine hatte die Sonntagsausgabe des *Appeal* in der Hand. «Das ist sie», flüsterte sie ihrer Kollegin zu. «Die Moderedakteurin.»

Hier und jetzt wiedererkannt zu werden! «Berichterstatterin», rief ich laut, «nicht Redakteurin. Dieses Bein bringt mich noch um. Besteht irgendeine Chance, daß ich mal was gegen die Schmerzen kriege?»

«Tut mir leid, meine Gute, erst, wenn der Arzt Sie gesehen hat. Aber ich hätte da mal eine Frage. Erwarten die Designer in New York eigentlich von den Frauen, daß sie all diese durchsichtigen Sachen wirklich anziehen?»

Wenn ich jetzt loskreischen würde: «Geben Sie mir endlich so ein gottverdammtes Schmerzmittel!», dann würden sie Fred bestimmt melden, daß ich grob geworden war. Grob zu Lesern!

Ich lächelte deshalb lieber, so gut es eben gehen wollte. «Niemand hat erwartet, daß der Mini je wiederkommen würde ...»

Die Schwester rollte mich in die Notaufnahme zurück und quasselte die ganze Zeit von ihrer Garderobe und davon, daß ihr Mann die nicht mochte. Ich kam nicht mehr zu Wort.

«Danke für den Rat», sagte sie, als sie mein Rollbett geparkt hatte.

Ich sah zu, wie der spindeldürre Sekundenzeiger seine Runden drehte – dreizehneinhalb, dann kam der Arzt herein. Nach seinem Auftreten und seinem Fachgebiet (Orthopädie) zu urteilen, hatte er sich, da war ich mir sicher, mit Bestnoten durch die Ich-bin-der-liebe-Gott-Kurse der medizinischen Fakultät gearbeitet und danach auf akademischem Gebiet wahrscheinlich keinen Strich mehr getan. Ein befreundeter Arzt hat mir mal anvertraut, es heiße von den Orthopäden, sie seien so stark wie ein Stier und doppelt so schlau.

«Reitunfall, was?» meinte er.

Er nahm eine Schere, schnitt die Seitennähte meiner Jeans von oben nach unten auf und hob die obere Hälfte ab, als filetiere er einen Fisch. Ich stöhnte auf, aber nicht vor Schmerzen, sondern vor Verlegenheit. Ich war der lebendig gewordene mütterliche Rat, der da besagt: Trag immer nette Unterwäsche!

Ich hatte meinen übelsten Schlüpfer an. Seit dem Turnier und dem, was im Büro passiert war, hatte ich keine Zeit zum Wäschewaschen gefunden. Meine Vorräte waren so gut wie erschöpft gewesen, und was ich anhatte, war im wörtlichen wie im übertragenen Sinn das Letzte. Der Gummizug war total ausgeleiert und die Farbe nicht mehr zu identifizieren. Außerdem sorgte das Höschen an Stellen für Luftzufuhr, die ein Schöpfer von Damenunterwäsche nie und nimmer dafür vorgesehen hätte.

«Oh ...», stöhnte ich.

«Ich gebe Ihnen gleich was gegen die Schmerzen», sagte der Arzt.

«Was? Frische Höschen?»

«Ich habe Schlimmeres gesehen. Da ist Ihr Bein schon etwas ganz anderes.» Er wandte sich an die Schwester: «Acht Milligramm Astramorph.»

Sie stach die Nadel in meine Hand, drückte den Kolben der Injektionsspritze langsam nach unten und schickte Fünkchen der Befreiung durch meine Adern.

Ehe ich mich noch darüber beklagen konnte, wie weh die Injektion getan hatte, war ich schon weg. Von dem mit Recht so genannten Astramorph ins All geschossen.

Der Arzt legte die Hand um meinen Fuß und schob ihn mit einem Ruck zu meinem Bein hin. Mein Gehirn sagte: «Schrei vor Schmerzen auf!», aber mein Körper sang: «Alles ist schön auf seine ganz eigene Weise ...»

Das nächste, was ich mitbekam, war, daß jemand mein ganzes Bein mit warmem, feuchtem und weichem Gips umhüllte. O Baby, nicht aufhören!

Der Arzt sah sich meine Augen an. «Sie hat zuviel an Bord. Null Komma zwei Milligramm Narcan.»

Die Schwester piekte mich mit einer anderen Nadel.

«Nicht, nicht», flehte ich. «Ich hab mich nicht mehr so wohl gefühlt ... seit ... seit ... neunzehnhundert ...»

Aber so schnell, wie es gekommen war, war's auch wieder weg. Ich befand mich plötzlich wieder in der Wirklichkeit, und Wirklichkeit hieß, daß durch Brendas Huf Fibula und Tibia auseinandergerissen worden waren. Ich blickte auf eine weiße Fläche hinab und sah einen Gipsverband, der von den Zehenspitzen bis hinauf zur Hüfte reichte.

«Wann kann ich wieder reiten?» fragte ich.

«Sehr witzig», sagte der Doktor.

«Ich mache keine Witze. Wann kommt der Verband wieder runter?»

«In drei Monaten, wenn Sie Dusel haben. Was das Reiten anbetrifft, so würde ich sagen, daß es damit vorbei ist. Sie haben Glück, wenn Sie wieder laufen können, ohne zu hinken. Das ist deshalb ein so komplizierter Bruch, weil ein Gelenk betroffen ist. Die Synovia, also die Gelenkschmiere, verlangsamt die Heilung.»

Er konnte sagen, was er wollte – so wahr ich Nattie Gold hieß, ich würde wieder auf einem Pferd sitzen.

Der Arzt sagte zur Schwester: «Für eine Nacht Intensivstation.»

Und damit verabschiedete er sich auf die übliche, arztgemäße Weise, das heißt, er ging einfach davon.

Die Schwester rollte mich auf den Flur hinaus und zum Lift. Hinter uns hörte ich das gehetzte Klicken hoher Absätze, das schnell näher kam.

Eine Stimme rief laut: «Wenn das in dem Bett da Natalie Gold ist, dann halt, sofort anhalten!»

Das war nicht irgendeine Stimme. Es war die meiner Mutter, und meine Mutter sah so schlecht aus wie an dem Tag, an dem David gestorben war.

Ihre Augen waren verquollen und gerötet, und die Farbe ihres Gesichts war nicht allzuweit von Leichengrau entfernt.

Sie packte meinen Arm. «Nattie, Nattie, alles ist gut. Diese Pferde von dir! Ich halte das nicht aus! Immerzu mach ich mir Sorgen. Dauernd hab ich befürchtet, daß genau so etwas mal passieren würde. Wann hörst du endlich mit den Pferden auf?»

«Nun beruhige dich, Mama, ich bin ja nicht tot, sondern habe mir nur das Bein gebrochen. Offensichtlich ein Klassebruch. Und um auch das festzuhalten: Es war nicht Brendas Schuld.»

Die Fahrstuhltür öffnete sich.

Die Schwester sagte zu meiner Mutter: «Ich muß Ihre Tochter auf die Intensivstation bringen. Sie können mit hochfahren. Danach dürfen Sie dann alle Stunden fünfzehn Minuten zu ihr.»

Das Gesicht meiner Mutter wurde noch grauer.

«Intensivstation», sagte sie laut. «Was soll das heißen? Das ist doch da, wo man Sterbende hinbringt, Leute, deren Zustand kritisch ist. Ich dachte, sie hätte sich bloß das Bein gebrochen. Was verschweigen Sie mir? Wer ist der behandelnde Arzt? Wie heißt er? Ich möchte ihn sofort sprechen.»

Die Krankenschwester sagte mit krankenschwesterlicher Stimme: «Mrs. Gold, Ihrer Tochter geht es gut. Es gehört zur ganz normalen Behandlung, daß jemand mit einem solchen Bruch für eine Nacht auf die Intensivstation kommt. Von kritischem Zustand kann keine Rede sein. Sie darf morgen schon wieder nach Hause. Es ist wirklich alles in Ordnung.»

Meine Mutter nahm ihr das ab. Ich nicht. Ich hatte *Ein Separatfriede* gelesen und wußte, was da am Ende geschieht. Der Junge stirbt, nachdem er sich ein Bein gebrochen hat – ein Fettklümpchen entweicht aus seinem Knochenmark und saust durch die Blutgefäße direkt in sein Gehirn. Boing, Fettembolie. Ein innerer Blow-out.

«Alles in Ordnung, Mama.» Wenn wir das alle nur oft genug sagten, dann würde es vielleicht auch wahr werden. «Aber rate mal. Eine gute Nachricht.»

«Gute Nachricht? Dein Bein ist gebrochen, was soll daran gut sein?»

«Ich glaube, ich habe David getroffen.»

Meine Mutter wurde noch ein bißchen grauer. Es fehlte nicht mehr viel, und man würde auch für sie ein Bett hereinrollen müssen.

«Vielleicht ein Traum. Ich weiß nicht so genau, was es war.»

Ich erzählte ihr den größten Teil davon. Die Sache mit dem gelben Licht und den tanzenden Molekülen ließ ich weg. Sie sollte nicht den Eindruck gewinnen, daß ich die Erde immer noch in der Raumkapsel «Astramorph» umkreiste.

«Er sagte auch irgendwas von einer Abmachung und daß du durch mich erfahren solltest, daß er abgenommen habe. Was stimmt, er sah großartig aus. Tweedjacke, olivfarbener Rolli, tolle Kordhosen. Sehr adrett. Er war ja immer ein gutaussehender Bursche. Er sagte: ‹Ich habe mich an meinen Teil unserer Abmachung gehalten, jetzt ist sie dran. Sie weiß schon, was ich meine.› Was hat er denn gemeint?»

Meine Mutter sank zu Boden. Die Schwester drückte den Alarmknopf im Lift, und wenig später hielt jemand der Ohnmächtigen ein Fläschchen Salmiakgeist unter die Nase.

Die Schwester rief nach einem Rollstuhl, aber meine Mutter rappelte sich wieder hoch. Sie stand auf wackligen Beinen, stützte sich mit einer Hand auf meinem Bett ab und klopfte mit der anderen den Fußbodenstaub von ihrem schwarzen Leinenrock. Ein teurer schwarzer Leinenrock von Donna Karan. Meine Mutter kaufte nur bei Dillard in der Abteilung für Designerklamotten.

«Kein Rollstuhl», sagte sie. «Es geht schon wieder.»

«Habt ihr einen Handel miteinander abgeschlossen?» fragte ich.

Ihre Augen füllten sich mit Tränen. Ich glaube, es hat seit seinem Tod keinen Tag gegeben, an dem sie nicht geweint hat. «Wenn ich dafür gesorgt hätte, daß er's tut, dann wäre er heute noch am Leben. Er wollte abnehmen, wenn ich mit dem Rauchen aufhöre.»

«Also», sagte ich, «ich denke, dann ist es an der Zeit, daß du mal deine Chesterfield Light wegschmeißt.»

ZWEIUNDDREISSIG ■

Mir machten keine treibenden Fettklümpchen den Garaus. Zwei Tage später humpelte ich an neuen Krücken die Stufen zu meiner Wohnung hoch. Mein Vater Lou ging auf der einen Seite, meine Mutter auf der anderen und gab Lou Anweisungen. Lou hatte sein Hörgerät abgeschaltet und nickte zustimmend zu allem, was sie sagte.

«Sollte sie ausgehen, dann geh mit. Es ist mir egal, ob sie dir das Leben schwermacht. Geh mit ihr mit. Und ruf diesen

Sheriff an, diesen Freund von ihr, und sag ihm Bescheid, wohin ihr geht …»

«Mama, ich bin sechsunddreißig Jahre alt. Ich kann durchaus auf mich selber aufpassen.»

Ihre Antwort kam schneller zurückgeschnappt als das Gummi einer Zwille. «Ach wirklich. Das nennst du also auf dich aufpassen?»

Die beiden führten mich zum Sofa.

«Hinsetzen», sagte meine Mutter. «Der Doktor hat gemeint, du solltest dein Bein so oft hochlegen, wie es geht. Und denk dran, heute kein Ausgang. Er hat gesagt, nicht vor morgen. Erst, wenn du dich ordentlich ausgeruht hast.»

«Mutter, mir geht es gut. Hast du nicht irgendwelche Vermögensfragen zu regeln oder einen Kampf um Sorgerechte zu führen? Gibt's nicht noch irgendwas anderes als mich, worum du dir Sorgen machen könntest?»

«Wie denn? Bei deiner Reiterei und der Story, an der du arbeitest? Da bleibt mir doch gar keine Zeit, mich auch noch um andres zu sorgen.» Sie wollte sich eine Zigarette anstekken.

«Mama, nicht hier in meiner Wohnung! Wenn du dich umbringen willst, dann bitte, aber tu es da, wo ich es weder sehen noch riechen kann, okay?»

Ich mochte sie nicht noch einmal an ihren Handel mit David erinnern. Die bloße Erwähnung seines Namens ließ stets die Tränenströme fließen – bei uns beiden.

«Hör zu, Nattie, ich muß heute nachmittag im Gericht sein …»

«Geh schon», sagte ich. «Lou ist ja da und kann mir helfen, wenn's erforderlich sein sollte.»

Sie verdrehte die Augen. Sie hatte Lou, was mich anging, seit dem Tage meiner Geburt mißtraut. Ich kann nicht sagen, daß ich ihr das verübele. An den Sonntagen – in meiner Kindheit die Besuchstage – gab er mich nicht selten arg zugerichtet und/oder blutend wieder bei ihr ab. Nicht daß er jemals Hand an mich gelegt hätte. Das Problem bestand eher darin, daß er mich immer machen ließ, was ich wollte. So hüpfte ich zum Beispiel einmal aus dem fahrenden Auto. Ein paar Jahre später gab er mir dann die ersten Fahrstunden – und pennte ein, während ich mit dem Schuylkill-Schnellweg zurechtzukommen versuchte. Das ist eine häßliche Straße in Philadelphia, auf der alle bei hundert Sachen das Chicken-Spiel spielen.

Ehe meine Mutter ging, nahm sie mir noch das Versprechen ab, sie allabendlich anzurufen.

«Wenn ich bis zehn nichts von dir gehört habe, rufe ich die Polizei an.»

Ich wußte, daß sie nicht scherzte. Die Polizei hat schon öfters in meinem Leben nach mir gesucht – das erste Mal, als ich acht gewesen war, in meinem Bett gelegen und ein Nickerchen gemacht hatte. Es war meiner Mutter kein bißchen peinlich gewesen, als die Beamten mich unter meinem Bettzeug vergraben aufgespürt hatten.

«Ich zahle schließlich Steuern», war ihr einziger Kommentar gewesen.

«Ich rufe an, ich schwör's», sagte ich zu ihr, als sie zur Tür ging. «Hör auf, dir Sorgen zu machen. Und vergiß nicht: Keine Zigaretten mehr!»

Der Plan sah vor, daß Lou bei mir bleiben sollte. Meine Mutter hatte in ihrer Anwaltspraxis schwer zu tun, und sie brauchte die Moneten. David war ein großartiger Kerl gewesen, aber kein Finanzgenie.

Die Polizei ließ meine Wohnung rund um die Uhr bewachen, so daß ich mich relativ sicher fühlte. Ich hatte immer noch nichts von Gail gehört und schon mindestens vierundfünfzig Nachrichten auf ihrem Anrufbeantworter hinterlassen.

Henry wollte unsere Interviews absagen, also das mit Melissa und Mamilein am Nachmittag, die mit Keith und Lucy am Donnerstag sowie das mit Melissas Vater am Freitag. Ich war entschieden dagegen und sagte, ich würde die Termine wahrnehmen, auch wenn ich mich selbst hinrollen müßte.

Was ich nicht mußte. Lou besorgte mir einen Leihwagen mit automatischem Getriebe. So konnte ich mit dem linken Fuß fahren, und das rechte Bein auf dem Beifahrersitz hochlegen. Das Beste an dem Auto war jedoch, daß es mit einer Klimaanlage ausgestattet war.

Wenn meine Wohnung nur auch eine hätte!

Ich hörte Lou in der Küche herumfuhrwerken. Ich nahm die im Krankenhaus gemachten Notizen zu unserer Zeitungsstory zur Hand und las sie noch einmal durch.

«Nat, trink das mal.» Lou reichte mir ein großes Glas mit einer dicklichen, orangeroten Flüssigkeit.

Ich verzog das Gesicht.

«Das ist Mohrrübensaft. Vitamin A. Je mehr du davon trinkst, desto schneller wird dein Bein wieder gesund.»

«Hör mir mal zu, Lou. Es ist ganz großartig, daß du hergekommen bist. Aber es wird nur gutgehen, wenn du damit aufhörst. Und das ist mein Ernst. Kein Mohrrübensaft, keine Vitamine, nichts dergleichen, es sei denn, ich bäte darum. Sagen wir mal einfach, ich gehe einen anderen Weg als du, okay?»

Er stellte das Glas in meiner Reichweite auf dem Tisch ab.

«Alles klar, Nat. Er ist da, wenn du ihn magst. Ich bin gleich zurück. Ich bringe nur Joan was davon rüber.»

Mrs. Flock. Die beiden waren von dem Augenblick an, in dem sie sich vor sechs Monaten kennengelernt hatten, ein Herz und eine Seele gewesen.

Ich rief Tony an.

«Nirgends Fingerabdrücke», sagte er. «Keine auf Jeffs Computer, keine auf deinem, keine auf dem Stuhl, nichts. Es ist ein Riesenjammer, daß die Jungs noch keine Fingerabdrücke von Fritten und Ketchup abnehmen können. Wenn sie es könnten, dann hättest du jetzt deinen Mörder.»

«Na gut, vielleicht beim nächsten. Aber bald muß es außer bei meinem Bein auch noch einen anderen Durchbruch geben. Was mich daran erinnert: Gib deinem alten Hund einen dicken Kuß von mir. Wenn er nicht gewesen wäre, hätte ich die ganze Nacht dort im Wald festgesessen.»

«Du kannst dich drauf verlassen, daß ich das tun werde. Ich muß dir natürlich noch sagen, daß Henry mich schon ein bißchen komisch angeschaut hat, als ich dein Mieder oder Unterhemd, oder wie immer das heißt, herausgezogen und Rin an die Nase gedrückt habe.»

Ich mußte es nach jener Nacht bei ihm liegengelassen haben. Ich hatte es ja auch so eilig gehabt, aus meinen Sachen rauszukommen, daß ich hinterher bei der Hälfte nicht mehr wußte, wo ich sie hingeschmissen hatte.

«Wo hast du's denn gefunden?»

«Unter Rin, er schlief drauf. Dieser Hund liebt dich wie seine schon längst dahingegangene Mutter. Wir hatten einen kleinen Streit, wer von uns das Ding haben durfte. Als dann Mr. Clarke anrief und mir sagte, du würdest vermißt, war ich heilfroh, daß ich es hatte.»

«Wie kam es eigentlich dazu, daß Henry bei der Suche dabei war?»

«Ich habe ihn angerufen. Das war nur fair. Es war richtig so, und er wußte es durchaus zu schätzen. Und da sah er dann, wie ich dein Unterhemd hervorholte, um Rin die Witterung aufnehmen zu lassen. Er vermied es zwar zu fragen: ‹Wie kommt es eigentlich, daß Sie ein Stück von Natties Unterwäsche bei sich haben?›, aber ich konnte fast hören, wie er es dachte.»

«Ich weiß nicht, Tony. Henry hat seine Gefühle gut erzogen. Wenn er die Redaktion betritt, befiehlt er ihnen zu schweigen, und sie geben keinen Mucks von sich bis ich weiß nicht, wann. Vielleicht nie wieder. Er ist der beherrschteste Mensch, den ich kenne. Man weiß nie, was er denkt oder fühlt.»

«Ich an jenem Abend schon. Kurz bevor wir dich entdeckten, fand Rin etwas Blut. Es war wohl von deiner Stute, aber das konnten wir da ja noch nicht ahnen. Wir dachten halt, es sei deins. Ich wußte sehr genau, was er empfand. Nämlich dasselbe wie ich. Angst davor, daß dir etwas ganz Schreckliches passiert sein könnte.»

«Ja, die hatte ich auch. Aber dann geschah etwas ganz Merkwürdiges. Ich hörte auf, Angst zu haben ... Ich bin nicht sicher, was da draußen mit mir geschehen ist ... aber ich kann jetzt nicht darauf eingehen. Ruf mich an, wenn du vom Labor was Neues hörst. Und nochmals vielen Dank. Der gilt diesmal dir.»

Ich humpelte zu Mrs. Flock rüber – sie und mein Vater waren in ein Gespräch über Tschakras vertieft.

«Lou, ich lege mich ein Weilchen hin. Später holt mich Henry ab, und wir fahren zu Melissa Mayfield, um sie zu interviewen. Hier ist ihre Nummer, falls du mich brauchen solltest. Oder sonst irgendwer.»

Ich ging in meine Wohnung zurück. Das Lämpchen des Anrufbeantworters blinkerte.

Gail hatte angerufen. Sie flüsterte und sprach sehr schnell: «Nattie, ich bin's. Ich weiß, daß du über Allie Bescheid weißt. Zu niemandem ein Wort.» Klick.

«Scheiße!» Ich warf die Krücke an die Wand. Sofort kamen mein Vater und Mrs. Flock angerannt.

DREIUNDDREISSIG

«Wie war Jeffs Beerdigung?» fragte ich Henrys Hinterkopf. Er fuhr, und ich saß ausgestreckt auf dem Rücksitz meines Leihwagens.

«Alles da, was reinpaßte. Die gesamte Redaktion, die Büros, Moderatoren von allen drei Fernsehsendern. WBTV hat berichtet.»

«Alle außer mir ...», sagte ich. Ich vollendete den Satz nicht («und es war meine Schuld!»), weil Henry nicht wissen sollte, daß ich mich derart in Schuldgefühlen suhlte.

«Nattie», sagte Henry und drehte sich zu mir um, «muß ich dich daran erinnern, daß du gar nicht dabeisein konntest? Du hast auf der Intensivstation gelegen.»

Er wandte seine Aufmerksamkeit wieder der Straße zu. «Wie war noch mal die Hausnummer?»

«Dreihundertzwölf», antwortete ich.

«Dann ist es das da.» Er bog in eine hufeisenförmige Zufahrt ein. Wir hatten ein Herrenhaus aus rotem Klinker und mit viel glänzendem Messing vor uns. Ich langte nach meinen Krücken und dem Notizblock.

«Auf, auf», sagte ich.

Melissa und ihre Mutter hatten sich bereit erklärt, uns um fünf zu empfangen. Wir waren ein paar Minuten zu früh.

Henry trippelte wie ein Kind, um mit mir Schritt zu halten. Ich klingelte, und es erklang eine elektronische Version des «Dixie».

Keine Reaktion. Ich klingelte noch einmal – «... land of cotton, long forgotten, look away ...»

Nichts.

Ich sah auf meinen Notizblock. «Sie hat gesagt, es wäre dreihundertzwölf Queens Road.»

«Queens Road, ja, aber welche?»

Ich schlug mir mit der flachen Hand gegen die Stirn. «Gütiger Himmel, was bin ich doch blöd! Wahrscheinlich ist es

East oder West. Diese ist's jedenfalls nicht. Oder vielleicht sind wir richtig, und sie ist inzwischen zu dem Schluß gekommen, daß sie uns doch nicht sprechen mag, was mich nicht überraschen würde. Wie diese Ziege da bei Iron Station, die mit mir über eine nach Charlotte kommende Wohltätigkeitspferdeschau sprechen wollte. Ich fuhr eine Stunde bis zu ihr raus, und sie schickte einen Diener an die Tür, der mir sagen durfte, daß ihr nicht nach einem Gespräch zumute sei. Reitersleute, muß ich mehr sagen? Ich mache noch einen Versuch, und dann wollen wir uns mal durch das Gewirr der Queens Roads durcharbeiten.»

Nichts. Und so fuhren wir zehn Minuten lang durch das von Eichenbäumen gesäumte Labyrinth hin und her, bis wir die Adresse schließlich gefunden hatten – 312 Queens Road ja, aber korrekter 312 Queens Road East. Wieder handelte es sich um einen imposanten Klinkerbau mit zwei Obergeschossen, aber im Unterschied zu dem anderen gab es hier so viele Einfriedungen aus weißgestrichenen gußeisernen Ketten, daß man meinen konnte, einen Außenposten von Fort Lee in New Jersey vor sich zu haben.

Ich klingelte. Diesmal ein Glockenspiel.

Eine Frau mit Melissas Gesicht, aber Falten darin, öffnete uns.

«Bitte, kommen Sie doch herein», sagte sie. Hinter ihr stand Melissa, bei der alles, aber auch alles zueinander paßte.

«Du liebe Güte, Nattie, was ist Ihnen denn zugestoßen?»

«Ein großer, häßlicher Oxer», antwortete ich.

Ich machte die beiden Damen mit Henry bekannt, und wir gingen alle ins Wohnzimmer, das meine Theorie bezüglich der altamerikanischen Familien bestätigte. Kein Geschmack, aber man hatte, kaum etabliert, nicht lange gefackelt und auf einen Schlag einen Haufen Geld für die Einrichtung ausgegeben. Von hohen und niedrigen Kommoden bis zu Möbelstücken aus der Zeit Louis' des Fünften bis Siebenundzwanzigsten finden sich in solchen Häusern so viele echt antike Stücke, daß sie Sotheby's ein ganzes Jahr lang gute Umsätze garantieren würden.

Man versuche mal, es sich auf einer Bank bequem zu machen, die an einen Kamelrücken erinnert, mit Seidenbrokat bezogen ist und vorgibt, ein Sofa zu sein!

Der Gesichtsausdruck Melissas war mit dem ihrer Mutter identisch – beide lächelten höflich, aber reserviert.

Henry und ich waren übereingekommen, daß ich anfangen sollte, denn Melissa hatte mir ja nicht die Wahrheit gesagt, als es darum gegangen war, wo sie mit ihrer Mama am Abend des Mordes an Wally gewesen war.

«Hören Sie, Melissa, ich habe mir meine Notizen noch einmal durchgesehen und hätte nur gern ein paar Dinge überprüft. Sie sagten, Sie seien mit Ihrer Mutter einkaufen gegangen. Zu Montaldo?»

Sie nickte. Das Lächeln verschwand von den Gesichtern.

«Wissen Sie auch noch, in welcher Abteilung Sie gewesen sind? Haben Sie etwas gekauft?»

Mrs. Mayfield sah Melissa an. Diesen Gesichtsausdruck habe ich zum letzten Mal gesehen, als mir ein Reh vor den Wagen sprang.

Dann wandte sie sich mir zu und fragte: «Stimmt irgend etwas nicht?»

«Nein, nein», antwortete ich. «Ich wollte nur sehen, ob ich Melissas Auskunft, Sie beide seien beim Einkaufen gewesen, richtig notiert hatte.»

Melissa berührte den Arm ihrer Mutter und sagte ruhig: «Sie ist nicht dumm, Mutter. Kann ich's ihnen nicht einfach sagen?»

Mrs. Mayfield schwieg. Ich wollte gerade mit der Frage «Was sagen?» nachhaken, als sie doch wieder das Wort ergriff. «Mr. Goode, würden Sie uns bitte entschuldigen, aber ich möchte mit Miss Gold allein sprechen. Ob es Ihnen sehr viel ausmachen würde, ein paar Minuten draußen in der Diele zu warten?»

Ich fing langsam an, Henry zu durchschauen, zumal sich eben seine Gefühle dem Befehl widersetzt und nicht geschwiegen hatten. Er sah verwirrt und ein klein wenig erregt aus.

«Mrs. Mayfield, Nattie und ich arbeiten gemeinsam an dieser Story. Was Sie ihr sagen, können Sie ebensogut auch mir mitteilen.»

«Mr. Goode, ich gedenke nicht, Ihnen mitzuteilen, was ich Miss Gold mitteilen werde. Wenn Sie also so gut sein wollen ... Melissa zeigt Ihnen den Weg in die Diele.»

Diese stählernen Magnolien – man komme ihnen nur ja nicht in die Quere!

Melissa faßte Henry am Arm und geleitete ihn hinaus.

Mrs. Mayfield wartete, bis ihre Tochter wieder da war, und sagte dann: «Es tut mir schrecklich leid, daß Ihnen Melissa auf die Frage, wo wir an jenem Abend waren, nicht die Wahrheit gesagt hat. Wir waren nicht zum Einkaufen bei Monty. Dort war ja wegen Inventur geschlossen. Aber das wissen Sie sicher schon, nicht wahr?»

Ich nickte. «Ja, Ma'am, ich weiß es.»

Ein wohlplaziertes «Ma'am» kann bei dem Versuch, zu einem Geständnis zu kommen, durchaus von Nutzen sein – vor allem im Süden. Oder an was immer es war, was Mrs. Mayfield von sich zu geben beabsichtigte.

Sie fuhr mit leiser Stimme und dickem Akzent fort (mir war, als hörte ich Melanie, die sich Scarlett O'Hara offenbarte): «Es ist meine Schuld, daß Melissa gelogen hat. Ich hatte sie um Verschwiegenheit gebeten.»

Mrs. Mayfield verstummte wieder, und wieder berührte Melissa den Arm ihrer Mutter.

«Ich erzähl's ihr, Mutter. Ich sage dir doch, es ist nichts, weswegen du dich schämen müßtest. Nattie muß ja inzwischen denken, du hättest Wally umgebracht. Oder ich.»

Das tat ich nicht. Ich war schon dabei, die beiden von der Liste der Verdächtigen zu streichen, denn ich hatte den Blick in Mrs. Mayfields Augen gesehen. Es war der Blick einer Gejagten, nicht der einer Jägerin.

«Mutter und ich waren nicht bei Montaldo. Ich sagte das nur, weil's mir halt als erstes in den Sinn kam. Nein, wir waren im Keller der First Presbyterian Church, Zimmer 10-B. Wir waren beim Treffen der Gruppe einer Selbsthilfeorganisation.»

«Selbsthilfeorganisation?» wiederholte ich. «Hilfe wie in ‹Zwölf Stufen›? Wie in ‹anonym›? Deshalb haben Sie gelogen?»

Melissa schüttelte den Kopf. «Nein, ich glaube nicht, daß Mutter das auch nur annähernd so unangenehm wäre. Nein, nein, wir sind keine Alkoholikerinnen. Wir leiden beide an Morbus Crohn, und Mutter hatte im vergangenen Jahr eine Kolotomie. Es handelte sich um das Treffen der Kolotomie-Gruppe.»

Mrs. Mayfields Gesicht rötete sich. Sie sah mich nicht an und strich ihren schon glatten Rock über den Hüften glatt. «Ich weiß, es ist altmodisch, aber das ist etwas, was ich nicht verbreitet sehen möchte. Haben Sie noch weitere Fragen?»

«Mrs. Mayfield, es tut mir außerordentlich leid, wenn Ihnen dies alles weh getan hat. Es war nicht meine Absicht, in Ihre Privatsphäre einzudringen», sagte ich (wobei manche Leute hier sicher anmerken würden, daß doch genau dies der Stellenbeschreibung des Journalisten entspreche). «Ich habe nur noch eine Frage an Melissa: Haben Sie etwas von Gail gehört?»

«Wieso, ja. Ja, das habe ich», antwortete sie. «Gail hat vor ein paar Tagen angerufen und gefragt, ob ich kürzlich mit Ihnen über Allie oder Doc Loc gesprochen hätte. Ich habe ihr gesagt, Ihr Partner und Sie hätten sich gerade zu einem Interview mit Mutter und mir angesagt, ich wüßte aber nicht, worum es da ginge. Sie klang beunruhigt. Ist mit Gail alles in Ordnung?»

«O ja, natürlich, alles bestens», sagte ich und wünschte, es entspräche der Wahrheit.

Im Auto informierte ich Henry kurz über das Gespräch, verschwieg ihm aber, bei was für einer Gruppe die beiden gewesen waren. Das war ich Mrs. Mayfield schuldig.

«Wie wär's mit einem Abendessen?» fragte Henry. «Was hältst du von einem schnellen Happen in Gus's Sir Beef? Wir könnten was essen und dabei eine Liste von Fragen für unsere Gespräche mit Keith und Melissas Vater zusammenstellen.»

«Hm, verführerisch. Ich mag die Gemüseplatte dort und den Bananenpudding. Klar, warum nicht? Ich muß nur Lou anrufen und ihm Bescheid sagen. Was dagegen, wenn ich ihn dazuhole?»

«Nein, ich finde deinen Vater sehr unterhaltsam. Das ist schon eine Type. Nur eins: Sag ihm, daß er über alles reden darf, nur über das Lemon Grass Institute nicht.»

Lou hatte Henry im Krankenhaus zu fassen gekriegt und ihm höchst detailliert von seinen Besuchen in dieser Klinik, von der dort favorisierten Rohkost und von der Ganzheit des Colons berichtet.

Es stellte sich aber heraus, daß Lou schon mit Mrs. Flock zum Abendessen verabredet war. Vegetableburger vom Grill. «Ich heb dir einen auf, Nat», versprach Lou.

Henry und ich fuhren zu Gus, und wie immer stand man dort Schlange. Das Restaurant war gerammelt voll mit Familien – kleine Kinder, mit Kartoffelbrei und Schokomilch beschmiert, lachten, weinten und rannten herum wie Todesfeen.

Henry blickte so traurig drein wie ein Basset. «Hier gehe

ich mit Chet und Hank immer mittwochs abends nach dem Soccer hin. Ich habe jeden Abend vor dem Zubettgehen mit ihnen telefoniert, und auch jeden Morgen, bevor ich zur Arbeit gegangen bin ...»

Gibt es etwas Süßeres als einen Mann, der sich nach seinen Kleinen verzehrt? Kaum.

«Henry, du bekommst sie doch wieder, sobald wir diese Nuß geknackt haben. Also ans Werk.»

Ich zog meinen Notizblock hervor und fing an zu kritzeln. Noch bevor wir uns zum Essen gesetzt hatten, hatten wir vier Seiten mit Anmerkungen, Fragen und eventuell zu verfolgenden Hinweisen gefüllt.

Das Gemüse war großartig und delikat wie immer, der Bananenpudding eine religiöse Erfahrung.

Als ich zu Hause ankam, war es bereits dunkel. Henry half mir die Treppe hinauf.

Offenkundig hätte er nichts dagegen gehabt, mit hereinzukommen und noch ein bißchen mit mir zu plaudern.

«Ich würde dich ja gern hereinbitten, aber ich bin total groggy, und mein Bein tut weh.»

«Oh, nein, nein, das ist schon in Ordnung. Wenn ich ein wenig verloren aussehen sollte, dann nur, weil ich es bin. Mir fehlt etwas, wenn ich meine Jungen nicht ins Bett bringen kann ...»

«Fahr nach Hause, Henry, und ruf sie an. Ich bin sicher, sie sind noch auf. Es ist lange vor Mitternacht, und das ist doch erst ihre Schlafenszeit, oder?»

Er lachte, und es war gut, jemanden lachen zu sehen. Schließlich hatte es in dieser Woche schon so viele Tränen gegeben – und die Woche war noch nicht zur Hälfte rum!

«Dann bis morgen», sagte er. «Wir treffen uns gegen halb zehn beim *Appeal* und fahren von dort aus zu Mayfields Büro.»

VIERUNDDREISSIG

Niemand schnarcht so laut wie Lou. Wenn ich nicht die ganze Geschichte gekannt hätte, dann hätte ich gesagt, daß die Ehe meiner Eltern deswegen kaputtgegangen war. Für meine Mutter waren es sechs Jahre voller schlafloser Nächte gewesen!

Wenn das Leben nur so einfach wäre. Sie hätte sich ja ein Paar gute Ohrstöpsel besorgen und mir dadurch helfen können, Tausende von Dollar an Therapiekosten zu sparen. Die Schnarcherei war jedoch das geringste der ehelichen Probleme meiner Eltern. Wenn jemand die beiden verschiedensten Menschen auf dieser Erde gesucht, gefunden und zur Heirat gezwungen hätte, dann hätten das nur mein Vater und meine Mutter sein können. Das einzige, was sie verband, waren das gute Aussehen und die Hormone. Als sie sich kennenlernten, hatte er wie Robert Mitchum und sie wie Ava Gardner ausgesehen.

Aber wie ich schon zu Gail über meinen alten Beau John gesagt hatte: Was zählt das Aussehen noch nach der ersten Nacht?

Ich beugte mich über Lou und schrie ihm in sein gutes Ohr (gut ist hier ein dehnbarer Begriff, denn auf dem hörte er auch nur noch zu zwanzig Prozent): «Lou, Lou, ich kann nicht schlafen, wenn du so laut schnarchst!»

Er drehte sich auf dem Futon, den wir ins Wohnzimmer geschoben hatten, um, und das Sperrfeuer hörte auf. Für den Augenblick.

Ich humpelte ins Bett zurück und versuchte, mich zum Einschlafen zu zwingen, um weg zu sein, bevor er seine Stellung änderte und wieder zu schnarchen anfing. Unglücklicherweise ist es mit dem Einschlafen wie mit der Aufklärung – beides läßt sich nicht erzwingen. Ich lag da und zählte imaginäre Schritte zwischen imaginären Hürden.

Irgendwann nach meinem vierzehnten Rundgang um den

mit riesigen Oxern gespickten Parcours mußte ich dann doch eingeschlafen sein.

Ich träumte gerade von kleinen Kindern und Bananenpudding, als ich fühlte, wie mich jemand an der Schulter rüttelte. Es war Lou.

«Nat, hast du irgendwas für den Magen? Ich bin so stark gewürztes Essen nicht gewöhnt.»

«Gewürztes Essen? Was ist denn an Gemüseburgern Würziges?»

Ich stand auf und suchte in der Küche herum. «Hier ist Alka-Seltzer. Mehr kann ich nicht bieten.»

Plopp, plopp, zisch, zisch. Zehn Minuten später schlief er schon wieder – und schnarchte. Ich Glückspilz ich.

Um das Schnarchen zu übertönen, drehte ich meinen Ventilator voll auf, konnte aber trotzdem nicht einschlafen.

Wieder fing ich an, Schritte zu zählen, aber jedesmal, wenn ich gerade am Eindösen war, trieb mich irgendwas in das Wachsein zurück. Mein Körper war bereit, den nächtlichen Sprung zu tun, aber mein Kopf wollte nicht loslassen.

Irgendwas nagte an mir.

Ich mußte immer wieder an Brenda und den Stall denken. Ich hatte einmal mehr dieses ungute Gefühl. Oder doch nicht? Wenn es dunkel und spät und man sehr müde ist, bekommen die Dinge ja leicht so einen beunruhigenden Dreh. Ich wälzte mich im Bett herum und suchte eine bequeme Lage, was seine Schwierigkeiten hat, wenn die Hälfte des Körpers in Gips gehüllt ist.

Schließlich setzte ich mich auf. Irgend etwas stimmte wirklich nicht.

«Lou, Lou, wach auf!»

Er lag auf seinem guten Ohr und schnarchte so laut, daß er leicht die Bewohner aller sechzehn Wohnungen im Haus hätte wecken können.

«Lou, Lou, aufstehen!» Ich rüttelte an seiner Schulter.

«Wie? Nat, alles in Ordnung? Was ist denn?»

«Bitte, zieh dich an. Ich hab Mama versprochen, bei Nacht nicht allein loszuziehen. Wir müssen zum Stall raus. Ich glaube, da stimmt was nicht. Ich habe so ein ungutes Gefühl.»

Jeder andere hätte gesagt, ich solle weiterschlafen. Aber Lou hatte Sinn für so was Spökenkiekeriges.

Ich zog mir schnell Shorts und ein T-Shirt über und rief dann bei Tony an. Er wohnte ja nur ein paar Minuten vom Stall entfernt. Und er hatte einen Revolver.

Nach zweimaligem Läuten meldete sich aber der Anrufbeantworter. «Hallo, wie Sie schon merken, bin ich im Augenblick nicht da und kann Ihren Anruf nicht entgegennehmen. Aber sollte es sich um einen Notfall handeln oder es Sie arg danach verlangen, mit mir zu sprechen, so rufen Sie mich unter 365-4424 an.»

Man mußte kein Hellseher sein, um zu wissen, wessen Nummer das war. Ich hatte nicht die Absicht, ihn dort anzurufen, nicht um drei Uhr in der Früh – oder zu irgendeiner anderen Zeit.

Ich wußte nicht, ob ich Henry anrufen sollte. Ich wünschte, er hätte mich angerufen. Also tat ich's. Er hob schon beim ersten Klingelzeichen ab.

«Ich bin's, Nattie.»

«Ist irgendwas?» Das war die gebräuchliche Reaktion auf einen Anruf um drei Uhr morgens.

«Ich glaube, ja. Vielleicht. Beim Stall. Ich fahre raus, um nachzusehen. Du mußt nicht hin. Wahrscheinlich denkst du, ich bin verrückt ge...»

«Sei ruhig, Nattie. Ich bin in fünfzehn Minuten draußen. Nach dem, was sich bisher ereignet hat, muß ich sagen, daß alles möglich ist. Geh nicht rein, solange ich noch nicht da bin. Versprochen? Und ruf Tony an.»

«Er ist nicht zu Hause.»

«Oh, das ist ja interessant. Dann muß es mit Sharon gut laufen.»

Ich glaube, ich weiß, worüber sie in jener Nacht im Wald noch gesprochen haben.

Ich sagte: «Ich muß los. Wir treffen uns beim Stall. Und du geh auch nicht rein. Ich mag dieses Gefühl ganz und gar nicht.»

Lou wartete an der Haustür und patschte mit den Händen auf seinem Kopf herum. «Das bringt dein Qi in Gang», meinte er.

«Also dann», sagte ich. «Nichts wie los. Ich möchte kein totes Pferd finden.»

Die Lampe neben Mrs. Flocks Tür ging in dem Augenblick an, in dem wir dort vorbeigingen.

«Lou, Nattie? Es ist drei Uhr früh. Wo wollt ihr denn so eilig hin?»

Mein Vater hatte sein Hörgerät nicht ins Ohr gesteckt, weshalb er sie nicht verstand. Er lächelte und sagte: «Ich fand diese marinierten Zwiebeln ganz toll, Joan.»

Ich zog an Lous Hand, um ihn zu einer schnelleren Gangart zu bewegen. «Wir wollen nach meinem Pferd sehen», sagte ich.

Lou drehte sich zu Mrs. Flock um und meinte: «Joan, wir fahren raus zu Nats Stall. Sie glaubt, daß irgendwas mit ihrem Pferd ist.»

«Lou!» sagte ich sehr laut in sein rechtes Ohr. «Laß uns gehen! Ich hab's ihr schon gesagt. Ich hoffe nur, daß du das Hörgerät dabei hast, denn ich habe keine Lust, mich die ganze Zeit brüllend mit dir zu unterhalten.»

Lou kramte in den Taschen seiner Shorts, und was er dann hervorzog, sah aus wie eine riesige fleischfarbene Limabohne.

«Ich hab's», sagte er. «Ich hole dich rein.»

Er stopfte das Ding in sein Ohr, und es fing an zu jaulen,

hoch und für alle nervtötend, nur nicht für ihn, der die höheren Töne schon seit dem Jahr 1943 und dem Erreichen Salernos nicht mehr vernommen hatte. Ihm war nämlich die Hörfähigkeit im Zweiten Weltkrieg abhanden gekommen, nachdem dreieinhalb Jahre lang Mörsergranaten und andere Geschosse zu nah an seinem Kopf explodiert waren.

Ich brachte den Mund näher an sein Ohr. «Stell's leiser, sonst machst du alle Hunde der Gegend hoch.»

Und zu meiner Nachbarin sagte ich: «Gehen Sie wieder schlafen, Mrs. Flock. Wir sehen uns morgen. Ach übrigens, Sie brauchen Tony diesmal nicht anzurufen. Ich hab es schon versucht, er ist nicht zu Hause. Aber Henry kommt zum Stall raus.»

Mrs. Flock wollte mitfahren, und Lou war sehr dafür. Ich konnte jedoch nicht warten, bis sie sich angezogen hatte, und zudem wollte ich mir dann im Auto nicht die ganze Zeit das Tschakra-Gerede der beiden anhören müssen.

«Na gut», sagte sie. «Machen Sie auf dem Rückweg bei mir halt. Ich bin auf und erwarte Sie.»

Auf der Straße waren keine anderen Autos unterwegs. Ich fuhr, und Lou saß auf dem Rücksitz. Ich drückte den linken Fuß runter und trieb die Tachonadel nach oben. Ich hörte erst auf, als die grünlich leuchtenden Zahlen 135 anzeigten.

Lou sagte kein Wort. Meine Mutter zuckte jetzt wahrscheinlich in ihrem Bett zusammen – das mütterliche Radar.

Ich brauchte bis zur Einfahrt der February Farm ganze sechzehn Minuten. Ich raste die Zufahrt so schnell hoch, daß die weißen Steinchen nur so flogen. In einiger Entfernung sah ich Henrys silbernen Honda vor dem Stallgebäude stehen. Ich fuhr langsamer, da ich niemanden auf meine Ankunft aufmerksam machen wollte.

Als ich den Bogen der Zufahrt durchfuhr, bemerkte ich ein weiteres Auto. Im Traktorenschuppen. Klein und rot. Es war Gails Tercel. Henrys Wagen war dunkel und leer. Durch einen Spalt in der Stalltür konnte ich sehen, daß das Licht im Gang zwischen den Boxen brannte. Henry war also hineingegangen – wo ich ihm doch gesagt hatte, er solle auf mich warten!

Mein Herz schlug heftiger. Bitte, laß es nicht wahr sein!

«Lou, Henry ist da drin, und ich glaube, er ist in Schwierigkeiten. Ich werde mich ins Büro schleichen und die Polizei anrufen. Ich komme hintenherum dort rein, ohne daß es jemand sieht. Du bleibst hier, und wenn ich in fünf oder zehn Minuten nicht wieder rausgekommen bin, dann geh den Hinteraufgang rauf und weck Rob. Ruft von seiner Wohnung aus die Polizei an.»

«Das ist keine so gute Idee, Nat. Laß uns erst die Polizei holen.»

Ich hatte Angst, und Angst macht mich rasend. «Jetzt ist nicht die Zeit, den Vater zu spielen. Ich gehe rein.»

Ich hätte die Autotür nur zu gern laut zugeschlagen, aber selbst in meiner Wut wußte ich noch, daß das saublöde gewesen wäre. Ich schnappte mir meine Krücken und bewegte mich langsam zur Hintertür, die ins Büro führte. Ich langte unter den Block zum Aufsitzen und zog den Ersatzschlüssel hervor.

Ich schloß die Tür auf und schlich hinein – ich muß sagen, für einen Menschen mit Gipsbein und Krücken verdammt leise. Es war stockdunkel, und ich konnte nicht die Hand vor Augen sehen. Folglich tat ich, was ich immer tue, sobald ich auf der Bahn aus dem Tritt gekommen bin – ich zählte die Schritte. Ich wußte, daß es bis zum Apparat ungefähr fünf waren. Nach Schritt vier hatte ich es fast geschafft. Ich wollte gerade tastend nach dem Telefonhörer greifen, als ich einen Blick auf das erhaschte, was draußen im Stall vor sich ging.

Und das gefiel mir ganz und gar nicht.

Ich stieß mit der Krücke die Bürotür auf und hastete durch den Gang zu Brendas Box.

«Nattie, zurück!» rief Henry, der von Brendas Flanke und einer weiblichen Gestalt, von der ich nur den Rücken sehen konnte und die im Begriff stand, meinem Pferd etwas zu injizieren, an die Wand gedrückt wurde.

«Nicht, Gail!!!» schrie ich.

«Raten Sie noch mal.»

Die Frau drehte sich um.

«Lucy? Sie?»

«Überrascht, was? Ich nehme an, das Spiel ist aus. Ich meine, nicht für mich, sondern für Sie und Ihre Stute. Diesen Robert Redford hier nicht zu vergessen. Bleiben Sie stehen. Noch ein Schritt, und ich werde Ihnen keine Gelegenheit geben, sich von Ihrem süßen Pferdchen zu verabschieden.»

Ich blieb stehen. Gegen eine Injektionsspritze in der einen Hand und eine Glock in der anderen kommt man nicht an.

Verdammt und zugenäht, die Story meines Lebens. Ja, ja, erst handeln und dann nachdenken! Ich hätte die Polizei anrufen sollen, ehe ich wie so ein verkrüppelter Jean-Claude Van Damme hier reingestürzt war.

Vielleicht schaffte es Lou ja rechtzeitig, Rob zu alarmieren, und die Polizei konnte uns noch retten. Aber ich war erst vor einer Minute losgezogen, und ich hatte ihm gesagt, er solle fünf oder zehn Minuten warten. Was tun ...? Lucy redete gern. Ich mußte sie zum Reden bringen.

«Ich versteh das nicht, Lucy. Warum haben Sie Ihr Pferd töten lassen, wo Sie doch eine so große Tierfreundin sind?»

«Halten Sie das Maul, Nattie. Sie wissen ja nicht, was Sie da sagen.»

«Ihr Haus sieht doch wegen all dieser Gnadenbrothunde wie ein Schweinestall aus. Wie das, Lucy? Wie kommt es, daß Sie Ihr Pferd töten ließen? Zählt das nicht? Oder rechtfertigt Geld alles, auch das Frikassieren Ihrer geliebten Lady?»

Es war so wie vor kurzem, als Melissa bei meiner Erwähnung Waysies die Fassung verloren hatte. Oder, noch genauer, als sähe man dabei zu, wie sich Superman in sein Gegenteil verwandelt. Lucy verzog das Gesicht, als erlitte sie gerade einen Herzinfarkt oder als hätte sie böse Blähungen. Kein schöner Anblick. All die Jahre in der Sonne und all die getrunkenen Colas hatten ihr Gesicht mit so vielen Rissen und Falten überzogen, daß es selbst in angespanntem Zustand noch ziemlich rauh aussah. Wenn sie es aber verzog, dann erinnerte es an eine topographische Karte der Hölle.

«Sie bescheuerter Schwachkopf Sie. Ich wollte gar nicht, daß Lady umgebracht wird. Das war nicht vorgesehen. Ich hab es Wally nicht aufgetragen, aber dieses kleine Arschloch war noch fieser, als Sie dumm sind. Er sollte warten, bis ich ein Pferd gefunden hatte, das wie Lady aussah, und das dann beseitigen. Lady wäre in Sicherheit gewesen, das heißt auf dem Weg nach Wisconsin zu La Donna.»

«Ah, ich verstehe, Sie sind also eher eine selektive Tierfreundin. Eine Mutter Teresa in Reithosen. Klar. Haben Sie wirklich geglaubt, niemand würde das Pferd wiedererkennen, das Sie zu jedem Turnier an der ganzen langen Ostküste und auch noch zum Wüstenzirkus gekarrt haben?»

«Sie kapieren gar nichts, Sie blöde Tute. Es war vorgesehen, daß La Donna sie reiten, aber mit ihr an keinen Pferdeschauen oder Turnieren teilnehmen sollte. Niemand hätte je was erfahren. In Wisconsin wäre sie halt eine unter vielen Fuchsstuten ohne Chrom gewesen. Ich dachte immer, Reporter wären so wahnsinnig schlaue Leute.»

Henry begriff, worum es mir ging, und beteiligte sich jetzt an dem Versuch, Zeit zu schinden.

Er sagte: «Nicht immer. Wie kommen Sie darauf?»

«Halten Sie den Schnabel, Sie Schönling. Halten Sie den Schnabel, und lassen Sie mich mal überlegen, wie es weitergehen soll.»

Sie wurde nervös. Wir mußten sie am Reden halten und dadurch verhindern, daß ihre Finger anfingen zu zucken.

«Wozu der Versicherungsbeschiß, Lucy? Was sind für die Bladstones denn schon eine Viertelmillion Dollar?»

«Schon mal was von vorehelichen Vereinbarungen gehört? Oder sind das für Sie zu komplizierte Begriffe? Ich brauchte das Geld, weil ich ohne ihn keins habe. Und ohne ihn ist genau das, was ich sein möchte. Ohne ihn, ohne sein kleines verschissenes Haus und ohne diese blöde alte Negerin, die Hexenkram quatscht.»

«Also, Lucy, jetzt zeigen Sie doch mal ein bißchen mehr Klasse. Ich glaube nicht, daß Sie schon mal gehört haben, wie Dorothy Sie ein armes weißes Dreckstück genannt hat, obwohl sie, weiß Gott, recht damit gehabt hätte. Aber welche Rolle war denn nun Sully in ihrem großen Plan zugedacht? Was hat sie getan, um sich eine Behandlung à la Lucy zu verdienen?»

«Wovon reden Sie?»

«Von Sully. Von Ihrer Lieblingspferdefrisöse. Tot in einem Graben.»

«Seien Sie nicht albern», zischte Lucy. «Ich habe Sully nicht umgebracht. Warum sollte ich?»

«Wer weiß? Vielleicht mochten Sie den Zitronenstuten doch nicht, den Sully für Sie gebacken hatte. Sie haben zwei Morde auf dem Gewissen, was macht da ein dritter noch aus? Was ist für einen Profi wie Sie eine Leiche mehr?»

«Sie sind noch dümmer, als Sie aussehen. Schön, ich erklär's Ihnen, damit Sie nicht auch dumm sterben müssen. Ich wollte Ihren Freund von der Zeitung nicht töten. Nur erschien er zum falschen Zeitpunkt, und er brachte das Falsche mit. Gott, kein Ketchup! Wer kann schon Fritten ohne Ketchup essen?»

Da war's plötzlich wieder da. Gail! Die konnte es. Das hätte mir eher einfallen müssen. Sie aß doch nichts Rotes.

«Und Sully habe ich ganz bestimmt nicht umgebracht. Das war Wally. Ich bin sicher, daß er es mit Freude getan hat. Er wußte, wie sehr ich sie mochte. Obwohl er es nicht deswegen getan hat. Ich hatte ihr gesagt, sie solle um fünf im Stall sein, um Lady für das Turnier einzuflechten. Sie ist dann dazugekommen, wie Wally gerade Lady tötete. Kapiert? Habe ich es für Sie beide einfach genug dargestellt? Was ist, Fräulein Modereporterin, wissen Sie, wovon ich rede? Oder ist alles, was über Rocksäume hinausgeht, zu schwierig für Sie? Kehren Sie zur Mode zurück, Nattie. Sie sind auf dem falschen Dampfer.»

Wie ich schon anzukündigen Gelegenheit hatte, würde ich, sollte noch einmal jemand eine Bemerkung über meine Modeschreiberei machen, in die Luft gehen. Mein ganzer Körper pumpte sich voll, und ich konnte regelrecht spüren, wie der Zorn in mir pulste. Das sollte das letzte Mal gewesen sein, daß man sich über meine Modeberichterstattung mokiert hatte! Ich war Mohammed Ali, Arnold Schwarzenegger, Linda Hamilton an Krücken.

Ich drehte mich mit schnellem Schwung auf meinem gesunden Bein herum und rammte Lucy zwanzig Pfund Gips in den Bauch. Ich fühlte, wie der Verband brach und mit ihm mein Bein. Lucys Pistole rutschte auf dem Gang entlang. Brenda scheute und prallte gegen Henry.

«Schnapp dir die Waffe!» schrie ich.

Lucy versuchte dranzukommen.

Ich ebenfalls.

Sie war vor mir da.

«Fallen lassen, sofort fallen lassen, oder ich durchlöchre Sie!»

Ich traute meinen Ohren nicht. Es war Gail. Sie stand über Lucy und zielte mit einer Mistgabel auf deren Rücken.

Lucys Finger ließen die Pistole nicht los.

«Lucy, ich sagte fallen lassen, und ich meine es ernst. Wenn's sein muß, bringe ich Sie um.»

Gails Wutpusteln bildeten schon eine durchgehende rote

Fläche. Sie senkte die Gabel und drückte die Zinken in Lucys Kreuz.

«Lassen Sie die Scheißpistole endlich fallen. Jetzt.»

Lucy öffnete die Hand, und ich griff nach der Waffe. Meine Endorphine waren schließlich doch noch in Aktion getreten. Ich wußte, daß die Schmerzen in meinem Bein eigentlich ganz fürchterlich sein mußten, spürte jedoch nur ein dumpfes Pochen.

Ich sagte: «Du liebes Lieschen, Gail, wo kommst du denn her? Und wo hast du gesteckt?»

«In Allies Box. Ich erzähl dir alles, wenn wir dieses Dreckstück verarztet haben.»

Ich sah zu Lucy hin, die mit dem Gesicht nach unten auf dem Asphalt lag – eine Pistole auf ihren Kopf gerichtet und eine Mistgabel im Kreuz.

«Wissen Sie, Lucy», sagte ich, «Sie könnten, was die Mode angeht, durchaus recht haben. Weil ich, wie Sie vorhin liebenswürdigerweise anmerkten, auf diesem Gebiet so gut bin, denke ich, daß die Zeit gekommen ist, Ihnen mal zu sagen, wie wenig der grüne Farbton Ihrer Kleidung zu Ihnen paßt. Vor allem jetzt nicht, wo es sich bei Ihrer Farbe eher um eine Fehlfarbe handelt. Sie sind ein Frühlingsmensch, Lucy, und Frühlingsmenschen sollten nur warme Farben tragen. Zum Beispiel Orange. Und wissen Sie was? Heute ist Ihr Glückstag! Orange ist im Knast die Farbe der Saison.»

Lucy lachte nicht. Aber Gail. Und auch Henry, der mit einem Stück Seil ankam. «Jetzt fesseln wir sie mal. Für heute habe ich genug von ihr.»

Henry wand das Seil um Lucys Handgelenke und machte einen superschicken Schifferknoten, den er in einem Seglerlager gelernt haben mußte. Dann legte er den Arm um Gail.

«Sie haben uns Kummer gemacht», sagte er.

«Uns?» fragte ich.

«Glaubst du etwa, ich sei ein Roboter? Ja, ich war in Sorge.

Natürlich war ich das. Sie ist schließlich deine beste Freundin. Ich weiß, was Gail dir bedeutet.»

«Und als nächstes nimmst du an einer Séance teil. Was ist das hier eigentlich? Ein Abend mit geist-seelischen Streck- und Wachstumsübungen?»

Lucy versuchte sich zu bewegen, und Gail drückte ihr die Mistgabel fester ins Kreuz. «Du lieber Gott, Nattie, nun peste den Mann mal nicht so. Und was, zum Teufel, ist mit deinem Bein?»

«Gail, wo hast du dich versteckt? In einer Höhle?»

«Fast.»

Gails Gesichtsfarbe hatte sich wieder normalisiert, und ich konnte sehen, daß sie einiges durchgemacht haben mußte. Die Augen waren tief eingesunken, und sie hatte dunklere Ringe darunter als Rocky Raccoon.

«Nachdem mir Jeff gesagt hatte, ich solle seine Wohnung verlassen, war ich wie am Boden zerstört. Es hat mich total umgehauen. Ich bin in den Bootpull gegangen und hab mich langsam mit Tequila vollaufen lassen ... Dazwischen rief ich immer wieder bei Jeff an. Was mich dann aber endgültig geschafft hat, war, daß einmal eine Frau an den Apparat in seinem Büro kam. Es war zwei oder drei Uhr morgens, und sie sagte: ‹Oh, der ist sehr beschäftigt. Sehr beschäftigt, wenn Sie verstehen, was ich meine.› Ich wußte nicht, daß sie es war, dieser Haufen Scheiße da auf der Erde.»

Sie drückte erneut die Zinken in Lucys Rücken. Mir wäre es durchaus recht gewesen, wenn sie ihr den Garaus gemacht hätte. Aber ich sagte: «Mal sachte, Gail. Sie muß heil bleiben, damit ihr der Prozeß gemacht werden kann.»

«Ja, du hast wahrscheinlich recht. Zu schade. Wie auch immer, ich hatte eine Flasche im Auto und trank weiter, bis ich hinüber war. Am nächsten Morgen wachte ich auf und fing damit von vorne an. Wieder und immer wieder. Ich kann mich nicht mal mehr daran erinnern, wie ich mit dem Auto nach Tall Oaks gekommen bin. Ich muß aber hingekommen sein. Ich kannte den Ort, weil ich so oft mit meiner Mutter hingefahren bin. Die haben dort ein brutales, aber wirksames Ausnüchterungsprogramm. Keinerlei Kontakte nach draußen. Keine Anrufe, keine Besuche, nichts, bis dein Kopf allmählich wieder klar wird. Ich bin immer wieder zum Telefon gehuscht, aber jedesmal erwischt worden.»

Ich schob mich näher an Gail heran, zielte dabei aber weiter auf Lucys Kopf. Ich wußte ja nicht, wie sicher Schifferknoten bei Mördern sind, und ich wollte kein Risiko eingehen.

Ich hielt mich mit einer Krücke im Gleichgewicht und umarmte Gail. Sie fing an zu weinen.

«Ich wollte nicht, daß er tot ist. Selbst als ich erfuhr, daß er mich nicht liebte, hatte ich nicht den Wunsch, daß er tot ... Ich dachte halt, er wäre der Richtige. Er ist tot, Nat ...»

«Ich weiß, ich weiß. Es ist gut. Jetzt ist es überstanden. Wir werden damit fertig werden. Alles ist vorbei ...»

«Nicht für mich, Nattie. Ich habe nur bis morgen Urlaub. Ich kann noch niemandem ins Gesicht sehen. Deshalb bin ich auch erst hergekommen, nachdem Rob den Stall abgeschlossen hatte. Ich hatte Allie so lange nicht mehr gesehen, daß ich schon dachte, ich würde verrückt. Ich muß dann in seiner Box eingeschlafen sein. Es ist nicht vorbei, Nat. Nichts ist vorbei. Ich kann ihn nicht auch noch verlieren. Du weißt es.»

Ja, ich wußte es. Ich wußte es besser als sonst irgend jemand.

Ich beugte mich zu ihr und küßte sie auf die Wange.

«Gail», sagte ich, «du hast ein ganz großartiges Pferd, das sich nur manchmal bei den Handwechseln ein bißchen blöde anstellt. Aber was soll's? Du fährst ja mit ihm nicht zu Pferdeschauen und Turnieren. Mir soll es recht sein, wenn er die Farm nie verläßt. Meinetwegen kann er bis in alle Ewigkeit hierbleiben. Was du mit ihm machst, geht schließlich nur dich etwas an und sonst niemanden.»

EPILOG

Gail wurde wieder trocken, ich wieder gesund. Obwohl es eine fünfzehn Zentimeter lange Aluminiumschraube brauchte, um die beiden Teile meines Beins ein zweites Mal zusammenzufügen.

Henry und ich schrieben einen Wahnsinnsknüller – es gab Werbezettel, Fernsehspots und sogar eine ganzseitige Anzeige in der *Columbia Journalism Review.* Ich muß anerkennen, daß die normalerweise so geizigen Herren von der Konzernzentrale in Miami alle Mittelkürzungen aufhoben, damit für unsere vierteilige Serie «Mord im Turnierzirkus» richtig ordentlich geworben werden konnte.

Um das Ereignis zu feiern, fuhren Henry und ich nach Country City, USA, bekamen dort aber nicht einen einzigen Gitarrenton zu hören. Henry weigerte sich nämlich, auf dem für Behinderte reservierten Platz zu parken, und dies, obwohl ich einen bis zum Schritt hinaufreichenden Gipsverband hatte und an Krücken zum Ort des Konzerts hätte humpeln müssen. Ich wurde so wütend, daß ich verlangte, er solle mich sofort wieder nach Hause bringen. Was er auch tat. Erst nach drei Tagen, in denen wir uns nur kalte Blicke quer durch die Redaktion zugeworfen hatten, sprachen wir endlich wieder miteinander.

Bis zur Verleihung der Pulitzer-Preise sind es noch ein paar Monate. Gerüchte wollen aber schon wissen, daß unsere Serie in der Sparte «Lokale Berichterstattung» das Rennen machen wird.

Tony und seine Frau schwanken nach wie vor zwischen Ehe und Scheidung hin und her. Immerhin hat Tony seine Wettschulden bei mir beglichen. Zwei Sonntage nach dem Erscheinen der Serie machte er das reichhaltigste, fetteste und delikateste Südstaatenfrühstück, das ich je genossen habe. Wir saßen zu viert am Tisch – Tony und Sharon, Henry und ich. Und unter dem Tisch lag Rin Tin Tin – ein großer Fellhaufen, der schlafend auf meinen Füßen ruhte. Eigentlich waren wir ja sechs Personen, aber Henry hatte die beiden kleinen Goodes vor die Tür geschickt, damit sie die mundgeblasenen Furzgeräusche dort produzierten.

Lou und Mrs. Flock war klargeworden, daß sie eine alte, zwischenzeitlich verschüttete Seelenverwandtschaft verband – sie waren in ihrem letzten gemeinsamen Leben ein indianisches Geschwisterpaar gewesen. Im Augenblick sind sie unterwegs nach Stonehenge, und den Winter wollen sie in Machu Picchu verbringen, um nach der «Vierzehnten himmlischen Prophezeiung» zu suchen.

Meine Mutter raucht noch und weint nach wie vor um David.

Ich? Ich habe Jeffs wegen immer noch Schuldgefühle, und es schmerzt gewaltig, wenn ich an seinem Schreibtisch vorbeikomme. Ich denke sehr häufig an ihn und frage mich, ob er und David sich vielleicht irgendwo mächtig ins Fäustchen lachen. Candace hat mir widerstrebend den Umzug an einen anderen Schreibtisch genehmigt – weg von den Blutflecken im Fußbodenteppich, die bislang noch allen Fleckentfernern widerstanden haben. Ich habe inzwischen auch eine neue Schreibtischpartnerin. Eine junge Dame, frisch von der Journalistenschule. Sie ist von Berufs wegen Jungfrau, die das Wort Sex nicht in den Mund nehmen und noch weniger das damit Bezeichnete praktisch ausführen kann. Dies zur Frage der Weiterführung des früheren montagmorgendlichen Erfahrungsaustauschs mit Jeff. Nicht daß ich in jenen Tagen allzuviel zu berichten gehabt hätte.

Aber meine neue Kollegin ist sehr nett zu den Lesern, und ich benutze jetzt den Computer, wann immer ich möchte.

Ich schreibe noch immer eine Modekolumne für die Sonntagsausgabe, und die Allgewaltigen sagen noch immer «bald» – so wie in dem Satz: «Bald haben wir den finanziellen Spielraum, um in der Feature-Abteilung eine volle Stelle für Sie schaffen zu können.» Oder «bald» wie in: «Bald werden wir alle auf dem Mars leben.»

Das Wichtigste aber ist, daß Dr. Schicksal hinsichtlich meiner reiterlichen Zukunft nicht recht behalten hat. Der Gipsverband war noch nicht runter, da saß ich schon wieder im Sattel. Auch was das mir prophezeite Hinken betrifft, hatte er sich geirrt. Fußklempner! Ich gehe ganz normal, und außer dem Schraubenkopf, den er unter der Haut meines Knöchels stehengelassen hat, deutet nichts mehr auf einen Beinbruch hin.

Wir sind alle irgendwie durch den Sommer gekommen. Obwohl das nicht so leicht war, denn es war ein heißer und trauriger Sommer. Aber jetzt ist er – endlich – vorbei. Der Herbst ist schließlich fürs Reiten die beste Zeit. Kühle Tage mit einer Luft, die das richtige Maß an Frische hat. Und die Gerüche … eine Kakophonie von Geräuschen, bei der mir ganz anders wird. Ich fahre gleich zum Stall raus, wo ich mit einer sanftmütigen Stute verabredet bin. Mit Brenda Starr.

Wir werden wieder in unser Paradies hinausreiten.

DANKSAGUNG ■ Wenn man sein erstes Buch veröffentlicht, dann erinnert das stark an eine Oscar-Verleihung: Ist der Augenblick endlich gekommen, hat man bereits vierundfünfzig Seiten mit Namen von Menschen beisammen, denen allen man zu danken hat. Ich habe meine Liste schon erheblich zusammengestrichen und beispielsweise auch meinen Grundschullehrer rausgenommen, der das Blatt Papier, das ich in stundenlanger, mühevoller Kleinarbeit mit J vollgemalt hatte, unter seinen Bleistiftanspitzer legte und die Holzspäne damit auffing.

Ich komme also zunächst zu meinem Agenten Rafe Sagalyn, dem Paten dieses Buches: Herzlichen Dank für die Idee, die Hilfe und vor allem für den Verkauf an ein so gutes Verlagshaus wie Fawcett. Mein Dank gilt auch den Mitarbeiterinnen dieses Hauses, also Leona Nevler und speziell meiner Lektorin Barbara Dicks – passen Sie auf, sonst verhelfen Sie Lektoren noch zu einem guten Ruf! Nicht vergessen sei Barbaras Assistentin Jennifer Scott, der dafür gedankt sei, daß sie immer für mich da war, wenn ich anrief, und dafür, daß sie stets über meine Scherze gelacht hat.

Meiner Freundin Mary Beth Gibson danke ich für ihren klugen Rat und Jean McMillan vom Mystery Bookstore in Bethesda für Beratung, Ermutigung und zwei Malice-Domestic-T-Shirts für meine Söhne. Jerry Bledsoe und John Katzenbach nahmen sich trotz großer Belastung die Zeit für diese Erstlingsautorin, was selbige sehr zu schätzen weiß. Meinen kybernetischen Freunden Lise McClendon und Lary Crews sei für ihre Unterstützung gedankt.

Was die «Pferdefront» angeht, so verdient Peter Foley lebhaftesten Beifall nicht nur dafür, daß er der beste Trainer ist, den sich eine furchtsame Amateurin wünschen kann, sondern auch für seine beachtlichen Fertigkeiten als Manuskriptersteller und Korrekturleser. Dank gebührt ferner Maggie Farance dafür, daß sie mich so großzügig an ihrem Turnierpferd-Wissen teilhaben ließ, ferner Dr. Venaye Reese von der Clemson University, der mich über die in South Carolina für die Pferdezucht geltenden Bestimmungen aufklärte und mir entsprechende Fotokopien zur Verfügung stellte. Und ich schulde Brett Reilly und Owen Preston Dank für die Beantwortung meiner vielen das Beschlagen von Pferden betreffenden Fragen.

Henry Eichel, inoffizieller Historiker des Tieflandes, danke ich dafür, daß er sich von mir ausfragen ließ, Alan Dynerman für seinen Witz, von dem dieses Buch sehr profitiert hat. Meinen getreuen Autorenkolleginnen und -kollegen Vicky Baily, Abbi Bardi, Rachel Carpenter, Len Kruger und Elise Russo (ich gehe davon aus, daß ich eines Tages ihretwegen an der Verleihung der National Book Awards teilnehmen kann) danke ich für ihre unschätzbar wertvolle Ermutigung und ihre überzeugenden kritischen Einwände. Und dem Café «Politics and Prose» sei dafür gedankt, daß es unsere einigermaßen lauten Zusammenkünfte duldete. Und wenn auch mein Grundschullehrer keiner Erwähnung bedarf, so müssen doch diejenigen genannt werden, die mich die Kunst des Schreibens gelehrt haben: Pam Painter, Anne Bernays und allen voran Howard Norman.

Da dieses Buch – für mich – von festen Freundschaftsbanden handelt, sei hier auch meine beste Freundin Anne Boas Sagalyn erwähnt (die keine Ähnlichkeit mit Natties bester Freundin Gail hat). Ihr danke ich dafür, daß sie mir als personalisierte medizinische Fachbibliothek gedient hat, aber auch für ihre Ermutigung und vor allem für ihre Freundschaft.

Schließlich geht ein großer Dank auch an meine Familie – an meine Großmutter Maye P. Steinberg für das rote Haar, den starken Willen und alles, was ich an Grips aufzuweisen habe; an meine Mutter Anne Isaac für – unter anderem – die Schreib- und Zähigkeitsgene; an meinen Vater Philip Jaffe für die Reitergene und den Sinn für das Wunderbare; an meinen Bruder Ricky Jaffe für die Beratung in juristischen Fragen; an meine Schwägerin Amy Jaffe für ihre Begeisterung und an meine Schwiegermutter Jo Shepard für ihren ungezügelten Optimismus. Ich wünschte, mein Schwiegervater Arthur Isaac weilte noch unter uns und könnte dieses Buch lesen – es hätte ihn mit großem Stolz erfüllt.

Zum Schluß – und das ist mir besonders wichtig – möchte ich meinen Jungs danken, das heißt meinem Mann Charlie Shepard für seinen nicht kleinzukriegenden Glauben an mich, und unseren beiden großartigen Söhnen Ben und Sam. Herzlichen Dank dafür, daß ich auch an den Computer ran durfte! Ich liebe euch. Und jetzt ab mit euch ins Bett!